DIE ENWOR-SAGA

Die Rückkehr der Götter

DIE ENWOR-SAGA

In dieser Serie bisher erschienen:

Der wandernde Wald
Die brennende Stadt
Der steinerne Wolf
Das schwarze Schiff
Das tote Land
Die Rückkehr der Götter
Das schweigende Netz
Der flüsternde Turm
Das vergessene Heer
Die verbotenen Inseln

WOLFGANG HOHLBEIN

DIE ENWOR-SAGA

Die Rückkehr der Götter

tosa Fantasy

Dieses Buch wurde der Umwelt zuliebe auf
chlorfrei gebleichtem Papier gedruckt.

Im Auftrag hergestellte Sonderausgabe

Umschlag: Der Graph, Wien
Illustrationen: Christian Mogg
Ungekürzte und genehmigte Lizenzausgabe für Tosa Verlag, Wien

Gesamtherstellung: Der Graph, Wien
Printed in Austria

PROLOG

»Du hast dich also entschieden.«

Es war etwas im Klang dieser fünf Worte, was ihn frösteln ließ. Die Stimme des greisen Predigers verlor sich fast in der Leere des fensterlosen Raumes und rief – wie überall im Inneren des ausgehöhlten, aus Schweigen und Dunkelheit und erstarrter Zeit erschaffenen Berges – keine hörbaren Echos hervor, sondern versickerte irgendwo zwischen den Ritzen der Realität.

Es war nichts Neues für ihn, aber der Effekt erschreckte ihn jedes Mal genauso wie am Anfang. Der Berg war groß genug, eine Stadt aufzunehmen, und manche der Hallen, die durch ein Labyrinth finsterer Gänge und Treppen miteinander verbunden waren, hätten einem kleinen Dorf Platz geboten: man erwartete Echos und verzerrten Widerhall, das Wispern und Flüstern der Leere, das Tropfen von Wasser und das leise Klicken und Schaben fallender Steine, all die Geräusche und Laute, die untrennbar mit der Vorstellung unterirdischer Höhlen und Katakomben verbunden waren.

Das genaue Gegenteil war der Fall. Der Tempel der Gesichtslosen Prediger war ein Ort der Stille, des Schweigens und der Ruhe, einer Ruhe, die tiefer und allumfassender war als alles, was er je zuvor erlebt hatte. Jeder Laut, jedes Geräusch, alles, was von draußen *kam – er begann das Wort schon auf die gleiche, abwertend spöttische Art zu denken, in der es die Gesichtslosen Prediger aussprachen – verlor hier drinnen seine Bedeutung, verschwand ohne Spuren und Echos.*

Er hatte sich unwohl hier drinnen gefühlt, vom ersten Augenblick an, und es lag nicht allein an der sonderbaren Umgebung oder den Geschichten, die man sich über die verrückten Prediger erzählte. Es war etwas Körperliches, und es flößte ihm körperliches Unbehagen ein. Ein dumpfer Druck lastete auf seinen Oh-

ren, vielleicht eine Folge der bizarren Akustik dieser Welt aus Stein, und er hatte ständig Durst.

In jeder der letzten fünf Nächte hatte er länger geschlafen als in der vorangegangenen, und trotzdem war ihm das Aufstehen immer schwerer gefallen, und er ertappte sich tagsüber immer öfter dabei, in einen Dämmerzustand zwischen Schlaf und Wachen zu versinken. Er war immer müde. Kraftlos. Vielleicht, dachte er matt, war es wirklich so, wie man sich erzählte: vielleicht fraß dieser Tempel seine Kraft, saugte seinen Körper und seinen Geist gleichermaßen aus. Vielleicht, dachte er mit einer Spur von Hysterie, würde sich sein Körper auflösen, wenn er zu lange hierblieb. Er würde schwach und kraftlos werden und irgendwann verblassen, bis er schließlich –

Skar verscheuchte den Gedanken. »Ich habe mich entschieden«, sagte er. Er versuchte gleichzeitig gelassen wie selbstsicher zu klingen, aber seine Stimme schwankte und sagte das Gegenteil dessen, was seine Worte behaupteten: daß er sich nicht entschieden hatte, weil eine Entscheidung nicht nötig und wahrscheinlich nicht einmal möglich war, und daß er gar keine andere Wahl hatte, als es zu tun. Daß er vielleicht mit dem einen, logischen Teil seines Denkens begriffen hatte, daß es sein mußte, aber trotz der tagelangen geduldigen Erklärungen des Predigers noch immer nicht genau wußte, was dieses es überhaupt war. Und daß er in Wahrheit Angst davor hatte, es zu erfahren. Der Prediger bewegte sich. Skar war sich nicht sicher, ob das papierne Rascheln, das er dabei hörte, von seinen Kleidern oder der Haut des Alten stammte. Sein Blick verharrte einen Moment auf den gebeugten Schultern des Predigers, löste sich von ihm und suchte den steinernen, nur mit wenigen Büscheln aus getrocknetem Stroh gepolsterten Trog; den einzigen Gegenstand außer dem Gebetsstein und dem gemauerten Feuerloch in der Wand, der die strenge rechteckige Geometrie des Raumes durchbrach. Die Schatten schienen dort hinten tiefer, dunkler und das Schweigen fester. Er war schon nicht mehr ganz Teil dieser Welt, sondern mit dem Prediger verbunden, hinübergeglitten auf eine andere, erschreckende Stufe des Seins, auf der sie lebten, dieser Alte und die anderen.

Ein seltsames Gefühl breitete sich in Skar aus. Er wußte nicht, was es war.

»Hast du Angst?«

Skar schüttelte den Kopf, schwieg, sah den Prediger unentschlossen an und nickte schließlich. »Ja.«

»Das ist gut«, sagte der Alte. Vielleicht war er auch nicht alt; nicht wirklich. Seine Stimme schien die eines jungen Mannes, obwohl er niemals laut genug sprach, um mehr als zu flüstern.

Nein – Skar wußte nicht, ob er wirklich alt war. Sein Gesicht war so zeitlos wie die strengen Rechtecke und Geraden, aus denen der Tempel zusammengefügt war, von tiefen Falten und Linien durchzogen und so bleich, wie das Gesicht eines Menschen nun einmal war, der niemals die Sonne sah. Aber Skar war sich nicht sicher, daß es Linien waren, die das Alter hineingegraben hatte. Vielleicht war es etwas anderes. Wenn, so wollte er nicht wissen, was es war.

Der Prediger wandte sich um, trat an den Gebetsstein und tat etwas, das Skar nicht erkennen konnte. Als er sich wieder zu ihm herumdrehte, waren seine Hände nicht mehr leer.

»Es ist gut, daß du Angst hast, Satai«, sagte er noch einmal, und zum ersten Mal, seit Skar ihm begegnet war, glaubte er etwas wie eine menschliche Regung in seiner Stimme zu erkennen. Mitleid. Mitleid? »Nur wer die Furcht kennt, kann sie auch bezwingen. Trink.«

Skar nahm gehorsam die Schale aus den Händen des Alten entgegen. Sie war schwer und so kalt, daß seine Finger zu prickeln begannen. Langsam setzte er sie an die Lippen. Aber er trank noch nicht. Plötzlich, als schrien alle seine Sinne verzweifelt auf und griffen – ein letztes Mal – gierig nach der Welt, von der sie während der letzten Tage Stück für Stück abgeschnitten worden waren, nahm er alles um sich herum mit einer übernatürlichen Klarheit und Schärfe wahr. Die Kälte, die Boden, Wände und Decke verströmten wie einen eisigen Atem, die winzigen Unebenheiten unter seinen nackten Füßen, die dunklen verzweigten Linien im Gesicht des Predigers, den sterilen Geruch nach Erde und Stein, der den unterirdischen Tempel erfüllte, das Knistern der Flammen im Feuerloch, die kühle Glätte der Schale in seinen Fingern, und tausend andere Dinge.

Sein Blick suchte noch einmal das steinerne Bett am anderen Ende der Kammer, und das Gefühl in ihm, von dem er noch immer nicht wußte, was es war, verstärkte sich zu quälendem Schmerz.

Das Kind lag reglos, als schliefe es, obwohl seine Augen offenstanden. Zu Anfang hatte es viel geschrien und mit den Beinen gestrampelt, aber seine Bewegungen waren jedes Mal, wenn Skar kam und es sah, matter geworden, sein Schreien kraftloser und leiser. Vielleicht war es tot.

»Ihr habt ihm… einen Namen gegeben?« fragte er stockend.

Der Prediger lächelte. »Es braucht keinen Namen, Skar. Niemand, der hier lebt, braucht einen Namen. Auch ich habe keinen.«

Skar nickte, setzte die Schale abermals an die Lippen und senkte sie wieder, ohne getrunken zu haben. »Es wäre mir lieber, wenn es einen Namen hätte«, sagte er. Er wußte selbst nicht genau, warum er diese Worte sprach. Und trotzdem war es vielleicht das erste Mal, seit er hier herunter gekommen war, daß er etwas mit Nachdruck sagte.

Der Prediger blickte ihn aus seinen unergründlichen Augen an. »Sein Name ist Tod, Satai.«

Zorn flammte in Skar auf, aber nur für einen Moment. »Ich bin hier, damit es nicht so kommt«, sagte er. Es fiel ihm schwer, aber er hielt dem Blick des Alten stand; diesmal.

»Es geht nicht«, sagte der Prediger. »Wie könnten wir ihm einen Namen geben, wenn wir nicht wissen, wer er ist? Namen engen ein. Sie sind schädlich. Sie legen Dinge fest, die noch nicht bestehen. Sie formen das Ungeformte. Unser Glaube verbietet uns, Namen zu tragen, und es ist eine weise Entscheidung. Du kannst ihm einen Namen geben, wenn alles vorüber ist.«

Für einen Moment regte sich noch einmal Widerstand in Skar, aber er erlosch auch diesmal so schnell, wie er kam. Er war nur noch müde. Er wollte es hinter sich bringen, so schnell er konnte. Er hatte zu lange gekämpft.

»Ich verstehe dich, Satai«, fuhr der Prediger fort. »Glaube nicht, daß wir grausam sind. Ich weiß, daß die Menschen Angst vor uns haben und uns für grausam und böse halten. Aber das stimmt nicht. Ich begreife deine Qual, und ich teile sie. Du hast ihm das Leben gegeben, und du hast gekämpft wie nie ein Mensch zuvor, um es zu schützen. Jetzt wirst du es vielleicht töten müssen, obgleich es ein Teil deiner selbst ist. Alles, was du ihm noch geben zu können glaubst, ist ein Name.«

Skar starrte den Alten verwirrt an. Las er seine Gedanken? Oder war es so leicht, sie auf seinen Zügen zu erkennen? Er erschrak. Wieder spürte er diese Schwäche, eine Erschöpfung, die nichts mehr mit körperlicher Müdigkeit zu tun hatte. ›Sein Name ist Tod‹, hatte der Prediger gesagt. Aber war das nicht in Wahrheit sein eigener Name? Standen nicht Furcht und Angst in den Augen der Menschen, wenn sie über ihn sprachen? Vielleicht war das, was er bisher immer für Ehrfurcht und Respekt gehalten hatte, in Wahrheit nichts anderes als nackte Angst.

Ohne ein weiteres Wort setzte er die Schale an die Lippen und leerte sie in einem einzigen Zug. Die Flüssigkeit war eisig, kälter noch als Eis, und die Kälte ließ sie geschmacklos werden und betäubte das Brennen, mit dem sie seine Kehle herabrann. Der Prediger hatte versprochen, daß es fast schmerzlos sein würde. Und plötzlich hatte er keine Angst mehr. Er fühlte sich frei, ein Mann, der alles getan hatte, was er tun mußte. Es gab nichts mehr, was auf ihn wartete. Seine ganze Sorge hatte dem Kind gegolten, in den letzten dreieinhalb Monaten, aber auch das war vorbei. Ruhig gab er dem Alten die Schale zurück.

»Wie lange wird es dauern?«

»Niemand weiß das, Satai. Stunden, Wochen, Jahre – vielleicht Jahrhunderte. Für dich wird keine Zeit vergehen. Du wirst einschlafen und wieder aufwachen.«

»Vielleicht.«

»Vielleicht.«

Skar schwieg. Die Spur dumpfer Betäubung, die die Flüssigkeit in seiner Kehle zurückgelassen hatte, wich langsam einem schmerzhaften Prickeln und Brennen, aber gleichzeitig breitete sich, von seinem Magen kommend und im Rhythmus seiner Herzschläge, ein Gefühl wohltuender Betäubung in seinem Körper aus. Es würde ein Wettlauf werden, aber wenn überhaupt, dann würde er nur für sehr kurze Zeit Schmerzen ertragen müssen. Er fürchtete sich nicht davor. Der Schmerz war sein Bruder. Er hatte gelernt, ihn zu lieben.

»Was«, murmelte er, »wenn ich... wenn ich verliere?«

»Wir werden dir helfen«, antwortete der Prediger. »Wir und Er.«

Er. Skar schauderte. Der Gesichtslose Gott. Der Gott ohne Namen. Warum hatte er plötzlich Angst, Angst vor einem Begriff, einem Gott, der nur aus einer Idee bestand, wie all die anderen Götter auch? Wovor hatte er Angst, gerade er, der Unbesiegbare, der stärkste Mann, der jemals den fünfzackigen Stern der Satai getragen hatte? Er, der die Existenz von Göttern und Dämonen stets verleugnet und ihnen ins Gesicht gelacht hatte?

»Du bist stark, Satai«, sagte der Prediger und fügte nach einer Weile des Schweigens hinzu: »Und wir werden dir beistehen.«

»Stark...« Skar lächelte bitter. Die Taubheit breitete sich schnell in seinem Körper aus und begann seine Gedanken einzulullen. Es war ein angenehmes Gefühl. »Vielleicht bin ich stark, aber er –«

»Hat die Macht eines Gottes?« Diesmal lachte der Alte wirklich, und zum ersten Mal, seit Skar dieses unterirdische Reich des Schweigens betreten hatte, glaubte er ein Echo zu hören, nicht mit seinen normalen menschlichen Sinnen, denn sie zählten hier unten nicht, sondern mit seiner Seele: ein leises, vielleicht spöttisches, möglicherweise höhnisches Lachen, mit dem... Etwas *auf seine Worte reagierte. Der Gesichtslose Gott mochte keinen Namen haben, aber er war nicht stumm.*

»Vielleicht hat er sie«, fuhr der Alte ernsthaft fort. Das Brennen in Skars Kehle wurde stärker und fast unerträglich. »Aber du bist sein Vater, Satai. Kann er ein Gott sein, wenn ein Sterblicher ihn gezeugt hat?« Wieder lachte er. »Du fürchtest ihn, Satai, und du tust recht daran, ihn zu fürchten, denn sein Name ist Tod, und er ist ein Kind des Hasses. Aber du hast ihn schon einmal besiegt.«

»Er war jünger. Gerade geboren und... unsicher. Und ich habe ihn nicht besiegt. Darum ging es nicht.« Er schüttelte den Kopf. »Zerstören ist leichter als Erschaffen, alter Mann.«

»Nicht Erschaffen. Formen. Du wirst er, und er wird du. Kämpfe nicht gegen ihn. Forme ihn. Denke daran, daß es unmöglich ist, ihn zu vernichten. Du kannst ihn töten, aber damit würdest du alles nur noch schlimmer machen.«

Skar wollte antworten, aber seine Stimme versagte ihm plötzlich den Dienst. Die Woge der Lähmung erreichte seine Knie. Er wankte, griff zitternd nach dem Prediger und fiel, als seine Finger nicht mehr die Kraft hatten, zuzupacken.

»Wehr dich nicht, Satai«, sagte der Prediger. »Es geht schneller, wenn du dich nicht wehrst. Aber ich fürchte, das kannst du nicht. Dazu bist du zu stark. Und Stärke wird leicht zum Fluch.«

Er sprach noch weiter, aber Skar verstand nicht mehr, was er sagte. Ein dumpfes, immer unangenehmer werdendes Brausen und Rauschen war mit einem Mal in seinen Ohren, und dann, ganz plötzlich, war der Schmerz da. Ein entsetzlicher Schmerz, der von Augenblick zu Augenblick schlimmer wurde. Der Alte hatte ihn belogen. – es tat *weh. Sehr.*

Aber nicht einmal mehr diesen Gedanken dachte er zu Ende.

Er war nicht allein, und es war dieses Gefühl, das ihn weckte: Jemand war bei ihm.

Skar versuchte die Augen zu öffnen, aber im ersten Moment ging es nicht. Auf seinen Lidern lag ein schwerer, nicht einmal unangenehmer Druck, ein Gefühl wie von weichen Fingern, die sich auf seine Augäpfel preßten, und in seinen Gliedern war jene betäubende Schwere, die von langem Schlaf kündete. Überhaupt hatte er das Gefühl, sehr lange geschlafen zu haben; und sehr, sehr tief. Trotzdem fühlte er sich wohl. Da war nichts von der Benommenheit, dem schlechten Geschmack und dem Druck auf Kopf und Schläfen, der das Erwachen aus zu langem Schlaf normalerweise begleitete; Skar fühlte sich allenfalls ein bißchen matt.

Und er spürte, daß er nicht allein war.

Es war ein Gefühl von fast körperlicher Intensität, und es war sehr unangenehm. Wer immer in seiner Nähe war, war nicht sein Freund. Er konnte die Augen noch immer nicht öffnen, denn seine Lider waren vom langen Schlaf verklebt, und er hatte noch nicht den Willen, den kleinen Schmerz in Kauf zu nehmen, den die Überwindung des Widerstandes bedeutet hätte. Aber er spürte, daß etwas da war, und das dieses Etwas auf unangenehme Weise lauernd und bedrohlich zu sein schien.

Skar lauschte.

Er hörte… *nichts.*

Um ihn herum war Stille, ein absolutes, fast stofflich wirkendes Schweigen, in dem die einzigen Laute das gleichmäßige schwere Schlagen seines Herzens und seine eigenen Atemzüge waren, und obwohl sein Erinnerungsvermögen noch nicht zurückgekehrt war, war dies doch etwas, worauf er sich besann. Die Stille. Die allgegenwärtige, lastende Stille, die in dieser unterirdischen Welt aus quadratischen Räumen und rechteckigen Gängen herrschte. Eine Stille, wie es sie nur im Herzen eines Berges geben konnte, in einer Welt tief unter der Welt. Für einen

Moment blitzte dieses Bild vor seinem geistigen Auge auf. Aber vielleicht war es auch genau umgekehrt: Vielleicht implizierte der Kokon aus Schweigen, in den er eingesponnen schien, auch nur diese Vorstellung, und alles war ganz anders.

Dann kam die erste konkrete Erinnerung: *Er hatte ihn belogen.*

Skar wußte nicht, *wer* ihn belogen hatte, geschweige denn *wie.* Trotzdem war dieses Wissen ganz deutlich in ihm, wie etwas von so großer Wichtigkeit, daß es sich unauslöschlich in sein Bewußtsein eingegraben hatte. Das waren drei Tatsachen, die er wußte: Es war still, jemand hatte ihn belogen, und er war nicht allein.

Aber wenn jemand bei ihm war, warum hörte er dann nichts? Er verscheuchte den Gedanken, entspannte sich ganz bewußt und versuchte noch einmal, die Augen zu öffnen. Es tat ein bißchen weh, aber nicht sehr, und dann konnte er sehen.

Im ersten Moment.

Dann kam die Übelkeit, warnungslos und hart wie ein Schlag in die Magengrube und so schnell, daß er gerade noch Zeit fand, sich zur Seite zu drehen, ehe er sich übergab; würgend und von krampfartigen, immer schneller kommenden Schmerzen gepeinigt. Das Stechen in seinem Nacken steigerte sich zur Raserei. Er schrie, verschluckte sich an seinem eigenen Erbrochenen und hatte für Sekunden das entsetzliche Gefühl, ersticken zu müssen. Bittere Galle lief in seinen Rachen, und der Geschmack verstärkte die Übelkeit noch.

Dann, so plötzlich, wie sie gekommen waren, ebbten Schmerzen und Übelkeit wieder ab. Skar ließ sich zurücksinken, hielt sekundenlang den Atem an und wartete darauf, daß seine Eingeweide abermals zu revoltieren begannen. Aber es geschah nicht. So lange er ruhig lag, fühlte er nichts.

Der Trank, dachte er. Der Gedanke stand völlig isoliert in seinem Bewußtsein, wie ein Wort, das man auf ein weißes Blatt Papier geschrieben hatte.

Erst jetzt merkte er, daß er keine Erinnerungen hatte. Dort, wo sie sein sollten, gähnte eine entsetzliche Leere.

Es war nicht etwa so, daß er das Gedächtnis verloren hätte. Sein Bewußtsein war nicht leer. Alles war da, säuberlich geordnet und aufgereiht wie in großen, schon ein bißchen staubig gewordenen Regalen, aber jedesmal, wenn er versuchte, nach einem Teil seiner Erinnerungen zu greifen, war da etwas, das seine Hand beiseite schlug.

Nein, korrigierte er sich in Gedanken. Auch das war nicht richtig. Er...

Zum Teufel, es war, als hätte er verlernt, wie man sich erinnerte!

Aber konnte ein Mensch das *Denken* verlernen?

Skar stöhnte. Der Laut hallte gebrochen und sonderbar dumpf von den Wänden zurück. Das Echo verriet ihm, daß er sich in einem sehr großen Raum befand; und in einem, der beinahe leer sein mußte.

Der Tempel. Wieder ein Wort, um das leere Blatt zu füllen. *Die Gesichtslosen Prediger. Der Namenlose Gott, die...*

Es ging schnell, jetzt. Wie Wasser, das sich beharrlich seinen Weg durch ein Hindernis gräbt, sickerten die Erinnerungen in sein Bewußtsein zurück, ein dünnes, tröpfelndes Rinnsal scheinbar zusammenhangloser Begriffe zuerst, das aber rasch zu einem Bach, dann zu einem reißenden Strom wurde. Es war, als hätte es allein der Erkenntnis bedurft, daß er sich nicht erinnerte, um die Erinnerungen zurückzuholen. Die Türen in seinem Geist waren nicht verschlossen. Er hatte nur vergessen, wie man sie öffnete, und jetzt, als er es wieder wußte, war es wie ein Sturmwind, der sie alle gleichzeitig aufstieß.

Skar lag still, bewegte sich nicht, atmete flach und gleichmäßig und versuchte an nichts zu denken. Er versuchte nicht, die Erinnerungen zu greifen, einen Zusammenhang herzustellen, sondern wartete, bis sich Bilder und Namen zu einem Ganzen formten. Er sah... Dinge. Den *Dronte. Gowenna. Del, der nicht Del war, und Helth, der sich in ein Ungeheuer verwandelt hatte. Feuer. Überall Feuer. Der Daij-Djan. Die Sternenbestie...*

Skar stöhnte, als die Erinnerungen allmählich die Intensität von Schmerzen erreichten. Da war irgend etwas in ihm, das sich

dagegen aufbäumte; ein Teil seines Bewußtseins, das sich nicht erinnern *wollte*, weil es Angst davor hatte. Angst vor dem, was aus den Abgründen seiner Seele emporsteigen mochte, was...

Sein dunkler Bruder. Ausgelöscht. Fort. Und dann:

DAS KIND!

Der Prediger hatte ihn belogen. Er hatte gesagt, es würde nicht weh tun, und er hatte gesagt, daß sie ihn beschützen würden, aber es *hatte* weh getan, ganz entsetzlich weh sogar, und wenn das, was sie getan hatten, Schutz sein sollte, dann verstanden sie herzlich wenig von ihrem Handwerk.

Skar erinnerte sich noch nicht an alles: es war da, aber die Reihenfolge stimmte nicht. Was er in seinem Kopf fand, waren Teile eines zerbrochenen Glasbildes, wild durcheinandergewürfelt und mit scharfen Kanten, an denen er sich schnitt, wenn er versuchte, sie zu ordnen. Aber er wußte jetzt, daß er sehr lange geschlafen hatte, und nicht traumlos. Etwas Fürchterliches war geschehen in dieser Zeit, und was immer es gewesen sein mochte, es war die Hölle.

Skar versuchte erneut, die Augen zu öffnen. Ganz instinktiv spannte er sich, denn er rechnete damit, daß das Licht die Übelkeit und die Schmerzen zurückbringen würde. Aber es geschah nichts. Ein ganz kleines bißchen wurde ihm schwindelig, aber das war vermutlich normal, nach all der Zeit, die er geschlafen hatte. Er wußte jetzt, daß es Tage gewesen sein mußten. Vielleicht Wochen.

Er versuchte sich zu erinnern, wie er hierhergekommen war, in diesen Raum – wie beinahe alles hier unten ein schmuckloser steinerner Würfel, aber anders als die Kammer des Predigers von geradezu gigantischen Ausmaßen. Seine Augen funktionierten noch nicht richtig, so daß es ihm unmöglich war, die Höhe der steinernen Decke zu schätzen, die sich wie ein Himmel aus grauem Fels über ihm spannte – aber der Raum mußte gewaltig sein. Obwohl er nirgendwo eine Lichtquelle entdecken konnte, war es nicht dunkel: Ein sonderbarer, fast unheimlicher grüngrauer Glanz hing im Raum, aus keiner bestimmten Richtung kommend, sondern allgegenwärtig, als bringe etwas die Luft selbst zum Glühen. Schatten waren da, die ihm irgendwie nicht richtig erschienen: wie die Schatten von Dingen, die es gar nicht gab.

Und er war eindeutig allein.

Vorsichtig setzte Skar sich auf. Er war nicht auf einem Bett erwacht, sondern auf einem gewaltigen, monolithisch anmutenden Block aus nachtschwarzem Basalt, der ihn auf sehr unbehagliche Weise an einen Altar (er konnte gerade noch verhindern, in Gedanken das Wort *Opferstein* zu verwenden) erinnerte. Er war nackt, das merkte er erst jetzt, und der Stein war empfindlich kalt, wo er nicht von seinem Körper erwärmt worden war. Skar schauderte. Eine Gänsehaut breitete sich auf seinen Unterarmen und seinem Rücken aus. Er widerstand im letzten Moment der Versuchung, seinen Bizeps mit den Händen zu massieren, um sich selbst aufzuwärmen. Er hatte das sichere Gefühl, daß er für jede hastige Bewegung bitter bezahlen würde.

Statt dessen setzte er sich behutsam ganz auf, schwang – noch immer sehr langsam – die Beine über den Rand der steinernen Liege und ließ die Schultern nach vorne sinken. Mühsam hob er den Arm, fuhr sich mit dem Handballen über die geschlossenen Augen und preßte die Lider so fest zusammen, bis grellgelbe Sterne vor seinen Augen erschienen.

Dann hob er abermals die Lider.

Er sah immer noch nicht sehr viel mehr, aber das lag wohl eher daran, daß es einfach nicht viel zu sehen gab: der Raum, in dem er erwacht war, war ein steinerner Würfel mit exakt gleich langen Kanten, und er war vollkommen leer bis auf den altarähnlichen Tisch und ein flaches Wasserbecken, das daneben stand, auf einem steinernen Sockel ruhend und vor so langer Zeit ausgetrocknet, daß sich Staub auf seinem Grund angesammelt hatte. Der gleiche graue Staub hing wie körniger Nebel in der Luft, und als Skar die Füße auf den Boden setzte, spürte er die Kälte, die der Stein ausstrahlte.

Er hätte nicht kalt sein dürfen. Die Erinnerung, die sich am tiefsten in sein Gedächtnis gegraben hatte, war die an die stickige Wärme, die überall in der unterirdischen Festung der Gesichtslosen Prediger herrschte. Aber der Fels war kalt, und die Luft, die er atmete, brannte in seinen Lungen. Und das bedeutete...

Etwas in Skar schreckte davor zurück, den Gedanken zu Ende zu denken.

Lange Zeit saß er einfach so da, dachte an nichts und wartete, daß das Leben in seinen Körper zurückkroch. Es war möglich, dachte er. Er hatte nie davon gehört, aber es *war* möglich – die Gesichtslosen Prediger standen im Ruf, Zauberer zu sein, und wenn Skar auch nicht an Zauberei glaubte, so wußte er zumindest, daß es eine Menge Dinge gab, die vielleicht nichts mit Magie zu tun hatten, im Ergebnis aber ebenso erschreckend waren. Und war das, was ihn hierhergebracht hatte, nicht letztlich gerade das gewesen, was man sich über die Gesichtslosen Prediger erzählte?

Er verschob die Lösung dieses Problems auf später, atmete tief ein und aus und noch einmal ein – und stand auf.

Seine Fußsohlen begannen zu prickeln. Kälte kroch wie die Berührung einer eisigen Hand in seinen Beinen empor; für einen Moment wurde ihm schwindelig. Aber er hatte sich jetzt schon wieder weit genug in der Gewalt, um das Gefühl niederzukämpfen.

Vorsichtig, mit halb ausgebreiteten Armen und gespreizten Fingern, um einen eventuellen Sturz abzufangen, machte er einen Schritt, atmete abermals tief durch und machte einen zweiten, dritten, vierten. Es ging besser, als er erwartet hatte. Statt sich schwach zu fühlen, gewann er im Gegenteil mit jedem Schritt an Kraft zurück, als wäre sein Körper eine Maschine, die sehr lange Zeit nicht mehr benutzt worden war, jetzt aber schnell in ihren gewohnten Rhythmus zurückfand.

Langsam durchquerte er den Raum, blieb unter der einzigen Tür stehen und sah noch einmal zurück, ehe er sie aufstieß. Es gab nichts, was er mitnehmen mußte. Der Raum war leer. Einen Moment lang erinnerte er sich noch an das bizarre Gefühl, nicht allein zu sein. Dann lächelte er – auf dem Boden lag Staub, nicht sehr dick, aber unberührt. Ein Traum. Ein Stück seines Traumes war ihm in die Wirklichkeit gefolgt, um ihn noch einen Moment zu narren. Mehr nicht. Mit einem Ruck wandte er sich um, trat unter der niedrigen Tür hindurch und richtete sich auf der anderen Seite wieder auf.

Er war in einem Teil des Tempels, den er nicht kannte. Aber das besagt nichts, denn obwohl er fast eine Woche in diesem unterirdischen Labyrinth verbracht hatte, hatten seine Gastgeber doch streng darauf geachtet, daß er sein Quartier nicht verließ, und wenn doch, so nur auf genau festgelegten Wegen, von denen er niemals abgewichen war, ohne sofort freundlich, aber mit großem Nachdruck zurückgeführt zu werden.

Skar fragte sich allerdings bald, welche Geheimnisse die Gesichtslosen Prediger wohl so sorgsam vor ihm beschützt haben mochten – der Tempel war leer. Er durchquerte ein Dutzend Räume und Hallen, die alle nichts anderes als Staub und Leere enthielten, und irgendwie hatte er das bestimmte Gefühl, daß er auch nichts anderes finden würde, wenn er den ganzen Tempel durchsuchte. Es war sehr still: Die einzigen Laute, die er hörte, waren die Geräusche, die er selbst verursachte; und dann und wann ein dumpfes, schweres Mahlen und Knacken, das ihm immer wieder in Erinnerung brachte, wie viele Tonnen Sand und Gestein sich über seinem Kopf türmten. Sie hatten ihm die Augen verbunden, lange bevor er den Tempel betrat, aber er hatte die Stufen gezählt, als sie ihn in die Tiefe geführt hatten – es waren weit über tausend. Wenn er bedachte, daß der Eingang des Tempels am Fuße des Berges lag, dann mußte über ihm eine Meile massiver Granit sein.

Und vor ihm vielleicht hundert Meilen leerer Gänge und Hallen. Was, flüsterte eine dünne boshafte Stimme in seinem Kopf, wenn die Gesichtslosen Prediger vielleicht nur einen kleinen Teil eines Labyrinthes von Gängen und Stollen bewohnten, das sich unter dem gesamten Gebirge dahinzog? Denn wenn der Tempel viel, viel größer war, als er angenommen hatte, und wenn er sich verirrte, vielleicht geradewegs in die falsche Richtung lief? Was, wenn...

Skar verscheuchte den Gedanken, blieb einen Moment stehen, um sich zu orientieren, und zuckte hilflos die Achseln. Wo alles gleich aussah, gab es nichts, woran man sich orientieren konnte. Er beschloß, einfach geradeaus zu gehen. Auf diese Weise würde er wenigstens den Rückweg finden, sollte es nötig sein.

Zumindest überwand er seine Schwäche jetzt zusehends: seine Muskeln arbeiteten wieder geschmeidig und mit der gewohnten Mühelosigkeit, und im gleichen Maße, in dem er die Kontrolle über seinen Körper zurückgewann, wuchs auch seine geistige Disziplin: Es gelang ihm jetzt, die Kälte vollends zu ignorieren und auch den stechenden Schmerz in seinem Nacken niederzukämpfen, bis er zu einem kaum mehr spürbaren Pochen wurde.

Dafür meldeten sich auch die natürlichen Bedürfnisse seines Körpers: Er bekam Hunger, und kurz darauf – was schlimmer war – Durst. Den Durst konnte er stillen, denn er fand Wasser, das aus einem Riß in der Decke sickerte und in einem steinernen Becken auf halber Höhe der Wand aufgefangen wurde. Es schmeckte abgestanden und nach Metall, und es hinterließ einen widerwärtigen Nachgeschmack auf seiner Zunge, aber es stillte wenigstens seinen Durst.

Skar rastete eine Weile unter dem Becken. Da er nackt war, hatte er keine Möglichkeit, etwas von dem Wasser mitzunehmen, und so trank er, so viel er nur konnte, auch wenn der schlechte Geschmack in seinem Mund dabei so intensiv wurde, daß er fast fürchtete, sich abermals übergeben zu müssen.

Eine Weile spielte er mit dem Gedanken, zurückzugehen und eine der zahlreichen Abzweigungen zu nehmen, an denen er vorübergekommen war, verwarf die Idee aber wieder. Das einzige, was er damit erreichen würde, wäre, sich gründlich zu verirren – und das war nun weiß Gott das Letzte, was er sich leisten konnte.

So ging er schließlich weiter.

Seine Geduld wurde belohnt. Der Gang weitete sich plötzlich zu einer gewaltigen, würfelförmigen Halle, und als er sie zur Hälfte durchquert hatte, erkannte er sie wieder: er war in jenem Teil des Tempels, in dem seine Kammer lag. Die Halle gehörte zu dem Weg, den er fast täglich zurückgelegt hatte, um den Oberpriester zu sehen.

Aber auch sie hatte sich verändert, auch wenn Skar den Unterschied im ersten Moment nicht in Worte zu fassen vermochte. In einer Umgebung, die ohnehin fast vollkommen leer war, waren Veränderungen schwer zu bemerken.

Aber gerade das war es:

Bisher war der Tempel *fast* leer gewesen. Jetzt war er es wirklich.

Die Fackeln, die in eisernen Haltern an der Wand gebrannt hatten, waren fort. Die Gebetsmühlen, die neben jeder Tür angebracht gewesen waren, verschwunden. Auf dem Boden lag Staub; nicht sehr viel, aber es war eine geschlossene Decke, halb so stark wie sein kleiner Finger und seit Wochen von keinem Fuß mehr berührt.

Skar erschrak. *Wie lange hatte er geschlafen?*

Für einen Moment drohte er die Beherrschung zu verlieren. Angst packte ihn, eine vollkommen irrationale Angst, die keinen Grund zu haben schien und gegen die er wehrlos war. Seine Hände und Knie begannen zu zittern. Er fuhr herum, so schnell, daß ihm abermals schwindelte, starrte aus weit aufgerissenen Augen in die Halle und stellte fest, daß er vergessen hatte, welche der zahllosen Türen zu seinem Quartier führte.

Mit aller Macht kämpfte er die Panik nieder, die der Furcht folgen wollte, schloß die Augen und zwang sich, an nichts zu denken. Aber es fiel ihm sonderbar schwer, obwohl er Satai war und eine Übung wie diese zu seinem täglichen Trainingsprogramm gehörte. Eine völlig irrationale, gräßliche Furcht packte ihn. Er schrie abermals auf, krümmte sich und ballte die Fäuste, bis jeder einzelne Muskel in seinen Armen und Schultern zu schmerzen begann.

Es half. Der Schmerz war schlimmer als die Furcht, und als die Panik verging, kehrten auch seine Erinnerungen zurück – natürlich wußte er, welchen Weg er nehmen mußte; schließlich war er ihn oft genug gegangen. Für einen Moment schien es ihm schlichtweg lächerlich, daß er vergessen haben sollte, welcher Gang der richtige war!

Aber er begriff auch, daß etwas mit ihm ganz und gar nicht in Ordnung war. Irgend etwas war mit ihm geschehen, während er schlief – geschehen oder *getan worden* – und wenn er auch nicht wußte was, so mußte er sich vorsehen.

Rasch, ehe sein Unterbewußtsein Gelegenheit bekam, ihm einen neuen bösen Streich zu spielen, durchquerte er die Halle, bückte sich ganz automatisch unter dem niedrigen Türsturz hindurch und betrat den Gang, an dessen Ende die kleine Felsenkammer lag, in der er zwei Wochen lang gelebt hatte.

Instinktiv hatte er erwartet, sie leer vorzufinden, aber zu seiner Überraschung standen auf dem Tisch ein mit Wachstuch verschlossener Wasserkrug und eine Schale mit verschrumpelten braunschwarzen Dingern, die einmal Früchte gewesen sein mochte, und einem Laib Brot.

Das Wasser war schal und trotz des Wachstuches mit einer dünnen, öligen Staubschicht bedeckt. Skar blies sie fort, trank und tauchte seine Fingerspitzen in den Krug, um seine Augen zu benetzen. Dann verschloß er den Krug sorgfältig wieder, streckte sich auf dem steinernen Bett aus und schloß die Augen.

Er schlief lange und ausgiebig, und es war eine andere Art des Schlafes als die totenähnliche Starre, in die ihn der Trank des Predigers hatte fallen lassen. Diesmal träumte er, und diesmal erinnerte er sich auch hinterher, was er geträumt hatte, wenn es auch im großen und ganzen nichts als krauses Zeug war, das keinen Sinn ergab: Träume, in denen er sich selbst sah, rennend und rennend und rennend, auf der Flucht vor einer Gefahr, die immer ein ganz kleines bißchen schneller war als er, ganz gleich, wie schnell er auch lief, dann wieder gegen ein gesichtsloses Monstrum kämpfend, ein Ding mit dem Körper eines alten Mannes, aber den Kräften eines Titanen. Ein paarmal sah er das Kind, aber irgend etwas stimmte nicht damit. Er wußte nicht was, aber es machte ihm Angst.

Trotzdem: Als er erwachte, fühlte er sich noch immer müde und benommen, doch auf eine sehr angenehme Art. Eine Weile lag er einfach mit halb geschlossenen Augen da und genoß das Gefühl, ganz allmählich vom Schlaf ins Wachsein hinüberzugleiten. Dann stand er auf, trank den kleinen Wasserrest, der sich noch im Krug befand, und untersuchte zum zweiten Mal den Obstkorb – mit dem gleichen Ergebnis wie beim ersten Mal. Das Obst war so verrottet, daß ihm allein der Geruch schon wieder Übelkeit bereitete.

Sein Hunger war mittlerweile so quälend geworden, daß er eine der Früchte sogar aufbrach, um vielleicht noch einen kleinen, halbwegs eßbaren Rest zu finden. Aber sie waren verdorben. So gründlich, als lägen sie seit Wochen hier.

Skar maß diesem Gedanken große Bedeutung zu: Bei der sorgsamen, fast überpräzisen Art der Gesichtslosen Prediger war es eigentlich unvorstellbar, daß sie etwas wie diese Obstschale vergessen sollten; dazu kam, daß der Tempel zwar leer, aber keineswegs fluchtartig verlassen worden war. Er machte eher den Eindruck eines Gebäudes, das von seinen Bewohnern in aller Ruhe geräumt worden war. Skar war fast sicher, daß dieser Krug mit Wasser und die Schale mit verfaultem Obst und steinhart gewordenem Brot alles waren, was er finden würde.

Und das – zusammen mit der Tatsache, daß sie in *seinem* Gelaß gestanden hatten – konnte eigentlich nur bedeuten, daß beides für ihn zurückgelassen worden war. Aber wenn das stimmte – *wie lange zum Teufel hatte er dann geschlafen?!*

Der Gedanke beunruhigte ihn; weit mehr, als er sich eingestehen wollte. Irgend etwas Entsetzliches mußte geschehen sein, während er unter dem Einfluß der Droge dagelegen hatte...

Er verscheuchte den Gedanken, trank den letzten Rest Wasser aus seinem Krug und verließ die Kammer. Ganz kurz dachte er noch einmal an das Gefühl, das er beim Erwachen am Tage zuvor gehabt hatte: das Gefühl, nicht allein zu sein. Aber er mußte sich wohl getäuscht haben.

In den nächsten Stunden durchsuchte er den Tempel der Gesichtslosen Prediger so gründlich, wie er nur konnte, ohne zu riskieren, sich abermals zu verirren. Alles, was er fand, waren Staub und leere Kammern. Die Gesichtslosen Prediger waren fort. So spurlos, als hätte es sie niemals gegeben. Und mit ihnen das Kind.

Skar kehrte in die Kammer des Oberpriesters zurück, am Ende seiner ergebnislosen Suche. Sie war wie alle Räume hier – leer und kalt und voller Staub, aber sie schien noch ein bißchen leerer zu sein als die anderen; vielleicht, weil sie voller Erinnerungen war. Erinnerungen an den Alten, an all die Worte, die er nur zum Teil verstanden hatte – vielleicht, weil er es gar nicht gewollt und ihn der Teil, den er verstand, schon bis ins Mark erschreckt hatte – und Erinnerungen an das Kind, das...

Skar erschrak, als er begriff, daß es ihm unmöglich war, sich an seinen Sohn zu erinnern. So sehr er sich auch anstrengte – es ging nicht! Dabei war alles da – die Erinnerungen lagen vor ihm, säuberlich geordnet und ausgebreitet wie lose Blätter in einem Buch, aber es war wie gestern, nach seinem ersten Erwachen: Jedesmal, wenn er danach zu greifen versuchte, schien eine unsichtbare Hand die seine beiseite zu schlagen; seine Erinnerungen waren wie Nebel, der stets vor ihm zurückwich, wenn er nach ihm griff. Aber gestern war es seine Benommenheit gewesen, die Tatsache, daß er nach Tagen und Wochen des Dahindämmerns selbst so grundlegende Dinge wie das Denken erst wieder mühsam lernen mußte. Jetzt... war es anders.

Auf eine sonderbar unkörperliche Art erschöpft, ließ er sich auf die Tischkante sinken, stützte die Ellbogen auf den Oberschenkeln auf und bettete das Kinn auf die verschränkten Fäuste. Eine schwer in Worte zu fassende Stimmung ergriff ihn, während er so dasaß. Er verspürte Zorn; eine fast kindische Wut auf die Gesichtslosen Prediger, die ihm Hilfe versprochen und ihn statt dessen allein gelassen hatten, aber auch Zorn auf Gowenna – Kiina, wie sie jetzt hieß – die ihn hierhergeschickt hatte, auf sich selbst, der auf ihren Rat gehört hatte. Ja, dachte er sarkastisch: es war eine Art Weltschmerz, gepaart mit einer gehörigen Portion Selbstmitleid, und auf eine Skar selbst völlig neue Art erleichterte ihn dieses Gefühl. Bisher war er einfach nur ratlos gewesen. Jetzt hatte er wenigstens etwas, auf das er zornig sein konnte; wenn auch nicht sehr, denn mit einem anderen, völlig selbständig arbeitenden Teil seines Bewußtseins begriff er sehr wohl, daß all dies weder Zufall noch Teil eines heimtückischen Planes war, sondern...

Sondern?

Sondern was? dachte er wütend. *Was war hier geschehen?*

In diesem Moment hörte er das Geräusch.

Skar fuhr hoch. Er hatte den Laut nicht bewußt wahrgenommen, aber seine Sinne waren scharf wie eh und je, und etwas in ihm reagierte, ohne daß es des Zutuns seines bewußten Denkens bedurfte.

Er sah einen Schatten aus den Augenwinkeln, ließ sich blitzschnell zur Seite fallen und rollte hinter den niedrigen Steinquader, der dem Prediger als Tisch gedient hatte. Dann schnellte er wieder in die Höhe, kampfbereit, mit leicht gespreizten Beinen, die Linke zur Faust geballt und vor dem Leib, die rechte Hand leicht gespreizt und in Höhe seines Kehlkopfes haltend.

Im nächsten Moment kam er sich so albern vor wie schon seit langer Zeit nicht mehr.

Seine Sinne hatten ihn nicht getrogen – er *hatte* Schritte gehört, und er *hatte* eine Bewegung in seinem Rücken wahrgenommen.

Aber es war kein Angreifer, der sich heimlich anschlich.

Hinter ihm stand ein schwarzhaariger Knabe von allerhöchstens acht Jahren, der ihn schreckensbleich und aus Augen anstarrte, die weit und dunkel vor Furcht waren. Seine Hände zitterten, und sein Mund stand ein wenig offen, als wolle er schreien. Trotzdem kam kein Laut über seine Lippen. Er starrte Skar nur an, mit einer Mischung aus Entsetzen und Erleichterung, wie sie Skar selten im Blick eines Menschen gesehen hatte. Seine kleinen Hände umklammerten einen Stock, ganz in der Art, in der ein Mann ein Schwert hielt, aber sie zitterten, und Skar sah die dunklen Linien in seinem Gesicht, die Furcht und Erschöpfung hineingegraben hatten. Skar sah auch, daß seine Knöchel und Knie blutig waren. Über seiner rechten Schläfe prangte eine große, erst halb verschorfte Wunde, und sein rechtes Bein war verbunden, mit mehr gutem Willen als Sachkenntnis. Sein Gewand, das mehr einem schmutzigen Sack glich als einem Kleid, klebte in dunklen Flecken an seiner Haut. Sein Atem ging sehr schnell. Er war gerannt.

Skar ließ langsam die Hände sinken, entspannte sich ein wenig und versuchte zu lächeln. Er selbst hatte den Eindruck, daß es ihm gelang, aber die Reaktion des Knaben bewies das Gegenteil: Der schwache Funke von Erleichterung in seinem Blick erlosch und machte jäh aufflammender Panik Platz. Und plötzlich schrie er doch: hoch und schrill und so spitz, daß Skar abermals erschrocken zusammenfuhr und unwillkürlich einen Schritt auf ihn zutrat.

»Warte!« sagte Skar hastig. »Ich –«

Der Junge wirbelte herum und rannte aus der Kammer, ehe er auch nur aussprechen konnte.

»Heda!« schrie Skar. »So bleib doch stehen! Ich tue dir doch nichts!«

Natürlich reagierte der Junge nicht. Im Gegenteil – Skar sah, wie er erschrocken über die Schulter zu ihm zurücksah und noch schneller lief, dann war er ganz aus der Kammer heraus und im Halbdunkel des Ganges verschwunden.

Skar schluckte einen Fluch herunter, sprang mit einem Satz über den Tisch und rannte hinter dem Jungen her, wobei er ihm unentwegt zuschrie, doch stehenzubleiben. Aber die einzige Antwort, die er bekam, war das verzerrte Echo seiner eigenen Stimme.

Der Junge hatte bereits einen gehörigen Vorsprung, als Skar aus der Kammer stürmte – er sah gerade noch einen Zipfel seines zerrissenen Gewandes in einem Seitengang verschwinden, dann war nicht einmal mehr das Echo seiner Schritte zu hören.

Skar hörte auf, nach dem Jungen zu rufen, und sparte sich seinen Atem dafür, rascher zu laufen. Der Junge war nicht sehr schnell, obwohl ihm die Angst zusätzliche Kräfte verleihen mußte, aber Skars Herz begann bereits nach wenigen Schritten schnell und hart zu hämmern, und in seiner Kehle erwachte ein dünner, stechender Schmerz. Er war wahrlich nicht sehr gut in Form.

Trotzdem verdoppelte er seine Anstrengungen, ihn einzuholen, bog mit gesenktem Kopf in den Seitengang ein und sah den Jungen plötzlich dreißig, vierzig Schritte vor sich.

»Zum Teufel – bleib endlich stehen!« schrie er. »Ich will nichts von dir! Nur deine Hilfe!«

Und tatsächlich blieb der Junge stehen und sah zu ihm zurück, wenn auch nur für einen Moment – dann wirbelte er abermals herum und verschwand in einer Tür. Skar fluchte ungehemmt, griff noch weiter aus und versuchte das Stechen in seinen Lungen zu ignorieren. Wenn er den Jungen in diesem Labyrinth von Gängen und Treppenfluchten aus dem Auge verlor, hatte er keine Chance mehr, ihn einzuholen. Der Tempel war groß genug, eine Armee zu verstecken. Kaum drei Schritte hinter ihm stürmte er durch die niedrige Tür.

Er sah die Bewegung im letzten Augenblick, aber diesmal kam seine Reaktion zu spät. Skar versuchte sich herumzuwerfen und gleichzeitig die Arme in die Höhe zu reißen, aber er war zu langsam. Etwas traf ihn mit der Wucht eines Hammerschlages im Gesicht und schleuderte ihn zu Boden.

Er fiel, versuchte den Sturz ungeschickt mit Händen und Knien abzufangen und prallte schmerzhaft mit der Schläfe gegen die Wand. Kreise aus blutrotem Schmerz drehten sich vor seinen Augen. Er spürte, wie seine Arme unter seinem Körpergewicht nachgaben, prallte mit dem Gesicht gegen den harten Boden und stöhnte ein zweites Mal vor Schmerz. Er konnte nicht mehr richtig sehen. Schatten umtanzten ihn. Er hörte Schritte, dann einen überraschten, hellen Schrei – nicht den einer Kinderstimme – versuchte den Kopf zu heben und fühlte die Gefahr noch, dann traf ihn ein zweiter, sehr viel härterer Schlag gegen den Unterkiefer. Skar schrie vor Schmerz auf, riß ganz instinktiv die Arme über den Kopf und spürte, wie er irgend etwas traf, das unter seinem Hieb zurücktaumelte. Ein neuerlicher Schrei erscholl, gleichzeitig voller Wut und Schmerz, und dicht neben ihm stürzte ein Körper schwer zu Boden.

Skar wälzte sich stöhnend auf den Rücken, blinzelte die grellen Schmerzblitze vor seinen Augen fort und richtete sich auf. Auf seiner Zunge war Blut, sehr viel Blut, und Schmerz lähmte seine gesamte rechte Gesichtshälfte. Mühsam rappelte er sich hoch, spuckte Blut, ein Stück eines abgebrochenen Zahnes und noch mehr Blut und fuhr sich mit dem Handrücken über die Lippen.

»Beweg dich nicht!« sagte eine Stimme neben ihm. »Bleib, wo du bist, oder ich schlage dir den Schädel ein!«

Skar sah mühsam auf. In seinem Kopf drehte sich alles. Ihm war übel und schwindelig zugleich, und der Schmerz in seinem Kiefer wurde fast unerträglich. Er wäre nicht einmal in der Lage gewesen, sich zu wehren, wenn er es gewollt hätte. Und er konnte noch immer nicht richtig sehen. Vor seinen Augen wogten blutige Schatten.

Mühsam richtete er sich weiter auf, sah einen der Schatten sich bewegen und fuhr erschrocken zusammen. Der Schlag, auf den er wartete, kam nicht, aber die Stimme wiederholte ihre Warnung, sich nicht zu bewegen.

Skar spürte kalten Stein im Rücken, ließ sich gegen die Wand sinken und fuhr sich mit beiden Händen über das Gesicht. Er fühlte Blut, das aus seiner aufgeplatzten Lippe quoll, und einen raschen, stechenden Schmerz.

Als er die Hände herunternahm, geronnen die Schatten vor seinem Blick zu den Umrissen zweier Menschen. Der eine war der Junge, den er verfolgt hatte. Er stand mit gespreizten Beinen da, den Stock, an dem jetzt Blut klebte, mit beiden Fäusten umklammernd und zitternd vor Angst, aber gleichzeitig auch sehr entschlossen.

Der andere war der einer Frau, und sie war es auch gewesen, die ihn vollends niedergeschlagen hatte, eine Frau von allerhöchstens fünfundzwanzig Jahren. Sie hockte vor ihm, halb auf ein Knie erhoben, und in ihren Augen stand die gleiche panische Angst, die er schon in denen des Jungen gelesen hatte. Ihre rechte Hand umklammerte den faustgroßen, kantigen Stein, den sie ihm ins Gesicht geschlagen hatte.

Skar versuchte etwas zu sagen, aber es ging erst, nachdem er einen weiteren Mundvoll Blut ausgespien hatte. Stöhnend hob er die Hand, fuhr sich über Kinn und Lippen und machte Anstalten, sich vollends zu erheben. Sofort hob die Frau den Stein drohend höher, und Skar erstarrte wieder. Aber er sah auch, daß ihre Hand zitterte. Der Ausdruck auf ihren Zügen war Panik, nicht Wildheit.

»Nimm den Stein herunter«, sagte er mühsam. »Ich bin nicht dein Feind!« Er stöhnte, berührte seine schmerzende Wange mit spitzen Fingern und fügte gepreßt hinzu: »Wenigstens noch nicht.«

Die Frau – nein, korrigierte sich Skar in Gedanken: das *Mädchen* – zögerte. Ihre Hand begann stärker zu zittern. Der Stein mußte sehr schwer sein. Und wahrscheinlich war sie halb wahnsinnig vor Angst. Aber es war die gleiche Angst, die ihr die Kraft gegeben hatte, ihn niederzuschlagen. Skar begriff plötzlich, daß er einfach Glück gehabt hatte – hätte der Stein seine Schläfe getroffen, statt seines Kiefers, wäre er jetzt wahrscheinlich tot.

»Nimm den Stein herunter«, sagte er noch einmal. »Bitte.«

Das Mädchen zögerte. Skar konnte den lautlosen Kampf, der hinter ihrer Stirn tobte, direkt sehen. Sie war noch immer halb wahnsinnig vor Angst, aber in ihrem Blick war auch die gleiche, vorsichtige Erleichterung zu erkennen wie zuvor in dem des Jungen. Trotzdem senkte sie den Stein nicht. »Wer... wer bist du?« stammelte sie. »Du gehörst nicht... nicht zu ihnen?«

»Ich habe keine Ahnung, wer *sie* sind«, antwortete Skar gereizt. »Aber ich glaube nicht, daß ich dazu gehöre.« Er deutete mit einer Kopfbewegung auf ihre Hand, die den Stein hielt. »Wie ist es – darf ich aufstehen, oder zertrümmerst du mir den Schädel, wenn ich es versuche?«

»Glaub ihm nicht, Syrr!« sagte der Junge. Er hatte sich Skar von der anderen Seite genähert und war abermals mit gespreizten Beinen stehengeblieben. Den Stock hielt er nun wirklich wie ein Schwert. Und trotz der Angst, die in seinem Blick flackerte, schien er wild entschlossen zu sein, zuzuschlagen. Wäre der Schmerz in seinem Gesicht etwas weniger heftig gewesen, hätte der Junge ihm wahrscheinlich sogar gefallen.

»Syrr, so.« Skar richtete sich auf, fuhr sich noch einmal mit dem Handrücken über den Mund und verzog schmerzhaft das Gesicht. Dann deutete er mit einer Kopfbewegung auf den Jungen. »Wer ist das?« fragte er verdrossen. »Dein Sohn?«

»Mein... mein Bruder«, antwortete Syrr. Ihr Blick flackerte. Skar sah, welche Kraftanstrengung es sie kostete, den Stein weiter drohend erhoben zu halten. Ihre freie Hand spielte nervös an dem groben Strick, den sie anstelle eines Gürtels um die Taille trug. Wie die des Jungen waren ihre Hände und die nackten Arme mit einer Unzahl kleiner, zum größten Teil erst halb verheilter Kratzer und Wunden übersät.

»Und wer bist du?« fragte sie unsicher.

»Jemand, der dir und diesem Knirps da gleich eine Tracht Prügel verabreicht, wenn du nicht sofort den Stein fallen läßt«, antwortete Skar drohend. Er hatte beinahe Lust, seine Ankündigung in die Tat umzusetzen, denn zu dem pochenden Schmerz in seinem Kiefer gesellte sich nun auch noch Zorn; allerdings wohl eher Zorn auf sich selbst, daß er sich von einem Knaben und einem Mädchen so hatte übertölpeln lassen.

Syrr wich erschrocken vor ihm zurück, als er auf sie zutrat, und Skar bedauerte seine groben Worte fast sofort wieder. Jetzt, als Skar ihr gegenüberstand, sah er, daß sie sehr klein war: selbst hoch aufgerichtet reichte sie ihm kaum bis zur Schulter. Sie war sehr schlank, beinahe dürr, und auf ihren Wangen lagen Schatten, die von einer überstandenen schweren Krankheit, vielleicht auch von Hunger kündeten. Ihr Haar war schwarz wie das des Jungen und unter einem tief in die Stirn gezogenen Kopftuch verborgen. Und wie der Knabe trug sie ein sackähnliches, zerschlissenes Gewand und keine Schuhe.

Statt Zorn spürte Skar plötzlich beinahe Mitleid – aber nur beinahe. Der Schmerz in seinem Gesicht war ein wenig zu stark, um nicht jeden aufkeimenden Funken von Sympathie für Syrr und ihren Bruder sofort zu ersticken.

Stöhnend hob er den Arm, preßte die Hand gegen seine schmerzende Wange und musterte Syrr und den Knaben finster. Aber sein Zorn wich mehr und mehr Verwirrung – und dem unguten Gefühl, daß Syrrs verzweifelter Angriff auf ihn mehr als ein Versehen gewesen war. Die beiden mußten eine Menge mitgemacht haben, dachte er. Sie würden einen Mann wie ihn nicht aus purem Übermut angreifen, oder gar, um ihn auszuplündern. Ganz davon abgesehen, daß es bei ihm nicht sehr viel zu plündern gab...

Skar verharrte mitten im Schritt, sah an sich herab und runzelte die Stirn. »Gib mir dein Kopftuch«, verlangte er.

Syrr zögerte, aber als er die Hand ausstreckte, hob sie fast erschrocken den Arm, zog das Tuch herunter und reichte es ihm. Skar nickte dankbar, faltete es ganz auseinander und knotete es zu einem primitiven Lendenschurz zusammen. Erst danach wandte er sich wieder an das Mädchen.

»Also«, begann er, noch immer in scharfem Ton, aber lange nicht mehr so grob wie bisher. »Wer seid ihr, und was soll das, mich hinterrücks niederzuschlagen?«

Syrr antwortete nicht. Ihr Blick glitt über seine Gestalt, blieb an seinem Gesicht hängen und begann unstet durch den Raum zu irren, als suche sie einen Fluchtweg. Skar spürte, wie es in ihr arbeitete. Vermutlich begriff sie allmählich, daß er wirklich nicht zu den Männern gehörte, vor denen sie und ihr Bruder solche Angst hatten. Trotzdem traute sie ihm noch nicht.

Und wie konnte sie auch? dachte er. Er hatte einen Blick wie den ihren zu oft gesehen, um nicht zu wissen, was er bedeutete: der Blick eines gejagten Tieres, das so lange auf der Flucht gewesen war, daß es schon nicht mehr wußte, was das Wort *Vertrauen* wirklich bedeutete. Dieses Mädchen und ihr Bruder hatten zu viel erlebt, um noch irgendeinem Menschen vorbehaltlos trauen zu können – und schon gar keinem nackten Mann, der unversehens in einer vermeintlich vollkommen leeren Festung vor ihnen auftauchte.

»Laß den Stein fallen«, sagte er, laut, aber trotzdem beinahe sanft. »Wenn ich das wäre, wofür du mich hältst, wärst du schon lange nicht mehr am Leben, glaube mir. Also –?«

»Glaub ihm nicht«, sagte der Junge. »Er lügt! Sie lügen immer. Er wird uns zurückbringen. Oder gleich hier ermorden.«

Skar seufzte, drehte sich langsam zu dem Jungen um und trat einen halben Schritt auf ihn zu. Der Junge erbleichte noch mehr, wich aber nicht weiter vor ihm zurück. Seine Hände begannen stärker zu zittern. Er biß sich auf die Lippe, so fest, daß ein einzelner Blutstropfen aus seinem Mundwinkel lief. Aber er wich keinen Zoll vor Skar zurück.

»Du hast Mut, Kleiner«, sagte Skar. »Aber das allein reicht nicht – siehst du?«

Der Junge keuchte, als Skar eine schnelle Bewegung machte und plötzlich den Stock in Händen hielt, ohne daß er auch nur recht begriff, wie ihm geschah. Skar schüttelte tadelnd den Kopf, zerbrach den Stecken ohne sichtliche Anstrengung in zwei Teile und warf sie zu Boden. Für einen Moment bereitete es ihm eine absurde Befriedigung, den Knaben so spielend entwaffnet zu haben. Dann begriff er, daß er sich selbst sehr kindisch benahm.

»Laß einen Mann niemals so dicht an dich herankommen, daß er dich entwaffnen kann«, sagte Skar. Er lächelte verlegen, obwohl er sich darüber im klaren war, daß es bei seinem geschwollenen Gesicht wohl eher einer Grimasse gleichkam, wandte sich wieder an das Mädchen und deutete auf den Stein in ihrer Hand.

»Du scheinst an diesem Ding zu hängen«, sagte er. »Behalte es meinetwegen, aber mach keinen Unsinn damit, ja? Also, Syrr – du und dein Bruder, wer seid ihr? Und was tut ihr hier?«

»Wir... wir haben uns versteckt«, antwortete Syrr stockend. »Talin und ich sind ihnen entkommen, aber sie haben uns verfolgt, und... und da haben wir die Höhle entdeckt, und... und wir dachten, hier unten wären wir sicher, aber dann... dann hörten wir Schritte und...«

Skar hob die Hand, um ihren Redefluß zu unterbrechen. »Nicht so rasch«, sagte er. »Wer sind sie, und warum verfolgen sie euch? Was habt ihr getan?« Er seufzte, ließ sich wieder zu Boden sinken und zog die Knie an den Leib. Sein Kiefer schmerzte so heftig, daß er nicht mehr klar denken konnte. Großer Gott, wie hatte er sich so übertölpeln lassen können – von einem *Kind*?

»Quorrl«, antwortete Syrr nach langem Zögern. »Die... die Quorrl, Herr!«

»Quorrl?« Skar sah auf, blickte das Mädchen ungläubig an und vergaß für einen Moment sogar den pochenden Schmerz in seinem Kiefer. »Sagtest du: Quorrl?« wiederholte er.

»Sie haben uns verfolgt, Herr«, bestätigte Syrr. »Seit drei Tagen fliehen Talin und ich vor ihnen, aber sie... sie haben Hunde dabei, und...«

»Warum erzählst du ihm das?« mischte sich Talin ein. »Er gehört zu ihnen, das weiß ich. Er wird uns verraten!«

»Sehe ich vielleicht aus wie ein Quorrl?« fragte Skar zornig.

»Es... es sind auch Menschen bei ihnen«, sagte Syrr. Ihre Stimme schwankte immer stärker. Und ganz plötzlich ließ sie den Stein fallen und begann zu weinen. »Es... es war so entsetzlich«, schluchzte sie. »Ich habe Angst, Herr. Bitte helft uns!«

Und dann tat sie etwas, womit Skar hätte rechnen müssen, was ihn aber vollkommen überraschte – sie trat auf ihn zu, fiel plötzlich neben ihm auf die Knie, warf sich an seine Brust und begann hemmungslos zu schluchzen.

Skar blickte hilflos auf sie herab. Er hob die Hand, wie um sie an der Schulter zu berühren oder ihr Haar zu streicheln, führte die Bewegung aber nicht zu Ende, sondern ließ den Arm wieder sinken. Syrrs Körper wurde von einem Weinkrampf geschüttelt. Ihre Fingernägel krallten sich schmerzhaft in seine Haut, und plötzlich spürte er ihre Tränen heiß an seiner Brust herablaufen. »Helft uns, Herr«, stammelte sie. »Ich flehe Euch an – macht mit mir, was Ihr wollt, aber helft meinem Bruder und mir. Ihr... Ihr könnt mich haben, aber bringt... bringt uns hier heraus. Laßt nicht zu, daß sie uns zurückbringen!«

Skar fühlte sich... hilflos. Kindern und weinenden Frauen gegenüber hatte er sich immer hilflos gefühlt, aber nun kam noch seine Verwirrung hinzu, und das Gefühl, daß alles von vorne begann. Sollte denn das Kämpfen und Fliehen niemals ein Ende haben? Außerdem verunsicherten ihn Syrrs Worte, denn wenn sie das bedeuteten, was er glaubte, gefielen sie ihm nicht. Gott, sie war ein halbes Kind!

Behutsam löste er ihren Griff, legte nun doch die Hände auf ihre Schultern und schob sie auf Armeslänge von sich. Syrr weinte noch immer, wenn sie sich auch jetzt alle Mühe gab, die Kontrolle über sich zurückzugewinnen. Ihr Haar hing aufgelöst in die Stirn und bis über ihre Schultern, und jetzt, als sie sich ganz nahe waren, korrigierte Skar seine Schätzung um ein gehöriges Stück nach unten, was ihr Alter anging. Sie war allerhöchstens zwanzig.

»Beruhige dich, Kind«, sagte er, so sanft er konnte. »Ihr seid sicher.« Er lächelte aufmunternd, schob sie mit sanfter Gewalt auf eine der steinernen Sitzbänke und ließ sich vor ihr in die Hocke sinken, bis ihre Gesichter auf gleicher Höhe waren. Syrr sah ihn an, und sofort begannen die Tränen wieder heftiger über ihre Wangen zu laufen. Sie *war* ein Kind.

»Und jetzt erzähle«, sagte er. »Ich werde deinem Bruder und dir helfen, aber zuerst muß ich wissen, was überhaupt los ist – siehst du das ein?« Er lächelte erneut, verlagerte sein Gewicht ein wenig und hob die Hand, um sie sanft an der Wange zu berühren.

Syrr nickte schluchzend, aber Talin trat mit einem zornigen Schritt zwischen sie und Skar, schlug seine Hand beiseite und funkelte ihn haßerfüllt an. »Rühr sie nicht an!« fauchte er. »Wenn du sie anfaßt, bringe ich dich um, Alter!«

Alter? dachte Skar. Dann fiel ihm ein, daß er wirklich alt war gegen diesen Jungen – an die vierzig Jahre älter als er. Mit Mühe unterdrückte er ein spöttisches Lächeln, bewegte sich ein Stück zurück, ohne sich aus der Hocke zu erheben, und ließ sich schließlich mit untergeschlagenen Beinen zu Boden sinken.

»Wie du willst, du kleiner Held«, sagte er spöttisch. »Aber wenn ich euch helfen soll, müßt ihr mir wenigstens verraten, wie – und warum.«

Syrr wollte etwas sagen, aber wieder war ihr Bruder schneller. »Nein!« beharrte er. »Erst erzählst du! Wer bist du, und was tust du hier?«

»Laß ihn doch, Talin«, sagte Syrr matt. »Irgend jemandem müssen wir schließlich vertrauen, oder?«

»So wie Ghandrij?« Talin zog eine Grimasse, spie aus und deutete anklagend auf Skar. »Er soll verschwinden! Wir haben bisher niemanden gebraucht, und wir brauchen auch jetzt keinen. Bisher sind wir ganz gut allein zurechtgekommen, oder?«

Skar beschloß, das einzige zu tun, was ihm sinnvoll erschien – den Knaben zu ignorieren. »Erzähle«, sagte er, an Syrr gewandt. »Wie viele sind es, und warum verfolgen sie euch?«

»Erst du!« beharrte Talin. »Wer bist du?«

Skar seufzte. Für einen Moment wallte Ärger in ihm hoch;

aber dann kam er sich einfach lächerlich vor bei dem Gedanken, sich mit einem *Kind* streiten zu sollen.

Resignierend zuckte er mit den Achseln. »Vielleicht hast du sogar recht«, murmelte er. »Mein Name ist Skar. Ich bin ...« Irgend etwas hielt ihn davon ab, das Wort *Satai* auszusprechen; zumindest in diesem Moment. Vielleicht einfach die alberne Scham, von einem Kind niedergeschlagen und um ein Haar getötet worden zu sein. »Ich war der Gast der Gesichtslosen Prediger«, fuhr er fort.

Etwas an seinen Worten schien falsch gewesen zu sein, denn er sah, wie das alte Mißtrauen sofort wieder in Syrrs Augen aufflammte. Ihre Haltung versteifte sich. Ohne daß sie es selbst merkte, rutschte sie ein Stück vor ihm zurück. Und auch ihr Bruder versteifte sich. Seine Hände glitten an seinem Gewand herab, als suchten sie eine Waffe.

»Die Gesichtslosen Prediger?« wiederholte Syrr.

Skar nickte. »Das hier ist ihr Tempel.« Er blickte Syrr und Talin abwechselnd an. »Was ist falsch daran?«

»Du lügst!« behauptete Talin. Er fuhr herum, wandte sich an seine Schwester und deutete heftig gestikulierend auf Skar. »Ich habe es dir gesagt: er lügt. Er gehört zu ihnen!«

»Zum Teufel, was soll das?« fragte Skar ärgerlich.

»Sie... sie sind fort«, murmelte Syrr. »Sie sind geflohen, Skar, schon vor Wochen.«

»Vor Wochen?« Skar schwieg einen Moment. Die Worte des Mädchens überraschten ihn nicht sonderlich. Aber sie erschreckten ihn trotzdem, denn sie enthielten eine Wahrheit, die er zwar geahnt, gegen die er sich aber bis zu diesem Moment noch gesträubt hatte.

»Vor Wochen...«, wiederholte er. »Nun, das... das kompliziert die Sache.«

»Das beweist, daß du lügst!« sagte Talin.

»So?« Skar lächelte sanft. »Meinst du? Glaubst du wirklich, ich würde mir eine so offensichtliche Lüge aus den Fingern saugen, Talin?« Er schüttelte entschieden den Kopf. »Ich verstehe es selbst nicht. Ich kam hierher, weil ich ein... nun, ein Problem hatte«, sagte er zögernd. »Ich brauchte ihre Hilfe, und sie gaben mir einen Trank. Ich habe geschlafen. Aber ich wußte nicht, daß es so lange war.«

»Ich glaube dir nicht«, beharrte Talin. In seinen Augen blitzte ein Mut, wie ihn wohl nur Kinder aufzubringen vermochten. Skar war sicher, daß er sich auf ihn gestürzt hätte, hätte er eine Waffe besessen.

»Ich schon«, sagte Syrr. Sie schüttelte sanft den Kopf, als ihr Bruder abermals auffahren wollte. »Bitte, Talin – es spielt keine Rolle, ob er die Wahrheit sagt oder nicht. Wenn er lügt und zu ihnen gehört, sind wir sowieso verloren. Und wenn er die Wahrheit sagt, wird er uns helfen.«

Die eiskalte Logik dieses Gedankenganges überraschte Skar. Aber er sagte nichts, denn er spürte, daß er mehr erfahren würde, wenn er einfach schwieg und das Mädchen reden ließ.

»Talin und ich stammen aus Jeda«, begann Syrr mit leiser, zitternder Stimme. »Ihr werdet es nicht kennen. Es... es ist ein kleines Dorf, drei Tagesreisen von hier. Als die Quorrl kamen, sind die meisten von uns fortgegangen, aber ein paar sind geblieben; zumeist Alte und Kranke. Und... und wir auch.«

Quorrl? dachte Skar verwirrt. *Wovon zum Teufel sprach dieses Mädchen?!* Laut sagte er: »Und ihr? Ihr seid weder das eine noch das andere.«

»Unsere Mutter war krank«, antwortete Syrr. »Ich blieb, um sie zu pflegen. Talin habe ich mit den anderen weggeschickt, aber er ist ausgerissen und zurückgekommen.« Sie seufzte. Wieder liefen Tränen über ihr Gesicht, aber sie weinte jetzt still, und als sie weitersprach, war ihre Stimme sogar erstaunlich klar. Eine Kälte war darin, die Skar im ersten Moment fast erschreckte – bis er begriff, daß sie sich mit äußerster Kraft beherrschte. »In der Nacht darauf kamen die Quorrl. Es war... schrecklich, Skar. Sie haben alle getötet, die sich zu wehren versuchten, und dann alle, die ihnen zu krank oder zu alt waren, um von Nutzen zu sein.«

Skar verbiß sich im letzten Moment die Frage, ob ihre Mutter auch dazu gehört hatte. Er kannte die Quorrl.

»Die anderen haben sie verschleppt«, fuhr Syrr fort. »Auch

meinen Bruder und mich. Aber wir konnten fliehen, als sie einen Moment unaufmerksam waren.«

»Ich habe einem von ihnen den schmutzigen Hals durchgeschnitten!« sagte Talin stolz. Skar sah ihn an, schwieg einen Moment und runzelte die Stirn. Die Wortwahl des Jungen gefiel ihm nicht. Aber jetzt war nicht der Moment, *darüber* zu sprechen. Er nickte Syrr aufmunternd zu.

»Sie haben uns verfolgt«, berichtete sie. »Ich weiß nicht, wie viele es sind – fünf, vielleicht sechs. Sie haben Pferde und Hunde, aber wir konnten sie abschütteln. Wir sind in die Wälder geflohen, und dann hierher in die Berge, aber die Hunde haben unsere Spur immer wieder aufgenommen. Und dann hat Talin den Eingang entdeckt. Wir... wir dachten, wir wären hier sicher.« Sie schluckte krampfhaft, um die Tränen zurückzuhalten. Es gelang ihr nicht. »Talin sagte, die Quorrl wären ein abergläubisches Volk, das sich niemals hier herunter trauen würde.«

»Damit hat er recht«, sagte Skar.

»Vielleicht.« Syrr lächelte bitter. »Aber sie haben die Hunde. Und es sind Menschen bei ihnen. Wir... haben Schritte gehört, und –«

»Und?« hakte Skar nach, als sie nicht weitersprach.

»Sie sind hier«, sagte Syrr schluchzend. »Ich habe niemanden gesehen, und auch Talin nicht, aber... aber ich spüre sie.«

Skar dachte an sein eigenes, beunruhigendes Erlebnis vom Vortage und schwieg. Vielleicht lag es einfach an diesem Tunnellabyrinth, dachte er. Diese Wände hatten so viel Magie und Zauberei erlebt, daß irgend etwas davon zurückgeblieben sein mußte. Sie sollten nicht hier sein. Niemand sollte das.

»Sprich weiter«, sagte er halblaut.

Syrr sah auf, blickte Skar aus weiten Augen an und versuchte vergeblich, das Zittern ihrer Lippen zu unterdrücken. Ihre Stimme wurde fast flehend. »Als... als ich sah, wie Ihr Talin verfolgtet, hielt ich Euch für einen von ihnen, Herr. Ich wollte Euch nicht verletzen, wirklich! Ich hatte nur Angst, und ich... ich dachte –«

»Schon gut«, Skar unterbrach sie mit einer Handbewegung

und lächelte. Sein Gesicht schmerzte noch immer, und in den nächsten Tagen würde er wahrscheinlich begreifen, was das Wort *Zahnschmerz* wirklich bedeutete – aber er konnte das Mädchen verstehen. Er hätte nicht anders reagiert, in ihrer Lage. Und es gab Wichtigeres, als sich in Selbstmitleid zu üben oder gar dieses Kind mit Vorwürfen zu überhäufen, das nichts anderes getan hatte, als um sein Leben zu kämpfen.

»Quorrl, sagst du«, fuhr er fort. »Wieso tut der Herzog von Denwar nichts gegen sie? Hat er Krieger geschickt?«

»Krieger?« Syrr starrte ihn an, als zweifele sie nun ernsthaft an seinem Verstand. »Aber... aber was für Krieger denn? Orkala ist besetztes Land, Herr. Bisher haben sie uns in Ruhe gelassen, hier in den Bergen, aber... aber jetzt –«

»Besetztes Land?« unterbrach sie Skar. Seine Gedanken überschlugen sich. Ein eisiger, ungläubiger Schrecken breitete sich in ihm aus. »Du willst sagen, es ist *Krieg*? Mit den *Quorrl*?«

»Zwischen ihnen und den freien Ländern«, bestätigte Syrr in einem Ton, als habe er sie gefragt, ob die Sonne wirklich jeden Tag aufging. »Aber wißt Ihr denn nichts davon, Herr?« Das alte Mißtrauen flammte wieder in ihrem Blick auf, stärker als zuvor. Aus den Augenwinkeln sah Skar, wie Talin ein Stück vor ihm zurückwich.

»Vergiß den *Herrn*«, sagte er automatisch. »Und um deine Frage zu beantworten – nein, ich weiß nichts davon. Ich fürchte, ich war länger hier, als ich bisher angenommen habe.«

»Dann müßt Ihr... – du – sehr lange geschlafen haben«, stellte Syrr fest. Etwas in ihrer Stimme hatte sich verändert, registrierte Skar. Sie weinte nicht mehr. Und plötzlich begriff er, daß die schmale Brücke aus Vertrauen, die zwischen ihnen entstanden war, unter der Last seiner Fragen zusammenzubrechen drohte. Vielleicht begann sie sich einfach zu fragen, ob es nicht ebenso gefährlich war, mit einem Verrückten zusammen zu sein, wie mit einem ihrer Verfolger. Bei allen Göttern – was war geschehen? *Wie lange hatte er geschlafen?*

»Es muß wohl sehr lange gewesen sein«, sagte er rasch. »Ich war... krank. Schwer krank.« Er lächelte unsicher. Syrr starrte ihn an. Das Mißtrauen in ihrem Blick legte sich nicht. Es war jetzt nur von anderer Art

»Vielleicht stimmt irgend etwas mit meinem Gedächtnis nicht«, sagte er. »Weißt du, gestern, als ich aufgewacht bin, konnte ich mich nicht einmal an meinen Namen erinnern. Krieg also?« Im Grunde waren Syrrs Worte nicht einmal so überraschend, wie sie sich im ersten Moment angehört hatten: Die Quorrl überschritten die Grenzen ihres Reservates in fast regelmäßigen Abständen, um plündernd und mordend durch die Welt zu ziehen. Und wenn er alles bedachte – die verzweifelte Hetzjagd, zu der ihn Vela gezwungen hatte, ihre Flucht vor Dronte und die fast zweimonatige Rückreise nach Enwor, dazu die Zeit, die er dagelegen und geschlafen hatte... ja, es mußte fast ein Jahr her sein, daß er das letzte Mal Gelegenheit gehabt hatte, sich um die Geschehnisse draußen in der Welt zu kümmern. Mehr als genug Zeit, um einen Krieg zu verschlafen...

Er lächelte bitter.

»Was ist so komisch?« fragte Talin.

»Oh, nichts«, seufzte Skar. Er streckte die Hand aus, wie um Talins Haar zu streicheln, führte die Bewegung aber nicht zu Ende, als der Junge erschrocken vor ihm zurückwich, sondern seufzte nur abermals, und sehr tief. »Weißt du, Knirps«, sagte er, »es gibt einen Spruch, nach dem die Götter die lieben, mit denen sie ihre Scherze treiben. Sollte es wahr sein, dann müssen sie unsterblich in mich verliebt sein.«

Er lachte, als er die Verwirrung auf Talins Zügen sah, und stand mit einer kraftvollen Bewegung auf. »Habt ihr Essen?«

Syrr schüttelte den Kopf. »Nein. Wir... hatten keine Zeit, Fallen zu stellen, und der Winter war sehr hart. Ich habe gehofft, hier etwas zu finden, aber...« Sie sah ihn fast hoffnungsvoll an. »Habt ihr... hast du etwas?«

Skar grinste. »Ja«, antwortete er. »Hunger. Ihr seid hier heruntergekommen – kennt ihr auch den Weg hinaus?«

Syrr nickte. »Warum?«

»Weil ich keine große Lust habe, in diesem Rattenloch zu verhungern«, antwortete Skar scharf. »Oder darauf zu warten, daß

sie kommen und uns holen. Ich bringe euch raus. Zurück in euer Dorf, oder irgendwohin, wo ihr sicher seid.«

»Das nächste freie Land ist Lora!« protestierte Syrr. »Es sind zehn Tagesmärsche bis dorthin!«

»Wer sagt, daß wir zu Fuß gehen?« erwiderte Skar. »Wir brauchen Kleider, Waffen und Nahrung. Und Pferde. Könnt ihr reiten?«

Syrr nickte verwirrt. »Sicher. Aber wo... wo willst du Pferde herbekommen?«

»Woher schon?« sagte Skar leichthin. »Von den Quorrl natürlich.«

Die Ebene breitete sich unter ihnen aus wie ein mit zarten Farben gemaltes Bild: flach und scheinbar endlos, denn der Blick verlor sich schon auf halber Strecke zum Horizont hin in grauem Nebel, der wie Dampf aus dem Boden stieg. Der Himmel hing tief, und er war bedeckt mit schweren, bauchigen grauen Wolken, die so aussahen, wie die Luft roch: nach Schnee.

Skar blickte sehr lange auf das Bild herab, das sich ihm bot, ohne ein Wort zu sagen. Der Anblick der schneebedeckten Ebene vor den Bergen war nicht der erste Dämpfer, den sein neu erwachter Optimismus erhielt, seit er Syrr und Talin getroffen hatte – aber es war der gründlichste. Als er den Tempel der Gesichtslosen Prediger erreicht hatte, hatte der Sommer Einzug gehalten – und jetzt lag auf den Bäumen unter ihnen *Schnee*! Er mußte fünf, vielleicht sogar sechs Monate geschlafen haben! Die Vorstellung war zu erschreckend, als daß er sie jetzt schon verarbeiten konnte; *wirklich* begreifen. Aber ihn schwindelte, als er auch nur daran dachte, wie lange er reg- und hilflos dagelegen haben mußte, allem ausgeliefert, was mit ihm geschah.

»Dort unten!« Syrrs Worte rissen ihn abrupt in die Wirklichkeit zurück. Das Mädchen deutete mit der Hand auf eine Baumgruppe, nicht mehr als zwei oder drei Pfeilschußweiten entfernt. Mit der anderen bedeutete sie ihm gleichzeitig, sich möglichst still zu verhalten. Als sie weitersprach, war ihre Stimme zu einem hastigen hellen Flüstern geworden. Skar hätte ihr sagen können, daß man ein auf diese Art gesprochenes Wort fast ebensoweit hörte wie ein ganz normal gesprochenes; aber es war nicht nötig. Es waren keine Quorrl in der Nähe. Über einem Teil der Landschaft lag schon Dämmerung, und wie oft an früh zu Ende gehenden Wintertagen war alles irgendwie grau und verschleiert, so daß er nicht sehr weit sehen konnte. Trotzdem wußte er, daß die Fischgesichter nicht da waren. Er hätte sie gespürt. Er spürte sie immer.

Dann begriff er den Fehler in diesem Gedankengang. *Bisher* hatte er die Nähe von Quorrl immer gespürt. Vor seinem langen Schlaf. Er hatte keinen Beweis, daß es noch so war.

Wütend auf sich selbst ballte Skar die Faust und sah das Mädchen an. »Wo genau?«

»Ihr Lager liegt hinter diesen Bäumen.«

»Bist du sicher?«

Syrr zögerte, blickte noch einmal aus eng zusammengepreßten Augen zu der kleinen Baumgruppe hinab, deren Äste sich unter dem Gewicht des Schnees bogen, und zuckte hilflos die Achseln. »Wenigstens war es dort, als wir in den Tempel geflohen sind«, sagte sie. Sie sah Skar zweifelnd an. Obwohl sie sich nahe waren, konnte Skar ihr Gesicht nur als verwaschenen hellen Fleck ausmachen. Aber er sah das Blitzen von Angst in ihren Augen. »Glaubst du wirklich, du könntest sie besiegen?«

Skar antwortete nicht. Er wäre sehr froh gewesen, hätte er die Antwort auf diese Frage selbst gewußt. Vier oder fünf Quorrl, dazu noch ein, vielleicht zwei Krieger – und die Hunde. Das war selbst für einen Satai ein bißchen viel, auch wenn er den Vorteil der Überraschung auf seiner Seite hatte. Und er war – sehr vorsichtig ausgedrückt – nicht unbedingt in seiner Bestform. Während er Syrr und ihrem Bruder hier herauf gefolgt war, war er ein paarmal außer Atem gekommen. Sein Rücken schmerzte, und seine Beine schienen sich in einen einzigen Krampf verwandelt zu haben. Vielleicht war es ganz gut, daß er sich Syrr und Talin gegenüber noch nicht als Satai zu erkennen gegeben hatte, dachte er finster. Wahrscheinlich hätte er sich nur lächerlich gemacht mit dieser Behauptung.

»Ich habe nicht vor, mit ihnen zu kämpfen«, sagte er schließlich. »Aber wir brauchen die Pferde.«

»Sie werden dich töten«, behauptete Syrr. »Warum warten wir nicht, bis es dunkel ist?« Sie deutete in den wolkenverhangenen Himmel. »In einer Stunde geht die Sonne unter. Mit etwas Glück können wir uns davonschleichen, ohne daß sie es auch nur merken.«

»Bis zum Morgen, ja.« Skar deutete mit säuerlichem Gesicht auf den Schnee herab, der sich wie eine weiße Decke über dem Gras ausbreitete. »Sie sehen unsere Spuren, kaum daß die Sonne aufgegangen ist. Wie lange, glaubst du, brauchen sie mit ihren Pferden, um uns einzuholen?« Er schüttelte entschieden den Kopf, als nun Talin widersprechen wollte. »Wir haben keine Chance, wenn wir zu Fuß zu fliehen versuchen. Aber die Hunde machen mir Sorgen. Was sind es für Tiere?«

»Kampfhunde«, antwortete Talin an Syrrs Stelle. »Sie töten dich, wenn sie dich erwischen, Skar. Ich habe gesehen, wie sie einen Mann aus unserem Dorf zerrissen haben. Die Quorrl haben sie auf ihn gehetzt, nur aus Spaß.« Er zog eine Grimasse, die wohl Entsetzen verdeutlichen sollte, in Wahrheit aber einfach nur albern aussah. »Sie haben ihm hundert Schritte Vorsprung gegeben und die Tiere dann losgelassen. Und uns haben sie gezwungen, zuzusehen.«

Skar schwieg einen Moment, dann erhob er sich wortlos ein wenig weiter hinter dem Felsbrocken, hinter dem sie Deckung gesucht hatten, und hielt das Gesicht in den Wind, um seine Richtung zu prüfen. Ihre Glückssträhne schien zu Ende zu sein – der Wind kam von Osten, und das bedeutete, daß er einen großen Bogen schlagen und sich dem Lager von der entgegengesetzten Richtung her nähern mußte, um von den Hunden nicht gewittert zu werden. Selbst wenn alles gut ging, würde es dunkel sein, bis er zurück war.

Seufzend ließ er sich wieder auf Hände und Knie herabsinken, drehte sich herum und blickte zum Tempeleingang zurück. Selbst jetzt, wo er genau wußte, wonach er zu suchen hatte, fiel es ihm schwer, ihn auszumachen: es war nicht mehr als ein kaum mannsbreiter, schräger Riß in der Flanke des Berges, noch dazu so geschickt durch Felsen und genau berechnete Schatten getarnt, daß ein Ortsfremder auf Armeslänge daran vorübergehen konnte, ohne ihn auch nur zu sehen.

Für einen winzigen Moment glaubte er eine Bewegung in den Schatten wahrzunehmen. Sein Herz machte einen schmerzhaften Sprung. Irgend etwas stand dort, etwas Kleines und Lauerndes und...

Dann wiederholte sich das Blitzen, und Skar sah, daß es nur ein Sonnenstrahl gewesen war, der sich auf vereistem Fels brach. Er unterdrückte ein erleichtertes Lächeln und schalt sich in Gedanken einen Narren. Der Tempel war so leer, wie er nur sein konnte. Er hatte genau auf Spuren geachtet, während er Talin und seiner Schwester nach oben gefolgt war. Dort war niemand. Es war nur seine eigene, überreizte Phantasie, die ihm einen bösen Streich spielte.

Skar versuchte, die Vorstellung zu verscheuchen und konzentrierte sich wieder auf die näherliegenden Probleme. Die Dunkelheit allein würde als Schutz nicht ausreichen, so wenig wie das Felsenlabyrinth der Gesichtslosen Prediger. Die Quorrl waren nicht allein auf das angewiesen, was sie sahen, überlegte er besorgt. Sie hatten die Hunde. Wenn er wenigstens eine Waffe hätte!

»Geht zurück«, sagte er. »Verbergt euch in der Höhle, bis es dunkel ist. Wir treffen uns eine halbe Stunde nach Sonnenuntergang, ein Stück westlich von hier, dort unten, wo die Felsen aufhören.«

»In die Höhle zurück?« Syrr erbleichte. Skar konnte ihr ansehen, wie unangenehm ihr die Vorstellung war, in das von Schatten und Furcht erfüllte Labyrinth zurückzugehen, und sei es nur für eine Stunde. »Und... und wenn sie uns suchen?«

Skar schüttelte entschieden den Kopf. »Es wird bald dunkel«, sagte er. »Hätten sie euch heute noch verfolgen wollen, hätten sie es längst getan. Sie werden in aller Ruhe abwarten, bis es hell ist. Der Tempel hat nur diesen einen Ausgang, und wahrscheinlich verlassen sie sich auf die Hunde.« Er lächelte aufmunternd, um seine Worte zu bekräftigen. »Jetzt geht, schnell.« Er machte eine auffordernde Handbewegung und registrierte zufrieden, wie sich auch Syrr und ihr Bruder erhoben.

»Talin«, sagte er.

Der Junge blieb gehorsam stehen und sah ihn fragend an.

»Wenn... ich nicht zurückkomme«, sagte Skar ernst, »dann gib auf deine Schwester acht, ja? Versucht euch irgendwie durchzuschlagen, und bleibt in den Bergen, so lange ihr könnt. Die Quorrl hassen Kälte.«

Talin nickte. »Ich verspreche es«, sagte er stolz. Dann drehte er sich herum und folgte seiner Schwester.

Skar sah den beiden lächelnd nach, bis sie im Schutz des Tempeleinganges verschwunden waren. Er wußte selbst nicht, warum, aber es tat ihm sonderbar gut, nach so langer Zeit wieder mit Menschen zusammen zu sein, die ihm nicht entweder nach dem Leben trachteten oder unentwegt über den bevorstehenden Untergang der Welt faselten. Und – ja, auch wenn es vielleicht noch zu früh war: er mochte die beiden.

Er verscheuchte den Gedanken, drehte sich abermals herum und blickte wieder zu den Bäumen herab, hinter denen sich das Lager der Quorrl verbergen sollte.

Was er sah, gefiel ihm nicht. Das Stück Weg von der Höhle hierher war leicht gewesen: der Hang war ein wahres Labyrinth zyklopischer Felstrümmer und -brocken, zwischen denen sich eine ganze Armee verstecken konnte, und die Quorrl waren sicher nicht sehr aufmerksam, denn sie rechneten mit einem Mädchen und einem Kind, nicht mit einem Krieger. Aber schon zwanzig Schritte weiter änderte sich das Bild total. Die Felsen, die ihm bis hierher Deckung gegeben hatten, gab es dort nicht mehr. Der Hang war so glatt, daß nicht einmal ein Hund darauf Deckung gefunden hätte, und auf dem gesamten Weg zu den Bäumen hin gab es nichts außer ein paar Sträuchern, denen der Herbst bereits alle Blätter genommen hatte.

Einen Moment lang überlegte Skar, einfach hierzubleiben, bis es dunkel geworden war, verwarf den Gedanken aber beinahe sofort wieder. Die Kälte würde ihn töten, wenn er noch lange so reglos hier hockte. Er spürte schon jetzt, wie seine Muskeln sich verkrampften. Seine Zehen und Finger prickelten vor Kälte. Und was das Verhalten der Quorrl und ihrer menschlichen Begleiter anging, war er nicht ganz so zuversichtlich, wie er Talin und Syrr gegenüber behauptet hatte.

Er beugte sich noch einmal vor, raffte eine Handvoll Schnee auf und rieb sie sich ins Gesicht, um die Müdigkeit zu vertreiben und den Schmerz in seinem Kiefer zu betäuben. Dann richtete er sich vollends hinter dem Felsen auf.

Geduckt schlich er los.

Skar hatte sich verschätzt. Es wurde dunkel, lange bevor er das kleine Wäldchen erreichte – was zum Teil daran lag, daß das Gelände noch weniger Deckung bot, als er geglaubt hatte, zum anderen daran, daß auch Syrr sich getäuscht hatte: Bis zum Sonnenuntergang verging keine Stunde mehr, sondern kaum die halbe Zeit. Und als die Dunkelheit dann kam, war sie fast absolut. Die Sonne erlosch, und die dichtgeschlossene Wolkendecke verschluckte auch das letzte bißchen Sternenlicht. Skar konnte kaum weiter als zehn Schritte sehen. Wäre nicht fast unmittelbar nach Sonnenuntergang ein Feuer zwischen den Bäumen vor ihm angegangen, so hätte er das Lager vermutlich gar nicht gefunden.

Aber auch so erreichte er es mehr durch Glück als irgend etwas anderes. Ein paarmal stolperte er im Dunkeln über Hindernisse, die unter der trügerisch glatten Schneedecke verborgen lagen, und einmal – hinterher lachte er darüber, aber als es geschah, sprang sein Herz vor Schrecken bis fast in seine Kehle hinauf – fuhr er mit kampfbereit erhobenen Fäusten herum und spannte sich schon zum Sprung, ehe er sah, daß der vermeintliche Gegner, der so unvermittelt neben ihm aus der Nacht aufgetaucht war, nichts anderes als ein Baum war. Skar lächelte über seine eigene Dummheit. Aber er begriff auch, daß dieser an sich harmlose Irrtum eine Warnung war, die er besser beherzigen sollte: Nicht nur seine körperliche Leistungsfähigkeit hatte gelitten, während des vielleicht wochenlangen Schlafes.

Seine Reaktionen waren nicht mehr die eines Satai. Er reagierte noch immer *schnell* – aber vielleicht zum ersten Mal in seinem Leben auch *falsch.*

Skar umging den kleinen Waldflecken in weitem Bogen, prüfte noch einmal die Windrichtung und vergewisserte sich, daß die Hunde seine Witterung nicht aufnehmen konnten, ehe er weiterschlich. Daß er beinahe nackt war, kam ihm jetzt zugute: Die Kälte war quälend, und obwohl er mit aller Macht dagegen ankämpfte, spürte er seine Beine bis zu den Knien hinauf schon nicht mehr. Aber seine bloßen Füße verursachten auf dem verharschten Schnee auch so gut wie kein Geräusch; und er hatte keine Kleider oder Waffen bei sich, die einen verräterischen Laut verursachen konnten.

Sehr vorsichtig näherte er sich dem Feuerschein, der durch das kahle Unterholz schimmerte. Er hörte Stimmen, ohne die Worte zu verstehen, dann das Schnauben von Pferden. Kein Hundegebell. Entweder waren die Tiere gar nicht hier, oder sie nahmen seine Witterung wirklich nicht auf.

Skar näherte sich dem Feuerschein, bis er die zusammengekauerten Schatten davor erkennen konnte.

Es waren Quorrl, wie das Mädchen gesagt hatte, und mindestens eine menschliche Gestalt. Sie unterhielten sich in einer Sprache, die Skar nicht verstand, und laut genug, um ihre Sorglosigkeit zu verdeutlichen. Die Pferde standen ein Stück abseits des Feuers, so angebunden, daß sie an den wenigen Blättern nagen konnten, die der Winter übriggelassen hatte, aber noch in Sichtweite der Quorrl. Skar zählte sie. Es waren vier. Also hatte Syrr sich verschätzt – zu ihrem Vorteil. Vier Pferde, das bedeutete vier Reiter. Und ein kleinerer, struppiger Schatten, der schlafend dalag, den Kopf auf die Pfoten gebettet und die Lefzen nach oben gezogen, so daß das unnatürliche Weiß seiner Fänge durch die Nacht blitzte wie eine stumme Warnung. Den Hund mußte er töten, wenn er die Pferde stehlen wollte, ohne entdeckt zu werden. Aber wie?

Skar unterdrückte einen Fluch. Was hatte er eigentlich getan, daß nichts, was begann, *einfach* sein konnte?

Aufmerksam sah er sich um. Der Wald war nicht sehr dicht an

dieser Stelle. Die Bäume standen eng beieinander, aber es gab kaum Unterholz, und auf dem hellen Schnee mußte sich seine Gestalt deutlich abheben, ganz egal, wie leise er war. Es schien unmöglich, sich den Pferden zu nähern, ohne gesehen zu werden. Sein Blick glitt an den glatten Stämmen der Bäume empor, tastete über die schneeverhangenen, schweren Äste, dann wieder zurück zum Lagerfeuer…

Einer der vier Schatten bewegte sich. Für einen Moment lag sein Gesicht deutlich im roten Widerschein des Feuers.

Der Anblick traf Skar wie ein Schlag.

Er war noch immer sehr weit entfernt – zu weit, um die Züge des Mannes deutlich erkennen zu können. Aber er sah deutlich das schmale lederne Stirnband, das er trug, und den fünfzackigen silbernen Stern, der daran befestigt war.

Das Zeichen der Satai…

Etwas in Skar zog sich zusammen wie ein getretener Wurm. *Ein Satai!* Ein Satai, der zusammen mit einer Bande fischgesichtiger Quorrl Jagd auf zwei Kinder machte! Unmöglich! Das war unmöglich! *Un-mög-lich!*

Der Mann drehte den Kopf wieder zurück, und das Blitzen des fünfzackigen Sternes erlosch. Für einen Moment klammerte sich Skar mit aller Kraft an den Gedanken, daß er sich getäuscht hatte, daß es irgendein Schmuckstück gewesen war, billiger Tand, der nur zufällig dem heiligen Emblem der Satai ähnelte, vielleicht auch ein Beutestück, das der Kerl einem Toten abgenommen oder schlichtweg gestohlen hatte…

Aber das eine war so unmöglich wie das andere, und er wußte es. Niemand – *niemand* – würde es wagen, den heiligen Stern der Satai nachzuahmen. Und ein Straßenräuber, der sich mit dem Zeichen eines toten Satai schmückte? Ebensogut konnte er sich gleich selbst die Kehle durchschneiden – jeder Satai Enwors hätte ihn gejagt bis ans Ende der Welt und darüber hinaus.

Aber wenn der Mann wirklich Satai war…

Skar spürte ein Gefühl schrecklicher Hysterie in sich emporkriechen. War das überhaupt noch Enwor? War das noch die Welt, die er kannte? War er… ja – war er überhaupt *erwacht*?

Für einen Moment erwog er diese Möglichkeit allen Ernstes: nämlich die, daß er in Wahrheit noch schlief, daß all dies nichts als ein entsetzlicher Alptraum war, in den ihn der Trank der Gesichtslosen Prediger hineingezwungen hatte, und aus dem er nicht erwachen konnte.

Aber dann spürte er die Kälte, die seinen Oberschenkel emporkroch, den dumpfen Schmerz, der noch immer in seinem Gesicht wühlte, das Hämmern seines Herzens... wenn es ein Traum war, dann war es der realistischste, den er jemals geträumt hatte.

Und es gab nur eine Möglichkeit, es herauszufinden...

Skar gab jede Vorsicht auf, ging weiter und trat mit einem entschlossenen Schritt aus den Schatten des Waldes hervor. Er wußte jetzt, daß ein Anschleichen unmöglich war. Der Satai änderte alles.

Die Reaktion der um das Feuer sitzenden Schatten bestätigte seine schlimmsten Befürchtungen. Die drei Quorrl sprangen erschrocken hoch und griffen nach ihren Waffen; eine der plumpen Gestalten verlor gar auf dem schlüpferigen Boden das Gleichgewicht und wäre um ein Haar rücklings ins Feuer gestürzt. Nur der Mann mit dem Stirnband der Satai blieb reglos und scheinbar unbeeindruckt sitzen. Er hob nicht einmal den Blick, aber auf seinen Lippen erschien ein dünnes, nicht sehr humorvolles Lächeln. Seine rechte Hand lag scheinbar gelöst in der Nähe des Schwertgriffes, der unter seinem Fellmantel hervorlugte.

Skar begriff, daß er seine Schritte schon lange gehört hatte, bevor er aus den Schatten heraustrat. Er *war* ein Satai!

Zwei der drei Quorrl sprangen mit erhobenen Waffen auf ihn zu, und in der Dunkelheit bei den Pferden bewegte sich ein weiterer Schatten. Ein dumpfes, kehliges Knurren erklang. Metall klirrte.

Skar wehrte sich nicht, als die beiden Quorrl ihn packten und grob auf die Knie stießen. Eine Schwertklinge berührte seinen Hals. Skar spürte einen leichten, brennenden Schmerz, dann lief warmes Blut an seiner Kehle herunter. Er unterdrückte den Impuls, sich zu wehren.

»Laßt ihn!«

Die Stimme des Satai war nicht sehr laut, aber von schneidender Schärfe. Der Quorrl, der seinen Arm gepackt und auf den Rücken gedreht hatte, ließ seine Hand los. Aber das Schwert blieb, wo es war, und der Quorrl drückte mit unbarmherziger Kraft zu. Skar bog den Kopf so weit in den Nacken, wie er nur konnte, ohne das Gleichgewicht zu verlieren, aber die Schneide folgte der Bewegung und ritzte seine Haut abermals.

»Tötet mich... nicht!« stöhnte er. »Bitte!«

Die unnatürliche Haltung, zu der ihn die Waffe zwang, ließ seine Stimme verzerrt klingen. Er hoffte zumindest, daß die Quorrl den Ton darin für Angst hielten.

Tatsächlich nahm der Druck der tödlichen Waffe um eine Winzigkeit ab; nicht genug, ihn etwa auf Gedanken an Widerstand oder Flucht kommen zu lassen, aber doch so weit, daß er zumindest wieder atmen konnte.

»Wer bist du, Kerl?« fauchte eine gutturale Stimme. »Was schleichst du hier herum?«

Skar antwortete nicht, sondern starrte den Quorrl nur aus weit aufgerissenen Augen an, der sich über ihn gebeugt hatte. Es war ein Riese, selbst für einen Quorrl – gute zweieinhalb Meter groß und mit Schultern, die den pelzgefütterten Mantel zu sprengen schienen, unter dem sie verborgen waren. Seine Augen waren klein und kalt und starr wie die von Fischen, und als er sprach, blitzte hinter seinen nur angedeuteten Lippen ein Gebiß, das einen Haifisch vor Neid hätte erbleichen lassen. Er unterstrich seine Worte mit einem ärgerlichen Ruck am Schwertgriff. An Skars Hals erschien ein dritter, blutender Schnitt.

»Laß ihn, Trash.« Der Mann mit dem Stirnband der Satai stand auf, kam mit zwei schnellen Schritten um das Feuer herum und drückte den Arm des Quorrl beiseite. Aufmerksam sah er Skar an. Er lächelte, aber seine Augen blieben dabei kalt wie die des Quorrl. Vielleicht noch kälter.

Skar richtete sich vorsichtig auf, hob die Hand und tastete mit spitzen Fingern über die blutigen Schnitte an seiner Kehle. »Ich... danke Euch, Herr«, sagte er stöhnend. »Ich wollte Euch nicht bestehlen, wirklich. Bitte tötet mich nicht.«

»So?« Der Satai lächelte erneut, ließ sich vor Skar in die Hocke sinken und musterte ihn eingehend von Kopf bis Fuß. »Was wolltest du dann?« fragte er. »Du schleichst schon eine ganze Weile hier herum, nicht wahr? Hattest du keine Angst, daß wir den Hund auf dich hetzen?«

»Den Hund?« Skar versuchte, seinen Schrecken möglichst überzeugend zu spielen – was ihm einigermaßen schwerfiel, denn er hatte sehr wohl registriert, daß der Satai in der Einzahl gesprochen hatte. »Ich... ich weiß nichts von Hunden. Ich sah das Feuer und... und hörte eure Stimmen, und da...«

»Und da dachtest du, du könntest ein bißchen Essen stehlen, wie?« unterbrach ihn der Satai. Er lächelte, löste die Hand vom Schwert und machte eine auffordernde Geste. »Gib es ruhig zu. Hunger ist keine Schande.«

Skar schüttelte hastig den Kopf, lächelte verlegen und tastete wieder über die Schnitte an seinem Hals. Die Wunden waren nicht sehr tief, aber sie taten weh. »Ich habe Hunger«, gestand er. »Aber ich stehle nicht. Und schon gar nicht von einem Mann wie Euch. Ihr seid... Satai?« Zögernd deutete er auf das Stirnband unter dem kurzgeschnittenen schwarzen Haar.

»Und wenn?« Die Augen des Satai wurden schmal. Skar begriff, daß er ihn töten würde, wenn er auch nur eine falsche Antwort gab.

»Seid Ihr Satai?« beharrte er.

In den Blick der dunklen Augen mischte sich Ungeduld. »Nimm an, ich wäre es, Kerl«, sagte er. »Was dann?«

»Dann ist alles gut«, erwiderte Skar mit übertrieben geschauspielerter Erleichterung. »Die Satai sind meine Freunde. Ihr werdet mir helfen.«

»Deine Freunde, so?« Etwas an der Art, in der der Mann das Wort *Freunde* betonte, gefiel Skar nicht. Er stöhnte, krümmte sich wie unter Schmerzen und verlagerte dabei unmerklich sein Gleichgewicht. Seine rechte Hand spreizte sich und suchte festen Halt im Boden. Gleichzeitig spannte er die Muskeln im linken Oberschenkel an.

»Was ist mit dir?« fragte der Satai. »Bist du verletzt? Wer bist du? Wo kommst du her? Und wieso läufst du fast nackt durch den Schnee?«

Skars Antwort bestand in einem dumpfen Stöhnen.

Der Satai schüttelte ärgerlich den Kopf und stand auf. »Bringt ihn ans Feuer«, befahl er. »Und gebt ihm eine Decke oder einen Mantel, bevor seine Zunge ganz einfriert.«

Skar entspannte sich. Der gefährliche Moment war vorüber, das spürte er. Der Satai hatte ihn nicht durchschaut – was Skar aber nun keineswegs dazu verleitete, ihn etwa zu unterschätzen. Aber zumindest würden sie ihn nicht gleich töten. Wenn er erst einmal zwischen ihnen saß, vielleicht in Reichweite einer Waffe... Der Mann mit dem schwarzen Haar war zweifellos wirklich ein Satai, aber das bedeutete nicht, daß er unverwundbar war.

Grob wurde er auf die Füße gezerrt und zum Feuer geschleift. Trash stieß ihn so derb nieder, daß er um ein Haar in die Flammen gefallen wäre. Skar fing den Sturz ungeschickt ab, rappelte sich hoch und kroch so dicht an das prasselnde Feuer heran, wie er nur konnte, ohne sich zu verbrennen. Die Wärme tat gut, aber sie tat auch weh: seine Finger begannen zu prickeln und zu stechen, während er sie über die Flammen hielt, und dort, wo ihn Syrrs Stein getroffen hatte, erwachte ein dumpf-hämmernder Schmerz in seinem Kiefer.

Eine Weile ließen sie ihn vollkommen in Ruhe. Der Satai nahm ihm gegenüber Platz, auf der anderen Seite des Feuers, während Trash und ein zweiter Quorrl sich ein Stück neben und hinter ihn setzten, so, daß sie ihn mühelos packen und niederringen konnten, sollte er zu fliehen versuchen. Der dritte Quorrl schließlich blieb am Waldrand stehen, als fürchte er, daß sich in der Dunkelheit noch mehr uneingeladene Gäste verbargen.

Schließlich ließ Skar sich zurücksinken, verbarg die Hände unter den Achselhöhlen und sah erst die beiden Quorrl zu seinen Seiten, dann den Satai mit einer Mischung aus Erleichterung und Furcht an.

»Ich... ich danke Euch, Herr«, sagte er. »Eine Stunde länger, und ich wäre erfroren.« Das Sprechen bereitete ihm Mühe. Seine Lippen waren noch immer taub, und die Wärme des Feuers ließ den Schmerz in seinem abgebrochenen Zahn zu neuer Wut aufflammen. Irgend etwas, eine Mischung aus Furcht und Erregung und immer größer werdender Unsicherheit, hatte sich in seinem Magen zu einem Klumpen geballt. Was, dachte er, wenn alles ganz anders war? Wenn er einen Fehler beging, einen entsetzlichen, nicht wieder gut zu machenden Fehler?

Der Satai hob die Hand. »Bringt ihm eine Decke«, sagte er. »Und heißen Wein.«

Widerspruchslos erhob sich einer der Quorrl, ging zu den Pferden hinüber und kam nach Augenblicken mit einem zusammengerollten Fellmantel zurück. Skar nahm ihn dankbar entgegen, rollte ihn mit zitternden Fingern auseinander und versuchte, ihn überzustreifen, ohne sich zu erheben. Er stellte sich dabei bewußt ungeschickt an, was Trash zu einem leisen, hämischen Lachen veranlaßte.

Der Satai lachte nicht. Zwischen seinen Brauen entstand eine tief eingegrabene Falte. Mißtrauen blitzte in seinem Blick auf. Aber er schwieg, bis sich Skar in den Mantel gewickelt und den Becher mit dampfendem Wein entgegengenommen hatte, den ihm der Quorrl reichte. Skar stöhnte vor Schmerz, als das heiße Getränk seinen lädierten Zahn berührte.

»Jetzt sprich!« sagte der Satai schließlich. »Wie ist dein Name? Wo kommst du her? Und was ist mit dir passiert?«

»Mein Name ist S... jar«, antwortete Skar. Das unmerkliche Stocken in seinen Worten mußte dem Satai auffallen, denn in seinem Blick blitzte es abermals mißtrauisch auf, aber er sagte nichts, sondern machte nur eine ungeduldige Geste, weiterzusprechen. »Ich bin fremd hier«, sagte er. »Ich wollte hinauf nach Thbarg, vielleicht an die Küste, aber ich wurde überfallen.«

»Überfallen? Von wem?«

Skar zuckte mit den Achseln. »Ich weiß es nicht, Herr«, sagte er. Er stöhnte, hob die Hand an seine schmerzende Wange und verzog das Gesicht zu einer Grimasse der Qual. »Es waren sieben oder acht. Straßenräuber, denke ich. Gesindel, das von dem lebt, was es von ehrlichen Männern wie mir stiehlt. Meinen Begleiter haben sie mit einem Speer durchbohrt, und mir selbst fast den Schädel eingeschlagen.«

»Und dann haben sie dich einfach so laufen lassen?«

Skar schüttelte hastig den Kopf. »Nein. Sie... sie haben mich ausgezogen und an einen Baum gebunden, damit ich erfrieren soll. Aber ich hatte Glück. Ich konnte die Fesseln lösen und entkommen. Ihre Wache hat geschlafen.«

»Soll das heißen, daß sie dich verfolgen?« fragte Trash mißtrauisch.

»Nein«, antwortete Skar, ganz bewußt eine Spur zu schnell, um überzeugend zu wirken. »Sie... sie halten mich sicher für tot. Ich bin den ganzen Tag gelaufen, nur um nicht zu erfrieren, und –«

»Wir sollten ihn davonjagen«, sagte Trash, an den Satai gewandt. »Bevor sie seine Spur aufnehmen und hierher kommen.«

Der Satai lächelte dünn. »Und?« fragte er. »Hast du Angst vor ein paar Wegelagerern?«

»Sie werden bestimmt nicht kommen, Herr!« sagte Skar hastig. »Und wenn, werden sie einen Mann wie Euch nicht angreifen. Ihr seid Satai!« Bei den letzten Worten bemühte er sich, seine Stimme bewundernd klingen zu lassen; und gleichzeitig auch mit einer Spur jener Unverschämtheit, die sich nur die Schwachen den Starken gegenüber erlauben durften. Und tatsächlich schien sich der Satai geschmeichelt zu fühlen, denn auf seinen Lippen erschien ein dünnes Lächeln.

Aber nur für einen Moment. Dann wurde er übergangslos wieder ernst.

»Und was erwartest du nun von uns?« fragte er. »Vielleicht eine Eskorte bis Denwar? Oder würde es reichen, wenn wir die Wegelagerer verfolgen und niedermachen?« Der Spott in seiner Stimme war unüberhörbar, aber Skar versuchte, den Ärger zu ignorieren, den seine Worte in ihm wachriefen.

»Wenn Ihr mir... Kleider geben könntet«, sagte er zögernd. »Und vielleicht etwas Proviant. Ich bin ein reicher Mann«, fügte er hastig hinzu. »Auch wenn es im Moment nicht so aussieht. Ich habe Verwandte in Denwar, die Euch entschädigen würden, sehr großzügig sogar.« Er deutete zum Waldrand. »Ihr habt zwei Pferde. Vielleicht könntet ihr mir eines verkaufen?«

Der Satai starrte ihn an – und begann schallend zu lachen. »Du bist ein Narr, Sjar – oder wie immer du heißen magst«, sagte er, nachdem er sich wieder beruhigt hatte. »Ich bin Satai, kein Pfandleiher! Den Mantel da und Essen kannst du haben, aber du wirst wohl zu Fuß nach Denwar laufen müssen.«

»Ihr braucht die Pferde«, stellte Skar betrübt fest. »Ihr trefft Euch hier mit Freunden?«

Wieder lachte der Satai, und diesmal stimmten auch die beiden Quorrl in sein Gelächter ein. »Nicht unbedingt«, antwortete er amüsiert. »Sagen wir – wir sind auf der Jagd. Nach einem ganz besonderen Wild.« Er lachte abermals, beugte sich vor, um einen glühenden Ast aus dem Feuer zu angeln und damit zu spielen, und sah Skar mit schräggehaltenem Kopf an. »Du bist ein bißchen neugierig, findest du nicht, mein Freund?«

Skar antwortete nicht. Er hatte genug gehört – im Grunde mehr, als er hören wollte. Syrr und ihr Bruder hatten die Wahrheit gesagt.

Aber sie hatten ihm nicht gesagt, daß es *Satai* waren, die sie verfolgten...

Es fiel ihm noch immer schwer, die Tatsachen zu akzeptieren. Er hatte von abtrünnigen Satai gehört, die sich vom Orden und seinen Regeln losgesagt hatten – oder ausgeschlossen worden waren – und auf eigene Faust durch die Welt zogen, als Söldner für Geld oder auch einfach auf der Suche nach Abenteuern. Aber ein Satai, der mit Quorrl gemeinsame Sache machte?

Skar versuchte erst gar nicht, eine Lösung für dieses Rätsel zu finden. Aber er wußte, was er zu tun hatte. Der Satai hatte sein eigenes Todesurteil ausgesprochen, ohne es zu ahnen. Selbst wenn es anders gewesen wäre, wenn es Syrr und Talin nicht gegeben hätte – Skar hätte ihn töten müssen.

»Warum antwortest du nicht, Sjar?« fragte der Satai. »Hat es dir die Sprache verschlagen? Oder gibt es vielleicht irgend etwas, was du uns noch zu erzählen vergessen hast?«

»Ich ... überlege«, gestand Skar mit einem verlegenen Lächeln. Er beugte sich ein wenig weiter vor, als suche er die Nähe des Feuers, und spannte sich. Anders als der Satai saß er nicht mit untergeschlagenen Beinen da, sondern in einer an sich unbequemen, halb hockenden Stellung. »Es ist ein weiter Weg bis Denwar, ohne Pferd. Habt Ihr wenigstens ein Paar Stiefel für mich? Und ein Schwert?«

Der Satai starrte ihn an, als zweifele er an seinem Verstand. Seine Hand spielte weiter mit dem brennenden Ast. Die Linke lag auf dem Schwert, aber in falscher Haltung. Er würde Zeit brauchen, die Waffe zu ziehen. Bruchteile von Sekunden nur, aber Skar würde sie ihm nicht geben.

»Bist du verrückt geworden?« sagte er. »Wir haben keine Stiefel für dich.«

»Oh«, sagte Skar enttäuscht. Dann lächelte er. »Aber das macht nichts. Dann nehme ich deine.«

Er sprang.

Seine Bewegung kam selbst für den Satai zu schnell. Skar stieß sich mit aller Gewalt ab, flog mit weit ausgestreckten Armen wie ein lebendes Geschoß über das Feuer und packte ihn bei den Schultern. Der Satai schrie auf und prallte zurück; sein Knie kam hoch, um sich in Skars Leib zu bohren und ihn von sich herab zu schleudern. Aber Skar versuchte nicht, ihn zu Boden zu reißen und bei der Kehle zu packen, womit er wohl gerechnet hatte. Seine Hände ließen die Schultern des Satai los, kaum daß sie sie berührt hatten. Das Knie des Satai bohrte sich schmerzhaft in seinen Magen, aber Skar nutzte die Kraft des Hiebes im Gegenteil aus – er warf sich mitten im Sprung herum; seine Linke glitt zum Schwert des Satai herab und packte es, während die andere Hand tiefe blutige Furchen in seine Wange zog und sich in sein Haar krallte. Die Kraft seines Sprunges war noch immer groß genug, ihn weiter zu tragen. Er spürte, wie sein Leib und seine Oberschenkel über das Gesicht des Satai schrammten. Dann prallte sein Knie mit der ganzen Gewalt des Sprunges gegen das Kinn des anderen, warf seinen Kopf in den Nacken und brach sein Genick.

Skar fiel von dem Toten herunter, noch immer vom Schwung seines Sprunges getragen, rollte im weichen Schnee ab und riß sich die Schulter an einem Stein auf, der darunter verborgen war. Aber noch in der gleichen Bewegung zerrte er das Schwert des Satai vollends aus der Scheide.

Ein gigantischer Schatten wuchs über ihm empor. Quorrl-Stimmen begannen zu schreien. Metall blitzte. Skar rollte weiter, sah eines der gewaltigen Schuppenwesen über sich emporwachsen wie einen mörderischen Dämon und riß das Schwert in die Höhe. Die Klinge parierte die herabsausende Waffe des Quorrl und bohrte sich handtief in seinen Leib.

Skar sprang auf die Füße, ehe der zusammenbrechende Quorrl ihn unter sich begraben konnte. Blitzschnell steppte er einen Schritt zur Seite, packte den lederumwickelten Griff des *Tschekal* mit beiden Händen und schwang die Klinge in einem gewaltigen Hieb, blind und ungezielt und nur gedacht, sich die beiden Quorrl vom Leib zu halten, die noch am Leben waren. Trotzdem traf er etwas: kein Fleisch, sondern Metall, das unter dem Biß des Satai-Schwertes zerbrach wie Glas. Ein schriller, wuterfüllter Schrei erklang, und etwas Schweres stürzte zu Boden.

Skar wich mit zwei, drei raschen Schritten zum Waldrand zurück, wechselte das Schwert wieder in die Rechte und sah sich blitzschnell um. Trotz allem waren seit seinem Angriff erst Sekunden vergangen; Trash und der zweite Quorrl schienen noch gar nicht richtig begriffen zu haben, was überhaupt geschehen war – und das war wohl auch der Grund, aus dem er noch lebte. Sein überraschender Sieg war nur seiner Schnelligkeit zu verdanken; und der Tatsache, daß der Satai und die drei Fischgesichter mit allem gerechnet haben mochten, nur nicht mit einem Angriff.

Aber der Vorteil der Überraschung währte nicht ewig, und die beiden Quorrl waren kräftig und wohl auch erfahren genug, selbst einen Satai zu besiegen, wenn sie wußten, wem sie gegenüberstanden.

Trash näherte sich ihm mit wiegenden Schritten, während sein Kamerad noch versuchte, sich wieder zu erheben und an die Waffe des getöteten Quorrl zu kommen. Wenn es ihm gelang, und sie ihn gemeinsam angriffen, dann war Skar verloren. Die beiden Giganten würden ihn einfach niederwalzen, nur durch ihr pures Körpergewicht.

Er stürmte los. Diesmal war Trash vorbereitet. Als Skar auf ihn zufederte, kam seine Klinge hoch, mit einer leichten, fast spielerischen Bewegung, die den Meister der Schwertkunst verriet, der sich im Körper eines plumpen Titanen verbarg.

Ihre Klingen prallten funkensprühend aufeinander. Skar spürte den Schlag, der durch seinen Arm ging, und er fühlte die ungeheure Körperkraft, die hinter Trashs Hieb steckte – selbst ein einfacher Fausthieb dieses Giganten mußte tödlich sein.

Und Trash schien das ebensogut zu wissen wie er. Er schien auch zu wissen, daß er Skar mit dem Schwert allein nicht gewachsen war, denn er versuchte nicht, ein zweites Mal zuzuschlagen, sondern ließ es zu, daß Skars Klinge sein Schwert beiseite fegte und nach seiner Kehle züngelte. Aber im letzten Moment drehte er sich zur Seite, mit einer Behendigkeit, die Skar einem Wesen seiner Größe und Statur niemals zugetraut hätte, nahm einen tiefen blutenden Schnitt in die Schulter in Kauf und schlug mit dem Handrücken nach Skars Gesicht.

Der Hieb verfehlte ihn; nur Trashs Fingerspitzen streiften Skars Schläfe. Trotzdem reichte die Wucht des Hiebes, Skar von den Füßen zu fegen und sich drei-, viermal überkugeln zu lassen. Trash brüllte triumphierend, packte sein gewaltiges Schwert mit beiden Fäusten und setzte ihm nach. Als Skar auf die Füße kam, sah er die Klinge des Giganten wie einen stählernen Blitz auf sich herabsausen.

Er dachte nicht mehr. Etwas, das älter war als sein bewußtes Denken, übernahm die Kontrolle über seinen Körper; Reflexe, die er so lange trainiert und geschärft hatte, bis sie zu eigenständigem Leben erwacht waren, lenkten seine Bewegungen. Trashs Klinge sirrte herab, ein diagonal geführter, unglaublich schneller Hieb, aus fast drei Metern Höhe und so geführt, daß ihm weder Raum noch Zeit zum Ausweichen blieb. Selbst wenn er das *Tschekal* hochriß und die Götterklinge das Schwert des Quorrl zerschnitt, würde ihn der Faustschlag des Giganten töten.

Aber Skar versuchte nicht, auszuweichen. Statt dessen sprang er Trash entgegen, tauchte unter seiner grabschenden Hand hindurch und rammte ihm die Schulter in den Leib, mit aller Kraft, zu der er fähig war.

Es war, als wäre er gegen Fels gelaufen. Unter dem Mantel des Quorrl verbargen sich stahlharte Schuppen, und darunter Muskeln, die in der Lage waren, einen Menschen in Stücke zu reißen, ohne sich besonders anzustrengen. Skar keuchte, als ein betäubender Schmerz durch sein Schultergelenk zuckte, in seinem Arm explodierte und seine gesamte rechte Körperhälfte zu lähmen schien.

Aber auch der Quorrl wankte. Sein Hieb verfehlte Skar. Die Klinge bohrte sich mit einem saugenden Geräusch in den Boden und verkantete sich. Ungeschickt stolperte der Gigant einen halben Schritt zurück, kämpfte mit einem wild rudernden Arm um seine Balance und stürzte auf ein Knie herab.

Skar sah blitzschnell zu dem zweiten Quorrl zurück. Der Riese hatte das Schwert seines toten Kameraden aufgenommen und stürmte brüllend heran. Aber zwischen ihm und Skar lag noch das Feuer; er würde Zeit brauchen, es zu umgehen; nur ein paar Sekunden, aber genug für Skar.

Noch aus der gleichen Bewegung heraus wirbelte er herum, versetzte Trash einen Fußtritt vor die Schläfe und schlug nach seinem Waffenarm.

Er spürte, daß der Hieb zu schnell war, aber er kam nicht mehr dazu, die Klinge abzulenken. Er hatte auf das Handgelenk des Quorrl gezielt, aber Trash stürzte vollends nach hinten, als ihn Skars Fußtritt traf; das *Tschekal* trennte Trashs Daumen ab, schnitt durch den Schwertgriff wie durch weiches Wachs und beraubte den Quorrl noch des Zeige- und Mittelfingers, ehe es in einem fast eleganten Bogen wieder hochkam und sich dem dritten und letzten Quorrl zuwandte. Trash brach brüllend zusammen und wälzte sich im Schnee, während sein Kamerad auf Skar zustürmte, blind und schreiend vor Wut. Er umging das Feuer nicht, wie Skar geglaubt hatte – er rannte einfach hindurch. Unter seinen Füßen stoben brennendes Holz und Funken davon.

Flammen züngelten nach seinem Mantel und setzten einen Zipfel in Brand, aber er schien es nicht einmal zu bemerken.

Skar sprang ihm entgegen, raffte noch einmal alle Kraft zusammen und stieß sich ab. Er sprang, drehte sich halb in der Luft, zog die Knie an den Leib und stieß dann mit aller Wucht zu. Seine Füße und der Schädel des Giganten befanden sich auf gleicher Höhe, als sie zusammenprallten.

Er spürte, wie das Genick des Quorrl brach, aber der Riese rannte einfach weiter, wie ein großes, dummes Tier, das einfach zu stur zum Sterben war, stampfte über die Lichtung und brach wie eine Lawine aus Fleisch und Panzerplatten durch das Unterholz, ehe er endlich gegen einen Baum prallte und zusammenbrach. Die Flammen, die an seinem Mantel züngelten, wurden ganz allmählich größer.

Aber auch Skar stürzte. Sofort versuchte er hochzuspringen, aber er war schlecht aufgekommen: als er sein rechtes Bein belastete, schoß ein entsetzlicher Schmerz durch seinen Knöchel. Er schrie auf, fiel zur Seite und umklammerte stöhnend sein Fußgelenk. Für einen Moment verschwanden der Wald und das Feuer hinter Schleiern aus rotem Schmerz. *Trash!* dachte er. Trash lebte noch! Und auch mit nur einer Hand war der Gigant durchaus in der Lage, ihn zu töten.

Skar kämpfte den Schmerz nieder, wälzte sich herum und blickte zu ihm hinüber.

Der Quorrl hatte sich auf eine Hand und die Knie erhoben und robbte durch den Schnee, wobei er hohe, fast lächerlich klingende Schmerzlaute ausstieß. Die verstümmelte Hand hatte er eng gegen den Körper gepreßt. Eine breite Blutspur markierte den Weg, den er zurückgelegt hatte.

Aber er bewegte sich nicht auf Skar zu, sondern kroch dorthin, wo die Pferde standen. Er floh!

»Bleib stehen, du verdammter Feigling!« brüllte Skar. »Stell dich« Er packte sein Schwert fester, versuchte noch einmal, aufzustehen und fiel mit einem abermaligen Schrei zurück in den Schnee. Für die Dauer eines Herzschlages blieb er benommen liegen. Der Schmerz hörte nicht auf, auch nicht, als er das Bein entlastete. Sein Fuß war verstaucht, vielleicht sogar gebrochen, dachte er bitter. Mit zusammengebissenen Zähnen stemmte er sich hoch und kroch hinter dem Quorrl her, das verletzte Bein wie eine tote Last hinter sich herschleifend.

Trash blickte zu ihm zurück. Sein Schuppengesicht glänzte im Widerschein der Flammen wie eine Maske aus halbgeronnenem Blut, aber Skar sah auch die Angst in seinem Blick – und noch etwas. In Trashs Augen stand ein Entsetzen, das mit seiner Verwundung und Skars Angriff allein nicht mehr zu begründen war. *Unglauben,* dachte Skar verwirrt. Er kannte diesen Blick! Er hatte ihn tausendmal gesehen, in tausend verschiedenen Augenpaaren und bei tausend verschiedenen Anlässen – Trash hatte noch gar nicht begriffen, was geschah! Sein Angriff auf Skar war ein bloßer Reflex gewesen, das Tier in ihm, das sich wehrte, wenn ihm Gefahr drohte. Aber selbst jetzt schien er sich noch zu weigern, wirklich zu *begreifen.*

»Satai…«, gurgelte er. »Du Hund bist… bist ein Satai!« Sein Blick flackerte. Allein das Wort schien ihn mit grenzenloser Panik zu erfüllen. »Du Verräter!« keuchte er. »Du verdammter Verräter! Ich habe immer gewußt, daß man euch nicht trauen darf!«

Skar ignorierte seine Worte und verdoppelte seine Anstrengungen, den Quorrl einzuholen. Aber gleichzeitig wußte er, daß er es nicht schaffen würde – er war den Pferden näher, und er bewegte sich in spitzerem Winkel auf sie zu, aber Trash war viel schneller als er, und die Angst würde ihm zusätzliche Kräfte verleihen. Aber er würde ihn erwischen, wenn er versuchte, auf ein Pferd zu steigen. Er mußte es. Er *mußte* einfach, oder alles war aus. Und irgendwoher nahm er das feste Wissen, daß damit ganz und gar nicht nur sein Leben gemeint war.

Trash begann vor Schmerzen und Wut zu heulen, als er begriff, daß Skar dabei war, ihm den Weg abzuschneiden. Er kroch schneller, verlor plötzlich den Halt und stürzte mit einem schrillen Schmerzensgebrüll in den Schnee. Sein Gesicht war vor Angst verzerrt, als er sich wieder aufrichtete. Sein Blick flackerte wie der eines Wahnsinnigen. Rosafarbener, blutiger Geifer erschien auf seinen Haifischlippen. Er hatte jetzt kaum mehr Ähnlichkeit mit einem denkenden Wesen, sondern glich nun wirklich einem Monster, als hätten ihn Angst und Schmerz in das reißende Tier zurückverwandelt, aus dem sich die Vorfahren seines Volkes einst entwickelt hatten.

»Bleib stehen!« keuchte Skar. »Ich töte dich nicht, wenn... wenn du vernünftig bist!«

Trash stieß ein hohes, schrilles Geheul aus, grub einen faustgroßen Stein aus dem Schnee und schleuderte ihn nach Skar. Das Wurfgeschoß verfehlte ihn um fast einen Meter; trotzdem fiel auch Skar der Länge nach hin, als er eine erschrockene Bewegung machte.

Diesmal blieb er sekundenlang benommen liegen. Sein Herz jagte. Das Blut rauschte in seinen Ohren, und sein Bein schmerzte unerträglich. Der Wald drehte sich vor seinen Augen. Er konnte kaum mehr klar sehen. Trashs Riesengestalt wurde zu einem auseinanderfließenden Schatten. Er hatte sich überschätzt. Er hatte zu viel von sich verlangt. Etwas in ihm war noch Satai, sein Wille, seine Reflexe; die mühsam .herangezüchteten und ebenso mühsam unter Kontrolle gebrachten Killerinstinkte, die die Satai zu dem machten, was sie waren – unbesiegbare Kampfmaschinen, deren bloßes Erscheinen Furcht und Schrecken verbreitete. Aber sein Körper war nicht mehr der eines Satai. Er war alt, und was immer die Gesichtslosen Prediger mit ihm getan hatten, es hatte ihn des größten Teiles seiner Kraft beraubt. Er war wie ein Werkzeug, das sich noch erinnerte, wozu es einmal gut gewesen war, jetzt aber stumpf und spröde geworden war. Ganz kurz schoß ihm der Gedanke durch den Kopf, daß er ebensogut an einem Herzschlag sterben konnte wie an einem Fausthieb des Quorrl.

Die Vorstellung erfüllte ihn mit solchem Zorn, daß er weiterkroch.

Trash heulte wie ein geprügelter Hund, suchte nach einem zweiten Stein im Schnee und robbte weiter, als er keinen fand. Er war noch gute zehn Meter von den Pferden entfernt; doppelt so weit wie Skar. Und dann tat er das, was Skar insgeheim schon die ganze Zeit befürchtet hatte – er erinnerte sich daran, daß er Beine hatte.

Mit einem wütenden Brüllen richtete er sich auf, hob die verstümmelte Hand vor die Augen und starrte auf die beiden verkrümmten, blutbesudelten Finger, die er noch hatte. Er wimmerte; ein Laut, der Skar auf absurd erschreckende Weise an das Heulen eines jungen Hundes erinnerte. Seine starren Fischaugen weiteten sich. Einen Moment lang stand er wie erstarrt da, dann fuhr er herum, war mit ein paar grotesken, humpelnden Schritten bei den Pferden und löste etwas Großes, Dunkles vom Sattel eines der Tiere.

Skar erkannte im letzten Moment, daß es ein Speer war.

Verzweifelt ließ er sich zur Seite fallen.

Der Speer zischte mit einem ekelhaften Geräusch durch die Luft, grub eine brennende Linie aus Schmerz in seine Seite und bohrte sich tief in den Boden. Skar schrie auf, denn die jähe Bewegung ließ einen neuerlichen, grauenhaften Schmerz durch sein gebrochenes Bein schießen. Halb blind vor Qual drehte er sich herum, zog die Knie an den Leib und hob schützend das *Tschekal.* Er war sicher, daß Trash ihn jetzt töten würde.

Aber der Quorrl griff nicht an, obwohl er nun alle Vorteile auf seiner Seite hatte. Statt dessen beugte er sich herab, löste mit einer blitzschnellen Bewegung die Fußfesseln eines Pferdes und griff dann zur Seite. Seine unverletzte Hand näherte sich der Kette, die den tobenden Hund hielt.

Skar erstarrte vor Schreck. Der Hund! Er hatte den Hund vergessen!

Trash lachte schrill, öffnete den Verschluß der Kette und riß den Hund brutal zurück, als er sich unverzüglich auf Skar stürzen wollte. Ungeschickt richtete er sich wieder auf, das riesige, tobende Tier dabei scheinbar mühelos mit sich zerrend, bis der Hund vor lauter Atemnot auf die Hinterläufe stieg, dabei aber noch immer tobend und geifernd vor Wut. Skar sah, daß das Tier aufgerichtet beinahe größer als er selbst war, ein struppiger schwarzer Gigant mit Kiefern, die den Arm eines Mannes spielend zermalmen konnten. Trash lachte abermals, griff mit seiner verstümmelten Hand nach dem Sattelknauf und zog sich auf den Rücken des Pferdes. Das Tier versuchte auszubrechen, als es das Gewicht des Kolosses spürte, aber Trash brachte es mit einem brutalen Ruck am Zaumzeug zur Räson. Dann grub er ihm die Absätze in die Flanken.

Und gleichzeitig ließ er den Hund los.

Das Tier stieß ein schrilles, fast schmerzerfüllt klingendes Jaulen aus, stand einen endlosen Moment fast reglos da – und sprang los.

Skar riß das Schwert in die Höhe, als die Bestie auf ihn zufederte. Aber entweder hatte das Tier Erfahrung im Kampf gegen einen bewaffneten Mann, oder seine Reaktionen waren noch schlechter, als er angenommen hatte: statt den Hund aufzuspießen, schlitzte die Klinge nur sein Fell auf und fügte ihm einen armlangen, blutenden Kratzer zu; längst nicht tief genug, ihn ernsthaft zu verwunden oder behindern – aber gerade schmerzhaft genug, den Hund noch wütender zu machen.

Immerhin verschaffte ihm der Hieb für Sekunden Luft. Trashs Pferd verschwand mit einem gewaltigen Satz im splitternden Unterholz, während der Hund ungeschickt dicht neben Skar auf dem Bauch landete, mit einem schrillen Heulen wieder in die Höhe sprang und ein paar Schritte rückwärts ging, ohne Skar dabei aus den Augen zu lassen. Er jaulte vor Schmerz; aber gleichzeitig drang auch tiefes, drohendes Knurren aus seiner Brust. Aus dem klaffenden Schnitt in seiner Flanke tropfte Blut und hinterließ runde rote Löcher im Schnee.

Skar versuchte, den Blick des Tieres zu fixieren. Seine Augen waren klein und böse und blutunterlaufen, und quer über seine Nase zog sich eine erst halb verkrustete Schramme. Wahrscheinlich hatten die Quorrl das Tier geprügelt, um es noch wilder zu machen. Skar konnte seine Wildheit beinahe riechen – und es war ein Hund, wie er noch keinen zuvor gesehen hatte: eine Bestie von der Größe eines kleinen Kalbes, mit Sicherheit an die zweihundert Pfund schwer und nur aus Muskeln und reißenden Zähnen bestehend. Der Hund würde ihn zerreißen, und wenn er dabei selbst den Tod fand.

Skar begann ungeschickt rücklings vor dem Hund davonzukriechen, zur Mitte der Lichtung und dem Feuer hin. Das schwarze Ungeheuer folgte ihm, langsam, mit zögernden, aber ungemein kraftvollen Bewegungen, immer gerade außerhalb der Reichweite seines Schwertes, und ohne die Waffe auch nur eine Sekunde aus dem Blick zu verlieren. Es war nicht das erste Mal, daß der Hund einem Mann mit einem Schwert in der Hand gegenüberstand, begriff Skar. Wahrscheinlich war er lange und ausdauernd trainiert worden, um gerade mit solchen Gegnern fertig zu werden.

Skar kroch weiter, richtete sich vorsichtig auf und spürte Hitze wie eine schmerzhaft-prickelnde Berührung im Rücken. Er hatte das Feuer erreicht. Behutsam verlagerte er sein Körpergewicht, bis er halb aufrecht saß, das verletzte Bein schützend unter den Körper gezogen. Die Spitze des *Tschekal* deutete weiter auf einen Punkt direkt zwischen den Augen des Hundes, während seine freie Hand im Schnee grub, nach einem Stein oder irgend etwas suchte, was er nach dem Tier schleudern konnte, um seine Aufmerksamkeit für einen Sekundenbruchteil von der Waffe abzulenken. Eine Sekunde, dachte er verzweifelt. Er brauchte eine Sekunde, die Dauer eines Lidzuckens – oder eines schnellen, mit aller Kraft geführten Stiches.

Der Hund gab sie ihm nicht. Er knurrte drohend, bewegte sich vor Skar auf und ab und suchte nach einer Lücke in seiner Dekkung, irgendeiner Blöße, die er sich gab. Seine Lefzen waren so weit hochgezogen, daß Skar sein rosiges Zahnfleisch erkennen konnte – und die fast fingerlangen, dolchspitzen Reißzähne, die nur darauf warteten, sich in seine Kehle zu graben. Die Pfoten des Tieres wühlten im Schnee, suchten nach festem Halt, um sich abzustoßen.

Hätte er noch die Kraft dazu gehabt, hätte er vielleicht gelacht – er hatte einen Satai besiegt und drei gigantische Quorrl, und dieser verdammte Hund würde ihn jetzt töten, wenn kein Wunder geschah! Es war absurd.

Der Hund kam näher. Seine nackte Rute peitschte nervös. Geifer troff aus seinem Maul und vermischte sich mit dem Blut im Schnee. Jeder Muskel im Leib des Hundes war angespannt. Aber er sprang noch nicht. Er war klug, dachte Skar; viel klüger als jeder andere Hund, dem er bisher begegnet war. Der Mann, der ihn trainiert hatte, mußte ein wahrer Meister seines Faches gewesen sein.

Endlich ertastete seine suchende Hand Widerstand. Er spürte Hitze, zog die Finger instinktiv zurück und griff noch einmal zu, ohne auf den Schmerz zu achten. Der Hund legte zornig die Ohren an den Schädel, als er den brennenden Ast sah, den Skar aus dem Feuer zerrte. Er spürte die Gefahr.

Vorsichtig richtete Skar sich auf, so weit es sein verletztes Bein zuließ, breitete die Arme aus und schwenkte den brennenden Ast vor dem Gesicht des Hundes hin und her; gleichzeitig bewegte sich das *Tschekal* in seiner Rechten ein Stück nach oben, fort aus dem direkten Blickwinkel des Tieres und in eine Richtung, aus der es keinen unmittelbaren Angriff erwarten würde. Dann begann er, die improvisierte Fackel langsam von rechts nach links zu schwenken.

Der Trick funktionierte nicht. Der Hund fiel nicht darauf herein. Sein Blick folgte zwar dem brennenden Stock, aber er wich gleichzeitig ein Stück zurück – lange nicht so weit, daß er Skar nicht mehr mit einem einzigen Satz erreichen konnte, aber weit genug, um aus der Reichweite des Schwertes zu sein.

Skar fluchte lautlos in sich hinein. Wäre sein Bein in Ordnung gewesen, hätte er einen Sprung riskiert. Aber so…

Er senkte den brennenden Stock ein wenig. Der Hund knurrte, sprang auf ihn zu und prallte mitten in der Bewegung zurück, als Skar die Fackel wieder hob und nach seiner Schnauze stieß. Ein paar glühende Funken berührten seine empfindliche Nase. Das Tier heulte auf, sprang zur Seite –

und federte mit einer schier unmöglichen, verdrehten Bewegung auf Skar zu, wie eine mißgestaltete Katze mit gekrümmtem Buckel direkt aus dem Stand hochspringend, die Vordertatzen weit ausgestreckt, um ihn zu Boden zu stoßen.

Skar warf sich zur Seite, bog verzweifelt den Kopf zurück und schlug gleichzeitig mit Stock und Schwert zu. Seine Fackel verfehlte den Hund, aber das Schwert traf seinen Hinterlauf und trennte ihn dicht über der Pfote ab. Aus dem aggressiven Knurren des Hundes wurde ein schrilles, schmerzgepeinigtes Jaulen. Warmes Blut besudelte Skars Beine.

Aber im gleichen Moment trafen seine Tatzen Skars Brust mit der Wucht von Faustschlägen. Ein gewaltiges, zahnbewehrtes Maul klappte vor Skars Augen zu wie eine Bärenfalle, dann begrub ihn der Hund mit seinem gesamten Körpergewicht unter sich, nagelte seine Schultern mit Pranken am Boden fest und schnappte abermals nach seiner Kehle. Diesmal rissen die mörderischen Zähne ein Stück Haut aus seinem Hals.

Skar ließ seine Waffe fallen, packte den häßlichen Hundeschädel mit beiden Händen und drückte ihn mit aller Gewalt zurück. Gleichzeitig versuchte er das Knie anzuziehen, um es dem Ungeheuer in den empfindlichen Leib zu stoßen; sein linker, unverletzter Fuß trat nach dem verstümmelten Hinterlauf des Ungeheuers. Aber der Hund war zu schwer, und sein gebrochenes Bein meldete sich mit wütenden Schmerzen.

Mit der Kraft der Verzweiflung drückte Skar den Kopf des Tieres zurück, mit Daumen, Zeige- und Mittelfinger seine Lefzen zurückreißend, bis seine Mundwinkel rissen und Blut aus seiner Schnauze lief. Gleichzeitig versuchte er, mit den Mittelfingern nach den Augen des Hundes zu tasten, um sie auszudrükken. Die mörderischen Fänge waren noch zwei Handbreit von seinen Augen entfernt. Heißer, nach Aas stinkender Atem schlug Skar ins Gesicht. Der Hund brach immer wieder in den Hinterläufen zusammen, heißes, klebriges Blut lief an Skars Beinen herab; das des Hundes und sein eigenes, denn die unverletzte Tatze des Ungeheuers riß seine Haut auf wie mit Messern. Der Schmerz trieb ihn an den Rand der Besinnungslosigkeit.

Und er spürte, wie sich das geifernde Maul des Bluthundes wieder seiner Kehle näherte. Die Bestie tobte. Schmerz und Wut gaben ihr zusätzliche Kraft, und sie kämpfte wie ein rasendes Tier, das keine Rücksicht mehr auf sich selbst nahm. Langsam, aber unbarmherzig wurden seine Hände zurückgedrängt. Das Gewicht des Hundes begann ihm den Atem abzuschnüren.

Skar riskierte alles. Noch einmal spannte er die Muskeln mit verzweifelter Kraft an, schob den schwarzen Schädel der Bestie ein winziges Stück zurück –

und ließ los.

Die Bewegung kam für den Hund zu schnell. Wo wütender Widerstand gewesen war, war plötzlich nichts mehr. Mit einem schrillen, halb überrascht klingenden Jaulen schoß sein weit aufgerissenes Maul an Skars Schulter vorbei, grub sich in den Schnee und schnappte zu.

Skar fuhr hoch, ohne auf den entsetzlichen Schmerz in seinem Bein zu achten, drehte sich halb herum und schmetterte dem Hund den Ellbogen in den Nacken, präzise auf die Stelle, an der der Schädel ins Rückgrat überging. Ein scharfer Schmerz schoß durch seinen Arm, und ein häßliches Knirschen erklang, ein Laut wie das Brechen eines sehr dicken Astes. Der Leib des Hundes zuckte wie in einem Krampf. Urin und Kot liefen an Skars Beinen herab. Schrille, wimmernde Laute drangen aus dem Maul der Bestie.

Aber sie lebte immer noch.

Halb wahnsinnig vor Schmerz schleppte sich der Hund ein Stück davon, biß in blinder Raserei in die Luft und versuchte sich aufzurichten. Es ging nicht. Sein verstümmelter Hinterlauf knickte ein. Blut ließ den Schnee zu klumpigem Rot erstarren, und das Jaulen des Hundes steigerte sich noch mehr. Er wälzte sich herum, kroch, sein Körpergewicht nur mit den Vorderpfoten ziehend, auf Skar los und schnappte immer wieder zu. Sein Kopf pendelte haltlos hin und her, aber er lebte noch. Er würde sterben, aber Skar wußte, daß er ihn vorher erreichen und töten würde.

Irgendwoher nahm Skar noch die Kraft, zur Seite zu greifen und sein Schwert aufzunehmen. Aber die Klinge schien plötzlich Tonnen zu wiegen. Er hatte kaum mehr die Energie, sie zu heben. Ungeschickt stocherte er nach dem Hund, fügte ihm einen weiteren, klaffenden Riß in der Schnauze zu und spürte, wie ihm die Waffe aus der Hand geschlagen wurde. Der Hund kam näher. Seine Kiefer schnappten zu, öffneten sich wieder, schnappten wieder zu. Noch zwei- oder dreimal, und sie würden sich um seine Kehle schließen.

Skar hatte nicht mehr die Kraft, vor ihm davonzukriechen.

Irgendwo, weit am Rande seines schon halb erloschenen Bewußtseins, erklang ein schriller Schrei, dann Schritte, die hastig näherkamen. Trash, dachte er müde, der zurückgekommen war, um ein Ende zu machen.

Aber es war nicht der Quorrl.

Skar sah einen Schatten, der zu klein für den eines Quorrl, selbst zu klein für den eines erwachsenen Mannes war, dann erscholl ein abermaliger Schrei, voller Wut und Haß diesmal, und plötzlich zischte etwas durch die Luft, bohrte sich in die Flanke des Hundes und erstickte sein wütendes Jaulen.

Skar versuchte sich aufzurichten, aber die Bewegung war zu viel. Einen halben Meter neben dem Tier brach er zusammen, krümmte sich im Schnee und versuchte, die Bewußtlosigkeit zurückzudrängen, die wie eine schwarze Hand nach seinen Gedanken griff. Er hörte Talin schreien, dann sah er, als arbeiteten seine Sinne nicht mehr richtig und zeigten ihm nur noch kleine, auf das Wesentliche reduzierte Ausschnitte der Welt, den Schädel des Hundes, eine Maske aus Blut und Haß, in deren Augen gegen jede Logik noch immer Leben war.

Sein Gesicht sank kraftlos in den Schnee. Mühsam versuchte er den Kopf zu drehen, um nicht zu ersticken, aber selbst diese kleine Anstrengung überstieg seine Kräfte. Er sah, wie Talin heranstürmte, absurd langsam dem Speer folgend, den seine Schwester geschleudert hatte, und etwas zog sich krampfhaft in ihm zusammen, als er sah, wie der Junge sich mit einem wütenden Kreischen auf den Hund warf, mit beiden Händen den Speer umklammerte und ihn tiefer in seinen Leib hineinstieß. Der Hund jaulte, schnappte hilflos und jetzt schon ohne Kraft in die leere Luft und erschlaffte endgültig. Das Feuer in seinen Augen erlosch.

Aber Talin hörte nicht auf. Immer wieder warf er sich mit seinem ganzen Körpergewicht gegen den Speer, riß und zerrte mit aller Macht an der Waffe und schrie dabei wie unter Schmerzen.

Gleichzeitig trat er den Hund. Sein Gesicht war vor Haß zu einer Grimasse geworden, vor der selbst Skar erschrak. Er schien in einer Art Blutrausch zu sein, ein völlig sinn- und zielloses Toben, das nicht nachließ, sondern im Gegenteil immer schlimmer wurde.

»Talin! Hör auf!«

Syrrs Stimme war so scharf, daß sie selbst den Nebel der heraufdämmernden Bewußtlosigkeit durchdrang, der sich über Skars Gedanken ausbreitete. Das Mädchen trat auf ihn zu. Einen Moment lang blieb sie halb vorgebeugt über ihm stehen, dann, als sie sah, daß seine Augen offen waren und er noch lebte, fuhr sie herum, packte ihren Bruder bei den Schultern und riß ihn unnötig grob vom Kadaver des Hundes fort. Skar sah, daß sie all ihre Kraft aufwenden mußte, um seine Hände vom Schaft des Speeres zu lösen.

»Hör auf!« schrie sie noch einmal. Talin versuchte, ihre Hände beiseite zu schlagen und sich sofort wieder auf den Hund zu stürzen. Syrr packte ihn mit der linken Hand an der Schulter, zerrte ihn grob herum und ohrfeigte ihn. Talins Wutschreie wurden zu einem schluchzenden Wimmern. Er stolperte zurück, preßte beide Hände gegen das Gesicht und setzte sich unsanft in den Schnee. Einen Moment lang blickte Syrr ihn noch scharf an; ihre Hände waren leicht geöffnet, und auf ihrem Gesicht lag ein sonderbar angespannter Ausdruck, der Skar verriet, daß es nicht das erste Mal war, daß sie so etwas erlebte.

Aber dann entspannte sie sich, wandte sich wieder zu ihm um und fiel neben ihm auf die Knie. Der Ausdruck in ihren Augen wandelte sich in Schrecken, als sie sah, in welchem Zustand er war.

»Großer Gott, Skar, was ist passiert?« stammelte sie.

»Mein... Bein«, preßte Skar mühsam hervor. Mit aller Kraft wälzte er sich auf den Rücken, keuchte vor Schmerzen und deutete auf seinen rechten Fuß. »Ich glaube, er ist... gebrochen.«

Das Mädchen erbleichte noch mehr, aber sie reagierte trotzdem mit erstaunlicher Kaltblütigkeit. Rasch stand sie auf, beugte sich über sein Bein und betastete den geschwollenen Knöchel;

mit sehr kundigen, aber nicht sehr sanften Fingern. Skar stöhnte vor Schmerz.

»Gebrochen ist nichts«, stellte Syrr nach einer Weile fest. »Aber du wirst trotzdem ein paar Tage lang nicht gehen können.«

Skar keuchte, als sie die Hand auf seinen Knöchel legte und ganz sacht zudrückte, um ihre Worte zu beweisen. »Verdammt, paß doch auf!« keuchte er. »Was tut ihr überhaupt hier? Ich hatte euch befohlen, bei den Felsen auf mich zu warten!«

»Du bist nicht gekommen«, antwortete Syrr stirnrunzelnd. »Und dann haben wir Schreie gehört und wollten wissen, was ... was geschieht.« Sie stockte, richtete sich ein wenig auf und wandte den Kopf nach rechts und links.

Sie brauchte nur Sekunden, um die Lichtung zu überblicken, aber in diesen wenigen Momenten ging eine erschreckende Veränderung in ihrem Gesicht vor sich. Skar sah, wie ihre Erleichterung erst in Schrecken und dann in pures Entsetzen umschlug.

»Was ist ... passiert?« stammelte sie.

»Wir waren verschiedener Meinung, was die Pferde anging«, sagte Skar gepreßt. Schwärze stieg aus seinem Inneren auf, wollte seine Gedanken ersticken, aber das durfte er nicht zulassen. Nicht jetzt. Wenn er das Bewußtsein verlor, würde er vielleicht nicht wieder aufwachen. Trash lebte noch. Und er hatte ein Pferd. Er würde wiederkommen.

»Sie wollten mir kein Tier leihen, weißt du«, keuchte er. »Und da mußte ich grob werden.«

Syrr starrte ihn an, als zweifelte sie an seinem Verstand. »Du ... du hast sie ... erschlagen?« murmelte sie. »Du allein? Du ... du hast zwei Quorrl erschlagen und ...«

»Und einen Satai«, fügte Talin hinzu.

Syrr erstarrte vollends. Einen Moment lang blickte sie Skar aus geweiteten Augen an, dann flog ihr Kopf mit einem Ruck in den Nacken. Mit einem einzigen Schritt trat sie über Skar und den Kadaver des Hundes hinweg und beugte sich über den Toten.

»Er ist ein Satai!« sagte Talin noch einmal. »Sieh! Er trägt ihr Zeichen!« Seine Hand deutete aufgeregt auf das schmale Stirnband des Toten. »Er... er hat einen Satai erschlagen! Mit bloßen Händen!«

»Aber das ist unmöglich!« stammelte Syrr. Sie richtete sich auf, blickte Skar an, dann den Toten, dann wieder Skar. Ihr Gesicht hatte alle Farbe verloren. Und in ihren Augen stand ein Ausdruck, den Skar nur zu gut kannte:

Angst.

Angst vor ihm.

»Du hast einen Satai erschlagen«, wiederholte sie die Worte ihres Bruders. »Mit bloßen Händen. Niemand kann das. Niemand außer –«

»Einem Satai«, sagte Skar. Alles drehte sich. In seinem Mund war Blut. Ihm wurde übel. »Ich bin Satai, ja. Aber darüber können wir später reden. Wir müssen... fort. Einer der Quorrl ist entkommen.« Er versuchte, sich auf die Ellbogen hochzustemmen, und irgendwie gelang es ihm sogar. Talins und Syrrs Gestalten begannen vor seinen Augen zu zerfließen. Die Schwäche ließ häßliche Grimassen aus ihren Gesichtern werden.

»Du bist... Satai?« wiederholte Syrr ungläubig. Ihre Stimme war nur noch ein Flüstern.

Skar nickte. »Helft mir... auf«, sagte er müde. »Die Quorrl werden zurückkommen. Wir müssen... fort. Helft mir auf ein... ein Pferd.«

Syrr trat auf ihn zu. Ihr Gesicht war starr, wie eine Maske aus Stein, in der das Entsetzen für alle Zeiten eingefroren war.

Und plötzlich blieb sie stehen, bückte sich und hob einen fast armdicken, qualmenden Ast aus dem Feuer. »Satai«, sagte sie noch einmal.

Etwas im Klang dieses Wortes warnte Skar.

Er sah den Schlag kommen. Aber er hatte nicht einmal mehr die Kraft, den Kopf zur Seite zu drehen.

Es war hell, als er erwachte. Das Feuer war zu einem düsteren Glutklumpen zusammengesunken, der kaum noch Wärme spendete, aber jemand – vermutlich Syrr – hatte den Mantel wie eine Decke über ihn gebreitet und sogar ein zusammengerolltes Kleidungsstück als Kissen unter seinen Kopf geschoben. Trotzdem war die Kälte bis in die letzte Faser seines Körpers gekrochen; er fühlte sich steif und betäubt und gelähmt, und in seinem Bein pochte ein dumpfer, quälender Schmerz.

Skar hatte Mühe, aufzuwachen. Seine Lider waren verklebt, und als er sie auseinanderzwang, schmerzte das Licht der Morgensonne in seinen Augen. Fetzen eines Traumes schossen durch seinen Kopf – es war ein sehr angenehmer Traum gewesen, und für einen Augenblick war die Verlockung übermächtig, die Augen wieder zu schließen, sich zu entspannen und sich wieder in ihn hineinfallen zu lassen.

Aber er wußte, daß er sterben würde, wenn er das tat. Er würde erfrieren; schlicht und einfach erfrieren.

Vorsichtig schob er den Mantel von sich herab, setzte sich auf und sah sich um. Ihm war kalt. Eisiger Matsch klebte an seinem Rücken, denn seine Körperwärme hatte den Schnee geschmolzen, in dem er gelegen hatte. Auf seiner rechten Hand, die unter der improvisierten Decke hervorgesehen hatte, glitzerten Eiskristalle. Der Mantel selbst war hartgefroren und knisterte, als er ihn vollends von sich herunterschob, um an sich herabzublicken.

Was er sah, kam nicht überraschend, aber es erschreckte ihn trotzdem: Von den Hüften abwärts war er mit dem Blut und Kot des Hundes beschmiert. Er stank, trotz der Kälte, die sich wie eine zweite, unsichtbare Decke aus Glas über der Lichtung ausgebreitet hatte. Die zahllosen Kratzer und Wunden, die er davongetragen hatte, würden sich entzünden, wenn er nicht sofort etwas dagegen unternahm.

Trotzdem war das das kleinere Problem – mehr Sorgen bereitete ihm der Anblick seines Fußgelenkes.

Es gab keinen Zweifel mehr daran, daß es gebrochen war, ganz egal, was Syrr behauptet hatte: Sein Fuß war unförmig angeschwollen und schmerzte höllisch, und an zwei Stellen begann die Haut sich bereits dunkel zu färben. Wenn er hierblieb, dachte er – wenn auch eigentlich eher mit einem Gefühl von Ärger als wirklicher Angst – dann hatte er die Wahl, an Wundbrand zu sterben oder zu erfrieren.

Oder erschlagen zu werden.

Unsicher, ob dieser Teil seiner Erinnerungen nun wirklich wahr oder nur Teil eines Alptraumes gewesen war, hob er die Hand und tastete nach seiner Schläfe. Ein dünner Schmerz schoß durch seinen Kopf und stach wie eine Nadel in sein Auge, und seine Fingerspitzen ertasteten Schorf und heiße, geschwollene Haut. Es war wahr. Träume pflegen keine Wunden zu hinterlassen. Syrr hatte ihn niedergeschlagen, als...

Ja, dachte er, mehr verstört als zornig: *Als er sich als Satai zu erkennen gegeben hatte.*

Und bei den Quorrl war ein Satai gewesen.

Skar weigerte sich, die Folgerung zu akzeptieren, die sich aus diesen beiden Tatsachen ergab.

Er biß die Zähne zusammen, stemmte sich hoch, so weit er konnte, und versuchte sein Schwert als Krücke zu benutzen. Es ging nicht. Die rasiermesserscharfe Klinge glitt in den hartgefrorenen Boden wie in weichen Sand; Skar konnte sich gerade noch zurückfallen lassen, ehe er das Gleichgewicht verlor und nach vorne stürzte.

Wütend legte er das *Tschekal* aus der Hand und sah sich nach etwas anderem um, auf das er sich stützen konnte. Sein Blick blieb an dem Speer hängen, der noch immer aus dem Leib des Hundes ragte. Es war ein gutes Stück bis dorthin – sechs, vielleicht sieben Meter – er registrierte erst jetzt, daß Syrr oder Talin den Kadaver ein gutes Stück fortgeschleift hatten. Die Entfernung zu den Pferden betrug das Doppelte, aber es war die entgegengesetzte Richtung.

Abermals ließ er sich zurücksinken, zog den Mantel fröstelnd bis an die Schultern hoch und sah sich auf der Lichtung um. Syrr und Talin hatten zwei Pferde genommen – irgendwie befriedigte ihn der Gedanke, daß sie damit eine reelle Chance hatten zu entkommen – und die beiden anderen Tiere dort stehen lassen, wo sie waren. Der tote Satai und die beiden Quorrl lagen noch so, wie sie gestürzt waren, aber es hatte in der Nacht geschneit, und die drei Leichen waren schon halb unter einer flockigen weißen Decke verschwunden. Skar zögerte noch einen Moment, dann schloß er mit klammen Fingern die Spange des Mantels, um ihn nicht zu verlieren, ließ sich zur Seite fallen und kroch mit zusammengebissenen Zähnen auf den toten Satai zu, der den Pferden näher war als der Hund.

Skar brauchte fast eine Viertelstunde, die knapp zwanzig Schritte zurückzulegen, und mehr als einmal während dieser Zeit war er nahe daran, einfach aufzugeben. Es war zuviel; selbst für einen Mann wie ihn. Er war zu Tode erschöpft, vermutlich sehr viel schwerer verletzt, als er sich selbst eingestehen wollte, und der endlose Schlaf hatte ihn fast aller Kräfte beraubt. Der Mantel drückte wie eine Zentnerlast auf seine Schultern, und der Schmerz in seinem Knöchel breitete sich aus und ergriff bald das ganze Bein; er konnte direkt spüren, wie es steif wurde. Dazu kam die Kälte. Der frisch gefallene Schnee war über Nacht gefroren, aber nur in einer dünnen Schicht, die wie brüchiges Glas unter seinem Körpergewicht nachgab, so daß er immer wieder in die eiskalte flockige Masse darunter einsank; und unter dem Schnee verbargen sich spitze Steine und stechende Äste. Skars Hände waren blutig, als er den Toten erreichte. Er fragte sich, ob er noch die Kraft haben würde, die Fesseln der Pferde zu lösen und sich in den Sattel zu ziehen.

Die Augen des Satai standen offen, und in seinem Blick war das ungläubige Entsetzen eingefroren, das er verspürt haben mußte, als er starb – er, der Satai, der Unbesiegbare, der vielleicht im allerletzten Moment begriffen hatte, wem er wirklich gegenüberstand.

Skar verspürte... Trauer.

Dieser Mann war sein Feind gewesen, und er hatte sich letztendlich selbst zum Tode verurteilt mit dem, was er tat. Skar hatte ihn töten *müssen*, den heiligen Gelübden seines Clans zufolge. Aber es waren die gleichen Gelübde gewesen, die auch dieser Mann irgendwann einmal geschworen hatte – Leben zu schützen und für die Gerechtigkeit zu kämpfen, und wenn es sein eigenes Leben kostete. Er hatte sie gebrochen, und er hatte die Strafe gekannt, die darauf stand. Trotzdem spürte Skar weder Triumph noch Haß auf diesen Mann. Trotz allem war er sein Bruder gewesen, ein Satai wie er, der irgendwann einmal für die gleichen Ziele gekämpft und die gleichen Eide geschworen hatte.

Plötzlich scheute Skar vor dem Gedanken zurück, den Toten auszuplündern, wie er es ursprünglich vorgehabt hatte – er wäre sich wie ein Leichenfledderer vorgekommen, die Kleider seines erschlagenen Bruders zu nehmen. Er wußte, daß dieser Gedanke albern war – er würde schlicht und einfach erfrieren, halbnackt, wie er war, aber als er die Hand ausstreckte, um den Toten herumzudrehen und ihn seines Mantels und Wamses zu berauben, konnte er es nicht.

Statt dessen beugte er sich fast behutsam vor, löste das schmale Stirnband mit dem fünfzackigen Stern der Satai und legte es neben sich in den Schnee. Dann schloß er die Augen des Toten, versuchte seine Hände auf der Brust zu falten und hätte am liebsten aufgeschrien, als er begriff, daß es nicht mehr ging. Kälte und Totenstarre hatten die Glieder des Satai steif wie Holz werden lassen.

Einen Moment lang überlegte Skar, ihn zu verbrennen – im Feuer war noch Glut, und mit etwas Glück konnte er die Flammen noch einmal zum Leben erwecken. Aber dann wurde ihm klar, daß er Stunden dazu brauchen würde, halb verkrüppelt, wie er war, und wahrscheinlich nicht einmal mehr die nötige Kraft hatte. Der Gedanke, den Toten wie ein Stück Aas zurückzulassen, damit ihn die Wölfe fraßen, erfüllte ihn mit einer Mischung aus Entsetzen und Wut – aber er hatte keine andere Wahl.

Und da war noch Trash. Er war entkommen, und wenn er Skar nicht den Gefallen getan hatte, unterwegs vom Pferd zu fallen und sich den Hals zu brechen, war er jetzt wahrscheinlich schon wieder auf dem Weg hierher – zusammen mit einer Bande mordlüsterner Quorrl, denen der Sinn danach stand, einen Satai zu töten.

Nein – er mußte hier weg. Sofort.

Er wußte nicht wie, und er wußte nicht, wie lange es dauerte, aber irgendwann nach einer Ewigkeit, in der er nur Schmerz und Erschöpfung gespürt hatte – und irgendwo, tief verborgen in seinem Inneren, den eisernen Willen, nicht aufzugeben – fand er sich halb bewußtlos im Sattel des größeren der beiden Pferde sitzend wieder, die Hände um das hartgewordene Leder des Zaumzeugs gekrampft, den linken Fuß im Steigbügel, das verletzte, steif gewordene rechte Bein in fast absurdem Winkel abgespreizt.

Mühsam zwang er das Tier herum, ritt zu dem toten Hund zurück und zog den Speer aus seinem Leib. Er bildete sich nicht ein, die Kraft zu haben, einen weiteren Kampf durchzustehen – aber die Waffe würde wenigstens eine halbwegs brauchbare Krücke abgeben, sollte er aus irgendeinem Grunde laufen müssen.

Der kleine Ausschnitt des Himmels, den er über der Lichtung erkennen konnte, drehte sich vor seinen Augen. Für einen Moment schienen sich die Wolken rot zu färben.

Aber er durfte nicht aufgeben. Nicht jetzt. Es war egal, wenn er starb, aber vorher mußte er noch etwas tun, etwas Bestimmtes und Wichtiges, von dem er vergessen hatte, was es war, aber das unbedingt getan werden mußte. *Del.* Der Name blitzte in seinem Bewußtsein auf, wie etwas, das zu einer lange zurückliegenden Zeit gehörte, einer Zeit, zu der er längst jeden Bezug verloren hatte. *Sein Sohn.* Das Kind. Irgend etwas war mit dem Kind, aber das Fieber verhinderte, daß er sich erinnerte, was. Vielleicht war es auch etwas anderes, etwas, das er nur für Fieber hielt, weil es ebenso fremd war und ebenso weh tat. Das Kind. Das Kind. *Sein* Kind. Er mußte es finden. Er mußte es finden und...

...töten?

Am Abend erreichte er den Fluß, und zum ersten Mal seit seinem Erwachen im Tempel der Gesichtslosen Prediger schien das Glück auf seiner Seite zu sein: Er fand nicht nur den Fluß – einen knapp hundert Meter breiten, ruhig dahinfließenden Strom, der allerdings zu mehr als zwei Drittel zugefroren war – sondern auch ein Haus.

Skar sah schon von weitem, daß es unbewohnt war. Das strohgedeckte Dach war auf einer Seite unter dem Gewicht des Schnees eingesunken, die Tür stand offen, und eines der Fenster war zerbrochen. Der Wind, der heulend und eisig über ihn hergefallen war, kaum daß er den Schutz der Bäume verlassen hatte, spielte klappernd mit einem losen Fensterladen, und von der anderen Seite des Daches stieg pulverfeiner Schnee wie weißer Rauch auf. Skar hatte selten ein Gebäude erblickt, das so verlassen und einsam aussah wie diese kleine Hütte. Aber das Haus würde ihm wenigstens Schutz vor dem Wind bieten, wenn schon nicht vor der Kälte, und mit ein bißchen Glück fand er etwas Brennbares; vielleicht sogar Kleider.

Skar hatte schon vor Stunden angefangen, sich in Gedanken dafür zu verfluchen, daß er die Kleider des Toten nicht mitgenommen hatte. Pietät hin oder her – die Kälte war längst durch den Mantel gekrochen, den er um seine Schultern geschlungen hatte.

Zumindest dämpfte sie den Schmerz in seinem Bein auf ein erträgliches Maß.

Sein Pferd lief von selbst schneller, als es die Nähe des Wassers witterte. Wie sein Reiter hatte es seinen Durst während des Tages nur mit Schnee gestillt, den es selbst auf dem Boden, Skar auf den tiefhängenden Ästen der Bäume gefunden hatte, an denen sie vorüberkamen.

Das Absteigen wurde zu einem Problem. Sein Bein war während des Tages bis in die Hüfte hinauf steif geworden. Als er versuchte, sich aus dem Sattel zu schwingen, schrie er vor Schmerz. Sein Pferd machte einen erschrockenen Satz, und Skar konnte sich gerade noch an seiner Mähne festklammern, um nicht abgeworfen zu werden.

Beim zweiten Versuch war er vorsichtiger: Er rammte den Speer in den Boden, verlagerte ganz behutsam sein Körpergewicht und ließ sich halbwegs aus dem Sattel fallen, wobei er sich mit beiden Händen an den Speerschaft klammerte. Trotzdem fiel er auf ein Knie.

Es dauerte lange, bis er die Kraft fand, sich wieder hoch zu stemmen und zum Haus zu humpeln.

Wie er erwartet hatte, war es leer. Durch das zerbrochene Dach war Schnee gesickert und zu Eis erstarrt, und obwohl er aus dem Wind heraus war, schien ihm die Kälte hier drinnen

grausamer als draußen. Er drückte die Tür hinter sich zu, so gut er konnte, lehnte sich erschöpft dagegen und sah sich um. Das graue Zwielicht und der zollstarke Eispanzer, der sich wie eine milchige Haut um die Möbel, den Boden und die Wände und selbst das zerbrochene Fenster schmiegte, gaben dem Haus etwas Geisterhaftes, Unheimliches. Skar glaubte, das Flüstern der Schatten in den Ecken und Winkeln geradezu zu hören.

Er blieb stehen, bis sich sein hämmernder Puls halbwegs wieder beruhigt hatte, und begann mühsam durch den Raum zu humpeln. Es gab eine zweite Tür auf der gegenüberliegenden Seite, die in einen kleinen Nebenraum führte, der den früheren Bewohnern dieses Hauses offensichtlich als Schlafkammer gedient hatte, denn er war vollkommen leer bis auf ein Bett und eine schwere hölzerne Truhe, deren Deckel offen stand und die jetzt außer Eis und Schnee nichts mehr enthielt.

Kein Essen, dachte er matt. Das Schicksal meinte es wirklich nicht gut mit ihm – er war nicht sicher, daß er noch einmal aufwachen würde, wenn er sich jetzt in dieses Bett legte, um zu schlafen. Aber er wußte, wie sinnlos es war, das Haus noch einmal zu durchsuchen. Es war verlassen, von seinen Bewohnern aufgegeben und geräumt wie der Tempel der Gesichtslosen Prediger, und vermutlich schon vor Monaten. Selbst wenn sie etwas von ihren Vorräten zurückgelassen hätten, wäre es mit Sicherheit mittlerweile verdorben.

Schwer auf seinen Speer gestützt schloß er die Tür, humpelte zum Bett und ließ sich stöhnend darauf niedersinken. Es war naß und die Decke hartgefroren; als Skar sie beiseite schlug, knisterte sie wie dünnes Glas. Er hatte fast Angst, daß sie unter seinen Fingern zerbrechen würde.

Er ließ den Speer fallen, schnallte das Schwert ab und kroch zitternd unter die feuchtkalte Decke, ohne auch nur den Mantel abzustreifen. Und plötzlich war es ihm egal, ob er noch einmal erwachen würde.

Er starb nicht, aber in der Nacht kam das Fieber. Und mit ihm die Träume.

Er sah sich selbst aus einer erhöhten Position, als hätte er sich in einen großen Vogel verwandelt, der mit lautlosen Flügelschlägen über dem Land schwebte, wie er das Haus erreichte und hineinkroch; dann, nach einem jähen Schnitt, das verdreckte Bett, auf dem er sich ausgestreckt hatte, vielleicht um zu sterben.

Für einen Moment verwirrte sich das Bild. Rote Linien aus Schmerz und dunklere, breitere Spuren der Angst wanden sich vor seinen Augen wie Schlangen. Dann war er wieder er selbst, blickte gegen die Decke, durch die Sternenlicht und Schnee rieselten, und plötzlich, auf jene völlig unlogische und trotzdem keinen Widerspruch duldende Weise, die Träumen und Phantasien nun einmal eigen ist, spürte er, daß er nicht mehr allein war. Obwohl ein Teil von ihm schlief und so von Fieber und Krämpfen geschüttelt wurde, daß er nicht einmal einen Finger rühren konnte, drehte ein anderer Teil den Kopf und

neben seinem Bett stand der Daij-djan. *Helths Spottgeburt. Das Ungeheuer von der Eisinsel!*

Aber das war unmöglich. Skar wollte schreien, sich aufbäumen, fortkriechen, weg, nur weg von diesem entsetzlichen schwarzen Ding, *das aus den Abgründen seiner eigenen Seele emporgekrochen war, um ihn zu vernichten, aber er konnte es nicht, er war gelähmt vor Entsetzen und Angst, hilflos ausgeliefert. Er wußte, daß es unmöglich war. Es war tot. Der Dronte hatte es vernichtet, mit dem Feuer der Sterne, dem nichts widerstehen konnte, aber es war da, schwarz und klein und böse, starrte ihn mit seinem augenlosen glitzernden Schädel an, ein Schädel wie aus poliertem schwarzem Stahl, stachelgekrönt und häßlich. Es stand einfach da, starrte ihn an und streckte plötzlich die Hand nach ihm aus. Aber es war keine Hand, es war eine Insektenklaue, hart und klein und mit zu vielen Fingern, die wie Messer gekrümmt und ebenso scharf waren, und diese Hand berührte ihn, glitt wie eine mißgestaltete gepanzerte Spinne über seinen Arm, kroch an seiner Schulter empor und näherte sich seinem Gesicht, verharrte, kroch zurück und glitt an seiner Brust herab.*

Gib es mir! *wisperte eine Stimme in seinem Kopf.* Gib es mir, und du wirst leben.

Dann riß die Monsterklaue seine Brust auf.

Skar spürte keinen Schmerz. Aber er sah, wie die hornige Klaue des Daij-djan *seine Haut teilte, Muskeln und Sehnen durchdrang und schließlich die Knochen beiseite schob. Kein Blut. In ihm war kein Blut, sondern nur etwas, das so schwarz und wabernd wie der* Daij-djan *war und das pulsierte, aber nicht im Takt seines Herzens.* Gib es mir! Gib es mir, und du darfst leben! *Das Sternending wühlte weiter, grub sich in seine Brust hinein und suchte, tastete nach etwas, das tief in ihm verborgen war und rief, auf den* Daij-djan *wartete* (als Freund oder als Feind?), *und plötzlich spürte Skar doch Schmerz, einen entsetzlichen, grauenhaften Schmerz, der um so schlimmer war, weil er noch immer nicht schreien konnte.*

Der Daij-Djan *verschwand.*

Seine Hand war fort, Skars Brust unverletzt, aber er war noch immer nicht allein. Wo das Ungeheuer gestanden hatte, stand nun eine schmale, in weiße glatte Gewänder gehüllte Gestalt, ein alter Mann mit grauem Haar und ohne Gesicht. Seine Hand berührte Skar, genau dort, wo einen Herzschlag zuvor noch die Klaue des Daij-Djan *gewesen war, aber statt Pein brachte sie Linderung; Skar konnte die wohltuende Betäubung fühlen, die sich in seinem Körper ausbreitete, schnell und fließend und sehr warm. Dann veränderte sich auch der alte Mann, und statt seiner saß plötzlich Syrr an seinem Bett, und*

Skar erwachte.

Der *Daij-Djan* war verschwunden, ebenso wie der Gesichtslose Prediger, aber Syrr war noch da.

Sie saß auf der Kante seines Bettes, halb nach vorne gebeugt, das Körpergewicht mit nur einem Arm abgestützt und so, daß sie ihn nicht berührte. Sie sah sehr müde aus. Ihr Haar hing ihr in dünnen, verklebten Strähnen in die Stirn, sie war blaß, und ihre Augen waren rot und entzündet; mit dicken, schweren Tränensäcken unterlegt, als hätte sie stundenlang in die Sonne gestarrt. Skar begriff plötzlich, daß sie die halbe Nacht neben ihm gesessen und gewacht haben mußte.

Obwohl das Mädchen nicht in seine Richtung sah, schien sie

seinen Blick zu spüren. Sie blickte auf, fuhr mit deutlichen Anzeichen von Erschrecken zusammen und beugte sich vor.

»Du bist wach!« rief sie. Ihre Stimme klang unendlich erleichtert – was einigermaßen sonderbar war für jemanden, der ihm noch vor Tagesfrist den Schädel einzuschlagen versucht hatte. Aber die Freude in ihrem Blick war echt. Und auch Skar verspürte eine fast absurde Erleichterung, sie zu sehen. Er hätte sie hassen oder zumindest zornig sein müssen, aber weder das eine noch das andere war der Fall. Vielleicht war es einfach die Tatsache, daß er nicht mehr allein war. Sie war ein Mensch, und sie hatte den Dämon aus seinen Träumen vertrieben, einfach dadurch, daß sie da war.

»Wie... kommst du hierher?« murmelte er. Das Sprechen bereitete ihm Mühe. Seine eigene Stimme klang in seinen Ohren wie die eines alten Mannes, brüchig und ohne Kraft. Seine Zunge lag wie ein geschwollener Klumpen aus Schmerz in seinem Mund. Er hatte Durst.

Syrr richtete sich für einen Moment auf und sah zur Tür zurück. Für die Dauer eines Lidzuckens erschien ein angespannter Ausdruck auf ihren Zügen. Dann sah sie wieder auf ihn herab. Als sie weitersprach, flüsterte sie, und redete sehr schnell. »Talin und ich sind nicht allein«, sagte sie hastig. »Sag niemandem, wer du bist, Skar. Sie werden dich töten, wenn du dich zu erkennen gibst. Hast du das verstanden?«

Skar verstand ganz und gar *nicht*, aber er dachte an den Satai, der bei den Quorrl gewesen war, und an Syrrs und Talins völlig unverständliche Reaktion, als er sich zu erkennen gegeben hatte. Er nickte.

»Gut.« Syrr seufzte erleichtert. »Merke es dir. Ich erkläre dir alles später. Aber es ist wichtig – auch für Talin und mich.«

Skar versuchte ihr zuzulächeln – er war nicht sicher, ob es ihm auch gelang, aber Syrr erwiderte sein Lächeln – stemmte sich umständlich auf die Ellbogen hoch und schlug die Decke zur Seite. Bedachte er, wie elend er sich fühlte, ging es sogar überraschend gut. Es gab zwar kaum einen Quadratzoll auf seinem Körper, der *nicht* weh tat, aber die Schmerzen waren erträglich, und sogar seine Schwäche war nicht mehr so entsetzlich wie am Abend zuvor. Der Schlaf hatte ihm gut getan.

Dann sah er, daß es nicht nur der Schlaf gewesen war. Jemand hatte ihn gesäubert und die zahllosen Schnitte und Risse in seiner Haut verbunden. Sein rechtes Bein war geschient; ungeschickt mit einem Stock und Streifen, die offenbar aus einem alten Sack herausgerissen worden waren, aber sehr fest. Er hatte kaum noch Schmerzen. Aber er spürte das Bein auch kaum mehr. Vom Knie abwärts war es taub. Als er versuchte, die Zehen zu bewegen, ging es nicht.

»Hast du... mich verbunden?« fragte er mühsam.

Syrr schüttelte den Kopf, zog die Decke wieder über seinen Leib und drückte ihn mit sanfter Gewalt in die Kissen zurück. »Nein. Ich dachte...« Sie brach ab, als hinter der Tür Schritte polterten. Skar drehte den Kopf in den Kissen und sah an ihr vorbei.

Die Tür wurde unsanft aufgestoßen, und ein breitschultriger, in schmutzige Felle gehüllter Mann von vielleicht fünfzig Jahren betrat den Raum. Wie Syrr sah er müde aus. In seinem Haar, seinen buschigen Brauen und dem kurzgeschnittenen schwarzgrauen Bart klebte Schnee. Skar spürte die Kälte, die er mit ins Haus brachte, selbst unter seiner Decke.

Syrr stand auf und trat einen Schritt zur Seite, um dem Fremden Platz zu machen. Der Blick, den sie Skar dabei zuwarf, war fast beschwörend. Er hatte das sichere Gefühl, daß sie Angst vor dem Fremden hatte. »Das... das ist Enwass«, sagte sie stockend. »Talin und ich haben ihn getroffen, als wir –«

»Ich kann selbst reden«, unterbrach sie der Fremde. Er machte sich dabei nicht einmal die Mühe, Syrr anzusehen, sondern scheuchte sie mit einer unwilligen Handbewegung zur Seite, trat dicht an Skars Lager heran, betrachtete eine Weile sein geschientes Bein und musterte dann eingehend seinen Körper, nicht in der Art, in der man einen Menschen ansieht, sondern kalt und abschätzend, als betrachte er eine Ware, die er vielleicht kaufen wollte. Erst dann sah er Skar ins Gesicht.

»Wer bist du?« fragte er.

Skar schwieg. Die Augen des Mannes waren schmal; ihr Blick war müde, aber gleichzeitig hart. Entweder, überlegte Skar, war er von Natur aus ein grausamer Mann, oder einer, der zuviel erlebt hatte, um noch irgend jemandem zu trauen. Er wußte nicht, welcher Möglichkeit er den Vorzug geben sollte.

»Hast du dir auch die Zunge gebrochen?« fuhr er fort, als Skar keine Anstalten machte, zu antworten.

»Skar«, antwortete Skar. »Mein Name ist Skar. Und wer bist du?«

»Die Fragen stelle ich«, versetzte der Enwass. »Dein Name ist also Skar? Und was bist du?«

Skar zögerte. Ohne Syrr anzusehen, spürte er, wie sie sich versteifte, und ihr Blick noch beschwörender wurde. Schließlich rettete er sich in ein gequält wirkendes Lächeln.

»Das möchte ich selbst gerne wissen«, antwortete er. »Anscheinend jemand, der ein gewisses Geschick darin entwickelt hat, von einer Schwierigkeit in die nächste zu stolpern.«

Enwass lächelte, aber es wirkte nicht echt. »Oder darin, direkten Fragen geschickt auszuweichen«, sagte er. »Nicht wahr?« Er drehte sich halb zu Syrr herum, machte eine ungeduldige Handbewegung und wartete, bis sie das Zimmer verlassen hatte. Skar war nicht sicher, ob es wirklich Zufall war, daß er dabei gerade richtig stand, um den Blickkontakt zwischen ihnen zu unterbrechen.

»So«, fuhr er dann fort. »Jetzt können wir reden. Also – wer bist du und vor allem, *was* bist du?« Er kam näher, ließ sich mit einem erschöpften Laut auf die Bettkante sinken und schüttelte sich den Schnee aus dem Haar. »Das Mädchen hat uns erzählt, wie sie dich gefunden haben. Du warst im Tempel?«

»Ja«, antwortete Skar. »Und bevor du fragst – ich weiß nicht, wie lange.«

»Du weißt es nicht?«

»Ich habe geschlafen«, antwortete Skar, etwas lauter als bisher und in bewußt scharfem, ungeduldigem Ton. »Ich weiß nichts von alledem, was hier vorgeht – von den Quorrl und dem Krieg und den…«

»Den Satai?« fiel der Fremde ein, als Skar nicht weitersprach.

»Was soll damit sein?« erwiderte Skar.

Der Fremde lächelte dünn, griff unter seinen Mantel und zog das schmale lederne Stirnband mit dem Satai-Stern hervor, das Skar dem Toten abgenommen hatte. »Das haben wir bei dir gefunden«, sagte er. »Es ist das Zeichen eines Satai, nicht? Bist du einer?«

Skar schnaubte. Wütend deutete er auf das Schwert, dessen Griff unter dem Mantel des Fremden hervorlugte. »Du trägst ein Schwert«, sagte er ärgerlich. »Bist du ein Krieger?«

Enwass ohrfeigte ihn. Der Schlag kam so schnell, daß Skar keine Zeit mehr fand, ihn abzuwehren. Mit aller Kraft unterdrückte er den Impuls, seine Hand zu packen und zu verdrehen. Statt dessen hob er selbst den Arm und tastete nach seiner brennenden Wange.

»Noch einmal«, fuhr der Fremde fort, in einem Ton, als wäre nichts geschehen. »Bist du ein Satai?«

Skar ließ die Hand sinken und starrte ihn an. »Wenn ich das wäre, wärst du jetzt tot«, antwortete er kalt.

Einen Moment lang schwieg der Fremde, dann nickte er. Seltsamerweise schien dies genau die Antwort zu sein, auf die er gewartet hatte. »Was bist du dann?« fragte er. »Nur ein Satai besiegt einen Satai. Oder ein Vede. Bist du ein Vede?«

»Sehe ich so aus?« fauchte Skar. »Zum Teufel, nicht nur die Satai und Veden können kämpfen!«

»Das stimmt«, seufzte Enwass. »Auch ich weiß mein Schwert zu führen. Aber ich kenne niemanden, der einen Satai und *drei Quorrl gleichzeitig* erschlagen könnte. Und den Hund.«

»Den Hund hat der Junge getötet«, antwortete Skar ausweichend. »Und sie waren unaufmerksam. Ich habe sie hinterrücks angegriffen. Der Satai hatte keine Chance.«

»Gegen *dich*?« fragte Enwass zweifelnd.

»Ich habe ihm keine gelassen«, antwortete Skar – was sogar der Wahrheit entsprach. »Ich wußte, daß er mich töten würde in einem fairen Kampf. Und die Quorrl...« Er zögerte einen Moment. »Sie sind so dumm wie groß. Und sie sind *sehr* groß.«

Diesmal huschte ein amüsiertes Lächeln über die Lippen des Fremden. Aber das Mißtrauen in seinem Blick erlosch nicht. »Warum hast du es getan?« fragte er. »Nimm an, ich glaube dir – warum solltest du einen Satai und drei Quorrl angreifen, mit bloßen Händen?«

Skar fuhr auf. »Zum Teufel, weil ich keine andere Wahl hatte!« fauchte er. »Was soll dieses Verhör? Wenn du mit Syrr gesprochen hast, weißt du auch, wie sie mich fanden. Was hätte ich tun sollen? Nackt durch den Schnee bis nach Denwar laufen?«

»Denwar?« hakte Enwass nach. »Du wolltest nach Denwar?«

»Ich wollte –« Skar brach ab, richtete sich auf, so weit es sein verletztes Bein und Enwass zuließen, und starrte ihn finster an. »Was soll das eigentlich?« fauchte er. »Du behandelst mich wie einen Feind! Ich weiß ja nicht einmal, wer du bist!«

»Mein Name ist Enwass«, sagte der Fremde ruhig. »Und es wäre besser, du würdest meine Fragen beantworten, Skar.« Er legte die Hand auf das Schwert an seiner Seite. »Besser für dich. Ich müßte dich nämlich sonst töten.«

»Ach?« sagte Skar wütend. »Und warum?«

»Weil ich es mir nicht leisten kann, jemanden am Leben zu lassen, von dem ich nicht weiß, wer er ist«, antwortete Enwass grob. »Weiß ich, ob du nicht zu ihnen gehörst? Vielleicht ist das alles hier eine Falle.«

»O ja, sicher«, antwortete Skar spöttisch. »Du hast mich durchschaut, Enwass. Ich gebe es zu. In Wahrheit, mußt du wissen, bin ich ein verkleideter Satai. Ich habe meinen Kameraden erschlagen und die beiden Quorrl, um mir euer Vertrauen zu erschleichen. Und dann habe ich mir noch selbst das Bein gebrochen und mich hierher geschleppt, weil ich nämlich wußte, daß du hierherkommen und mich finden würdest!«

Einen Moment lang starrte Enwass ihn voll unverhohlener Wut an. Und dann geschah etwas Seltsames: Seine Anspannung fiel von ihm ab, er seufzte, senkte den Kopf ein wenig und fuhr sich nervös mit der Hand über das Kinn. Und plötzlich begriff Skar, daß seine Härte nichts anderes als Angst war.

»Vermutlich hast du recht, Skar«, sagte er leise. »Ich war wohl ein wenig zu hart. Es... es tut mir leid. Aber du mußt mich verstehen. Wir sind seit drei Monaten auf der Flucht. Viele von uns sind tot. Und jetzt, wo wir uns der Grenze nähern...« Er lächelte nervös. »Wir können einen Mann wie dich gebrauchen«, fuhr er fort, in verändertem, fast – aber eben nur *fast* – freundlichem Tonfall. »Aber wir müssen vorsichtig sein.«

»Einen Mann wie mich?« Skar verzog schmerzhaft die Lippen. »Einen Krüppel?«

»Dein Bein wird heilen«, erwiderte Enwass. »Wir haben gute Heilkräuter, und du bist stark. Es wird eine Woche dauern, bis wir die Grenze erreichen, vielleicht länger, denn wir können nur nachts reisen. Du wirst laufen, bis dahin.«

»Und wenn nicht?«

»Du wirst es müssen«, sagte Enwass, als wäre dies Erklärung genug. Dann fügte er hinzu: »Wenn wir dich am Leben lassen, heißt das.« Wieder legte er die Hand auf das Schwert. Sein Ton war viel freundlicher geworden, aber die Entschlossenheit in seinem Blick hatte nicht nachgelassen. Skar begriff, daß er ihn trotz allem töten würde, wenn er nur eine einzige falsche Antwort gab.

»Also?« sagte er. »Wie kommt es, daß du einen Satai und die Quorrl erschlagen hast, Skar? Wer hat dich gelehrt, so zu kämpfen?«

»Du hast recht«, gestand Skar. »Ich... habe das Kämpfen von einem Satai gelernt.«

»Einem Satai?« Enwass versteifte sich.

»Ich war mit einem befreundet«, erwiderte Skar ruhig. »Sein Name war Del – kennst du ihn?«

Enwass schüttelte den Kopf. »Befreundet, sagst du?«

Skar nickte. Er versuchte, seine Enttäuschung zu unterdrükken. Es war närrisch gewesen, im Ernst zu erwarten, daß Enwass den Namen Del kannte – es gab Tausende von Satai, und Enwor war groß. Enwass' Kopfschütteln bedeutete nicht, daß er nicht mehr am Leben war. Wenigstens redete sich Skar das ein. »Ja«, antwortete er. »Aber das ist lange her. Lange bevor...« Er sprach nicht weiter. Er konnte es nicht, denn er hatte keine Ahnung, bevor *was.*

Aber seine Rechnung ging auf. Das Lächeln auf Enwass' Lippen wurde schmerzlich. »Ja«, sagte er, »das verstehe ich. Es tut weh, ich weiß.« Er seufzte. Dann, ganz plötzlich, änderte sich sein Gesichtsausdruck.

»Erzähle weiter«, verlangte er. »Wie bist du in den Tempel gekommen?«

»Wie alle, die die Hilfe der Gesichtslosen Prediger brauchen«, antwortete Skar.

»Hilfe? Wobei?«

»Das geht dich nichts an«, erwiderte Skar grob. »Ich kam zu ihnen, und sie versprachen mir zu helfen.«

»Einfach so?« Enwass' Augen wurden schmal. »Die Gesichtslosen Prediger helfen niemandem ohne Gegenleistung.«

»Dann haben sie bei mir eben eine Ausnahme gemacht«, erwiderte Skar gereizt. »Ich ging zu ihnen, weil ich gehört hatte, daß sie Zauberer seien. Und ich brauchte die Hilfe eines Zauberers.«

»Du glaubst an Zauberei?«

»Nein«, antwortete Skar. »Aber sie.«

Enwass starrte ihn an, blinzelte – und lachte leise. »Eine gute Antwort«, sagte er. »Erzähle weiter.«

»Es gibt nichts weiter zu erzählen«, erwiderte Skar. »Sie gaben mir einen Trank und sagten, ich würde schlafen. Lange schlafen. Sie sagten nicht«, fügte er hinzu, »daß es *so* lange sein würde.«

»Wie lange?«

»Woher soll ich das wissen?« fauchte Skar. »Als ich erwachte, war der Tempel leer. Hätte ich nicht Syrr und den Jungen getroffen, wäre ich vermutlich dort unten verhungert.«

Enwass nickte. »Es ist ein Wunder, daß du überhaupt noch lebst, Skar«, sagte er. »Die Prediger sind fortgegangen – vor mehr als zwei Wochen.«

»Weißt du, wohin?« fragte Skar.

Zu seiner Überraschung antwortete Enwass sogar, wenn auch anders, als er gehofft hatte. Er seufzte, schüttelte den Kopf und zuckte gleichzeitig die Achseln. »Wohin alle gehen«, sagte er. »Nach Süden. Nach Bayfour, Lora oder Malab. In die freien Länder.«

»Die freien Länder...« Skar wiederholte den Begriff nachdenklich. »Ich... erinnere mich. Syrr sprach davon. Die anderen Länder...?«

»Sind besetzt«, führte Enwass den Satz zu Ende. »Von den Quorrl und deinen Satai-Freunden, Skar. Kohon, das Drachenland, Kohon-West, Tuan, ein Teil von Ikne...« Er seufzte abermals. »Der Winter hat sie aufgehalten. Wäre er nicht gekommen, gäbe es auch sie vielleicht nicht mehr.«

»Cosh«, murmelte Skar. »Was ist mit Cosh?«

»Die Sümpfe?« Enwass schüttelte den Kopf. Seine Stimme wurde bitter. »Die Sumpfleute waren die ersten, die zu den Quorrl überliefen. Noch vor den Satai.«

Es fiel Skar schwer, zu schweigen. Enwass' Worte bestätigten nur, was er gefürchtet hatte – aber es war unmöglich. Er war froh, als Enwass weitersprach und seine Aufmerksamkeit beanspruchte.

»Wir werden dich mitnehmen«, sagte er zögernd. »Was nicht heißt, daß ich dir glaube. Der Krieg ist vor einem halben Jahr ausgebrochen. Das bedeutet, daß du sechs Monate lang geschlafen haben mußt. Ich habe nie davon gehört, daß ein Mensch ein halbes Jahr lang schläft. Andererseits... die Gesichtslosen Prediger *sind* Zauberer, auch wenn du nicht an Zauberei glaubst. Wir werden sie fragen, ob deine Geschichte stimmt.«

»Du weißt, wo sie sind?«

»Wir werden sie finden«, sagte Enwass überzeugt. »Oder einen anderen, der die Wahrheit ergründet.«

»Warum hilfst du mir, wenn du mir nicht glaubst?« fragte Skar verwirrt.

»Weil ich kein Mörder bin«, erwiderte Enwass. »Ich habe getötet und werden weiter töten, um mein Leben zu retten, Skar. Aber dich zurückzulassen, bedeutet deinen Tod. Die Quorrl werden wiederkommen.« Er lächelte flüchtig, als er Skars Überraschung bemerkte. »Das Mädchen hat uns alles erzählt«, sagte er. »Einer der Quorrl ist entkommen. Es ist ein weiter Weg bis zu ihrem Heerlager, aber sie sind rachsüchtig. Zweifellos sind sie jetzt bereits auf dem Weg zurück, um sich an dir zu rächen. Von den Satai ganz zu schweigen – sie schätzen es nicht, wenn einer von ihnen getötet wird.«

»Wenn das so ist, bin ich wohl eher eine Gefahr für euch, als eine Hilfe«, sagte Skar, aber Enwass fegte seine Worte mit einer bewußt beiläufigen Bewegung zur Seite.

»Wir haben keine Angst vor einer Bande fischgesichtiger Quorrl«, sagte er. »Und wir reisen noch heute weiter, sobald die Sonne untergegangen ist. Die Quorrl können frühestens in einem Tag hier sein. Bis dahin sind wir fort.«

»Sie werden meinen Spuren folgen. Und euren.«

»Wir hinterlassen keine«, behauptete Enwass. Er seufzte. »Genug jetzt. Du wirst uns begleiten – oder sterben. Oder uns begleiten und später sterben, solltest du mich belogen haben. Bist du hungrig?«

Skar nickte. »Sehr. Aber wieso –«

»Später«, unterbrach ihn Enwass mit erhobener Stimme, »ist Zeit genug zum Reden.« Er stand auf. »Ruh' dich aus. Ich schicke das Mädchen mit einer heißen Suppe zu dir. Du kannst im Bett bleiben, bis wir aufbrechen. Wenn du willst, darfst du das Zimmer verlassen, aber nicht das Haus.« Er machte eine vage Geste. »Ich habe Befehl gegeben, dich zu töten, wenn du es versuchen solltest. Also sei vernünftig. Ich komme später noch einmal zu dir.«

Damit wandte er sich um, verließ das Zimmer und zog die Tür hinter sich zu. Skar hörte ihn draußen mit jemandem reden, ohne die Worte zu verstehen, dann verklangen seine Schritte endgültig auf dem hartgefrorenen Holzboden.

Eine halbe Stunde später kam Syrr wieder zu ihm, diesmal begleitet von Talin und einem schwarzhaarigen Jungen, der kaum älter als sie selbst sein konnte, aber bis an die Zähne bewaffnet war und sich solche Mühe gab, einen finsteren Eindruck zu machen, daß es schon fast wieder lächerlich wirkte – wozu auch sein Aufzug beitrug. Er trug einen zerkratzten Schuppenpanzer, der ihm um mindestens drei Nummern zu groß war, dazu einen metallenen Helm, der einmal dem gleichen Besitzer gehört haben mußte, denn er rutschte ihm bei jeder heftigen Bewegung entweder in den Nacken oder die Stirn, und ein Schwert, das selbst Skar nur als Bihänder benutzt hätte. Zu allem Überfluß hing an seinem Gürtel auch noch ein dreikugeliger Morgenstern – eine Waffe, mit der er sich allenfalls selbst den Schädel einschlagen würde, wenn er versuchte, sie zu schwingen. Skar unterdrückte mit Mühe ein Lächeln, als der Junge sich mit vor der Brust verschränkten Armen unter der Tür aufbaute und ihn mit finsteren Blicken maß.

Dann entdeckte er etwas, was ihn den *Krieger* sofort vergessen ließ – die Schale der dampfenden Suppe nämlich, die Syrr auf der Truhe neben seinem Bett abgestellt hatte, zusammen mit einem hölzernen Löffel und einem Stück Brot. Ohne auf die Schmerzen in seinem Bein zu achten, setzte er sich auf, griff nach dem Löffel und begann gierig zu essen.

Syrr sah ihm zu, schweigend, aber mit der Zufriedenheit einer Köchin, die sieht, wie es ihrem Gast schmeckt. Skar leerte die Suppenschüssel bis zur Neige, und auch von dem Brot ließ er nicht den kleinsten Krümel übrig. Er aß zu schnell, und prompt wurde ihm übel. Aber er hatte sich jetzt wieder weit genug in der Gewalt, das Gefühl zu unterdrücken.

Mit einem dankbaren Lächeln wandte er sich an Syrr. »Das war gut«, sagte er. »Hast du die Suppe gekocht?«

Syrr nickte, lächelte verlegen und schüttelte den Kopf. »Zum Teil«, sagte sie. »Ich habe... dabei geholfen. Willst du noch mehr?«

Skar lehnte mit einem stummen Kopfschütteln ab. Er war noch immer hungrig, sehr hungrig sogar, aber er wußte, daß er seinem Körper nicht zuviel zumuten durfte. Während der letzten vierundzwanzig Stunden hatte er eine schmerzhafte Lektion bekommen, was seine Grenzen anging. Er verspürte keine Lust, sie zu wiederholen.

»Später vielleicht«, sagte er. »Jetzt möchte ich...« Er zögerte, blickte rasch zu dem jungen Krieger unter der Tür hinüber und fuhr fort: »... mit dir reden. Wieso bist du zurückgekommen?«

Syrr zögerte, und Skar spürte, daß ihre Antwort ganz anders

ausgefallen wäre, wären sie allein gewesen. »Wir... hätten dich nicht zurücklassen dürfen«, sagte sie stockend. »Aber wir hielten dich für tot, als wir dich im Schnee liegen sahen. Und wir... wir hatten Angst.« Sie senkte beschämt den Blick. »Es tut mir leid, Skar. Du hast so viel für uns getan, aber ich war halb von Sinnen vor Angst. Ich sah den Quorrl davonreiten und...«

»Und du hattest Angst, er würde zurückkommen«, sagte Skar. »Das verstehe ich.« Er lächelte. »Ich mache dir keine Vorwürfe.«

»Aber ich«, sagte Syrr, unerwartet heftig. »Wäre Talin nicht gewesen, wäre ich vielleicht einfach weitergeritten.«

»Talin?« Skar blickte verwundert zu dem schwarzhaarigen Knaben hinüber, der bisher kein Wort gesagt, ihn aber dafür unentwegt angestarrt hatte.

Syrr nickte. »Ja. Er... er sagte, ganz gleich, was du bist, du hast uns geholfen und dein eigenes Leben dabei riskiert, und wir müssen zurück und uns um dich kümmern, und... und...« Sie begann zu stammeln, wich Skars Blick aus und starrte zu Boden.

Skar legte ihr sanft die Hand auf die Schulter. »Schon gut«, sagte er. »Ich werfe dir nichts vor, Syrr. Vielleicht hätte ich nicht anders gehandelt, an deiner Stelle.«

»Das hättest du nicht«, mischte sich Talin ein. Skar drehte betont langsam den Kopf, blickte ihnen einen Moment lang ernst an und lächelte, aber auf eine ganz bestimmte Art, die nicht sonderlich humorvoll war.

»Glaubst du?« fragte er.

»Ich weiß es.« Talin schüttelte heftig den Kopf und kam auf ihn zu. In seinen Augen erschien ein Glanz, der Skar nicht besonders gefiel. Für einen kurzen Moment erinnerte er sich an den anderen Talin, den, den er gesehen hatte, als er auf den Kadaver des Hundes einstach, schreiend vor Haß und in einem entsetzlichen Blutrausch.

»Es ist mir gleich, was dieser Enwass von dir hält«, sagte der Junge aufgebracht. »Ich weiß, was du wirklich bist.«

Skar sah, wie Syrr vor Schrecken den Atem anhielt und ihrem Bruder einen warnenden Blick zuwarf, den Talin allerdings gar nicht zu bemerken schien.

»So?« fragte er. »Und was bin ich, deiner Meinung nach?«

»Ein Krieger!« erwiderte Talin stolz. »Du bist ein großer Krieger, Skar. Du hast keine Angst vor den Satai und diesen Quorrl-Hunden, wie Enwass und die anderen.«

»Das glaubst du?« Skar lächelte matt. »Ich fürchte, ich muß dich enttäuschen, Talin. Ich habe Angst.«

»Aber du hast sie erschlagen, und das allein zählt!« beharrte Talin. Seine Augen leuchteten vor Begeisterung. »Ich habe gesehen, wie du mit dem riesigen Quorrl gekämpft hast, Skar!«

»So, das hast du also«, murmelte Skar. »Und es hat dir gefallen?«

Talin nickte so heftig, daß sein kurzgeschnittenes Haar flog. »Du mußt mir zeigen, wie man so kämpft, Skar«, sagte er. »Ich will es lernen.«

»Was willst du lernen?« Skars Stimme wurde hart. »Was du gesehen hast? Ich will dir sagen, was du gesehen hast, du kleiner Narr: du hast zwei halbtote Männer gesehen, die durch den Morast krochen, weil sie nicht mehr die Kraft hatten, zu gehen! Soll ich dir beibringen, wie man kriecht?« Plötzlich packte ihn Wut, eine vollkommen irrationale, rasende Wut auf Talin, auf sich selbst und auf eine Welt, in der Kinder geboren werden mußten, die wie dieser Knabe waren. »Soll ich dir zeigen, wie man mordet und verstümmelt und tötet, Junge?« schrie er. »Oder soll ich dir zeigen, wie man ermordet wird?« Er machte eine wütende Handbewegung. »Verschwinde!« fauchte er. »Komm wieder, wenn du erwachsen geworden bist!«

Talin erbleichte. Seine Lippen begannen zu zittern, und der Stolz, den Skar noch vor Sekunden in seinem Blick gelesen hatte, schlug in Verwirrung um. Ein Ausdruck tiefer Bestürzung erschien auf seinen Zügen.

»Aber... aber du... du bist«, stammelte er.

»Ein halbtoter Mann, du kleiner Narr!« unterbrach ihn Skar grob. »Einer, der von einem Hund zerfleischt worden wäre, wären deine Schwester und du nicht dazugekommen! Und jetzt geh!«

»Aber –«

»Verschwinde, hab' ich gesagt!« brüllte Skar.

Talin erbleichte noch weiter, starrte ihn einen Herzschlag lang beinahe haßerfüllt an – und fuhr auf dem Absatz herum, um aus dem Raum zu stürmen. Skar blickte ihm kopfschüttelnd nach.

Die Schärfe seiner Worte tat ihm beinahe schon wieder leid, aber es hatte sein müssen. Er mochte Talin, trotz allem, aber gerade darum hatte er nicht anders gekonnt.

»Das war... hart«, murmelte Syrr.

Skar starrte sie an. »Ich weiß. Aber es war nötig.«

»Es... wird nichts nutzen«, fuhr Syrr fort, und erst jetzt begriff Skar, daß in ihren Worten kein Tadel gewesen war, nicht einmal Kritik. »Er wird dich allerhöchstens dafür hassen.«

Skar schwieg. Gott, er hatte wirklich andere Probleme, als sich um die Macken eines Kindes zu kümmern, das zufällig seinen Weg gekreuzt hatte und das er vermutlich nie mehr wiedersehen würde, wenn sie erst einmal hier heraus waren. Trotzdem fragte er: »War er... schon immer so?«

Syrr schüttelte den Kopf, aber die Bewegung kam ein wenig zu schnell, um Skar wirklich zu überzeugen. »Ich weiß es nicht«, gestand sie. »Vielleicht. Ich... habe mich nie sehr viel um ihn gekümmert, obwohl er mein Bruder ist. Du hast ihn gesehen, als er... den Hund...«

»Ja«, unterbrach sie Skar. »Das habe ich. Du wirst auf ihn achtgeben müssen, wenn wir hier heraus sind. Und ich kann dir nicht dabei helfen.«

Syrr antwortete nicht, aber etwas in ihrem Blick erlosch. Trotzdem nickte sie. »Ich weiß«, murmelte sie. »Du gehst fort.«

Skar seufzte. »Was hast du erwartet?« Er bemühte sich, seine Worte bewußt kalt klingen zu lassen. Er wollte ihr nicht weh tun, aber er wußte, was sie dachte, weil er Situationen wie diese unzählige Male zuvor erlebt hatte. Besser, er tat ihr jetzt ein bißchen weh, als später sehr viel mehr.

»Wir sind uns zufällig begegnet, Syrr«, fuhr er fort. »Dein Bruder und du, ihr habt mir das Leben gerettet, und ich euch. Wir sind quitt. Sobald wir die Grenze überschritten haben, trennen wir uns.«

»Wir könnten dir helfen«, sagte Syrr. Ihre Worte kamen schnell, aber sie waren ohne echte Hoffnung.

»Wobei?«

»Du suchst die Prediger, nicht wahr?« Syrr beantwortete ihre eigene Frage mit einem Nicken. »Talin und ich könnten dir helfen, sie zu finden. Wir würden dir nicht zur Last fallen.«

»Das würdet ihr doch«, behauptete Skar. »Es tut mir leid, aber es ist so – ich kann keine Familie gebrauchen. Und ihr könnt einen Mann wie mich nicht gebrauchen. Mein Leben ist nichts für euch. Ich bin –« Er besann sich im letzten Moment darauf, daß sie nicht allein waren, und konnte verhindern, daß er das Wort *Satai* aussprach. »– Krieger.«

»Krieger?« Syrr lächelte schmerzlich. »Ja, Skar. Das bist du wohl.« Sie seufzte, und Skar hatte das sichere Gefühl, daß sie noch mehr sagen wollte.

Aber dann stand sie ohne ein weiteres Wort auf, nahm die geleerte Schüssel und den Holzlöffel und verließ das Zimmer.

Noch am gleichen Abend zogen sie weiter. Skar hatte wieder Fieber bekommen, kaum daß Syrr ihn verlassen hatte, und den größten Teil des Tages in einem Dämmerzustand zwischen Wachsein und Bewußtlosigkeit verbracht, in dem er nicht zu unterscheiden vermochte, was Wahrheit und was Alptraum war. Aber die Visionen waren nicht zurückgekommen; was vielleicht daran lag, daß er nie allein war – irgend jemand saß immer an seinem Bett, entweder Syrr oder ihr Bruder oder ein Mitglied von Enwass' Familie, die weit größer zu sein schien, als er nach seinem Gespräch mit ihm angenommen hatte.

Als die Dämmerung hereinbrach, trugen ihn Enwass und ein junger Mann, den Skar später als seinen ältesten Sohn kennenlernen sollte, aus dem Haus. Skar protestierte schwach gegen diese Behandlung, aber Enwass ignorierte seine Worte einfach.

Als sie das Haus verließen, trat Syrr zu ihnen. Sie hatte kein Wort mit Skar gewechselt, obwohl sie den größten Teil des Tages neben seinem Lager gewacht hatte; trotzdem war Skar auf schwer zu begründende Art froh, sie zu sehen. Talin ließ sich nicht blicken, aber Skar war sicher, daß er in der Nähe war, ebenso sicher, wie er war, daß seine Worte wenig genutzt hatten. Talin war zu jung, um schon wirklich zu begreifen, was er gemeint hatte. Und gleichzeitig wohl schon zu alt, als daß er noch irgend etwas ändern könnte, fügte Skar in Gedanken bitter hinzu.

Enwass und der schwarzhaarige Junge, die ihn trugen, umrundeten das Haus und wandten sich dem Fluß zu. Skar hatte angenommen, daß die Familie mit einem Wagen reiste, oder vielleicht zu Pferde, aber auf dem schmalen, offengebliebenen Wasserstreifen in der Flußmitte schaukelte ein Floß. Es war sehr groß – zehn Schritte breit und fast doppelt so lang, und aus seiner Mitte ragte ein hastig zurechtgezimmerter Mast, an dem ein Segel aus zusammengenähten Säcken und Kleidungsstücken hing. Skar verstand plötzlich, warum Enwass so überzeugt gewesen war, daß sie keine Spuren hinterlassen würden. Vielleicht, dachte er, hatten sie wirklich eine Chance, Trash und seinen Quorrl zu entkommen.

Die Eisdecke begann unter ihrem Gewicht zu knistern, als sie sich der Flußmitte näherten, und obwohl Enwass sich alle Mühe gab, möglichst gelassen zu erscheinen, entging Skar der besorgte Ausdruck auf seinen Zügen nicht. Der Winter war noch nicht alt; die Eisdecke konnte nicht sehr dick sein, und das Gewicht von gleich drei Männern war enorm. Ein Sturz in das eisige Flußwasser, dachte Skar besorgt, käme einem Todesurteil gleich, wenigstens für ihn.

Aber sie erreichten das Floß unbeschadet, und sogar trockenen Fußes.

Es wurde jetzt rasch dunkel, und keiner von Enwass' Leuten hatte es gewagt, eine Fackel oder Lampe zu entzünden. Trotzdem sah Skar, daß das Gefährt noch größer war, als er im ersten Moment geglaubt hatte – und in noch schlechterem Zustand: Die Bespannung war falsch und offenbar mit weit mehr gutem Willen als Sachkenntnis angelegt worden, und trotz seiner Größe herrschte an Bord des Floßes eine drückende Enge, denn Enwass' Familie bestand aus einem guten Dutzend Personen, die zudem ihren gesamten Hausrat mitgenommen zu haben schienen – einschließlich einer kleinen Ziegenherde, zweier Schweine und eines Pferdes. Dazu kamen nun auch noch Skars Reittier und die Syrrs und Talins – mit dem Ergebnis, daß an Bord des kleinen Gefährtes eine entsetzliche Enge herrschte. Obwohl er unter freiem Himmel lag, hatte Skar das Gefühl, lebendig begraben zu sein.

Skar schlief wieder ein, ehe sie ablegten. Er erwachte mitten in der Nacht, fiebernd und von Krämpfen geschüttelt und trank dankbar das eiskalte Flußwasser, das ihm jemand einflößte. Später spürte er, wie sich geschickte Hände an seinem Bein zu schaffen machten, hatte aber nicht einmal die Kraft, die Augen zu öffnen und sich seinen Wohltäter anzusehen.

Als er das nächste Mal erwachte, war heller Tag. Die Sonne hatte die Wolken vertrieben, und über dem Fluß spannte sich ein hellblauer, sehr klarer Himmel, dessen Farbe den Schnee und die Kälte zu verspotten schienen. Entgegen Enwass' Behauptung hatten sie nicht angelegt, um den Tag in irgendeinem Versteck zu verbringen, sondern glitten mit erstaunlicher Geschwindigkeit auf dem Fluß dahin. Skar konnte nicht viel von seiner Umgebung erkennen, denn er war, während er schlief, in die Mitte des Floßes gebracht worden, direkt unter das Segel, wo ihm der Berg von Enwass' aufgestapelten Habseligkeiten Schutz vor dem eisigen Wind gab. Trotzdem war ihm entsetzlich kalt.

Aber das Fieber war fort. Seine Lippen und Augenlider waren taub und geschwollen, und in seinem Mund war ein entsetzlicher Geschmack, aber er hatte kein Fieber mehr; und er hatte genug schwere Krankheiten und Verwundungen überstanden, um zu wissen, daß es auch nicht mehr zurückkommen würde. Er war noch immer schwach und müde und würde sicher Tage brauchen, bis er sich wieder einigermaßen mühelos bewegen konnte, und Monate, um seine gewohnte Kondition zurückzuerlangen – wenn überhaupt –, aber die Krise war überstanden.

Umständlich setzte er sich auf, lehnte den Rücken gegen den Mast, an dem sich das Flickensegel bauschte, und sah sich um. Syrr saß dicht neben ihm. Sie hatte die Beine an den Körper gezogen und die Stirn auf die Knie gebettet und war eingeschlafen, und hinter ihr, nur halb aufgerichtet und eine Hand gegen den improvisierten Mast gestützt, stand Enwass. Sein Blick war leer, und obwohl er genau in Skars Richtung starrte, schien er ihn nicht zu sehen.

Skar räusperte sich. Das Geräusch war nicht sehr laut, aber es weckte Syrr aus ihrem Schlaf und Enwass aus dem sonderbaren Dämmerzustand, in den er versunken war. Syrr lächelte, während ihn Enwass nur mit der schon bekannten Mischung aus Sorge und Mißtrauen anblickte. Aber jetzt war noch etwas dazugekommen – Angst. Nackte, an Panik grenzende Angst. *Aber wovor?*

»Wie fühlst du dich?« fragte Syrr. Die Frage kam ganz automatisch – jeder hätte sie gestellt, an Syrrs Stelle – und trotzdem spürte Skar, daß ihre Sorge nicht geschauspielert war. Er lächelte, aber er fühlte sich nicht sehr wohl dabei. Syrr war ein Kind, trotz allem, was sie erlebt hatte. Es war möglich, daß er sie schon zu sehr an sich gebunden hatte, um die Trennung schmerzlos werden zu lassen.

»Nicht gut«, antwortete er nach einer Weile. »Aber schon besser als gestern. Danke.«

»Du hattest hohes Fieber während der Nacht.«

»Ich weiß.« Skar seufzte, fuhr sich mit dem Handrücken über die aufgerissenen Lippen und sah zu Enwass hoch. »Hast du einen Schluck Wasser?«

Enwass nickte, drehte sich schwerfällig herum und balancierte über das schlüpfrige Holz zum vorderen Rand des Floßes. Skar sah, wie er in die Hocke ging, um Wasser aus dem Fluß zu schöpfen.

Er lächelte Syrr abermals zu, setzte sich ein wenig höher auf und versuchte, über den Rand der aufgestapelten Kisten und Leinensäcke hinwegzusehen. Der größte Teil von Enwass' Familie schlief noch – ein Dutzend in Felle gehüllter, zusammengerollter Bündel, die sich eng aneinandergeschmiegt hatten, um Schutz vor der Kälte der Nacht zu finden, die hier auf dem Wasser besonders empfindlich gewesen sein mußte. Skar sah, daß auch einige Kinder unter ihnen waren, und mit einem plötzlichen Gefühl von Schuld begriff er, daß man ihm den einzigen windgeschützten Platz an Bord des Floßes gegeben hatte; den, der wohl normalerweise den Kindern und Frauen vorbehalten war.

Er vertrieb den Gedanken. Wäre es anders gewesen, wäre er vielleicht gestorben. Er würde seine Schulden bezahlen.

Enwass kam zurück, die Schale mit Wasser in der rechten und einen halben Laib Brot in der linken Hand. Skar nahm das Wasser an, lehnte das Brot aber mit einem stummen Kopfschütteln ab. Er war noch immer sehr hungrig, aber er wußte, daß ihm übel werden würde, wenn er jetzt aß.

Das Wasser war eiskalt und wirkte auf schon fast unangenehme Weise belebend. Skar spürte sich von einem Gefühl neuer Kraft durchströmt, als er die Schale geleert und Enwass zurückgegeben hatte – ein Gefühl, daß sehr trügerisch war, wie er wußte. Gab er ihm nach, würde er bitter dafür bezahlen müssen. Aber er genoß es einfach, dazusitzen und es zu spüren.

»Habt ihr... die ganze Zeit bei mir gewacht?« fragte er.

Enwass nickte. »Abwechselnd«, bestätigte er mit einer Kopfbewegung auf Syrr. »Meine Frau hat sich um dein Bein gekümmert.«

Skar sah erst jetzt, daß der Verband um seinen Knöchel erneuert worden war. Die provisorische Schiene war verschwunden, und die Tücher jetzt sauber und sehr fest angelegt. Probehalber versuchte er, den Fuß zu bewegen. Es tat weh, aber es ging. Wenn es unbedingt nötig war, würde er laufen können, wenn auch nicht sehr gut und mit Sicherheit nicht sehr lange.

»Ich habe dir gesagt, daß er nicht gebrochen ist«, sagte Syrr, als sie seinen erstaunten Blick bemerkte. »Aber du glaubst mir offensichtlich nie.«

Skar überging die Bemerkung. Er war sicher gewesen, daß der Fuß gebrochen war – zum Teufel, er hatte *gespürt,* wie der Knochen brach! – aber die Tatsachen sprachen eindeutig dagegen. Vielleicht hatte das Fieber auch seine Erinnerungen verzerrt. Für einen Moment fragte er sich allen Ernstes, ob da vielleicht nicht noch mehr war, was er sich nur eingebildet hatte...

»Warum tut ihr das?« fragte er leise.

»Was?« Enwass legte den Kopf schräg.

»Mir helfen«, sagte Skar ernst. »Syrr und ihr Bruder glauben offensichtlich, in meiner Schuld zu stehen – aber du?« Er sah Enwass mit einer Art freundschaftlichem Mißtrauen an, die diesen vollkommen zu verwirren schien.

»Du riskierst eine Menge dabei, mich mitzunehmen«, fuhr er fort, als Enwass nicht antwortete. »Die Quorrl werden keine Ruhe geben, bis sie mich haben.«

»Die Quorrl geben keine Ruhe, bis sie uns alle haben«, antwortete Enwass abwehrend. »Du scheinst noch nicht zu verstehen, wer wir sind, Skar.«

»Nicht genau«, gestand Skar. »Wer seid ihr?«

»Flüchtlinge«, antwortete Enwass. Er sprach das Wort sehr bitter aus. »Ich war ein reicher Mann, ehe der Krieg ausbrach, Skar. Ich hatte einen Hof und Vieh und Gold, jedenfalls genug, um mir und den Meinen ein sorgenfreies Leben zu gönnen. Was du hier siehst –« er machte eine Bewegung, die das ganze Floß einschloß, »– ist alles, was mir geblieben ist. Meine Familie, ein paar meiner Knechte mit ihren Frauen und Kindern…« Er seufzte. »Wir sind geflohen, und wir sind nicht die einzigen, Skar. Es gibt Tausende wie uns, die versuchen, die freien Länder zu erreichen. Und die Quorrl machen sich einen Spaß daraus, sie zu jagen.«

»Das beantwortet meine Frage nicht«, sagte Skar.

Enwass runzelte unwillig die Stirn. »Doch«, behauptete er. »Das tut es. Du bist ein Krieger.«

»O ja«, murmelte Skar. »Und was für einer.«

»Du bist ein Kieger«, unterbrach ihn Enwass ärgerlich. »Du bist verwundet, aber es sind fünf Tage, bis wir die Berge erreichen. Bis dahin wirst du wieder gesund sein. Wenigstens gesund genug, um uns zu helfen.« Er lächelte. »Ich bin nicht so uneigennützig, wie du glaubst, Skar.«

Etwas in der Art, in der er diese Worte aussprach, gefiel Skar nicht. Dann begriff er.

»Du denkst, wir werden kämpfen müssen.«

»Ich fürchte.« Enwass nickte besorgt. »Und du wirst uns zeigen, wie. Du bist ein Krieger. Es... sind viele, die so fliehen wie wir. Tausende. Selbst für die Quorrl zu viele. Aber sie lauern an den Grenzen, und sie töten viele von denen, die versuchen, sie zu überschreiten. Wir sind einfache Bauern und Knechte, Skar. Du bist ein Krieger. Syrr und der Junge haben uns gesagt, was du getan hast. Wir brauchen einen Mann wie dich. Selbst wenn du nicht kämpfen kannst, kannst du uns sagen, was zu tun ist.«

Skar starrte ihn an. »Du... du meinst das nicht ernst«, murmelte er. Ein müdes, sehr trauriges Lächeln huschte über sein Gesicht und erlosch wieder. »Erzähle«, sagte er matt. »Erzähle mir alles, was du über die Quorrl weißt, und über die Situation an der Grenze.«

»Du hilfst uns also?«

Skar hob rasch und abwehrend die Hand. In Enwass' Stimme war ein neuer Ton, der ihm nicht gefiel. Er wußte aus bitterer Erfahrung, wie leicht es war, falsche Hoffnungen zu wecken. »Soweit ich es kann, Enwass«, sagte er ernst. »Und das ist nicht sehr viel.« Er deutete auf sein bandagiertes Bein. »Erwarte keine Wunder von mir. Mit dem Schwert oder der bloßen Hand gegen einen Feind zu kämpfen, ist eine Sache. Was du von mir verlangst, eine –«

»Ich verlange nichts«, unterbrach ihn Enwass. »Wir stellen keine Forderungen, Skar. Sag uns, was zu tun ist, das ist alles.«

»Und wenn es falsch ist?« fragte Skar ernst. »Ich bin kein Zauberer, Enwass.«

Aber Enwass ließ seinen Einwand nicht gelten. Skar begriff plötzlich, daß er keinen Einwand gelten lassen würde, in diesem Moment, ganz egal, wie gut oder zutreffend er war, aus dem einfachen Grund, weil er sich jedes Wort genau überlegt hatte. Für Enwass war die Sache ganz einfach: Sie brauchten einen Krieger, und er war einer.

»Es kann gar nicht so falsch sein wie das, was wir ohne dich täten, Skar«, sagte er überzeugt. »Ich bin Bauer, du bist Krieger. Und es ist Krieg.« Er lächelte. »Ich könnte verkrüppelt sein und mit hohem Fieber daliegen, und trotzdem würdest du mich um

Rat fragen, müßtest du meinen Hof bewirtschaften, oder?«

Der Vergleich hinkte, und Enwass mußte es ebensogut wissen wie er. Aber Skar widersprach nicht mehr. Er würde seine Schulden bezahlen. Und er wollte nicht, daß Enwass ihn noch deutlicher daran erinnern mußte.

Aber was erwartete Enwass von ihm? Daß er aus dem verstörten, eingeschüchterten Haufen verängstigter Männer, Frauen und Kinder, der Enwass' Familie letztlich war, eine Armee machte, in zwei oder drei Tagen? Enwass mußte so gut wie er wissen, daß das unmöglich war. Er konnte nicht Krieger aus Bauern und Knechten machen, schon gar nicht in drei Tagen. Vielleicht, überlegt Skar, suchte er einfach nur ein Paar Schultern, auf die er einen Teil der Last bürden konnte, die er tragen mußte. Enwass war ein starker Mann, aber die Situation war neu für ihn – er war zweifellos darin erfahren, Verantwortung zu tragen, für das Wohl und Wehe der Seinen, für den Hof, die Kinder, die nächste Ernte, die Steuern, die Sicherheit vor Jahreszeiten, Räubern und Tieren... Aber jetzt mußte er sich um das *Leben* seiner Leute sorgen, und das war etwas ganz anderes.

Und es gab eine Menge grundsätzlicher Dinge, die er ihnen zeigen konnte. Er würde Enwass' Söhne anweisen, das Segel zu streichen und die Bespannung zu ändern, wodurch das Floß ein gehöriges Stück schneller wurde, die Ladung so umzuverteilen, daß das Floß nicht nur gerade im Wasser lag, sondern die Kisten und Bündel auch eine niedrige Wehr längs des hölzernen Rechtecks bildeten, hinter die sie sich zur Not kauern konnten, sollten sie beschossen werden, den Männern zeigen, wie sie aus den Dingen, die sie bei sich führten, einfache Schilde und Panzer fertigen konnten – und vor allen Dingen diesem jungen Narren den Morgenstern abnehmen, ehe er sich selbst oder seinem Nebenmann damit den Schädel einschlug. Ja, er konnte einiges tun – er konnte ihnen sogar zeigen, wie sie ihre Waffen zu benutzen hatten; zumindest grundsätzlich.

Nicht, daß es etwas nutzen würde, wenn sie wirklich angegriffen wurden. Skar gab sich in diesem Punkt keinen Illusionen hin – möglicherweise würden sie mit einer kleinen Gruppe von

Quorrl fertig werden, auf die sie zufällig stießen – mit Trash und seinen Kriegern nicht, wenn sie sie einholten.

Und Skar zweifelte eigentlich nicht daran, daß das geschehen würde: Er hatte den Haß in den Augen des Quorrl gesehen. Trash würde nicht aufgeben, ehe nicht einer von ihnen tot war, das wußte er. Er hoffte nur, die Konfrontation so lange hinausschieben zu können, bis Enwass und seine Familie in Sicherheit waren. »Gut«, sagte er schließlich. »Ich werde tun, was ich kann, Enwass.« Er deutete nach Süden, in die Richtung, in die der Fluß das Boot trieb. »Erzähle.«

Talin war der erste, der die Verfolger bemerkte. Es war am dritten Abend nach Skars erstem Erwachen auf dem Floß – dem vierten, den sie nach Süden fuhren –, und über einen Teil der Landschaft hatte sich bereits die Dämmerung gesenkt, so daß sie die Reiter, wären sie auch nur zehn Minuten später aufgetaucht, wahrscheinlich gar nicht mehr entdeckt hätten – beziehungsweise erst dann, wenn es zu spät war. Aber auch so hatte Skar Mühe, in der Handvoll auf und ab hüpfender Schatten auf dem Horizont das zu erkennen, was Talin mit vor Angst überschnappender Stimme geschrien hatte: Quorrl.

Aber sie waren es. Und Skar mußte den zweieinhalb Meter großen Riesen an ihrer Spitze nicht erkennen, um zu wissen, wer es war. Trash, dachte er bitter. Es konnte kein anderer als Trash sein. Er hätte dem Fischgesicht den Arm abschlagen sollen, statt ein paar Finger. Oder gleich besser den Kopf.

Skar war nicht wirklich erschrocken. Er hatte gewußt, daß Trash ihn verfolgen würde, und nicht allein. Aber er war zornig, zornig auf sich selbst, sich so lange der Illusion hingegeben zu haben, das Unvermeidliche doch noch irgendwie vermeiden zu können, und enttäuscht, enttäuscht von einem Schicksal, das grausam genug gewesen war, sie bis auf eine Tagesreise an die rettende Grenze herankommen zu lassen. Er hatte gewußt, daß er Trash wiedersehen würde. Aber er hätte es lieber gesehen, dem Quorrl und seinen Kameraden allein entgegenzutreten.

»Wie viele sind es?« fragte Enwass, der gleich Skar bei Talins

Schrei aufgesprungen und ans hintere Ende des Floßes geeilt war. Er klang ein bißchen besorgt, wenn auch lange nicht in dem Maße, das Skar erwartet hatte.

Skar zuckte die Achseln und warf einen Blick auf das Dutzend Gesichter, das hinter Enwass und Talin aufgetaucht war – natürlich hatte nicht nur er den Schrei des Jungen gehört, und natürlich waren alle herbeigeeilt, um die Quorrl zu sehen, selbst Syrr, die sich allerdings viel mehr für ihren Bruder als für Trash und seine Reiter zu interessieren schien.

»Ich weiß es nicht«, antwortete er mit einiger Verspätung auf Enwass' Frage. Das Licht wurde jetzt rasch schwächer – er sah zwar noch immer Bewegung dort hinten, zwei oder drei Meilen links und hinter dem Floß, aber es konnten ebensogut zwei wie zwanzig Reiter sein. »Ein Dutzend«, vermutete er schließlich. »Vielleicht mehr.«

»So viele?«

»Ich habe zwei von ihnen erschlagen«, erinnerte ihn Skar. »Und den Satai. Trash müßte lebensmüde oder ziemlich dumm sein, sollte er mich allein verfolgen, oder nur mit wenigen Männern.« Er seufzte. »Und ich fürchte, er ist keines von beiden.«

»Woher willst du wissen, daß es Trash ist?« mischte sich Talin ein. »Enwass hat erzählt, daß es hier von Quorrl nur so wimmelt!«

Skar lächelte sanft. »Ja. Aber diese da –«, er deutete auf die Schatten, die die Dunkelheit nun immer schneller aufsog, »– kommen von Norden. Sie verfolgen uns, Talin – genauer gesagt, mich. Wären es die Quorrl, von denen Enwass gesprochen hat, würden sie uns irgendwo am Ufer auflauern. Aber ich fürchte, das werden sie spätestens morgen früh ohnehin tun.«

»Dann werden wir sie bekämpfen!« sagte Talin überzeugt. »Wir sind so viele wie sie, und –«

»Sei still«, sagte Skar ruhig.

Talin setzte dazu an, erneut zu widersprechen, aber Skar warf ihm einen so strengen Blick zu, daß er es vorzog, zu schweigen, um sich nicht einen neuen und diesmal wahrscheinlich sehr viel schärferen Verweis einzuhandeln. Skar tauschte einen raschen, wissenden Blick mit Syrr, die unbemerkt hinter ihren Bruder getreten war, seufzte erneut und wandte sich an Enwass.

»Es sind die Quorrl, von denen ich erzählt habe«, wiederholte er. »Ich bin sicher. Es tut mir leid, Enwass. Aber ich habe dich gewarnt. Wenn...« Er zögerte, blickte wieder zu den verschwimmenden Schatten der Schuppenreiter zurück und setzte neu an: »Vielleicht wäre es besser, wenn ihr mich an Land gehen laßt. Ich bin es, den sie haben wollen, nicht ihr.«

Enwass schwieg. In seinem Gesicht arbeitete es – wahrscheinlich bereute er spätestens in diesem Moment, Skar mitgenommen zu haben. Aber dann schüttelte er entschieden den Kopf. »Unsinn«, sagte er. »Selbst wenn es so ist, wie du sagst, ist es zu spät.« Er lachte, ganz bewußt abfällig. »Glaubst du wirklich, sie würden sich damit zufrieden geben, dich zu erschlagen, Skar?«

Skar glaubte es nicht, aber er schwieg, und nach einer Weile fuhr Enwass fort, so laut, daß jedermann an Bord des Floßes seine Worte verstehen mußte: »Es hat wenig Sinn, jetzt über einmal gemachte Fehler zu jammern, Skar. Sie haben uns gesehen, und sie werden sich eine Beute wie uns nicht entgehen lassen, ganz gleich, ob es nun Trashs Leute sind oder andere Quorrl. Wenn du bei uns bleibst, haben wir vielleicht eine Chance, sie zurückzuschlagen. Wenn du jetzt zu ihnen gehst, schlachten sie uns ab.« Er seufzte, lächelte flüchtig und deutete auf Talin. »So leid es mir tut, Skar, aber der Junge hat recht. Wir werden kämpfen müssen.«

»Kämpfen?« Etwas in Skar sträubte sich gegen die bloße Vorstellung. Er hatte keine Angst vor den Quorrl – er hatte niemals Angst vor einem Kampf gehabt, auch wenn er sich stets darüber im klaren gewesen war, daß er keineswegs unverwundbar oder gar unsterblich war – ganz im Gegenteil hätte er sich sogar gute Chancen ausgerechnet, Trash und seinen Leuten zu entkommen, wäre er allein. Die Quorrl waren stark, aber nicht sehr schnell, und selbst ein kluger Quorrl war immer noch dumm.

Aber er war nicht allein, und das änderte alles.

Wären Enwass und seine Leute nicht gewesen, hätte Skar sich durchaus zugetraut, den Quorrl zu entkommen oder sie – wenn es sein mußte – einen nach dem anderen zu erledigen. Ein einzelner Mann war einer Gruppe von Verfolgern immer überlegen, wenn er entschlossen und schnell genug war. So aber blieb ihm weder die Flucht noch die alte Satai-Taktik, einen zahlenmäßig überlegenen Gegner zu verwirren und einzeln auszuschalten. Versuchte er es auch nur, würden sich Trash und seine Begleiter an Enwass und seiner Familie rächen.

Nein, die einzige Wahl, die ihm blieb, war der offene Kampf. Und das bedeutete, daß er praktisch keine Chance hatte.

»Was tun wir, Skar?« fragte Enwass.

Skar schwieg. Allein der Gedanke, mit einem Dutzend Männer und Frauen, die in ihrem ganzen Leben noch keine Waffe in der Hand gehabt hatten, gegen eine zahlenmäßig wahrscheinlich auch noch überlegene Quorrl-Armee antreten zu sollen, erschien ihm schlichtweg lächerlich. Aber noch während er diesen Gedanken dachte, begann etwas in ihm zu arbeiten; ein Teil seines Bewußtseins, von dem er nicht gewußt hatte, daß es noch existierte. Er fühlte sich noch immer verwirrt, bestürzt und halbwegs gelähmt vor Schrecken und Enttäuschung – aber ein anderer Teil von ihm, der vollkommen unabhängig vom Rest seines Denkens zu funktionieren schien, erwachte plötzlich: der Satai.

Zum Teufel – er war ein Krieger, und das hier *war* Krieg. Wenn Trash und seine Kreaturen den Kampf haben wollten, sollten sie ihn bekommen!

»Werden sie uns angreifen?« fragte Enwass.

»Hier auf dem Fluß?« Skar schüttelte impulsiv den Kopf. »Kaum. Sie werden versuchen, uns zu überholen, während der Nacht, um uns dann morgen irgendwo aufzulauern.«

Enwass sah ihn fragend an. »Wie kommst du darauf?«

»Ich würde es tun«, antwortete Skar achselzuckend. Er machte eine Bewegung mit beiden Händen zu den Ufern hin. »Der Fluß ist zu breit, als daß sie uns mit ihren Bögen erwischen könnten. Wahrscheinlich werden sie versuchen, eine Stelle zu finden, an der sie uns auflauern können – eine Flußenge, eine Stromschnelle, Sandbänke…« Er zuckte abermals die Achseln. »Gibt es so etwas in der Nähe?«

Enwass überlegte einen Moment, dann schüttelte er den Kopf. »Ich glaube nicht«, sagte er.

»Du *glaubst?*«

»Keiner von uns war jemals hier«, verteidigte sich Enwass. »Unser Hof liegt im Norden, fast auf der Höhe von Denwar. Aber ich wüßte von Stromschnellen oder Untiefen, gäbe es welche«, fügte er hastig hinzu, und in einem Ton, der Skar nicht überzeugte. »Ich habe mit Männern gesprochen, die den Fluß befahren haben, vor dem Krieg.«

»Dann werden sie versuchen, eine Stelle zu finden, an der das Eis dick genug ist, die Pferde zu tragen«, sagte Skar. Er deutete nach Norden. Es war dunkler geworden, in den wenigen Augenblicken, die sie dagestanden und geredet hatten. Die hereinbrechende Nacht hatte die Umrisse der Quorrl vollends verschluckt. »Wahrscheinlich rechnen sie nicht damit, daß wir sie gesehen haben. Wir sollten sie in diesem Glauben lassen. Es ist unser einziger Vorteil. Wir müssen ihn nutzen.«

»Und wie?« fragte Enwass zweifelnd. »Willst du hingehen und es ihnen sagen?«

Skar war für einen Moment unschlüssig, ob er über Enwass' Worte lachen oder wütend sein sollte. Er entschied sich für das erste.

»Zündet ein Feuer an«, befahl er. »Nur ein kleines – so, als wolltet ihr Wasser kochen oder euch wärmen.«

»Ein Feuer?« wiederholte Enwass stirnrunzelnd. »Aber wir... haben nie Feuer gemacht!«

»Das weiß ich«, erwiderte Skar ungeduldig. »Aber Trash weiß es nicht. Wenn sie den Feuerschein sehen, halten sie uns vielleicht für ahnungslos.«

»Oder für so dumm, wie es wäre, ein Feuer zu machen!« mischte sich Enwass' Sohn ein. »Bist du von Sinnen? Warum nähen wir uns nicht gleich Zielscheiben auf Brust und Rücken?«

Skar schenkte ihm einen bösen Blick und wandte sich wieder an Enwass. »Wir müssen den Eindruck erwecken, vollkommen arglos zu sein«, sagte er noch einmal. »Macht das Feuer an. Und benehmt euch wie immer – nur für den Fall, daß sie Späher auf uns ansetzen.« Mit einem Ruck drehte er sich um und hob aufmerksamkeitheischend die Arme. »Sie dürfen nicht wissen, daß wir sie bemerkt haben«, wiederholte er eindringlich. »Vielleicht haben wir eine Chance, aber nur dann, wenn ihr tut, was ich sage.«

Für einen Moment wurde es sehr still, und nicht zum ersten Mal in seinem Leben spürte Skar, was für ein unangenehmes Gefühl es war, im Mittelpunkt der allgemeinen Aufmerksamkeit zu stehen. Der Blick eines Dutzend Augenpaare heftete sich auf sein Gesicht, und wohin Skar auch sah, erkannte er die gleichen Gefühle: Angst, Panik, die nur noch mühsam unterdrückt wurde, aber auch eine dumpfe Resignation, die beinahe schlimmer war. Ein Teil von ihnen – vielleicht alle, Enwass eingeschlossen – hatte schon aufgegeben. Vielleicht hatten sie von Anfang an nicht daran geglaubt, überhaupt eine Chance zu haben, dachte Skar.

Aber er sah auch Hoffnung, eine Hoffnung, deren Grund *er* war und die er nicht erfüllen konnte. Für einen Moment fragte er sich, ob er nicht einen entsetzlichen Fehler begangen hatte. Dieses Dutzend Menschen hier hatte ihn aufgenommen und gepflegt, und jetzt verlangten sie eine Gegenleistung, die er nicht erbringen konnte.

Gott, er kannte ja nicht einmal ihre Namen! Enwass hatte sie ihm genannt, schon am ersten Morgen, aber er hatte nicht hingehört – er hatte sie nicht wissen *wollen,* weil Namen Personen aus ihnen gemacht, der Verantwortung noch mehr Gewicht verliehen hätten, die ihm aufgebürdet worden war. Er hatte geahnt, daß dieser Moment kommen würde, aber er hatte die Augen davor verschlossen, einfach, weil er Angst davor hatte, so große Angst wie sie, wenn auch aus gänzlich anderen Gründen. Es war närrisch gewesen, sich auch nur für einen Augenblick einzubilden, diesen Mägden und Knechten das *Kämpfen* beizubringen, in nur drei Tagen! Er hätte sich von ihnen trennen sollen, im gleichen Moment, in dem er wieder aus eigener Kraft laufen konnte! Aber was sollte er ihnen sagen? Daß sie keine Chance hatten und ebensogut das Floß ans Flußufer lenken und dort auf die Quorrl warten konnten?

Unmöglich.

»Hört mir zu!« sagte er überflüssigerweise. »Ich weiß nicht, ob wir... ob wir eine Chance haben, aber wir werden es versuchen. Es sind viele – wahrscheinlich mehr als wir, und jeder einzelne von ihnen ist ein Krieger. Ein paar von euch«, fügte er sehr ernst hinzu, »werden sterben, wenn es zum Kampf kommt. Vielleicht alle.«

Er wartete vergeblich auf eine Antwort; irgendeine Reaktion. Niemand sprach, nicht einmal der Ausdruck in ihren Blicken änderte sich. Selbst ein Vorwurf wäre ihm in diesem Moment lieber gewesen als dieses entsetzliche Schweigen; aber niemand sprach. Sogar Talin war still.

Sie hatten nicht einmal verstanden, was er gesagt hatte, dachte er matt. Und selbst wenn – was hätten sie antworten sollen?

Skar sprach nicht weiter, sondern drehte sich noch einmal nach Norden und blickte in die Richtung zurück, aus der sie gekommen waren. Die Quorrl waren mittlerweile vollends mit der Nacht verschmolzen, und das Rauschen des Flusses übertönte die Hufschläge ihrer Pferde. Es war, als hätte es sie nie gegeben.

Und doch hatte Skar für einen winzigen Moment das Gefühl, etwas zu sehen.

Nicht die Quorrl. Etwas anderes. Etwas Kleines und Böses und Schwarzes, das ihnen lautlos folgte.

Dann verschwand auch dieser Eindruck. Und wahrscheinlich war es nur ein Streich gewesen, den ihm seine Nerven gespielt hatten.

Er vertrieb den Gedanken, drehte sich wieder zu Enwass und seinen Leuten um und begann mit sehr ruhiger, sehr leiser Stimme seinen Plan zu entwickeln...

Skar schätzte, daß es Mitternacht war, ehe sie eine geeignete Stelle gefunden hatten, um anzulegen. Der Fluß machte hier eine scharfe Biegung nach rechts, und die Strömung und das dichte Ufergestrüpp hatten verhindert, daß sich Eis bildete. Es gab zwar auch hier eine dünne, vielfach gesprungene weiße Schicht auf dem Wasser, die aber unter dem Gewicht des Floßes zerbrach wie Glas – übrigens auch ebenso laut, wie Skar mit einem raschen Gefühl von Besorgnis registrierte – so daß das schwerfällige Gefährt das Ufer erreichen konnte.

Wie in den Nächten zuvor war es sehr dunkel. Der Himmel hing tief und war voll schwerer, grauer Wolken, aus denen in scheinbar willkürlichen Abständen Schnee und eisiger Hagel auf das Land herabregneten, und das Ufer erhob sich wie eine schwarze, mit harten Linien gemalte gerade Linie vor dem Horizont. Die wenigen Büsche waren nackt und wirkten in der Dunkelheit wie bizarre Gebilde aus Draht, und mit der Nacht hatte das Heulen des Windes an Macht und Kälte zugenommen.

Skar blickte nach Süden. Der Fluß verlor sich schon nach wenigen Dutzend Metern in der Dunkelheit, und wo das Bayfour-Gebirge sein sollte, gähnte ein finsteres Loch mit zackigen Rändern in der Nacht. Dabei war der Weg nicht einmal sehr weit – wenig mehr als eine Tagesreise, selbst bei der relativ niedrigen Geschwindigkeit ihres schwerfälligen Floßes. Für einen Moment kam es Skar vor wie bitterer Hohn, daß sie so weit gekommen waren, nur um hier zu sterben.

Das Floß stieß mit einem unsanften Ruck gegen das Ufer. Die Erschütterung riß Skar aus seinen Gedanken und Enwass aus seiner Erstarrung. Er rief einen halblauten Befehl, sprang mit einem kraftvollen Satz an Land und verlor auf dem Gemisch aus Schnee und Morast am Ufer um ein Haar das Gleichgewicht, fand aber im letzten Moment seine Balance wieder und streckte die Arme aus, um das Tau aufzufangen, das ihm einer seiner Söhne zuwarf. Skar beobachtete reglos, wie er das Floß an einem vorspringenden Felsen vertäute und prüfend mit aller Kraft am Seil riß, ehe er sich umwandte und den anderen ein Zeichen gab, ebenfalls an Land zu kommen.

Skars Sinne begannen mit der gewohnten, beinahe schon überpräzisen Art zu arbeiten, mit der sie es immer taten, wenn er bewußt in einen Kampf ging. Obwohl er sich noch immer schwach und matt fühlte und die zahllosen Wunden und Schrammen an seinem Körper noch längst nicht verheilt waren, fühlte er sich gleichzeitig beinahe wohl. Der Teil von ihm, der beim Anblick der Quorrl erwacht war, wurde immer stärker. Skar erschrak fast vor sich selbst. Nicht so sehr vor dem Gefühl der Zuversicht und Stärke, das er mit einem Male verspürte – das war normal, denn es war nichts anderes als das Ergebnis eines lebenslangen Trainings: Er war Satai, und er vermochte Reserven zu aktivieren, von denen die meisten anderen Menschen nicht einmal wußten, daß sie sie besaßen, ebenso, wie er seine Empfindungen und Ängste beinahe nach Belieben auszuschalten oder zumindest zu steuern imstande war. Und es war das erste Mal seit seinem Erwachen im Tempel, daß er wirklich *bewußt* in einen Kampf ging: In jener Nacht vor dem Tempel war es anders gewesen: Er war viel zu verwirrt und verstört gewesen, um überhaupt zu begreifen, was geschah, und eigentlich hatte er nichts anderes getan als um sein Leben zu kämpfen; auch wenn er zufällig der Angreifer gewesen war.

Jetzt war es... anders.

Skar schauderte ein wenig, als er begriff, daß sich etwas in ihm auf den Kampf freute...

»Was hast du, Skar?«

Skar fuhr zusammen, blickte in Syrrs Gesicht und begriff voller Schrecken, daß sich seine Empfindungen ziemlich deutlich auf seinem Gesicht abgezeichnet haben mußten. »Nichts«, sagte er ausweichend. »Es ist... nichts. Ich bin ein wenig nervös. Mein Bein schmerzt«, fügte er hinzu. Es war die Wahrheit, aber Syrr sah nicht einmal an ihm herab, sondern blickte ihm unverwandt in die Augen. Skar mußte sich gegen das unbehagliche Gefühl wehren, daß sie seine Gedanken las wie ein offenes Buch.

»Glaubst du, daß... daß wir eine Chance haben?« fragte sie plötzlich.

Sie sprach sehr leise, flüsterte fast, und eine ganz leichte Spur von Angst vibrierte in ihrer Stimme. Aber es war eine völlig andere Art der Angst, als er sie auf den Gesichtern von Enwass und seinen Leuten gelesen hatte.

Es war...

Ja, dachte Skar verblüfft – es war *Angst um ihn!*

Skar war verwirrt. Er verstand Syrr immer weniger.

»Mach dir keine Sorgen«, sagte er, in einem Ton, der nicht einmal ihn selbst, geschweige denn Syrr überzeugte. »Ich habe nicht vor, sie zum Kampf herauszufordern.«

»Nein«, antwortete Syrr spöttisch. »So wenig wie vor einer Woche, nicht wahr?«

»Das war etwas anderes!« widersprach Skar gereizt. »Ich wußte nicht, wem ich gegenüberstehe. Ich wurde... überrascht. Jetzt kenne ich den Feind.«

»Erzähl das Enwass, oder seinem schwachsinnigen Sohn«, sagte Syrr ruhig. »Eine Stunde vor uns warten zwei Dutzend Quorrl, und du reitest ihnen allein entgegen, um –«

»Um sie abzulenken und euch eine Chance zu verschaffen, durchzubrechen«, unterbrach sie Skar grob; und eine Spur lauter, als nötig gewesen wäre. Aus den Augenwinkeln sah er, wie zwei oder drei von Enwass' Familienmitgliedern die Köpfe wandten und ihn verwirrt ansahen.

»Ich bin kein Selbstmörder, Syrr«, fuhr er fort, etwas leiser und mit einem gezwungen überzeugt wirkenden Lächeln. »Und es ist nicht das erste Mal, daß ich so etwas tue. Ich bin Krieger.«

»Und ich keine Närrin!« sagte Syrr. Warum war sie so zornig? dachte Skar verwirrt. War es wirklich nur Angst, die aus ihr sprach – oder etwas anderes? Und wenn ja, was?

»Du hast es selbst gesagt, Skar«, fuhr sie fort. »Die Quorrl wollen dich, nicht uns. Und ich lasse nicht zu, daß du dich opferst!«

»Nein?« fragte Skar kühl. »Tust du das nicht?« Er lachte, ganz leise und bewußt verletzend, trat einen halben Schritt zurück und maß Syrr mit einem sehr langen und sehr abfälligen Blick.

»Und wenn es so wäre – was wolltest du tun, um mich daran zu hindern, Kindchen?«

Syrr erbleichte. »Du –«

»Du solltest dich um Dinge kümmern, von denen du etwas verstehst, Syrr«, fuhr Skar fort. »Und nun verschwinde – ich habe zu tun.«

Betont brüsk wandte er sich um, ergriff sein Pferd beim Zaumzeug und führte es grob ans Ufer. Das Floß begann unter dem

Gewicht des Tieres bedrohlich zu schwanken. Eisiges Wasser schwappte über Skars Füße und ließ ihn schmerzhaft die Luft einziehen. Sein verstauchter Knöchel protestierte mit wütenden Schmerzen gegen die schnellen Schritte, zu denen er ihn zwang. Trotzdem ging er nicht etwa langsamer, sondern vergrößerte sein Tempo eher noch, bis er sich zehn, fünfzehn Meter vom Ufer entfernt in den Sattel schwang.

Enwass und seine Familie waren mit allen Vorbereitungen fertig, als er sich im Sattel umwandte und zum Floß zurücksah. Sie hatten auch nicht viel Zeit zu verlieren, denn zweifellos ließ Trash das Feuer von seinen Spähern beobachten, das sie im vorderen Drittel des Floßes entfacht hatten – und genau das sollte er ja auch. Wenn er es nicht tat, und somit nicht auf den Trick hereinfiel... nun, dachte Skar ruhig, dann würde keiner von ihnen den nächsten Sonnenaufgang erleben.

Enwass scheuchte seine Leute auf das Floß zurück und hinter die improvisierte Brustwehr, während Skar ein letztes Mal seine Ausrüstung überprüfte – oder das, was sich so nannte...

Viel war es nicht, was er mitnehmen konnte: sein *Tschekal,* dazu den Speer und einen kurzen, beidseitig geschliffenen Dolch sowie den Morgenstern, den er Enwass' ältestem Sohn fortgenommen hatte. Eine erbärmliche Ausrüstung, um es mit einem Dutzend Quorrl aufzunehmen, dachte er. Aber alles, was sie hatten. Und es mußte genügen.

Skar hatte wirklich nicht vor, gegen Trash oder seine Krieger zu kämpfen; aber er hatte das sichere Gefühl, daß ihm keine große Wahl bleiben würde. Es gab eine Zeit der List und eine Zeit des Kämpfens, und irgendwie wußte er, daß diese Nacht dem Schwert gehörte.

Schweigend sah er zu, wie Enwass die Frauen und Kinder hinter den Kistenstapel in der Mitte des Floßes scheuchte und dann zusammen mit seinen beiden Söhnen zum Feuer ging. Für einen Moment hoben sich ihre Schatten wie scharf abgezirkelte flache Scherenschnitte vor dem hellen Rot der Flammen ab, und der Krieger in Skar registrierte besorgt, wie deutlich sie zu erkennen sein mußten und über welch große Entfernung. Er mußte an das denken, was Enwass' Sohn gesagt hatte – sie waren wirklich perfekte Zielscheiben. Was, wenn Trashs Krieger nicht ein paar Meilen, sondern nur ein paar Dutzend Schritte entfernt waren, sie beobachteten und sich über ihren närrischen Plan amüsierten, während sie in diesem Moment bereits die Pfeile auf die Sehnen legten und...

Skar dachte den Gedanken nicht zu Ende. Es gab ungefähr tausend *Wenns*, die *gegen* ihren Plan sprachen.

Die Männer hoben das kleine, hastig aus losgerissenen Kistenbrettern und Tauen zusammengefügte Floß in die Höhe, setzten es behutsam aufs Wasser und stießen es in die Strömung. Das Feuer begann zu flackern, und für einen Moment hatte Skar fast Angst, daß es ausging. Dann war das improvisierte Schiffchen aus den Windschatten des Segels heraus, und die Flammen schossen zu höherer Glut empor. Funken stoben auf und senkten sich wie kleine rotglühende Käferchen auf den Fluß herab, wo sie zischend erloschen. Skar beobachtete gebannnt, wie das brennende Miniaturfloß von der Strömung in die Flußmitte gezogen wurde und dabei immer schneller wurde. Wieder kamen ihm Zweifel. Es war so wenig, was sie Trash und seinen Quorrl entgegenzusetzen hatten – ein Stück brennendes Holz, das war alles! Und der Mut, den ihnen die Verzweiflung gab. Was, wenn er sich täuschte? Wenn er Enwass und alle, die bei ihm waren, in den Tod führte, statt in die Freiheit?

Mit sanftem Schenkeldruck lenkte er sein Pferd herum, hob noch einmal die Hand, um Enwass zuzuwinken, und ritt los. Er entfernte sich drei-, vierhundert Schritte vom Ufer, dann hielt er an, überzeugte sich davon, daß er vom Floß aus wirklich nicht mehr gesehen werden konnte, und griff unter seinen Mantel.

Er begriff selbst nicht genau, warum er es tat – aber seine Hand glitt wie von selbst zum Gürtel, suchte das schmale Lederband mit dem Satai-Stern und zog es heraus. Mit einer schnellen Bewegung streifte er es über die Stirn. Seine Fingerkuppe strich fast liebkosend über das kalte, fünfzackige Silber, und es war, als durchströme ihn allein durch diese Berührung eine altvertraute Kraft, gleichermaßen erschreckend wie willkommen. Etwas in ihm, das so lange geschwiegen hatte, daß er es für tot gehalten hatte, erwachte mit einem lautlosen Schrei.

Die Quorrl würden ihren Kampf bekommen, dachte er. Trash hatte vielleicht nicht gewußt, was es hieß, mit einem Satai verbündet zu sein.

Jetzt würde er erfahren, was es hieß, ihn zum Feind zu haben.

Skars Rechte glitt zum Gürtel und zog das *Tschekal.*

Er sprengte los.

Skar folgte dem brennenden Floß in mehreren hundert Metern Abstand; nahe genug, um es nicht aus den Augen zu verlieren, aber auch weit genug, nicht sofort gesehen zu werden, denn selbst wenn die Quorrl Wachen längs des Flusses aufgestellt hatten, würde das falsche Floß sie ablenken. Vielleicht lange genug für Skar, sich ihres Spähers anzunehmen.

Er erschrak ein wenig, als ihm die Kälte dieses Gedankenganges zu Bewußtsein kam. Es hatte einmal einen Skar gegeben – und es war nicht einmal sehr lange her! – der nicht so gedacht hätte, dem Leben heilig war, auch das Leben eines Quorrl. Irgend etwas war mit ihm geschehen, während seines endlos langen Schlafes im Tempel der Gesichtslosen Prediger. Er würde herausfinden, was.

Aber bis dahin hatte er noch ein paar andere Dinge zu erledigen. Die Kleinigkeit, am Leben zu bleiben, zum Beispiel.

Er ritt rascher, als der rote Glutpunkt vor ihm zusammenzuschrumpfen begann. Die Strömung mußte an dieser Stelle schneller sein, was dafür sprach, daß der Fluß entweder schmaler oder seichter oder auch beides wurde, und das wiederum wäre genau der Ort, den er für einen Hinterhalt aussuchen würde, wäre er an Trashs Stelle.

Und er sollte recht behalten: Skar war erst wenige Minuten in schärferem Tempo geritten, als er den Schatten vor sich sah, noch sehr weit und gegen den blaugrauen Nachthimmel kaum zu erkennen – den Schatten eines gewaltigen Reiters, der reglos auf dem Rücken eines kaum weniger monströsen Schlachtrosses hockte und auf den Fluß hinabsah.

Skar zügelte sein Pferd, sah sich rasch nach beiden Seiten um und ritt noch ein wenig weiter vom Flußufer weg. Der Quorrl war geschickt. So, wie er stand, mußte er vom Fluß aus vollkommen unsichtbar sein. Selbst Skar, der aus der entgegengesetzten Richtung kam, hätte ihn um ein Haar nicht gesehen, obwohl er ganz genau wußte, wonach er zu suchen hatte. Der Quorrl war nur ein tiefschwarzer Schatten vor einem nicht ganz so schwarzen Hintergrund; gerade noch zu erkennen, wenn man wußte, daß er da war. Sonst nicht.

Der Anblick ließ ihn ein wenig neue Hoffnung schöpfen. Bisher war alles so gekommen, wie er vermutet hatte – Trash *hatte* vor, dem Floß an einer seichten Stelle aufzulauern, und er *hatte* einen Späher zurückgelassen, der die Quorrl-Krieger frühzeitig warnen würde, wenn ihr Wild auftauchte.

Aber das bedeutete nun nicht automatisch, daß auch der Rest seines Planes aufgehen mußte...

Skar löste die Hand vom Schwert, ließ das Pferd wieder antraben und näherte sich dem Späher in einem weiten Bogen, fast aus der entgegengesetzten Richtung, der seine Aufmerksamkeit galt.

Trotzdem bemerkte ihn der Quorrl.

Die Hufschläge seines Pferdes erzeugten auf der dünnen Schneedecke kaum einen Laut, und auch Skar selbst bemühte sich, so still wie möglich zu sein – aber entweder hatte er verlernt, wie man sich anschlich, oder der Quorrl hatte weit schärfere Sinne, als er gehofft hatte – das riesige Schuppenwesen fuhr mit einem erschrockenen Laut im Sattel herum, als Skar noch zehn Schritte von ihm entfernt war. Metall blitzte, als seine Klaue zum Gürtel fuhr und ein gewaltiges Schwert hervorzerrte.

Skar ließ ihm keine Chance. Er versuchte nicht, den Quorrl mit dem Schwert anzugreifen, sondern sprengte los, kaum daß der Quorrl seine Drehung halb vollendet hatte, riß den Speer aus dem Sattelgurt und schleuderte ihn, aus kürzester Entfernung und mit aller Kraft. Die Waffe traf den schützend hochgerissenen Arm des Quorrl, durchbohrte ihn, drang knirschend durch den Brustpanzer des Wesens und schleuderte es aus dem Sattel. Der Quorrl starb ohne einen Laut.

Aber sein Pferd bäumte sich auf, stieß ein schrilles, panikerfülltes Kreischen aus und stob mit wehender Mähne davon.

Skar fluchte, zerrte den Dolch aus dem Gürtel und riß den Arm in die Höhe – aber er führte die Bewegung nicht zu Ende. Das Pferd war schon zu weit, für einen sicheren Wurf, und wenn er es nur verletzte, würde es schreien und damit die Aufmerksamkeit der anderen Quorrl erst recht wecken – wenn das nicht ohnehin schon geschehen war.

Tief über den Hals seines Pferdes gebeugt jagte Skar los. Er wußte, daß er kaum eine Chance hatte, das flüchtende Tier einzuholen: Es wurde nicht durch einen Reiter behindert und war außerdem größer und um etliches kräftiger als sein eigenes Pferd. Aber wenn er es schon nicht aufhalten konnte, wollte er ihm wenigstens so dichtauf folgen, wie es nur ging. Vielleicht war doch noch nicht alles verloren.

Er verlor das Tier schon nach wenigen Momenten aus den Augen, denn seine schwarze Farbe ließ es mit der Nacht verschmelzen, und es war zudem sehr viel schneller, als er gehofft hatte.

Aber seine Spur war auf dem frischgefallenen Schnee neben dem Fluß nicht zu übersehen, und Skar hoffte, daß seine Panik abklingen und es sich beruhigen würde, ehe es Trashs Lager erreichte.

Sein Blick suchte das brennende Floß, das ein Stück unter und neben ihm dahintrieb. Das Ufer war an dieser Stelle sehr steil, so daß er sich fast zehn Meter über dem Fluß dahinbewegte, und er ritt so schnell, daß er das Floß schon jetzt beinahe überholt hatte – wenn er sich täuschte und Trash den Späher in größerem Abstand zurückgelassen hatte, als er glaubte, dann war ihr ganzer sorgsam ausgeklügelter Plan beim Teufel – und Enwass und seine Leute, die dem kleinen Feuerfloß in zehn Minuten Abstand folgten, ruderten in den Tod.

Skars Plan war so einfach wie gefährlich; die Quorrl sollten das brennende Floß sehen und es für das von Enwass und seiner Familie halten; im ersten Moment, wenn sie den Betrug entdeckten, würde Skar sich ihnen zeigen und sie vom Fluß fortlocken, woraufhin Enwass und seine Familie den Hinterhalt ungefährdet passieren konnten, denn die Quorrl würden mit Sicherheit annehmen, daß das Floß zur Ablenkung gedacht war, während ihre Opfer in aller Seelenruhe auf dem Landweg an ihnen vorübereilten – ein doppelter Betrug, der (so hoffte Skar wenigstens) die geistige Kapazität eines Quorrl hoffungslos überforderte.

Und das alles wurde jetzt vielleicht von einem durchgehenden Pferd zunichte gemacht!

Skar spornte sein Pferd rücksichtslos an, aber das Tier war am Ende seiner Kräfte. Obwohl es wie von Sinnen ausgriff, wurde es nicht merklich schneller, drohte dafür aber auf dem unsicheren Grund den Halt zu verlieren, so daß Skar sein Tempo wieder zurücknehmen mußte.

Trotzdem stürzte er.

Es ging so schnell, daß er machtlos dagegen war, obwohl er das Unglück kommen sah: Das Pferd trat in eine Bodenspalte, die unter dem Schnee verborgen gewesen war, sank mit den Vorderläufen ein und versuchte mit einer verzweifelten Kraftanstrengung wieder hochzukommen; mit dem Ergebnis, daß es vollends aus dem Takt geriet und schwerfällig in den Schnee stürzte. Skar hatte keine andere Wahl, als sich aus dem Sattel fallen zu lassen, wollte er nicht Gefahr laufen, unter dem zusammenbrechenden Tier begraben zu werden.

Der weiche Schnee dämpfte seinen Aufprall. Ganz instinktiv rollte er über die Schulter ab, wartete auf den stechenden Schmerz in seinem verletzten Bein und registrierte verwundert, daß er nicht kam, dann war er wieder auf den Füßen, fand mit einem torkelnden Schritt sein Gleichgewicht wieder und fuhr herum, die rechte Hand griffbereit am Schwert.

Er war noch immer allein. Wenige Schritte von ihm entfernt versuchte sein Pferd – benommen, aber offensichtlich ebenso unverletzt wie er –, wieder auf die Beine zu kommen, und zehn Meter unter ihm trieb das brennende Floß dahin. Von den Quorrl war noch keine Spur zu sehen.

Skars Schrecken wich einer Mischung aus Erleichterung und Ärger. Er nahm die Hand vom Schwert, schlug seinen Mantel zurück und stapfte durch den knietiefen Schnee auf das Pferd zu.

Das Tier scheute, als er die Hand nach den Zügeln ausstreckte; Skar verlor die Balance, fiel ein zweites Mal auf Hände und Knie herab und schluckte einen Fluch herunter. Wenn Trash ihn jetzt sah, dachte er wütend, dann würde er sich wahrscheinlich totlachen.

Ärgerlich stand er auf, streckte erneut die Hand aus und näherte sich dem Pferd sehr viel vorsichtiger als beim ersten Mal. Das Tier scheute noch immer, wich mit kleinen tänzelnden Schritten vor ihm zurück und versuchte sogar nach ihm zu beißen. Skar unterdrückte die jähzornige Wut, die in ihm aufflammte, blieb stehen und begann mit leiser, sehr ruhiger Stimme auf das Pferd einzureden.

Es dauerte Minuten, bis er sich ihm so weit genähert hatte, daß er die Zügel ergreifen konnte; und dann noch einmal endlose Sekunden, bis er das scheuende Tier wieder unter Kontrolle hatte. Seine Chancen, das entkommene Pferd des Quorrl jetzt noch einzuholen, waren praktisch gleich null.

Besorgt sah er zum Fluß hinab. Das brennende Floß war fast schon außer Sicht – nur noch ein flackernder Glutpunkt, eine halbe Meile flußabwärts. Jeden Augenblick mußte das richtige Floß mit Enwass und seiner Familie auf dem Wasser auftauchen...

Skar riß sein Tier herumk, gab ihm die Sporen und jagte weiter, nicht mehr ganz so schnell wie bisher, aber auch nicht sehr viel langsamer. Und nicht sehr weit.

Er war noch nicht einmal hundert Schritte weit gekommen, als er das Pferd sah.

Es war das Tier des Quorrl, ein riesiges, schwarzes Ungeheuer von Pferd, und es war ganz eindeutig tot.

Eine eisige Hand schien Skar zu berühren, als er das Tier sah.

Das Pferd lag auf der Seite, Kopf und Vorderläufe in unnatürlichem Winkel abgespreizt, und der Schnee unter ihm war dunkel von erst halb geronnenem Blut. Es mußte gestürzt sein, gestrauchelt und auf einen Stein gestürzt, der unter dem Schnee verborgen gewesen war, und an dem es sich den Schädel eingeschlagen hatte.

Aber das war vollkommen unmöglich! dachte Skar entsetzt. Sicher, auch er war gestürzt, aber ein Zufall wie dieser war... war ausgeschlossen.

Aber wenn es kein Zufall gewesen war – was dann?

Verwirrt, und mit einem Gefühl noch unterdrückten, aber stärker werdenden Schreckens, schwang sich Skar aus dem Sattel, ging steifbeinig zu dem verendeten Pferd und ließ sich neben ihm auf die Knie sinken. Seine Hand zitterte leicht, als er sie nach dem toten Tier ausstreckte.

Sein Fell war noch warm, und das Blut noch nicht einmal geronnen, und jetzt, als er ihm ganz nahe war, sah Skar, daß es nicht an den Folgen des Sturzes gestorben war. Seine Beine und sein Genick waren zweifellos gebrochen, aber es war schon vorher tot gewesen.

Die rechte, halb im Schnee begrabene Seite seines massigen Pferdegesichtes war eine einzige Masse aus blutendem Fleisch und zertrümmerten Knochen. Irgend etwas hatte ihm den Schädel eingeschlagen, mit einem einzigen, so gewaltigen Hieb, daß sich etwas in Skar zusammenzog, als er sich das Wesen vorzustellen versuchte, das *so etwas* zu tun in der Lage war.

Skar fror plötzlich. Mit einer abgehackten, fast unkontrollierten Bewegung fuhr er hoch und herum, zog seine Waffe und starrte in die Dunkelheit hinaus.

War sie nicht irgendwie... massiver geworden, nicht mehr die bloße Abwesenheit von Licht, sondern das Dasein von etwas anderem, Finsteren, Bedrohlichen? Und bewegten sich die Schatten nicht? Skar hatte das Gefühl, irgend etwas kriechen zu sehen, ein schlängelndes schwarzes Ding aus Horn oder Eisen, klein und böse und lauernd...

Aber da war nichts. Und nach ein paar Sekunden gewann auch Skars gewohnt präzise Art zu denken wieder die Oberhand. In Gedanken schalt er sich einen Narren, sich von ein paar Schatten und einem toten Pferd Angst einjagen zu lassen. Es war absolut nichts Außergewöhnliches oder gar Unheimliches an dem, was er erlebte. Die Dunkelheit um ihn herum war Dunkelheit, sonst rein gar nichts, und die Schatten, die er zu sehen glaubte, entsprangen seiner eigenen, überreizten Phantasie. Das Pferd war gestolpert, ganz genauso wie sein eigenes Tier, aber es hatte das Pech gehabt, weniger glücklich zu fallen und sich den Schädel an einem Stein einzuschlagen, der unter dem Schnee verborgen gewesen war, basta. Wäre es ein Raubtier gewesen, das den Rappen getötet hatte, hätte er es sehen und hören müssen. Zumindest hören.

Das war die eine, logische Erklärung. Es gab noch eine andere, aber diesen Gedanken weigerte sich Skar auch nur zu Ende zu denken.

Zornig über sich selbst schüttelte er den Kopf, ging zu seinem Pferd zurück und lenkte es in respektvollem Bogen um den Kadaver des toten Tieres herum, ehe er weiterritt.

Er ritt jetzt sehr viel vorsichtiger, und wie sich zeigte, war diese Vorsicht durchaus angebracht, denn nur wenige Minuten später sah er den zweiten Wächter.

Es war ein Quorrl, wie der erste Späher, den Trash zurückgelassen hatte, und wie er saß er im Sattel eines gewaltigen Schlachtrossen und blickte auf den Fluß hinab, machte sich jedoch nicht einmal mehr die Mühe, in Deckung zu bleiben – für Skar ein deutlicher Beweis, daß die Hauptmacht der Quorrl nun nicht mehr weit sein konnte, wenn Trashs Krieger so offensichtlich keinen Wert mehr darauf legten, unentdeckt zu bleiben. Ganz im Gegenteil hatte er fast das Gefühl, daß der Quorrl gesehen werden *wollte:* Reiter und Pferd hoben sich deutlich gegen den Nachthimmel ab; zwei mißgestaltete, riesenhafte Schatten, die drohend über den Fluß hinausragten, nahe, aber sicherlich nicht durch Zufall auch wieder gerade weit genug entfernt, daß ein vom Fluß aus abgeschossener Pfeil wenig Aussichten hatte, sie zu treffen.

Diesmal verzichtete Skar darauf, den Quorrl offen anzugreifen. Er hörte noch immer nichts außer dem Wispern der Windböen und dem Rauschen des Flusses, aber er war sehr sicher, daß Trash und die anderen Quorrl ganz in der Nähe waren, und sein Glück noch einmal auf die Probe zu stellen, hieße das Schicksal herauszufordern. Skar verspürte keine besondere Lust, die

Grenzen des Kredites auszuloten, den ihm die Götter eingeräumt zu haben schienen.

Er hielt an, schwang sich behutsam aus dem Sattel und streichelte den Hals seines Pferdes, damit das Tier kein verräterisches Schnauben von sich gab. Gebannt blickte er zu den Schatten des Quorrl und seines gewaltigen Reittieres hinüber, die sich jetzt deutlich vor dem Hintergrund der Wolken abhoben.

Der Quorrl wiederum starrte offensichtlich konzentriert auf den Fluß hinunter, auf dem das brennende Floß immer näher kam. Skar versuchte in Gedanken die Zeit abzuschätzen, die es noch brauchen würde, ehe es nahe genug war, den Quorrl den Betrug erkennen zu lassen. Mit etwas Glück konnte er den Posten bis dahin erreichen.

Geduckt schlich er los, das *Tschekal* halb unter dem Mantel verborgen, damit sich kein verräterischer Lichtstrahl auf der Klinge brach, den Dolch wurfbereit in der Linken. Sein Herz begann ein wenig schneller zu schlagen, während er sich dem Quorrl näherte, jederzeit darauf gefaßt, daß das riesige Wesen sich im Sattel herumdrehte und einen gellenden Warnruf ausstieß.

Aber er hatte abermals Glück. Der Quorrl rührte sich nicht, sondern starrte unverwandt auf den Fluß hinab, selbst als Skar sich ihm bis auf drei, vier Schritte genähert hatte. Hätte sein Pferd nicht dann und wann den Schweif bewegt oder mit den Ohren gezuckt, hätte man die beiden für lebensgroße finstere Statuen halten können.

Skar blieb stehen, starrte den Quorrl mit einer Mischung aus Erstaunen und Mißtrauen an und hob den Dolch.

Ein schneller Wurf, und...

Er konnte es nicht.

Etwas in ihm sträubte sich gegen den Gedanken, dem Quorrl die Klinge in den Rücken zu werfen. Da war noch eine andere Stimme, die ihm zuflüsterte, daß er sich wie ein Narr benahm und der Quorrl umgekehrt keine Sekunde gezögert hätte, ihn hinterrücks auszuschalten. Aber es ging nicht.

Skar trat einen weiteren Schritt auf den Quorrl zu, hob den

Dolch noch ein wenig höher und zog gleichzeitig das *Tschekal* unter dem Mantel hervor.

»Heda!« sagte er leise.

Der Quorrl rührte sich nicht.

Skars Sinne waren mit einem Male bis zum Zerreißen gespannt. Es war unmöglich, daß der Quorrl ihn nicht gehört haben sollte. Er hatte leise gesprochen, aber in der Nacht war jeder Laut doppelt weit zu hören, und er war dem Quorrl bis fast auf Armeslänge nahegekommen.

Eine Falle! dachte er. Es war eine Falle! Eine Falle, oder...

Dann sah er die dunklen Flecken, zu denen sich der Schnee unter dem Pferd zusammengeklumpt hatte. Den breiten, glitzernden Strom, der die Flanke des Tieres besudelte, an seinem Bauch entlanglief und zäh zu Boden tropfte, spürte den süßlichen Blutgeruch.

Und plötzlich fiel ihm die Haltung auf, in der der Quorrl auf dem Pferd hockte: unnatürlich verkrampft und nach vorne gebeugt, die mächtigen Pranken auf dem muskulösen Pferdehals abgestützt, um sein Körpergewicht zu halten, den Kopf, der fast zur Gänze unter einem mächtigen Lederhelm verborgen war, zur Seite geneigt, als müsse er sein Gewicht mit der Schulter stützen.

Er mußte es. Hätte er es nicht getan, wäre sein Kopf vermutlich heruntergefallen, denn irgend jemand hatte dem Quorrl die Kehle durchgeschnitten, so tief, daß er ihn dabei fast geköpft hatte. Und als wäre dies allein noch nicht genug, hatte der gleiche Jemand sein Gesicht und einen Teil seiner Brust zerfetzt. Der Quorrl mußte auf der Stelle tot gewesen sein, so schnell, daß er nicht einmal Zeit gefunden hatte, eine erschrockene Bewegung zu machen, die sein Pferd aufscheuchen konnte. Und es konnte erst Augenblicke her sein, denn die entsetzlichen Wunden bluteten noch.

Was immer ihn getötet hatte, war noch in der Nähe!

Skars Herz kam mit einem schmerzhaften Ruck aus dem Takt und schlug ungleichmäßig und so heftig weiter, daß er glaubte, sein dumpfes Pochen müsse noch in hundert Schritt Entfernung zu hören sein. Er fuhr herum, hob sein Schwert und starrte aus weit aufgerissenen Augen in die Dunkelheit. Der Schnee breitete sich glatt und unberührt auf dem Ufer aus, sah man von seinen eigenen und den Spuren des Quorrl ab. Keine Spuren, dachte Skar hysterisch. *Keine Spuren.* Was den Quorrl umgebracht hatte, hatte keine Spuren hinterlassen!

Und plötzlich war er sicher, eine Bewegung in der Dunkelheit zu erkennen. Irgend etwas, das zugleich klein wie gewaltig, zugleich unsichtbar wie unübersehbar war, umschlich ihn. Etwas, das...

Skar begriff, daß er dicht davor war, wirklich in Panik zu geraten. Mit aller Macht zwang er sich zur Ruhe, kämpfte die aufkeimende Panik nieder und konzentrierte sich, bis es ihm gelang, sein Herz wieder in den gewohnten Rhythmus zu zwingen, seinen Atem zu beruhigen und das Zittern seiner Hände zu unterdrücken. Es gab eine Erklärung, dachte er. Es mußte eine natürliche Erklärung geben – er wußte nicht welche, und er wagte sich nicht einmal vorzustellen, wie ein Wesen aussehen mochte, daß *so etwas* anrichten konnte, ohne einen Laut zu verursachen oder auch nur die mindeste Spur zu hinterlassen, aber es würde eine Erklärung geben, auch wenn er sie nicht fand. Es war nicht das erste Mal, daß er sich Dingen gegenübersah, die andere mit dem Wort *Zauberei* bedacht hätten. Es würde eine Erklärung geben. *Keine Spuren.*

Auf der anderen Seite des Hügels erscholl eine gellender Schrei, so hoch und schrill und spitz, so unmenschlich, so sehr voller Qual und unsagbarem Grauen, daß Skar für den Bruchteil einer Sekunde erstarrte.

Das Pferd neben ihm scheute. Der tote Quorrl kam aus dem Gleichgewicht, rutschte mit einem widerwärtig weichen Laut über den Pferdehals und fiel wie eine stürzender Fels zu Boden. Skar sprang im letzten Moment zur Seite; trotzdem streifte ihn einer der lose pendelnden Arme des Kolosses und schleuderte ihn zu Boden.

Als er sich aus dem lockeren Schnee hochstemmte, war der Schrei verstummt. Dafür hörte er jetzt andere, auf schreckliche

Weise vertrautere Geräusche: Schreie, das Trappeln hastiger Schritte, das schrille Wiehern von Pferden, das dumpfe Krachen von Stahl, der auf Widerstand schlug – Kampflärm!

Skar sprang vollends auf, streifte noch in der gleichen Bewegung seinen Mantel ab und hetzte mit fünf, sechs weit ausgreifenden Schritten über die Hügelkuppe, wobei er bei jedem Schritt bis fast über die Knie im Schnee einsank, so daß er trotzdem nicht nennenswert schneller von der Stelle kam.

Dann lag das Lager der Quorrl unter ihm. Und Skar blieb abermals stehen.

Der Lärm hatte ihm verraten, daß die Quorrl kämpften, und er hatte ihm noch mehr verraten – nämlich daß es auf keinen Fall Enwass und seine Leute waren, die vielleicht auf unbegreifliche Weise an ihm vorbeigerudert sein mochten und über die Quorrl herfielen, sondern ein Feind, der den Fischgesichtern ebenbürtig sein mußte.

Aber er hatte ihn nicht auf das vorbereitet, was er nun wirklich sah:

Es mußten an die zwei Dutzend Quorrl sein, die Trash gefolgt waren, um ihm und den Flüchtlingen aufzulauern, aber die Hälfte von ihnen war tot oder lag im Sterben, und der Rest befand sich auf einer verzweifelten Flucht – ein paar versuchten die Pferde zu erreichen, die ein Stück weit nördlich angebunden waren, zwei oder drei waren auf das Eis des Flusses hinausgewichen, und einer stürmte in direkter Linie auf Skar zu, den Hügel hinauf.

Etwas verfolgte ihn.

Skar konnte nicht genau erkennen, was es war, aber es schien ihm zu klein und zu schnell für einen Menschen, und es löste – obwohl er nicht einmal genau erkennen konnte, was es war – ein entsetzliches Gefühl des Wiedererkennens in Skar aus. Es war –

Er sah die Bewegung aus den Augenwinkeln und ließ sich instinktiv fallen, und dieser blinde Reflex rettete ihm das Leben.

Trashs Axt fuhr mit einem saugenden Geräusch in den Schnee, ganz genau dort, wo er vor einer halben Sekunde noch gestanden hatte, kam mit einer ungeheuer schnellen, kraftvollen Drehung wieder hoch und zischte nun waagrecht durch die Luft, genau in der Höhe, in der sich sein Kopf befunden hätte, hätte er versucht, aufzustehen.

Aber Skar versuchte es nicht. Statt dessen rollte er sich herum, zog die Knie an den Leib und stieß dem Quorrl beide Füße gegen die Knie. Er legte alle Kraft in diesen Stoß, und sein kaum verheiltes Fußgelenk quittierte diese Bewegung mit wütenden Schmerzen. Trotzdem reichte der Tritt nicht, den Giganten zu Boden zu schleudern, oder ihm auch nur wirklich weh zu tun.

Aber Trash strauchelte. Sein nächster Axthieb verfehlte Skar abermals, und als er die Waffe diesmal wieder hochbekam, war Skar bereits auf den Füßen und zwei, drei Schritte zurückgewichen.

»Du!« brüllte Trash mit vor Wut überschnappender Stimme. »Du hast sie geholt! Du!«

Skar sprang blitzschnell zurück, als der Quorrl abermals seine gewaltige Waffe schwang. Er versuchte den Hieb mit dem *Tschekal* zu parieren, aber er traf nicht richtig – die Klinge prallte mit der Breitseite gegen Trashs Waffe; statt ihren Stiel zu zerschneiden, wurde das Schwert Skar fast aus der Hand geprellt. Er strauchelte, wich ungeschickt zwei, drei Schritte weiter vor dem Quorrl zurück und spürte plötzlich keinen Widerstand mehr: Er hatte die Böschung erreicht. Hinter ihm war jetzt nichts mehr als ein zehn Meter tiefer Abgrund, und darunter das beinharte Eis des Flusses.

Trash schrie triumphierend auf, als er sah, daß er sein Opfer in der Falle hatte, schwang seine Waffe und stürmte brüllend heran. Skar spannte sich, um den erwarteten Anprall so gut wie möglich aufzufangen.

Er kam nicht.

Wieder konnte Skar nicht wirklich erkennen, was geschah: Es war, als wäre da plötzlich ein unsichtbarer Vorhang, ein Schleier aus Schwärze, der verhinderte, daß er wirklich etwas erkannte. Vielleicht ging es auch einfach nur zu schnell – aber mit einem Male war etwas da, das vorher noch nicht dagewesen war, etwas Kleines und Schwarzes, von der Dunkelheit hinter dem Quorrl ausgespien wie ein böser Spuk, eine glitzernde, insektoide Scheußlichkeit, nicht viel größer als ein Kind, aber mit den Kräften eines Giganten, das Trash ansprang und herumriß. Eine hornige Kralle blitzte, und mit einem Male wurde aus Trashs Wutgebrüll ein gellender Schmerzensschrei. Der Quorrl taumelte, stolperte ungeschickt zwei, drei Schritte rücklings den Hang hinab und fiel auf die Knie. Sein Arm, der die Axt gehalten hatte, war nur noch ein blutender Stumpf, von der entsetzlichen Klaue dicht unterhalb des Ellbogengelenks abgerissen. Dunkles Quorrl-Blut sprudelte in den Schnee. Trash schrie. Das schwarze Etwas folgte ihm.

Und dann erkannte Skar, was es war...

Irgend etwas in ihm schien zu zerbrechen, als er das kleine, schwarzglitzernde Ding sah, für einen endlosen Moment so deutlich, als stünde es im hellen Sonnenlicht: ein schwarzes namenloses Etwas, augenlos und klein, ein Ding, das nicht lebte, aber tötete, und zu keinem anderen Zweck erschaffen war: der *Daij-Djan*.

Skar schrie gellend auf, riß sein Schwert in die Höhe und sprang. Es war nicht mehr sein bewußtes Denken, das die Bewegung lenkte, nicht einmal mehr seine Satai-Reflexe, sondern ein Instinkt, ein Etwas, das so alt wie die menschliche Rasse, vielleicht das Leben an sich war: das absolute Wissen, dem Erzfeind gegenüberzustehen, dem unerbittlichen Feind allen Lebens, allem, was dachte und fühlte. Vielleicht dem Bösen an sich.

Mit einem einzigen Satz war er bei dem Gestürzten und der schwarzen Spottgeburt, prallte auf, federte hoch und herum und trat zu, mit der ganzen, ungeheuren Wucht seines Sprunges.

Es war, als hätte er gegen Stahl getreten.

Ein entsetzlicher Schmerz schoß durch seinen verletzten Fuß, aber es war nicht nur die bloße Kraft seines Trittes, es war die Berührung selbst, die ihm Schmerzen und Qual bereitete, flammende Linien aus Pein durch seinen Körper jagte und zugleich etwas in seiner Seele zu verbrennen schien.

Der *Daij-Djan* wankte nicht einmal.

Aber er fuhr herum, mit einer so ungeheuer schnellen, kraftvollen Drehung, daß Skar die Bewegung nicht einmal *sah*. Seine schreckliche Insektenklaue zuckte hoch, zum Schlag gekrümmt, eine siebenzinkige Forke, die ihn zerfetzen mußte.

Dann erstarrte er.

Das Ungeheuer blickte ihn an, und Skar spürte genau, daß es *ihn erkannte*, obwohl es weder Augen noch sonstige Sinnesorgane hatte, bloß einen schwarzen, unbeschreiblich häßlichen Schädel, glatt und schimmernd wie polierter Stahl und so häßlich, daß sein bloßer Anblick Skar fast in den Wahnsinn trieb.

Mit einem schrillen Entsetzensschrei schlug er zu.

Der *Daij-Djan* machte nicht einmal den Versuch, dem Hieb auszuweichen.

Das *Tschekal* prallte von seinem Schädel ab.

Die Götterklinge, die Stahl und Felsen zerschneiden konnte, versagte. Das sagenhafte Schwert der Satai, geschmiedet aus Sternenstahl und Symbol ihrer Macht, prallte vom Schädel dieses so zerbrechlich aussehenden Wesens ab.

Aber der Schlag war heftig genug, Skar das Schwert aus den Händen zu prellen. Er taumelte, fiel zwei Schritte vor dem Ungeheuer auf die Knie und riß instinktiv die Arme über den Kopf.

Der *Daij-Djan* rührte sich nicht. Er stand einfach da, eine einzige, endlose Sekunde lang, starrte ihn aus seinem schrecklichen gesichtslosen Schädel heraus an – und dann begann er zu sprechen. Wie die Male zuvor – auf der Eisinsel des Dronte, aber auch in seinem entsetzlichen Traum, von dem er nun gar nicht mehr so sicher war, daß es wirklich nur ein Traum gewesen war – erklang seine Stimme direkt in Skars Kopf, ein entsetzliches, nachhallendes Hecheln und Wispern, das trotzdem von zermürbender Kraft war:

BALD, SATAI, flüsterte die entsetzliche Stimme. BALD.

Skar krümmte sich wie unter einem Hieb. Allein der Klang dieser fürchterlichen Stimme schien irgend etwas in ihm zu verbrennen, einen Teil seines Menschseins zu versengen. Er hatte das Gefühl, besudelt zu sein, als hätte ihn die bloße Berührung dieses entsetzlichen Geistes eines Teiles seiner Menschlichkeit beraubt.

BALD!

Damit verstummte die Stimme.

Skar blieb noch sekundenlang hocken, zusammengekrümmt, wimmernd vor Furcht und Entsetzen, kein Satai mehr, nicht einmal mehr ein Mensch, sondern nur noch ein wimmerndes Bündel aus Angst und kreatürlicher Furcht.

Als er es endlich wagte, die Hände herunterzunehmen und die Augen zu öffnen, war der *Daij-Djan* verschwunden. Der Kampflärm unten am Fluß war verstummt, und mit einem Male fiel Skar die Stille auf, die sich über das Ufer ausgebreitet hatte, eine entsetzliche, angstmachende Stille, wie sie nur der Tod hinterließ.

Sein Blick tastete den schneebedeckten Hang hinunter.

Der Kampf war vorüber. Die Quorrl, die das Gemetzel überstanden hatten, waren fort, alle anderen tot, ein Dutzend dunkler, verkrümmt daliegender Bündel, unter denen sich der Schnee dunkel zu färben begann, zu weit entfernt, um ihn Einzelheiten erkennen zu lassen. Aber Skar dachte an das verstümmelte Pferd, das er gefunden hatte, und den toten Wächter hier oben, und er wußte, was er sehen würde, wenn er hinunterging. Ihm wurde übel; zum Teil vor Anstrengung, zu einem Teil sicher auch vor Furcht, zum allergrößten aber vor purem Entsetzen. Tod und Töten waren sein Geschäft, aber der *Daij-Djan* war...

Ein leises, unendlich schmerzhaftes Stöhnen drang in seine Gedanken. Skar sah erschrocken auf, erblickte ein weiteres, blutendes Bündel nur zwei Schritte vor sich im Schnee und registrierte entsetzt, daß in Trashs geschändetem Körper noch Leben war.

Er kroch los. Sein Herz hämmerte zum Zerspringen, und seine Arme schienen kaum die Kraft zu haben, das Gewicht seines Körpers zu tragen. Es war nicht die Anstrengung des Kampfes. Der *Daij-Djan* hatte ihn all seiner Energie beraubt, einfach, indem er ihn berührt hatte, und er hatte etwas anderes, Finsteres dafür in ihm hinterlassen, etwas, das weiter in ihm fraß und bohrte.

Mit letzter Kraft erreichte er den Quorrl, fiel neben ihm in den

Schnee und hob die Hand, um ihn zu berühren. Als er Trashs Gesicht sah, zuckten seine Finger zurück. Es gab nichts mehr, was er noch für den Quorrl tun konnte. Er würde ihm nur unnötige Qualen bereiten, versuchte er, ihm zu helfen.

Aber trotz seiner entsetzlichen Verletzungen war der Quorrl noch immer bei Bewußtsein. Und er schien Skars Nähe zu spüren, denn er drehte den Kopf, wandte sein zermalmtes Gesicht in die Richtung, in der er Skar fühlte, und versuchte die Hand zu heben. Sein verstümmelter Arm zuckte wie eine blutende Schlange im Schnee.

»Bist... du das, Satai...?« krächzte er. Seine Stimme war kaum mehr zu verstehen. Es hörte sich an, dachte Skar schaudernd, als liefe sein Hals langsam voller Blut.

»Ja«, antwortete er.

»Du hast... mich besiegt, Satai«, fuhr der Quorrl stöhnend fort. Seine gesunde Hand kam hoch, tastete blind durch den Schnee und fand die Skars. Ihre Berührung war unangenehm, kalt wie die einer Schlange und so kraftvoll, daß sie weh tat. Trotzdem zog Skar die Hand nicht zurück. Auch nicht, als Trashs Finger an seinem Arm emporkrochen und nach seiner Schulter tasteten.

»Du hast... mich besiegt«, wiederholte Trash würgend. »Und alle... alle meine Männer. Jetzt... sei gnädig.« Er lachte voller Qual. »Du kannst es dir leisten. Töte... mich. Laß mich... nicht leiden.« Seine Hand tastete nach Skars Hals, legte sich um seine Kehle. Es wäre dem Quorrl ein Leichtes gewesen, zuzudrücken und Skar zu töten, selbst jetzt noch, aber aus irgendeinem Grund wußte Skar mit unerschütterlicher Sicherheit, daß Trash es nicht tun würde.

Er nickte, obwohl er wußte, daß der Quorrl die Bewegung nicht mehr sehen konnte, beugte sich vor und hob sein Schwert auf. Die Klinge glitzerte wie eine stählerne Schlange im Mondlicht, als er die Spitze auf Trashs Herz setzte.

»Kann ich... noch irgend etwas für dich tun, Trash?« fragte er.

»Tun?« Wieder dieses entsetzliche, peinerfüllte Lachen, das plötzlich in ein qualvolles Husten überging. »Nein«, keuchte

Trash. »Aber auch du ... wirst sterben, Satai. Sie werden dich töten. Wie alle.«

»Sie?« fragte Skar. »Wen ... wen meinst du?«

»Sie sind wieder da«, stöhnte Trash. »Sie werden uns alle töten, Satai. Erst uns, und dann ... dann dich. Sie sind wieder da!«

Trash bäumte sich auf. Seine Hand rutschte von Skars Hals herab und krallte sich in den Schnee. Er begann zu schreien.

Skar stand auf und schloß die Augen, ehe er sich mit seinem ganzen Körpergewicht auf den Griff des Schwertes warf und die Waffe tief in Trashs Herz stieß.

Skar wußte hinterher nicht, wie lange er so dagesessen und den Leichnam des Quorrl angestarrt hatte, ohne ihn wirklich zu sehen. Er erinnerte sich auch nicht, was er gedacht oder gefühlt hatte, in diesen Minuten: In ihm war nichts als eine tiefe, finstere Leere, die sich ganz allmählich mit Entsetzen zu füllen begann, wie schwarzer Morast, der aus dem Grund seiner Seele emporstieg und sein Denken überflutete. Er hatte Angst, zum ersten Mal in seinem Leben nackte, panische Angst, die keinen konkreten Grund hatte, aber vielleicht gerade deshalb um so schlimmer war: Da er nicht wußte, wovor er sich fürchtete, konnte er sie auch nicht bekämpfen.

Sie sind wieder da! Die Worte des Quorrl klangen immer und immer wieder hinter seiner Stirn nach, wie ein böses, höhnisches Echo. *Sie sind wieder da, Satai!*

Und er hatte sie hergebracht.

Das war alles, was er denken konnte. Bilder schossen durch seinen Kopf: der Dronte, der jahrmillionenalte Schrecken der Meere, in dessen schwarzem Leib der Same des Bösen darauf wartete, erneut geweckt zu werden. Helth, der Vede, das erste Opfer des *Daij-Djan,* Vela, die mehr, millionenmal mehr getan hatte, als sie auch nur ahnte. Dann sah er sich selbst, eine einsame, schmerzverkrümmte Gestalt* im Herzen der Stadt Com-

* *Eine genaue Beschreibung dieser Ereignisse findet der Leser in den GOLDMANN-Bänden 23838/39/40 und 23850*

bat, wie er das uralte Siegel brach, das Tor öffnete, das niemals geöffnet werden durfte, gegen Regeln verstieß, die er nicht einmal begriff, und –

War es wirklich so gewesen? Sein Blick tastete über das entsetzliche Bild, das sich ihm am Flußufer bot, glitt wie eine suchende Hand, die vor dem zurückschreckte, was sie ertastete, über die verstümmelten Leiber der Quorrl, und er sah einen anderen, viel entsetzlicheren Schrecken: Er sah Tausende und Abertausende der schwarzen Mörder über das Land ausschwärmen, sah die Tore des Chaos sich öffnen und die Welt abermals in dem Feuer und Blut versinken, aus dem sie schon einmal auferstanden war.

War es seine Schuld? Hatten Vela und er all dies getan, ohne es zu wollen, ohne es nur zu *wissen*, aber mit unbarmherziger Konsequenz?

Oder war es ganz anders? Waren sie vielleicht nur Werkzeuge gewesen, willenlose Puppen, nicht viel anders als der *Daij-Djan*, die Sternenbestie, Figuren, die sich nur einbildeten, einen freien Willen zu haben auf einem Schachbrett der Götter?

Geräusche drangen in seine Gedanken; Laute, die ihm sonderbar fremd und bedeutungslos erschienen, auf die aber ein winziger, noch zu klarem Denken fähiger Teil seines Bewußtseins reagierte, weil er sie erkannte und auch die Gefahr registrierte, die sie bedeuteten: Fast ohne sein Zutun griff seine Hand nach oben, streifte das schmale Satai-Stirnband ab und verstaute es unter seinem Gürtel, wo es niemand sehen konnte. Er wollte aufstehen, aber noch immer fehlte ihm die Kraft dazu, und so drehte er nur schwerfällig Oberkörper und Kopf und blickte wieder zum Fluß hinunter.

In der Mitte des glitzernden Bandes, dort, wo noch kein Eis war, schaukelte ein rechteckiger Schatten, ein finsterer Umriß, von dem kleinere, hektische Schatten ausschwärmten. Erschrokkene Rufe wurden laut. Das Eis knisterte bedrohlich, als Enwass und seine Leute vom Floß heruntersprangen und auf das Ufer zueilten. Skar sah Metall in der Dunkelheit blitzen. Einer der Männer beugte sich über den Leichnam eines Quorrl, der auf das

Eis hinausgeflohen war, ohne dem lautlosen Tod dadurch entkommen zu können, und prallte mit einem entsetzten Keuchen zurück, dann mischten sich weitere, entsetzte Stimmen in den schrillen Chor des Schreckens. Eine Fackel glomm wie ein rotes blinzelndes Auge auf dem Floß auf, dann eine zweite, dritte...

Der kleine, klar gebliebene Teil Skars signalisierte ihm, wie gefährlich das Verhalten von Enwass' Leuten war – nicht alle Quorrl waren tot. Gut die Hälfte der Schuppenkrieger war entkommen. Wenn sie das Feuer sahen und die Stimmen hörten...

Skar lächelte bitter. Nein, dachte er, sie würden nicht zurückkommen. Wahrscheinlich würden sie reiten, bis ihre Pferde tot unter ihnen zusammenbrachen, und dann weiterrennen, bis sie einfach nicht mehr konnten. Nein – wenn es eine Gefahr gab, so war sie völlig anderer Art. Und sie galt nicht Enwass und seiner Familie...

Enwass' Leute schwärmten auf dem Ufer aus, und Skar hörte ihre ungläubigen Schreie und Rufe, während sie von Quorrl zu Quorrl eilten und sahen, in welch entsetzlichem Zustand die Leichen waren. Ganz flüchtig nur dachte er über die Antwort nach, die er ihnen auf ihre Fragen geben sollte, aber der Gedanke entschlüpfte ihm, ehe er ihn wirklich zu Ende denken konnte. Er griff nach seinem Schwert, zog die Klinge aus Trashs Schuppenpanzer heraus und säuberte sie ganz automatisch im Schnee. Die Leichtigkeit, mit der der Stahl aus dem Körper des gigantischen Lebewesens herausglitt, schockierte ihn. Es sollte nicht so leicht sein zu töten, dachte er.

Jemand eilte auf ihn zu: Ein massiger Schatten, der mit weit ausgreifenden Schritten den Hang heraufkam und zu dem sich nach Augenblicken zwei weitere, kleinere Schatten gesellten. Erst als sie ihm bis auf fünf Schritte nahe gekommen waren, erkannte er Enwass, dicht gefolgt von Syrr und ihrem Bruder Talin. Er schob sein Schwert in den Gürtel zurück und stand auf. Nach der Schwäche, die er noch vor Augenblicken verspürt hatte, ging es erstaunlich leicht.

Enwass sagte kein Wort, als er bei ihm anlangte. Sein Blick heftete sich für Bruchteile von Sekunden auf das blutige Etwas, das einmal Trash gewesen war, und Skar glaubte ein unendlich tiefes Entsetzen in seinen Augen zu sehen. Aber als er ihn ansah, war davon nichts mehr zu erkennen. Enwass' Gesicht war wie eine Maske aus Metall.

»Du hast Wort gehalten«, sagte er knapp.

Skar schwieg. Was sollte er antworten? Die Wahrheit? Niemand würde ihm glauben. Und selbst wenn – es wäre nur schlimmer.

»Hast du sie alle erwischt, Skar?« fragte Talin. Anders als Enwass hatte er sich nicht in der Gewalt. Seine Stimme bebte, und auf seinem Gesicht tobte ein Kampf zwischen Entsetzen und Grauen und einer Zufriedenheit, die Skar frösteln ließ.

Er schüttelte den Kopf. »Nein«, murmelte er. »Die Hälfte ist entkommen. Aber sie... werden nicht wiederkommen. Jedenfalls nicht heute Nacht.« Es fiel ihm schwer, weiterzusprechen. Alles, was er sagen konnte, erschien ihm so trivial. Was zählte ihr aller Leben, bei dem, was geschehen war? Was geschehen *würde?!*

Und dann, ganz plötzlich, fiel die Beherrschung von Enwass ab. Seine Augen weiteten sich, als hätte sich Skar vor seinen Augen in ein Ungeheuer verwandelt – was er wohl auch hatte – und seine Stimme begann zu zittern. »Was... was hast du getan?« stammelte er. »Was ist hier geschehen, Skar?« Seine Stimme war schrill, drohte umzukippen. Skar sah, daß sich seine Hand so fest um den Schwertgriff in seinem Gürtel schloß, als wolle er die Waffe zerbrechen.

»Nichts«, antwortete er ausweichend. »Nichts, was ich dir erklären könnte.« Er bot all seine Willenskraft auf, um Enwass' Blick standhalten zu können, richtete sich ein wenig weiter auf und sprach betont kalt und herablassend weiter: »Jedenfalls nichts, was du verstehen würdest, Bauer. Und ich glaube auch nicht, daß du es wirklich wissen willst...«

Enwass schwieg. Aber Skar wußte genau, was in ihm vorging – was in ihnen allen vorgehen mußte, einschließlich Syrr: Längs des Ufers lagen sieben oder acht tote Quorrl, jeder einzelne ein Gigant, und jeder einzelne auf die gleiche, entsetzliche Weise niedergemetzelt; ein weiterer hatte sich aufs Eis hinausgeschleppt, um zu sterben, und hier oben, auf dem Hügel, lagen Trash und der tote Späher. Und all dies hatte ein einzelner Mann getan. Wenigstens war es das, was sie glauben mußten.

»Du bist ein Satai«, sagte Enwass plötzlich, ganz leise, und mit einer Stimme, die irgendwo zwischen Bewunderung und schierem Entsetzen schwankte. Das Entsetzen überwog. »Nur... nur ein Satai ist zu so etwas fähig.«

»Und?« gab Skar kalt zurück. »Wenn es so wäre? Was willst du tun? Mich im Fluß ertränken?«

Enwass schüttelte verwirrt den Kopf. »Du –«

»Ich habe getan, was du von mir verlangt hast, Bauer«, fuhr Skar fort, mit erhobener Stimme und in einem Ton, der ganz bewußt verletzend war. »Du hast mir das Leben gerettet, und ich habe meine Schulden bezahlt. Was spielt es für eine Rolle, wer oder was ich bin?« Er deutete zum Ufer hinab. »Statt der Quorrl lägen jetzt deine Leute dort, Enwass. Wäre dir das lieber?«

»Natürlich nicht«, antwortete Enwass hastig. »Aber du... die Satai sind... sind unsere Feinde! Warum... hilfst du uns?« In seinen Augen stand noch eine andere Frage, eine, die er nicht laut auszusprechen wagte, die Skar aber so deutlich hörte, als hätte er es getan: nämlich die Furcht, daß all dies nur Teil eines raffinierten, mörderischen Planes wäre, eines Planes, an dessen Ende vielleicht mehr als sein und der Tod seiner Familie stand.

»Warum tust du das?« fragte er noch einmal.

»Vielleicht stehe ich auf der falschen Seite«, murmelte Skar. Und er meinte es ganz genauso.

»Und was wirst du jetzt tun?« fragte Enwass leise.

»Was soll ich tun, deiner Meinung nach?« erwiderte Skar kalt. »Weiter mit euch reisen, als wäre nichts geschehen? Oder soll ich gehen?« Er deutete nach Süden. »Ein Wort genügt, Enwass. Gib mir Proviant und eine Decke, und ich verschwinde. Aber dann hättet ihr niemanden mehr, der die Drecksarbeit für euch erledigt.«

Enwass fuhr unter seinen Worten zusammen wie unter einem Peitschenhieb. »Natürlich nicht«, antwortete er, eine Spur zu hastig, um die Worte überzeugend klingen zu lassen. »Du... du kannst bei uns bleiben, bis wir Bayfour erreichen, und wenn du willst, auch länger...«

»Wie großzügig«, antwortete Skar böse. »Und ihr werdet mich natürlich nicht lynchen oder der nächsten Patrouille ausliefern, nicht wahr?«

Enwass reagierte ganz anders, als er erwartet hatte. Statt wütend zu werden oder ängstlich zu reagieren, wurde sein Blick mit einem Male ernst. Skar begriff, daß er ihn verletzt hatte, mit seinen Worten. Aber er hatte nicht den Mut, sie zurückzunehmen.

»Das werden wir nicht, Satai«, antwortete er ruhig. »Weder das eine noch das andere. Du hast uns gerettet, und wir bezahlen unsere Schulden nicht mit einem Messer in den Rücken. Morgen bei Sonnenuntergang erreichen wir das Gebirge. So lange kannst du bei uns bleiben, wenn du willst. Wir werden niemandem sagen, wer du bist, weder dann noch später. Und – ja, du hast recht!« fügte er etwas heftiger hinzu. »Ich glaube nicht, daß ich verstehen würde, was du getan hast. Und ich will es auch gar nicht wissen!« Er straffte sich, drehte sich mit einem Ruck um und machte einen Schritt, blieb aber noch einmal stehen und sah zu Skar zurück.

»Wir fahren weiter, sobald wir die Waffen der Quorrl an Bord genommen haben. Ich überlasse es dir, ob du mit uns kommst oder nicht.« Und damit ging er, sehr schnell und ohne noch einmal zu Skar zurückzublicken.

»Warum warst du so hart zu ihm?« fragte Syrr, nachdem Enwass außer Hörweite war.

Skar antwortete nicht, sondern schenkte ihr nur einen bösen Blick. Sein Zorn auf Enwass schlug unvermittelt in Ärger auf Syrr um.

»Er hatte nur Angst«, fuhr das Mädchen fort.

»Ich weiß.« Skar ballte zornig die Faust. »Sie haben immer Angst, Syrr. So war es immer, und so wird es immer sein. Sie brauchen uns, wenn es ans Kämpfen geht. Sie schreien nach uns, wenn einer mit dem Schwert in der Hand auf sie losgeht, und wenn wir getan haben, wozu sie uns riefen...«

»Haben sie Angst vor euch?« unterbrach ihn Syrr. Sie nickte. »Auch ich habe Angst, Skar.«

»Vor mir?« Er wußte die Antwort, und Syrr wußte, daß er es wußte.

Trotzdem schüttelte sie den Kopf. »Vor dem hier«, sagte sie mit einer Geste auf den toten Quorrl. »Vor... vor dem Töten. Vor dem Kampf. Enwass ist ein einfacher Bauer, der vielleicht einmal ein Schwein oder eine Kuh geschlachtet hat. Vielleicht hat er einmal einen Wolf erschlagen, aber das war alles. Willst du ihm verübeln, daß er entsetzt ist?«

Trotz der einfachen Wahl ihrer Worte erschienen sie Skar beinahe eine Spur zu weise und einsichtig für ein Mädchen ihres Alters. Verwirrt schüttelte er den Kopf. »Das meine ich nicht«, antwortete er, aber wieder unterbrach ihn Syrr, ehe er zu Ende sprechen konnte.

»Doch, Skar, ganz genau das meinst du. Macht dir das Töten Spaß?«

»Natürlich nicht!« widersprach Skar zornig.

»Und dann verlangst du, daß *er* es akzeptiert?« Syrr seufzte. »Du bist ein Satai. Du bist anders als die anderen Satai, und du stehst auf unserer Seite, warum auch immer. Aber du bist ein Satai. Du gehörst zu denen, die für all dies hier verantwortlich sind. Was erwartest du von Enwass? Daß er dich dafür liebt?«

»Vielleicht ein wenig Dankbarkeit!«, mischte sich Talin ein. Mit einer ärgerlichen Handbewegung trat er zwischen Skar und seine Schwester und wies auf den Strand hinab. »Skar hat vollkommen recht. Ohne ihn lägen jetzt diese Bauern dort unten, wenn die Quorrl sie nicht langsam zu Tode gefoltert hätten. Und er –«

»Halt die Klappe«, sagte Skar grob. Talins Kopf flog mit einem Ruck herum. In seinen Augen blitzte es.

»Aber ich... ich verteidige dich doch!« sagte er verdattert. »Was soll das? Ich stehe auf deiner Seite, Skar. Vielleicht als einziger!«

»O danke«, murmelte Skar böse. »Ich verzichte auf deine Hilfe. Und jetzt verschwinde!«

»Was...«, stammelte Talin. »Aber wieso...«

»Hau ab!« brüllte Skar. »Bevor ich dir die Tracht Prügel verabreiche, die du schon lange verdienst!«

Talin starrte ihn ungläubig an, aber nur für eine Sekunde. Dann fuhr er herum und rannte mit weit ausgreifenden Schritten den Hügel hinab.

Skar starrte ihm finster nach. Für einen Moment erfüllte es ihn mit aberwitziger Befriedigung, Talin weh getan zu haben. Er verstand es selbst nicht völlig – er hatte niemals irgendeine Beziehung zu Kindern gehabt, aber es hatte ihm auch nie irgend etwas gegeben, sie zu quälen. Talin zu verletzen, machte ihm Spaß. Es war etwas an dem Jungen, das ihn so abstieß, wie ihn seine Schwester anzog.

»War das nötig?« fragte Syrr. Sie gab sich Mühe, sich ihren Ärger nicht zu deutlich anmerken zu lassen. Es gelang ihr nicht sehr gut.

»Wieso?« fauchte Skar. »Er hat nur bekommen, was er brauchte.«

»Dasselbe wie du, meinst du«, sagte Syrr ärgerlich.

Skar nickte. »Ja«, antwortete er ungerührt. »Und es wäre besser gewesen, ich hätte ihn wirklich verdroschen, statt nur damit zu drohen. Willst du, daß er so wird wie –«

»Wie du?« Syrrs Stimme war plötzlich ganz kalt.

Skar starrte sie an. Ihre Worte trafen ihn wie Pfeile, und sie taten weh, tausendmal mehr, als es Enwass' Furcht getan hatte.

Aber er sagte nichts mehr, sondern drehte sich nach einer Weile wortlos herum und ging zurück, um seinen Mantel zu holen.

Eine halbe Stunde später war das Floß wieder auf der Fahrrinne und trieb mit geblähtem Segel nach Süden.

Enwass hatte sich verschätzt. Sie erreichten das Gebirge nicht am nächsten Abend, sondern bereits in den frühen Nachmittagsstunden; was zum einen daran lag, daß die Strömung des Flusses zunahm, je weiter sie nach Süden kamen, zum anderen aber auch am Wind, der während der Nacht beständig auffrischte und mit

Sonnenaufgang bereits die Stärke eines kleinen Sturmes angenommen hatte – eines Sturmes zudem, der so präzise nach Süden blies, daß Skar sich allen Ernstes fragte, ob das *wirklich* noch Zufall war. Aber er verscheuchte diesen Gedanken, ehe er sich in seinem Bewußtsein ausbreiten und neuen Schrecken gebären konnte. Wenn es etwas gab, was fast ebenso gefährlich wie purer Leichtsinn war, dann war es, zuviel in die Dinge hineinzugeheimnissen. Man konnte die offensichtlichen Gefahren leicht übersehen, wenn man hinter jedem Schatten einen Verrat witterte.

Die Sonne hatte den Zenit leicht überschritten, als sie die Sperre erreichten. Trotz des eisigen Windes und der geschlossenen Schneedecke rechts und links des Ufers war es in der Sonne beinahe warm, und Skar, der wie alle anderen an Bord in dieser Nacht kein Auge mehr zugetan hatte, fühlte sich auf wohlige Weise müde. Er saß am Bug des Floßes, so dicht am Wasser, daß ab und zu kleine Spritzer auf seine Füße kamen und seine Hände benetzten, die er um die Knie geschlungen hatte. Er war allein, so weit dies auf einem zehn mal zwanzig Schritt messenden Floß möglich war, denn trotz der drückenden Enge waren alle – Syrr und ihr Bruder eingeschlossen – von ihm abgerückt, so weit sie nur konnten. Skar nahm es ihnen nicht einmal übel – als er es zuerst bemerkt hatte, war er zornig geworden, aber er hatte rasch begriffen, daß sie es nicht taten, um ihn zu verletzen. Er glaubte Enwass' Versicherung, daß sie schweigen und ihm helfen würden, und er sah auch in den Blicken der anderen keine wirkliche Feindschaft. Aber dafür etwas, das vielleicht schlimmer war: Angst.

Angst vor ihm.

Und fast – auch wenn er sich beinahe fürchtete, es vor sich selbst einzugestehen – begrüßte er dieses Gefühl. Es war etwas, das weh tat, aber gleichzeitig auch etwas, das er kannte; mit dem fertig zu werden er gelernt hatte, in den endlosen Jahren seines Lebens. Und das ihm gleichzeitig half, wenn auch auf andere Art, als ihm lieb gewesen wäre. Enwass und seine Leute, und nach dem, was letzte Nacht geschehen war, wohl auch Syrr und Talin, würden froh sein, wenn er ging. Ohne daß sie es auch nur gemerkt hatten, hatten sie ihn von der Verantwortung entbunden, in die er gegen seinen Willen hineingeschlittert war. Er war sehr froh darüber.

Das Blitzen eines Sonnenstrahles auf Metall riß ihn aus seinen Grübeleien. Er sah auf, rieb sich mit dem Handrücken über die Augen, um die körnige Müdigkeit fortzuwischen, und sah noch einmal genauer hin. Vor ihnen wurde der Fluß schmaler, und gleichzeitig nahm die Strömung zu. Sie bewegten sich jetzt mit einer Schnelligkeit dahin, die selbst ein galoppierendes Pferd schwerlich erreicht hätte, aber das Floß war schwer genug, noch immer ruhig im Wasser zu liegen. Doch Skar sah auch, daß ihre Fahrt bald ein abruptes Ende nehmen würde: Der Fluß war gesperrt. Das silberne Funkeln war eine Kette, über die große Entfernung betrachtet nicht dicker als ein Haar, in Wahrheit aber sicherlich massiv genug, ein schweres Kriegsschiff aufzuhalten. Skar hatte ähnliche Sperren schon auf anderen Flüssen gesehen und wußte, daß er beim Näherkommen tödliche Speerspitzen erkennen würde, die in die Kette eingewoben waren, wahrscheinlich zusammen mit schräg in den Flußgrund gerammten Eisenstangen; eine äußerst simple, aber auch äußerst wirkungsvolle Methode, einen Fluß zu sperren, vor allem dann, wenn seine Strömung so stark war wie diese.

Er stand auf, zog den Mantel enger um die Schultern zusammen und ging noch einmal in die Hocke, um sich einige Handvoll des eisigen Wassers ins Gesicht zu schöpfen. Hinterher war er immer noch so müde wie zuvor, aber seine Augen brannten nicht mehr, und sein Blick war klarer.

Konzentriert sah er nach Süden. Es war nicht das erste Mal, daß er hier war – er kannte diesen Fluß, auch wenn er seinen Namen vergessen hatte, und er wußte, daß es wahrscheinlich der einzige Fluß auf Enwor war, der ins Gebirge hineinfloß, statt aus ihm heraus. Irgendwo, fünfzig oder mehr Meilen weiter südlich, sammelte er sich zu einem gewaltigen See, um unterirdisch weiterzufließen, bis er sich auf der anderen Seite der Welt ins Meer ergoß, aber auf dem Wege dorthin schnitt er durch die Berge, ein

Canyon, dessen Wände manchmal mehr als eine Meile hoch waren. Er war schon einmal hiergewesen, zusammen mit Del, in einem Leben, das ihm so lange zurückzuliegen schien, daß die Erinnerungen daran kaum mehr Intensität als die an einen Traum hatten. Aber damals war der Fluß nicht gesperrt gewesen. Und es gab noch mehr Unterschiede.

Skar erinnerte sich, damals einen kleinen, aus rohem Felsgestein erbauten Wachturm am Ufer gesehen zu haben, hundert Jahre alt und seit der Hälfte dieser Zeit verlassen. Jetzt war dieser Turm verschwunden, und an seiner Stelle erhob sich eine gewaltige, offensichtlich in aller Hast halb aus dem natürlich gewachsenen Felsen herausgehauene, halb aus nur roh bearbeiteten zyklopischen Blöcken errichtete Festung; eine titanische Trutzburg mit zwanzig Meter hohen Mauern und Türmen, die den Fluß wie die Finger einer zornig hochgereckten steinernen Riesenhand überragten. Er erblickte winzige, behelmte Gestalten auf den Zinnen dieser Türme; daneben die dürren Hälse von Feuerkatapulten. Die Herren Bayfours hatten den Fluß in eine Festung verwandelt. Wer immer unter dieser schwarzen Burg hindurchfahren wollte, würde einen entsetzlichen Blutzoll bezahlen – wenn es ihm überhaupt gelang.

Lange Zeit stand er einfach so da und starrte die finstere Riesenfestung an. Der Anblick traf ihn mehr, als er geglaubt hatte. Bisher hatte er nur vom Krieg gehört; einen winzigen Teil seiner Auswirkungen gesehen, nicht mehr als den Schatten, den er über das Land warf. Sicher, er hatte gekämpft, aber das war nichts anderes als das, was er zahllose Male zuvor getan hatte. Jetzt, jetzt erst, als er die Festung wirklich sah, begriff er wirklich, daß all dies mehr war als ein böser Spuk.

Sein Blick löste sich von der Festung, glitt die lotrechten Wände des Canyons hinab und verharrte einen Moment lang auf dem Wasser. Hinter der Stelle, an der der Fluß in die Berge eindrang, gab es kaum noch Eis, aber er sah, daß sich das Wasser schäumend an Hindernissen brach, die dicht unter seiner Oberfläche verborgen waren. Manchmal blitzte Metall in der weißen Gischt. Der Fluß war auch weit hinter der Kette noch durch

Speere und Schiffsfallen unpassierbar gemacht worden, und wahrscheinlich waren die Fallen, die er sah, noch lange nicht alle. Wäre Skar der Kommandant dieser Festung gewesen, hätte er einen Teil der Canyonwand unterminieren lassen, um sie im Notfall auf eine feindliche Flotte hinabstürzen zu lassen.

Er suchte die Ufer ab. Das Hindernis war mittlerweile ein gutes Stück näher gekommen, er konnte erkennen, daß die Kette wirklich so dick war, wie er erwartet hatte; und auch die erwarteten Widerhaken und noch einige andere böse Überraschungen enthielt. Dicht hinter der Stelle, an der sie mit den Uferfelsen verbunden war, erhoben sich zwei kleine, runde Türme, auf deren Plattform sich die Hälse gewaltiger Feuerkatapulte emporreckten. Die Luft über ihnen kräuselte sich. Die Waffen waren geladen. Und wahrscheinlich standen Männer an den Katapulten, die ihr Handwerk verstanden und jede Bewegung auf dem näherkommenden Floß voller Mißtrauen beobachteten.

Skar versuchte in Gedanken den Punkt abzuschätzen, ab dem sie in der Reichweite der Katapulte waren. Er kannte diese Waffe, und er wußte, wie unglaublich präzise sie sein konnte, wenn die Männer, die sie bedienten, ihr Handwerk verstanden.

»Streicht das Segel!« sagte er hastig. »Schnell. Wir sind fast in ihrer Reichweite!«

Enwass antwortete nicht. Aber Sekunden später hörte Skar ihn gedämpfte Befehle bellen. Das Segel wurde eingeholt, und Skar selbst setzte einen weißen Fetzen als Zeichen des Friedens. Trotzdem verloren sie kaum merklich an Fahrt – ganz im Gegenteil hatte Skar beinahe das Gefühl, daß sie eher noch schneller wurden, und plötzlich begriff er, wie raffiniert die Falle war, der sie sich näherten. Auch ein größeres und wendigeres Schiff als das ihre würde Mühe haben, gegen die reißende Strömung des Flusses anzuhalten; erst recht, wenn an seinen Ufern Männer waren, die entschieden etwas dagegen hatten. Angreifende Schiffe mußten unweigerlich in die Kette gerissen und aufgespießt werden.

»Nehmt die Ruder!« befahl er. »Schnell. Wir müssen langsamer werden.« Er drehte sich um, unterstrich seine Worte mit einer hastigen Geste und griff selbst nach einem losgerissenen Kistenbrett, das ihm eine der Frauen reichte. Skar sah jetzt, daß das Eis unweit der Sperre aufgehackt worden war, so daß eine Art kleiner Hafen entstand, in den sie sich retten konnten. Wo er ans Ufer grenzte, erhob sich eine gewaltige Wehrmauer, die von zahllosen Schießscharten durchbrochen war. Über ihren Zinnen stand Rauch.

Mit aller Kraft begannen sie zu rudern; selbst die Frauen und Kinder. Trotzdem wurde es zu einem verzweifelten Wettlauf gegen die Zeit. Sie verloren an Schnelligkeit, aber das Floß begann nun doch zu schaukeln und zu bocken, und mehr als einmal stieß es scharrend gegen das Eis, das die schmale Fahrrinne begrenzte. Einmal wurden den Leuten an der Backbordseite die Ruder aus den Händen gerissen, und die Strömung zehrte ihren mühsam errungenen Vorsprung fast völlig wieder auf, ehe sie das Floß wieder unter Kontrolle hatten.

Skar war in Schweiß gebadet, als sie schließlich aus der Strömung herausschwenkten und sich dem vom Eis befreiten Ufer näherten – zehn Meter, ehe das Floß in die mit rasiermesserscharfen Dornen gespickte Kette hineingeschleudert werden konnte. Das Wasser war auch hier nicht ruhig. Strudel und Untiefen ließen das Floß wild kreiseln, und es gab nur eine einzige, von einem wuchtigen Turm überragte Stelle, an der ein Anlegen überhaupt möglich war. Trotz seiner Erschöpfung und dem daraus resultierenden Zorn mußte Skar dem Erbauer dieser Anlage seine Hochachtung zollen. Er selbst hätte auf Anhieb nicht gewußt, wie er diese Festung überwinden sollte, ohne den Fluß mit den Leichen seiner Männer zu füllen.

Aber schließlich hatten sie es geschafft. Das Floß stieß mit einem letzten, sehr harten Ruck gegen die Mauer. Ein Seil wurde durch eine Öffnung in der Wand geworfen und spannte sich, als Skar danach griff und es am Mast festband. Das Floß schaukelte noch immer gefährlich hin und her, aber das Seil war fest genug, es auch gegen die Strömung zu halten – solange niemand hinter der Wand eine Axt nahm und es kurzerhand kappte, dachte Skar finster.

In der gewaltigen Bronzetür, vor der sie angelegt hatten, öffnete sich eine Klappe, und ein finsteres, fast zur Gänze von einem wuchtigen Lederhelm bedecktes Gesicht starrte zu ihnen herab. Skar sah nicht viel mehr als die Augen des Mannes, aber die Feindseligkeit, die er in ihnen las, erschreckte ihn. Es war mehr als das bloße Mißtrauen Fremden gegenüber. Skar war sicher, daß der Mann nicht mit der Wimper gezuckt hätte, wären sie vor seinen Augen ertrunken.

»Wer seid ihr?« bellte eine unfreundliche Stimme. »Was wollt ihr hier? Woher kommt ihr?«

Skar wollte antworten, aber diesmal war Enwass schneller. Er warf Skar einen warnenden Blick zu, schüttelte fast unmerklich den Kopf und wandte sich an den Mann hinter der Tür: »Mein Name ist Enwass«, erklärte er. Er machte eine weit ausholende Geste, die das gesamte Floß und auch Skar einschloß. »Das hier ist meine Familie«, fuhr er fort, »und ein paar meiner früheren Knechte. Wir sind aus Orkala geflohen, um nicht von den Quorrl getötet zu werden. Wir verlangen Schutz und Unterkunft.«

Skar registrierte sehr wohl, daß Enwass *verlangen* sagte, nicht *erbitten*. Und auch dem Mann mit dem Lederhelm schien dieser feine Unterschied keineswegs zu entgehen, denn er schwieg eine ganze Weile. Obwohl Skar kaum geglaubt hatte, daß das überhaupt noch möglich war, wurde sein Blick noch feindseliger.

»Habt ihr Quorrl gesehen?« fragte er nach einer Weile.

Enwass nickte. »Gestern nacht«. Fünfzig Meilen nördlich von hier. Aber nicht viele. Sie haben uns nichts getan.«

»Eine Beute wie euch?« fragte der Behelmte mißtrauisch. »Ihr sitzt auf dem Präsentierteller, Bauer, und sie haben euch entkommen lassen? Einfach so?«

»Sie waren anderweitig beschäftigt«, mischte sich Skar ein.

»Womit?«

»Ich habe sie nicht gefragt«, sagte Skar gereizt. »Aber wenn du vielleicht die Güte hättest, die Tür zu öffnen und uns an Land zu lassen, können wir gerne gemeinsam darüber nachdenken. Verdammt, wir sind seit einer Woche auf dem Fluß«, fügte er wütend hinzu. »Und wir haben Frauen und Kinder bei uns.«

Der Soldat starrte ihn ärgerlich an, aber die Antwort, mit der Skar gerechnet hatte, blieb aus. Statt dessen flog die Klappe mit einem unnötig lauten Knall zu, und Augenblicke später hörten sie das Geräusch eines offenbar sehr schweren Riegels, der beiseitegeschoben wurde. Knarrend öffnete sich das Tor. Skar sah, daß seine Flügel fast armdick waren; massiv genug, selbst dem Rammsporn eines Schiffes zu widerstehen.

Ein Dutzend Speerspitzen richtete sich auf Skar und Enwass, als sie nebeneinander durch das Tor traten. Die Mauer war sehr dick, aber dahinter erhob sich noch eine zweite, etwas höhere Barriere, hinter deren Zinnen eine gute Hundertschaft grimmig dreinblickender Bogenschützen stand, und als er stehenblieb und sich umsah, erkannte er, daß sie von gut dreißig Lanzenträgern umzingelt waren, die von dem Mann mit dem Lederhelm geführt wurden. Skar sah jetzt, daß er eine abgewetzte Hauptmannsuniform aus Kohon trug, dazu Stiefel, die offensichtlich einmal einem anderen gehört hatten, denn sie waren zwar sehr prachtvoll, aber um mindestens zwei Nummern zu groß. An seiner Seite baumelte ein gewaltiges Schwert. Da der Mann gerade groß genug war, Skar bis zum Kinn zu reichen, wirkte es etwas deplaciert. Er würde schlichtweg hintenüberfallen, dachte Skar amüsiert, wenn er versuchte, es zu schwingen. Laut sagte er:

»Führt Ihr diese Leute, Hauptmann?«

»Warum?«

Skar lächelte. »Weil ich mich frage, was ihr wohl tun werdet, wenn die Quorrl eines Tages wirklich kommen, wo ihr doch offensichtlich vor ein paar harmlosen Flüchtlingen schon solche Angst habt, daß Ihr eine ganze Hundertschaft aufbietet?«

Das Gesicht des Hauptmannes verdüsterte sich vor Zorn, und Enwass warf ihm einen raschen, fast beschwörenden Blick zu. Skar schluckte den Rest der Worte, die er sich zurechtgelegt hatte, mit einem leisen Gefühl des Bedauerns herunter.

»Für einen, der als Bettler hierherkommt, bist du reichlich vorlaut, Kerl«, fauchte der Hauptmann. »Was sollte mich daran hindern, dich wieder ins Wasser zu werfen und zuzuschauen, wie du ersäufst?«

»Versucht es«, sagte Skar ruhig.

Enwass erbleichte noch weiter und starrte ihn so beschwörend an, daß es schon fast komisch wirkte, aber Skar ignorierte ihn. Er kannte Männer wie diesen Hauptmann zu gut, um nicht zu wissen, daß er sich keine Schwäche leisten konnte. Man traf sie in jeder Armee, und besonders in Zeiten wie diesen: grausame Männer, die im Grunde ihres Herzens schwach waren und das auch genau wußten, und die nur durch eine Fügung des Zufalls nach oben gekommen waren. Vermutlich war der Kerl niemals in irgendeiner Armee Enwors Hauptmann gewesen, sondern hatte die Uniform einem Toten abgenommen oder schlichtweg gestohlen. Aber ebenso feige, wie diese Männer im Grunde waren, so untrüglich war auch ihr Instinkt. Skar war sicher, daß der Mann ihn auch dann als Gefahr eingestuft hätte, hätte er den Mund gehalten. Es war besser, er zeigte ihm von vornherein seine Grenzen.

Und es kam noch etwas hinzu. Skars Muskeln schmerzten noch jetzt von der Anstrengung des Ruderns, und trotzdem waren sie dem Tod nur um Haaresbreite entgangen. Er war sicher, daß mehr als ein Boot vor ihnen in die Barriere geschwemmt und zerfetzt worden war, und er war ebenso sicher, daß der Hauptmann dabei ungerührt zugesehen hatte. Wahrscheinlich hatte es ihm noch Spaß gemacht.

»Wie ist Euer Name, Hauptmann?« fragte er, als der Mann mit dem Lederhelm nicht auf seine Herausforderung reagierte, sondern ihn nur haßerfüllt anstarrte. Der Ausdruck auf den Gesichtern seiner Leute schwankte zwischen Verblüffung und unterdrücker Schadenfreude. Der angebliche Hauptmann erfreute sich offenbar auch unter seinen eigenen Männern keiner allzugroßen Beliebtheit.

»Gorrn«, antwortete er schließlich. »Aber was geht dich das an, Kerl?«

»Mein Name ist Skar, nicht Kerl«, sagte Skar ungerührt. »Und ich weiß gerne, mit wem ich rede, das ist alles. Und nun, Hauptmann Gorrn«, fuhr er so rasch und mit völlig veränderter, plötzlich gelassener Stimme fort, daß Gorrn ihn nur mit offenem

Mund anstarren konnte, »sagt uns, wohin wir gehen und wohin wir unsere Habseligkeiten bringen sollen.« Er deutete auf Enwass' Familie, die einer nach dem anderen vom Floß heruntertraten und sich auf dem kleinen Stück trockenen Bodens zusammendrängten, das Gorrns Speerträger ihnen zugestanden hatten.

»Skar also«, murmelte Gorrn. Skar fragte sich, ob er einen Fehler begangen hatte, denn der Hauptmann wirkte für einen Moment sehr nachdenklich. Aber dann schüttelte er nur den Kopf. Skar atmete innerlich auf. Offensichtlich kannte hier niemand seinen Namen.

»Dein Flüchtlingspack kommt ins Lager, wo es hingehört«, fuhr Gorrn schließlich fort. »Und euren Plunder...« Er grinste, stellte sich auf die Zehenspitzen und blickte über Skars Schulter hinweg auf das Floß hinab, wobei er sich bemühte, einen möglichst angewiderten Gesichtsausdruck aufzusetzen. »Nun, wir werden den Kram sichten und uns heraussuchen, was noch zu gebrauchen ist. Den Rest schmeißen wir ins Wasser zurück.«

»Wie bitte?« sagte Skar verwirrt. Er war nicht ganz sicher, auch richtig zu verstehen, was er hörte.

Gorrn grinste breit. »Du hast mich richtig verstanden, Bauernlümmel«, sagte er. »Das Zeug ist beschlagnahmt. Ihr behaltet eure Kleider und was ihr an Nahrung dabeihabt. Alles andere laßt ihr zurück. Vor allem die Waffen – falls ihr welche habt.« Sein Blick tastete über Skars Gestalt und erspähte den Umriß des Schwertes, das er unter dem Mantel trug.

»Fangen wir damit an«, sagte er fordernd. »Das Schwert da – gib es mir!« Er streckte fordernd die Hand aus, aber der Ausdruck auf seinen Zügen war nur Überheblichkeit und Zorn, keine wirkliche Entschlossenheit. Skar seinerseits widerstand im letzten Moment der Versuchung, den Mantel zurückzuschlagen und die Hand herausfordernd auf den Schwertgriff zu legen. Ganz davon abgesehen, daß er den Bogen damit wahrscheinlich überspannt hätte, hätten Gorrn oder einer seiner Leute garantiert das Satai-Schwert erkannt, das er trug.

»Was soll das?« fragte er scharf. »Wieso behandelst du uns, als wären wir Feinde?«

»Täte ich das, wärt ihr alle schon tot, Skar«, antwortete Gorrn wütend. »Aber was nicht ist, kann noch kommen.«

»Das beantwortet meine Frage nicht!« fauchte Skar. »Was soll dieser Empfang? Wir sind hier, weil wir Hilfe brauchen, nicht –«

»Hilfe?« Gorrn lachte schrill. »O sicher. Hilfe, wie die -zigtausend anderen, die in den letzten Monaten gekommen sind, nicht? Was denkst du dir, Kerl? Daß wir nur darauf warten, von Tausenden von Flüchtlingen überflutet zu werden?« Herausfordernd trat er auf Skar zu und starrte ihn an. Daß er sich dazu auf die Zehenspitzen stellen mußte, machte ihn nicht unbedingt würdevoller. Skar unterdrückte ein abfälliges Grinsen.

»Und jetzt kommt an Land«, fuhr Gorrn fort. »Und beeilt euch. Wir haben Wichtigeres zu tun, als den ganzen Tag mit euch zu verschwenden.« Er machte eine befehlende Handbewegung, um seine Worte zu unterstreichen.

Skar wollte abermals widersprechen, aber in diesem Moment legte ihm Enwass die Hand auf den Unterarm und drückte rasch und sehr kräftig zu. »Es ist gut, Skar«, sagte er. »Ich regele das.« Zu Gorrn gewandt, fuhr er fort: »Verzeiht Skar, Hauptmann. Er... gehört nicht zu uns und kennt die Sitten und Gebräuche hier nicht.«

»Gebräuche?« fragte Skar böse. »Welche? Männer und Frauen, die alles verloren haben, auch noch ihrer allerletzten Habe zu berauben?«

Enwass' Blicke wurden fast beschwörend, aber diesmal war es Gorrn, der ihn nicht zu Wort kommen ließ.

»Berauben?« fragte er zornig. »Nennst du mich einen Dieb, Kerl?«

»Wie nennt man jemanden, der anderen etwas wegnimmt?« erwiderte Skar kühl.

»Einen Schmarotzer«, antwortete Gorrn. Er beugte sich leicht vor. Seine Augen wurden schmal. »Einen Dieb, Skar. Einen Flüchtling. Wer, denkst du, bezahlt für Essen und Unterkunft all derer, die hierherkommen? Wer sorgt für ihre Sicherheit? Wer hat diese Festung hier erbaut, und wessen Blut wird wohl fließen, wenn die Quorrl kommen? Das unsere!« Er schlug sich mit der flachen Hand auf die Brust. »Du nennst uns Diebe?« Er lachte böse. »Niemand zwingt dich, dich von uns bestehlen zu lassen, Skar. Nimm dein Floß und rudere zurück zu den Quorrl, vielleicht behandeln sie dich ja besser. Oder bleib hier und richte dich nach dem, was wir sagen!«

»Das ist –«

»Er hat recht, Skar«, unterbrach ihn Enwass hastig. »Bitte! Was sie uns nehmen können, ist nur ein kleiner Teil dessen, was wir von ihnen bekommen.«

»Ganz recht!« fügte Gorrn wütend hinzu. »Aber das wirst du auch noch begreifen, Skar. Spätestens, wenn das Frühjahr kommt und mit ihm die Quorrl. Vielleicht wirst du dann noch darum betteln, von uns bestohlen zu werden. Und nun geht!« Erneut machte er eine befehlende Geste mit der Hand, und diesmal widersprach Skar nicht mehr.

Flankiert von Gorrns Lanzenträgern gingen sie weiter. Es gab auch in der inneren Wand ein gewaltiges Bronzetor, aber es war gute hundert Schritt weiter nördlich angebracht, um einen eventuellen Angreifer davon abzuhalten, das erste Tor zu durchbrechen und seinen Schwung gleich zu nutzen, auch noch die innere Barriere niederzumachen. Skar bezweifelte, daß die Anlage ihren Sinn erfüllen würde, wenn der Angriff, den Gorrn offensichtlich befürchtete, wirklich kam. Für einen menschlichen Angreifer wäre dieser doppelte Steinwall sicherlich fast unüberwindbar gewesen. Aber die Feinde, mit denen die Männer hier rechneten, waren Quorrl – Wesen, die zehnmal so stark und zwanzigmal so wild wie ein Mensch waren.

Sie passierten das zweite Tor, hinter dem ein fünf Meter breiter und beinahe ebenso tiefer Graben gähnte, dessen Boden nun mit Schnee und braungrauem Matsch gefüllt war, und aus dem angespitzte Stöcke und kurze, mit Widerhaken versehene Spieße ragten. Eine dünne, nur an zwei rasch zu durchtrennenden Seilen hängende Brücke führte über diesen Graben. Dahinter lag ein gut hundert Schritt breites Stück vollkommen freien Geländes, das sorgfältig von jeglicher Vegetation gesäubert worden war. Und hinter ihm das Lager.

Skar wußte nicht genau, was er erwartet hatte – aber es war nicht *das*. Enwass hatte ihm erzählt, daß viele den Weg über die Grenzen suchten. Aber vor ihnen erstreckte sich eine ganze Stadt aus kleinen, schmutzigweißen Zelten, säuberlich in geraden Linien aufgereiht, Hunderte in einer Reihe, und Dutzende von Reihen tief. Die Luft über dem improvisierten Zeltlager flimmerte von Staub und aufsteigender Wärme, denn überall zwischen den kleinen Notunterkünften flackerten kleine Feuer, und selbst über die große Entfernung hinweg hörte Skar das Summen Abertausender von Menschen, die wie Vieh zusammengepfercht waren. Es mußten Zehntausende sein, die hierher geflohen waren. Und Skar war nicht sehr sicher, ob sie hier die Freiheit fanden, um derentwillen sie ihr Leben aufs Spiel gesetzt hatten, denn das Lager war von einem übermannshohen, doppelten Zaun umgeben, zwischen dem bewaffnete Männer mit Hunden patrouillierten.

Abrupt blieb er stehen, kaum daß er den Graben überschritten hatte. »Was bedeutet das?« fragte er alarmiert. »Das ist –«

»Das Lager«, unterbrach ihn Gorrn kalt. »Was hast du erwartet? Einen Palast?« Er grinste hämisch. »Sicherlich. Du wirst ihn bekommen, aber im Moment... wir sind mit der Arbeit etwas im Verzug, weißt du? Ich werde meine Leute anspornen, für dich und deine Begleiter eine würdigere Unterkunft zu schaffen, aber bis der Marmor und die goldenen Möbel kommen, muß ich dich leider bitten, mit dem hier vorliebzunehmen.«

Skar starrte ihn an. »Was soll das?« fragte er noch einmal. »Das ist ein Gefangenenlager, Gorrn.«

Gorrn nickte ungerührt. »Und genau das seid ihr, Bauer«, antwortete er abfällig. »Jedenfalls so lange, bis wir entschieden haben, was mit euch zu geschehen hat.«

»Zu... geschehen?«

»Es ist Krieg, Tölpel!« antwortete Gorrn zornig. »Was denkst du dir? Jeden Tag kommen Hunderte wie du hier an, und jeder zehnte ist ein Spion oder Saboteur! Hast du gedacht, du müßtest nur kommen, um mit offenen Armen empfangen zu werden?« Er spie aus. »Verdammt, ich habe keine Lust mehr, mich mit euch

Pack zu streiten! Du wirst tun, was ich sage, oder ich werfe dich eigenhändig zurück in den Fluß.« Wütend deutete er auf einen niedrigen, sechsbeinigen Tisch, der reichlich deplaziert direkt neben dem Graben stand, zusammen mit einem einzelnen Stuhl und einer wuchtigen, mit schweren eisernen Schlössern versehenen Truhe. Auf der zerkratzten Platte lagen Pergamente, die mit Steinen beschwert worden waren, damit der Wind sie nicht davontrug, dazu ein Tintenfaß und eine Schreibfeder. »Geht dorthin«, befahl er.

Skar wollte abermals widersprechen, aber wieder legte ihm Enwass die Hand auf den Arm und schüttelte hastig den Kopf. Sein Blick wurde beschwörend. Skar begriff plötzlich, daß er nicht nur sich selbst, sondern auch Enwass und alle anderen in Gefahr brachte, wenn er Gorrn weiter reizte. Schweigend wandte er sich um und folgte dem angeblichen Hauptmann zum Tisch.

Gorrn nahm auf dem Stuhl Platz, zog einen Stapel mit kleinen, roh zurechtgeschnittenen Pergamentblättern zu sich heran und zückte eine Schreibfeder, deren Ende zerkaut war. »Ihr bekommt jetzt Ausweise«, sagte er mit erhobener Stimme und in einem Ton, der klarmachte, daß er diese Sätze schon tausendmal gesprochen hatte. »Und dazu Lebensmittelscheine für den ersten Tag. Essen gibt es nur gegen diese Scheine, ist das klar? Die Ausweise habt ihr immer mit euch zu führen, wenn ihr euch im Lager bewegt. Wer ohne gültigen Ausweis erwischt wird, wird auf der Stelle hingerichtet – ist das klar?« Er wartete keine Antwort ab, sondern blickte betont gelangweilt zu Enwass auf, der als erster vor ihm Aufstellung genommen hatte. »Dein Name?«

»Enwass«, sagte Enwass gehorsam.

Gorrn kritzelte etwas auf das Pergament, warf einen Blick in eine engbeschriebene Liste, die neben dem Tintenfaß auf dem Tisch lag, und schrieb eine Nummer mit sehr vielen Ziffern unter Enwass' Namen. »Deine Waffen«, verlangte er.

Enwass zögerte einen winzigen Augenblick, schlug aber dann gehorsam seinen Mantel zurück und händigte Gorrn Schwert und Dolch aus. Der Hauptmann warf sie achtlos neben sich auf den Boden und fügte eine weitere Bemerkung auf Enwass' Paß hinzu. »Hast du Geld?« fragte er, ohne aufzusehen.

Enwass nickte zögernd. »Ein wenig«, sagte er. »Aber...«

»Was – aber?« Gorrn sah nun doch auf. Seine Augen wurden schmal. »Willst du Essen, Flüchtling?«

Ohne ein weiteres Wort händigte ihm Enwass seine Geldbörse aus. Gorrn warf einen flüchtigen Blick hinein, schüttelte abfällig den Kopf und klappte den Deckel der Truhe auf, die neben seinem Tisch stand. Als er den Beutel hineinwarf, sah Skar, daß sie fast zur Gänze mit Geldbörsen, Schmuck und einzelnen Münzen gefüllt war. Gorrns Geschäft schien prächtig zu gedeihen. Skar fragte sich, wieviel von dem, was er den Neuankömmlingen hier abnahm, auch wirklich in die Staatskassen von Bayfour gelangte.

Schließlich setzte Gorrn ein kompliziert wirkendes Siegel unter Enwass' Ausweis, faltete das Blatt achtlos zusammen und reichte es Enwass, mit der automatischen Mahnung, es auch wirklich immer bei sich zu führen, wenn er nicht Gefahr laufen wollte, seinen Kopf zu verlieren.

So ging es weiter. Nach Enwass kamen seine Söhne, dann seine Frau und schließlich die Knechte an die Reihe. Gorrn nahm ihnen alles, was sie besaßen, und nicht einer wagte auch nur zu widersprechen. Skar hatte fast den Eindruck, daß Gorrn ein wenig enttäuscht darüber war.

Und schließlich waren nur noch Syrr, Talin und er übrig. Skar war sehr sicher, daß Gorrn ihn nicht durch Zufall bis zuletzt einfach stehengelassen hatte, während Syrr und ihr Bruder ganz automatisch in seiner Nähe geblieben waren.

Gorrn blickte ihn voller hämischer Vorfreude an. Aber er schien entschlossen, das Spiel noch ein wenig in die Länge zu ziehen, denn als Skar vortreten wollte, scheuchte er ihn mit einer Kopfbewegung zurück und winkte statt dessen Syrr herbei.

»Dein Name, schönes Kind?« sagte er.

»Syrr«, antwortete Syrr ruhig.

»Syrr, so.« Gorrn machte keine Anstalten, nach seiner Feder zu greifen. Statt dessen verschränkte er die Finger vor sich auf dem Tisch, blickte erst Skar, dann Talin und schließlich wieder Syrr an. »Ein hübscher Name«, erklärte er grinsend. »Er paßt zu dir. Gehörst du zu diesem Tölpel da?« Er deutete auf Skar.

Syrr antwortete nicht, aber damit schien Gorrn auch gar nicht gerechnet zu haben, denn sein Grinsen wurde eher noch anzüglicher. Er stand auf, kam mit betont nachlässigen Schritten um seinen Tisch herum und baute sich ganz dicht vor Syrr auf. »Du bist wirklich hübsch«, wiederholte er. »Ein bißchen jung für einen so alten Kerl, findest du nicht?« Er hob die Hand, um Syrr im Gesicht zu berühren. Syrr wandte hastig den Kopf. Sie gab sich keine Mühe, ihren Ekel zu überspielen.

Gorrn kicherte, aber während er es tat, erlosch sein Lächeln. »Was ist mit diesem Balg da?« fragte er mit einer Geste auf Talin. »Hat Skar es dir gemacht?«

»Talin ist mein Bruder«, erwiderte Syrr gepreßt.

»Dein Bruder, so?« Gorrn schüttelte den Kopf. »Gut. Und du hast nichts mit Skar zu schaffen? Wenn es so ist, dann wird dein Nicht-Freund ja auch nichts dagegen haben, wenn wir beiden ein privates Abkommen treffen, wie?« Er grinste. »Du bist ein hübsches Kind. Es wäre schade, wenn du mit dem anderen Pöbel im Lager frieren müßtest, findest du nicht? Und das Essen ist auch nicht besonders gut.«

»Hör auf«, sagte Skar ruhig.

Gorrn fuhr herum und starrte ihn an. Seine Augen blitzten. »Was hast du gesagt?« fragte er lauernd.

»Laß sie in Ruhe«, sagte Skar noch einmal. »Sie sagt die Wahrheit. Ich habe nichts mit ihr und dem Jungen zu schaffen. Du triffst mich nicht, wenn du sie quälst.«

»Warum erregst du dich dann so?« erwiderte Gorrn scharf. »Was mischst du dich dauernd ein? Wer bist du überhaupt?«

»Skar ist unser Beschützer«, sagte Talin wütend. »Er wird dich in Stücke schneiden, wenn du meine Schwester auch nur anrührst!«

Gorrn erbleichte noch ein wenig mehr, preßte wütend die Lippen aufeinander und starrte Talin und Skar abwechselnd an. »Euer Beschützer, so?«

Skar warf dem Jungen einen beschwörenden Blick zu, aber Talin reagierte nicht darauf. Als Syrr die Hand ausstreckte, um ihn zum Schweigen zu bringen, tauchte er blitzschnell unter ihrem Arm hindurch und trat herausfordernd auf Gorrn zu. »Ja, das ist er!« sagte er wütend. »Er hat ganz allein ein Dutzend Quorrl erschlagen! Ich würde dir nicht raten, Syrr auch nur ein Haar zu krümmen, wenn dir dein Leben lieb ist.«

»Ein Dutzend Quorrl?« wiederholte Gorrn verwirrt.

»Der Junge übertreibt«, sagte Syrr hastig. »Es waren nur zwei. Aber er hat uns das Leben gerettet, das ist wahr.«

»Zwei?« Seltsamerweise schien Gorrn eher nervöser zu werden. Ein neuer, angespannnter Zug erschien auf seinem Gesicht. »Zwei Quorrl? Eine beachtliche Leistung für einen einzelnen Mann.« Er trat einen weiteren Schritt auf Skar zu, schob Talin einfach beiseite und musterte ihn von Kopf bis Fuß.

»Was bist du, Skar?« fragte er. »Ein Krieger?«

Skar nickte. »Ich bin... ich war Söldner«, antwortete er. »Aber das ist lange her.«

»Nicht lange genug, daß du dein Handwerk verlernt hast, scheint mir. Ein Mann, der ganz allein zwei Quorrl erschlägt...«

»Es gibt Dinge, die man nicht verlernt«, erwiderte Skar, mit einer genau berechneten Spur von Drohung in der Stimme, die Gorrn keineswegs entging.

»Ein Krieger also«, wiederholte der Hauptmann. »Nun, das erklärt manches. Aber es ändert nichts. Deine Waffe!«

Skar rührte sich nicht. Gorrns Gesicht färbte sich dunkel vor Zorn, und einen Moment lang sah es beinahe so aus, als wolle er sich wirklich auf Skar stürzen, um ihm das Schwert mit Gewalt zu entreißen. Aber dann verzog er nur abfällig die Lippen.

»Du willst also den starken Mann spielen, wie?« fragte er lauernd. »Glaubst du, uns alle besiegen zu können?«

»Nein«, erwiderte Skar. »Aber ich trenne mich nicht von meiner Waffe. Ihr braucht Krieger. Ich bin einer, und ein guter dazu. Ich werde –«

»Brauchen?« fiel ihm Gorrn ins Wort. Seine Stimme wurde schrill, fast hysterisch. »Ich werde dir sagen, was wir brauchen, du Beschützer der Armen. Vor allem brauchen wir keine Männer wie dich, die hierherkommen, um Ärger zu machen! Wir brauchen sie noch weniger als dieses Flüchtlingspack, das wie ein Heuschreckenschwarm über unsere Grenzen kommt! Und jetzt gib mir deine Waffe, *Beschützer* Skar, ehe ich dich töten lasse!«

»Traust du dich nicht, es allein zu versuchen?« fragte Skar lächelnd.

Gorrn wurde kreidebleich. Eine Sekunde lang starrte er Skar aus hervorquellenden Augen an, dann stieß er einen schrillen, halberstickten Schrei aus und warf sich mit geballten Fäusten auf ihn.

Skar machte eine blitzschnelle Bewegung mit der Linken, und Gorrn verlor wie durch Zauberei plötzlich den Boden unter den Füßen, segelte ein gutes Stückweit durch die Luft und landete unsanft auf dem Hinterteil.

Für den Bruchteil eines Herzschlages wurde es still. Dann schrie Gorrn schrill auf; gleichzeitig erhob sich aus den Reihen seiner Soldaten ein schadenfrohes Gelächter. Gorrn brüllte noch schriller, sprang mit einer ungelenken Bewegung auf die Füße und hob die Fäuste. Seine Augen flammten vor Haß. Das Gelächter verstummte abrupt.

»Du Hund!« brüllte er. »Dafür stirbst du! Du wirst bezahlen, das schwöre ich dir!«

»Wofür wird dieser Mann bezahlen, Hauptmann?«

Die Stimme erklang irgendwo hinter Skar und den anderen, und sie war so sanft und leise, daß Skar die Worte eher erriet, als daß er sie wirklich hörte.

Und trotzdem war ihre Wirkung fast unglaublich.

Gorrn, der sich mit haßverzerrtem Gesicht und hoch erhobenen Fäusten auf Skar hatte stürzen wollen, prallte mitten in der Bewegung zurück, als wäre er jählings gegen eine unsichtbare Wand gelaufen. Der Haß in seinen Augen schlug in Furcht, dann beinahe in Entsetzen um, und auch seine Krieger fuhren erschrocken zusammen. Die Waffen, die sich auf Skar gerichtet hatten, senkten sich wieder.

Skar drehte sich betont langsam herum.

Hinter ihm stand ein Mann – jedenfalls *vermutete* er, daß es ein Mann war, denn seine Gestalt wurde völlig von einem schmutzigweißen, an eine Mönchskutte erinnernden Gewand verhüllt, das nur seine in dünnen Schnürsandalen steckenden Füße und die Hände freiließ; sehr schmale, sehnige Hände, die einem alten Mann, aber auch einer sehr alten Frau gehören konnten. Das Gesicht war unter einer tief in die Stirn gezogenen Kapuze verborgen, und obwohl es eigentlich im Sonnenlicht liegen mußte, konnte Skar unter der Kapuze nichts als wogende Schatten erkennen. Die Gestalt erfüllte ihn sofort mit Furcht. Irgend etwas Unsichtbares, Düsteres schien sie zu umgeben. Dann begriff er, daß er sich täuschte. Was er fühlte, war *Macht*, eine so reine Aura von Macht, daß er fast meinte, sie berühren zu können.

Der Alte – Skar war jetzt sicher, daß es ein Mann war – ließ ihm ausreichend Zeit, ihn zu mustern, während seine unsichtbaren Augen gleichzeitig über Skars Gestalt wanderten. Sein Blick wirkte auf unangenehme Weise taxierend. Skar mußte plötzlich gegen den aberwitzigen Gedanken ankämpfen, daß die Gestalt in der weißen Kutte seine Gedanken las wie ein offenes Buch.

»Nun, Hauptmann?« wiederholte der Mann, als Gorrn nicht antwortete. »Wofür soll er bezahlen, deiner Meinung nach?« In seiner Stimme war jetzt ein spöttischer Unterton, der weder Skar noch dem angeblichen Hauptmann entging.

Gorrn deutete anklagend auf Skar. »Der... der Kerl hat mich angegriffen, Herr!« stammelte er. »Er... er hat –«

»Dich angegriffen?« Der Fremde seufzte. »Nun, Hauptmann, ich stehe schon eine geraume Weile hier, und ich hatte eher den Eindruck, daß Ihr ihn gereizt habt, damit er ebendies tut – war es nicht so?«

Gorrn fuhr sich nervös mit der Zungenspitze über die Lippen. Dann nickte er. »Ja, Herr«, flüsterte er. »Verzeiht mir.« Plötzlich trat ein trotziges Funkeln in seine Augen. »Aber das ändert nichts daran, daß er versucht hat, mich umzubringen!« sagte er. »Er hat –«

»Dich umbringen?« Die Gestalt in der weißen Kutte lachte leise. »Du bist ein Narr, Gorrn. Wenn dieser Mann dich hätte töten wollen, hätte er es längst getan. Dieser Mann ist ein Satai.«

Gorrn erstarrte. Seine Augen quollen vor Entsetzen ein Stück aus den Höhlen. Er öffnete den Mund, brachte aber nur einen krächzenden, halberstickten Laut zustande. Dafür ging eine erschrockene Bewegung durch die Reihen seiner Krieger. Mehr als ein Dutzend Speere richtete sich auf Skar. Schwerter wurden scharrend aus den Scheiden gezogen. Ein Mann hob einen Bogen und legte mit fliegenden Fingern einen Pfeil auf die Sehne.

»Genug!« Die Stimme des Mannes in der weißen Kutte war wie ein Peitschenhieb, obwohl er noch immer nicht viel lauter sprach als zuvor. Die Waffen, die sich auf Skar gerichtet hatten, senkten sich nicht. Aber die Krieger machten auch keine Anstalten, ihn wirklich anzugreifen. Noch nicht, dachte Skar besorgt. Seine Hand tastete unter dem Mantel nach dem Schwertgriff.

»Ein... ein Satai?« stammelte Gorrn. »Er ist –«

Der Alte seufzte hörbar. »Ein Satai«, bestätigte er. »Nicht wahr, Skar?«

Skar nickte. Er war nicht einmal sonderlich erschrocken; ganz im Gegenteil verspürte er eine fast absurde Erleichterung. Er wollte nicht mehr lügen. Und er hatte das sehr sichere Gefühl, daß es wenig genutzt hätte, es zu versuchen.

»Es ist wahr«, sagte er ruhig. »Ich bin Satai. Aber trotzdem bin ich –«

»Ich weiß, was du bist, Skar«, unterbrach ihn der Alte. »Ebenso, wie ich weiß, daß du all diese Narren hier hättest töten können, wenn du es gewollt hättest. Ich danke dir, daß du es nicht getan hast. Wir haben zu wenige Krieger, um auch nur auf Narren wie sie verzichten zu können.« Er trat einen halben Schritt auf Skar zu, blieb wieder stehen und schlug mit einer raschen Bewegung beider Hände die Kapuze zurück. Darunter kam ein Gesicht zum Vorschein, das ein gutes Stück jünger war, als Skar beim Anblick seiner Hände und dem dünnen Klang der Greisenstimme erwartet hatte.

»Ich bin Drask«, sagte der Mann lächelnd. »Und die Waffe, die du da in der Hand hältst, wirst du nicht brauchen. Jedenfalls nicht jetzt. Willkommen, Skar.«

Skar nahm hastig die Hand vom Griff des *Tschekal,* schwieg

aber weiter. Drasks Lächeln war nicht echt, das spürte er. Irgend etwas war *falsch* an diesem Mann, auf entsetzliche, nicht in Worte zu fassende, aber unübersehbare Weise *falsch*. Alles in ihm schien ein einziger Warnschrei zu sein, als er den Mann anstarrte. *Was war das?* dachte er entsetzt.

»Du... kennst mich?« fragte er ungläubig. »Woher?«

Drask lächelte. »Das ist eine lange Geschichte, Skar. Gib dich für den Moment damit zufrieden, daß ich weiß, wer du bist – und daß ich nicht dein Feind bin. Du hast lange gebraucht.«

»Lange?« Skars Verwirrung stieg mit jedem Wort, das er hörte. »Aber wieso... ich meine, was –«

Drask unterbrach ihn mit einer milden Handbewegung. »Du kannst es noch nicht verstehen, Skar«, sagte er. »Aber wir haben auf dich gewartet. Sehr lange.« Er seufzte. »Beinahe zu lange.«

Skar verstand nun wirklich kein Wort mehr. Er fühlte sich hilflos wie selten zuvor in seinem Leben. Und noch immer hatte er kein anderes Gefühl als das der Gefahr, während er Drask anblickte. Was war das? Wer war dieser alte Mann?

»Du wirst alles begreifen, Skar«, sagte Drask milde, und plötzlich war Skar fast sicher, daß er seine Gedanken las. »Aber nicht jetzt, und nicht hier.« Er deutete zur Festung hinauf. »Du bist mein Gast. Folge mir.«

Drask führte ihn zu einem wuchtigen, fensterlosen Turm aus Felsgestein, der den einzigen Zugang zu der Zyklopenfestung über dem Fluß darstellte; und wie Skar schon auf den ersten Blick sah, zudem einen, der mit wenigen Handgriffen unpassierbar gemacht werden konnte, denn in seinem Inneren befand sich nicht der Eingang eines Stollens, wie er instinktiv angenommen hatte, sondern ein lotrechter Schacht mit Wänden, die so glatt waren, als bestünden sie aus poliertem Glas. Sein Grund lag im Dunkeln, so daß Skar nicht erkennen konnte, wie tief er war; aber er spürte die Feuchtigkeit und Kälte und hörte das Dröhnen tobenden Wassers. Ein sehr schmaler, an dünnen silberfarbenen Ketten aufgehängter Steg führte über diesen Schlund, und Skar war sehr sicher, daß es irgendwo über seinem Kopf einen verborgenen Mechanismus gab, mit dem man diesen Steg entweder einziehen oder schlichtweg in die Tiefe stürzen lassen konnte.

»Wer hat das alles hier gebaut?« fragte er, während er Drask über den schwankenden Steg folgte.

Der Alte sah über die Schulter zurück und lächelte. »Gefällt es dir?« fragte er.

»Nein«, antwortete Skar. »Es ist zum Töten gemacht. So etwas gefällt mir nicht. Aber es ist eine gute Anlage. Obwohl –«

»Obwohl?« fragte Drask, als Skar nicht weitersprach.

Skar lächelte flüchtig. »Mich würde es nicht aufhalten. Nicht lange, jedenfalls.«

Drask nickte anerkennend. »Aus dir spricht der Krieger«, sagte er. »Aber du hast natürlich recht – wenn die Quorrl Gorrns Krieger überrennen sollten, wird sie auch das hier nicht mehr lange aufhalten. Doch das muß es auch nicht. Wir haben andere Mittel, uns zur Wehr zu setzen.«

»Andere Mittel?«

Drask lächelte und schwieg. Skar begriff, daß er von ihm nicht mehr erfahren würde, wenigstens nicht hier und nicht jetzt. Und das Gefühl des Unwohlseins, das Drasks Nähe ihm vermittelte, wurde immer stärker. Skar versuchte vergeblich, sich einzureden, daß er nichts zu befürchten hatte. Hätte Drask ihn umbringen wollen, so hätte ein Wort an Gorrn und seine Männer gereicht.

Aber vielleicht gab es Schlimmeres als den Tod...

Der Steg endete vor einer niedrigen, sehr massiven Tür aus schmucklosem schwarzem Eisen, die wie von Geisterhand bewegt aufschwang, als Drask eine Handbewegung machte. Dahinter begann ein knapp fünf Fuß hoher, unbeleuchteter Gang, der so schmal war, daß Skar beim Gehen die Wände rechts und links berührte. Trotz des kaum vorhandenen Lichtes sah er die handgroßen Öffnungen, die in regelmäßigen Abständen in der Decke und den Wänden gähnten. Zweifellos konnte der Stollen mit Wasser oder kochendem Öl geflutet werden, sollte es einem Angreifer gelingen, in ihn einzudringen. Und trotzdem...

»Ist dies der einzige Zugang zur Festung?« fragte er.

Drask nickte. »Von hier aus, ja. Es gibt noch einen anderen Weg, aber der ist beinahe noch besser geschützt. Die Quorrl werden sich etwas einfallen lassen müssen, wenn sie die Burg stürmen wollen.«

»Wer sagt dir, das sie das tun?«

Drask lachte leise. Es klang nicht sehr amüsiert, und der enge Gang verzerrte seine Stimme fast bis zur Unkenntlichkeit, machte ein schrilles, hohl widerhallendes Meckern daraus, das Skar einen eisigen Schauer über den Rücken jagte. »Ich weiß es«, sagte er. »Sie ziehen ihre Krieger zusammen, Skar, nicht einmal hundert Meilen von hier. Sobald der Winter vorüber ist, werden sie kommen. Dieser Fluß ist das Tor nach Bayfour. Sie müssen ihn haben. Aber genug jetzt – wir haben später Zeit zum Reden. Komm.« Er ging schneller. Sie erreichten eine Treppe, die in engen Windungen wie ein Schneckenhaus in einem senkrechten Schacht nach oben führte und ganz aus Holz erbaut war, wohl, um sie im Notfall anzünden zu können, und dann standen sie plötzlich wieder im hellen Licht der Nachmittagssonne.

Skar blinzelte, um seinen noch an die Dunkelheit gewöhnten Augen Zeit zu geben, sich auf die ungewohnte Helligkeit umzustellen. Im ersten Moment sah er nichts als flache schwarze Schatten, aber sein Blick klärte sich überraschend schnell. Und was er sah, ließ ihn erstaunt den Atem anhalten.

Der Stollen mündete in der Flanke des Berges, aus dem die Festung zum Großteil herausgemeißelt worden war, so daß sie nicht auf dem Burghof, sondern auf einem schmalen Sims in halber Höhe der gigantischen Anlage herausgekommen waren. Skar konnte die Festung von hier aus zum allergrößten Teil überblikken – und es war wirklich eine *Festung!* Wenn er jemals ein Bauwerk gesehen hatte, das diesen Namen verdiente, dann das hier.

Ihre Mauern waren sehr viel höher, als es von unten betrachtet ausgesehen hatte – Skar schätzte ihre niedrigste Stelle auf gute zweihundert Fuß, über die sich drei gigantische schwarze Türme noch einmal um gut das Dreifache erhoben. Nicht einmal Elay mit seinen jahrtausendealten Wehrmauern hatte ihm einen solchen Eindruck von Macht und Wehrhaftigkeit vermittelt. Und es war etwas Finsteres an dieser Burg, etwas, das nicht in Worte zu fassen war, das er aber überdeutlich spürte, wie einen unangenehmen Geruch, den er nicht definieren konnte. Er schauderte.

»Wer... hat diese Festung erbaut?« fragte er stockend.

»Wir«, antwortete Drask. Wie Skar war er stehengeblieben, wenn auch nicht, um die Festung in Augenschein zu nehmen, sondern nur, um ihm die nötige Zeit zu geben, den Eindruck gebührend zu verarbeiten. Skar war plötzlich sicher, daß der Alte ihn aus keinem anderen Grund als diesem hier heraufgeführt hatte. »Gefällt dir, was du siehst?«

»Sie ist... gigantisch«, antwortete Skar mühsam.

»Ich weiß«, antwortete Drask. »Und trotzdem wird sie fallen, wenn kein Wunder geschieht.«

»Fallen?« Skar ächzte. »Nicht einmal die Quorrl –«

»– können diese Festung stürmen, ich weiß«, unterbrach ihn Drask. »Aber es sind auch nicht die Quorrl, die wir fürchten, Skar.« Er schwieg einen Moment, fuhr sich mit der Hand über das Kinn und sprach mit sehr leiser und irgendwie trauriger Stimme weiter. »Wären es nur die Quorrl, deren Angriff wir erwarten, so würde ich keinen Gedanken an sie verschwenden. Nicht eine Million Quorrl könnten diese Mauern erstürmen.«

Skar hielt das für etwas übertrieben, aber er hatte das Gefühl, daß der Alte mit diesen Worten ohnehin nur auf etwas Bestimmtes hinarbeiten wollte, und so schwieg er.

»Es gibt eine Macht auf Enwor, der wir nicht gewachsen sind«, fuhr Drask nach einer Weile fort.

Skar sah ihn ernst an. »Und wer?«

Drask antwortete nicht direkt, sondern drehte sich halb um seine Achse, machte eine sonderbare, flatternde Bewegung mit der Hand und sah wieder zu Skar auf. »Sag mir, Skar«, begann er, »könntest du diese Mauern stürmen?«

»Ich?« Skar blinzelte verwirrt. »Aber –«

»Nicht du allein, natürlich«, unterbrach ihn Drask mit einem raschen, verzeihenden Lächeln. »Aber gesetzt den Fall, du stündest dort unten, in Orkala, an der Spitze eines Heeres aus Männern wie dir...«

»Satai?« echote Skar ungläubig.

»Satai«, bestätigte Drask ruhig. »Deine Brüder, Skar. Wir fürchten nicht die Quorrl. Sie sind dumm. Was wir fürchten, sind die Satai. Sie sammeln sich.«

»Aber das... das ist unmöglich!« widersprach Skar automatisch. »Das kann nicht sein! Nicht, wenn...«

»Wenn was?« fragte Drask scharf. »Warum sprichst du nicht weiter? Was fürchtest du, Skar? Die Wahrheit? Oder hast du nur Angst, plötzlich festzustellen, daß du auf der falschen Seite gestanden hast, bisher?«

Skar schwieg.

»Ist es so?« fuhr Drask fort. »Hast du dich getäuscht? Stehst du auf der falschen Seite?«

»Ich weiß ja nicht einmal, welche Seite die richtige ist«, murmelte Skar.

»Aber du hast darüber nachgedacht«, beharrte Drask. »Seit dem Abend, an dem du den Satai getötet hast, quält dich diese Frage.«

Es dauerte einen Moment, bis Skar die wahre Bedeutung von Drasks Worten begriff. Dann versteifte er sich. »Woher weißt du das?« fragte er scharf.

Drask lächelte. »Ich lese deine Gedanken, Satai«, sagte er ruhig.

»Du –« Skar brach mitten im Wort ab, starrte den Alten aus ungläubig geweiteten Augen an und wich ganz instinktiv zwei, drei Schritte von ihm zurück, bis sein Rücken gegen den rauhen Fels stieß. Seine Hand senkte sich auf den Schwertgriff.

Drask schüttelte beinahe unmerklich den Kopf. »Tu es nicht, Skar«, sagte er. »Ich bin ein alter Mann und du ein Satai, und trotzdem könnte ich dich vernichten, mit einer einzigen Bewegung meiner Hand. Aber ich bin nicht dein Feind.«

»Wer... wer bist du?« stammelte Skar. Es fiel ihm schwer, auch nur zu sprechen. Der Alte las seine Gedanken! Er wußte... alles!

»Nicht alles«, korrigierte ihn Drask ruhig. »Nur manches. Nur das, was an der Oberfläche liegt. Und auch nur dann, wenn du dich nicht wehrst.« Er lächelte dünn. »Du siehst, ich vertraue dir, Skar.« Plötzlich wurde seine Stimme hart. »Du hast meine Frage noch nicht beantwortet, Satai«, fuhr er fort, mit vollkommen veränderter, fordernder Betonung. »Auf welcher Seite stehst du? Auf unserer? Oder auf der deiner Brüder?«

Skar hätte nicht einmal dann antworten können, wenn er es gewollt hätte. Er war verwirrt, durcheinander wie nie zuvor in seinem Leben, und gleichzeitig fühlte er ein tiefes, fast körperlich schmerzendes Entsetzen. *Der Alte las seine Gedanken!*

»Ich verstehe«, sagte Drask plötzlich. »Du bist verwirrt. Du traust mir nicht – und wie könntest du auch? Und du fürchtest mich. Aber das eine ist so unbegründet wie das andere, glaube mir. Ich stehe auf deiner Seite. Wenn du auf unserer stehst.«

»Was... was meinst du damit?« stammelte Skar. »Wieso –«

Drask unterbrach ihn mit einer herrischen Geste. »Vielleicht verlange ich zuviel von dir, Skar«, sagte er. »Du bist verwirrt, und da ist so vieles, was du nicht weißt. Du sehnst dich nach dem Tod. Dabei ist es so wichtig, daß du lebst.«

»Unsinn«, widersprach Skar, aber wieder unterbrach ihn Drask mit einer raschen, befehlenden Bewegung.

»O doch«, behauptete er. »Du hast ihn berührt, Skar. Was die Gesichtslosen Prediger mit dir getan haben, war ein Stück davon. Du hast den großen Schlaf gespürt, und etwas in dir sehnt sich danach zurück.« Er lächelte. »Du weißt es nicht, und wüßtest du es, würdest du es nicht zugeben – aber du hast den Tod gesucht, als du losgeritten bist, um Trash zu stellen. So wie vorhin, als du Gorrn herausgefordert hast. Aber dieser Ausweg ist dir verwehrt. Es wäre Flucht, und du bist noch nie vor etwas davongelaufen. Außer vor dir selbst. Aber das ist etwas, was wir alle versuchen, irgendwann einmal. Niemandem ist es bisher gelungen. Auf welcher Seite wirst du stehen, Skar?«

Skar antwortete nicht. Er verstand nicht einmal, was der Alte meinte.

»Gut«, sagte Drask, der die Antwort offensichtlich in seinen Gedanken gelesen hatte. »Dann laß mich die Frage anders stellen – wüßtest du, daß du dich getäuscht hast, daß du in Wahrheit nicht hierher, sondern zu deinen Brüdern nach Orkala gehörtest, daß sie im Recht und wir die Feinde in diesem Krieg sind...« Sein Blick wurde lauernd. »Hättest du Enwass und Syrr trotzdem geholfen?«

»Natürlich«, antwortete Skar. »Sie –«

»Mehr wollte ich nicht wissen«, sagte Drask. Seine penetrante Art, Skar niemals zu Ende sprechen zu lassen, begann ihn zu reizen. Aber vielleicht war das ganz natürlich für jemanden, der die Antwort auf eine gestellte Frage immer schon kannte, ehe sie laut ausgesprochen werden konnte.

Drask lächelte, und Skar begriff, daß er auch diesen Gedanken gelesen hatte.

»Das ist wahr«, sagte Drask. »Aber keine Sorge – ich werde es nicht zu einer schlechten Angewohnheit werden lassen. Es ist mühsam, die Gedanken eines anderen zu lesen, und entwürdigend; für beide. Aber es war wichtig.«

»So?« fragte Skar mißtrauisch. »Warum?«

»Weil viel von deinen Antworten abhing, Skar«, erwiderte Drask. »Für dich, für mich – aber auch für uns alle. Vielleicht das Schicksal dieser Welt.«

Das Schicksal dieser Welt... Skar schauderte. Aus dem Munde jedes anderen hätten diese Worte lächerlich geklungen. So, wie Drask sie aussprach, ließen sie ihn plötzlich frieren. Und wie ein böses, höhnisches Echo auf die Worte Drasks hörte er noch einmal, was Trash gesagt hatte, als er starb: *Sie sind wieder da, Skar!*

Sein Blick löste sich von Skars Gesicht, glitt über die zyklopischen Mauern der Festung, über die Türme und Wehrgänge, die winzigen Gestalten der Posten, die hoch über dem Fluß patrouillierten, die Berge auf der anderen Seite des tosenden Wasserstromes und schließlich in den Himmel hinauf. Und plötzlich begriff er, daß er länger geschlafen hatte, als er bisher auch nur ahnte. Viel, viel länger.

»Was ist hier geschehen?« flüsterte er.

»Sie sind zurückgekehrt, Skar«, sagte Drask leise. »Die Götter, die diese Welt einst beherrschten, sind zurückgekehrt. Und sie wollen wiederhaben, was ihnen einmal gehörte.«

»Zurück?« murmelte Skar. Ein eisiger, ungläubiger Schrecken griff wie eine Klaue aus Glas nach seinem Herzen. Drasks Worte hätten ihn nicht so erschrecken dürfen; nicht einmal überraschen. Aber sie taten es.

Drask nickte ernst. »Folge mir«, sagte er. »Ich werde dir alles erzählen.«

»Es begann vor fünf Jahren«, begann Drask, »vielleicht schon eher, ohne daß jemand es auch nur ahnte. Wahrscheinlich sogar, denn große Dinge brauchen Zeit, sich vorzubereiten.«

Fünf Jahre? Skar hatte Mühe, sich seinen Schrecken nicht anmerken zu lassen. Drask legte eine kleine Pause ein und sah ihn scharf an; offensichtlich wartete er auf eine ganz bestimmte Reaktion, vielleicht auch nur auf eine Frage. Aber Skar war noch immer viel zu bestürzt, um auch nur einen klaren Gedanken fassen zu können. *Fünf Jahre!*

Schließlich fuhr der Alte fort: »Die Zeichen waren klar genug, Skar, aber niemand vermochte sie zu deuten; nicht, bevor es zu spät war. Es gab Plagen: Seuchen, Dürrezeiten, dann wieder Überschwemmungen, aber niemand begriff, daß all dies nur ein Teil des großen Planes war.« Er lachte bitter. »Und wie konnten wir auch? Niemand konnte mit der Existenz eines Gegners rechnen, von dem wir bisher nicht einmal wußten, daß es ihn gibt!«

»Die Quorrl?« fragte Skar.

Drask nickte. »Zu Anfang, ja. Aber was besagte das schon? Sie sind tausend Mal über die Grenzen ihrer Länder gekommen, und wir haben sie tausend Mal zurückgeschlagen. Aber dieses Mal waren sie nicht allein.«

»Die *Daij-Djan«*, murmelte Skar, aber Drask schüttelte den Kopf.

»Nein«, sagte er. »Sie sind nur Werkzeuge. Entsetzliche Werkzeuge, aber nicht mehr. Keiner von uns kennt bis jetzt den wahren Feind.« Er schwieg, griff mit bedächtigen Bewegungen nach dem Becher mit Wein, den ein Diener ihm und Skar gebracht hatte, und nahm ihn auf, ohne jedoch zu trinken. »Ich hatte gehofft, daß du uns sagen könntest, wer es ist.«

»Ich?« Skar schrie fast. »Aber wieso ...?«

»Weil du der letzte bist«, fiel ihm Drask ins Wort. »Der letzte von denen, die damals dabei waren. Du ...« Er stockte, nippte an seinem Wein und lächelte flüchtig. »Verzeih, wenn ich dich schon wieder unterbrochen habe. Ich fürchte, ich verlange zu viel von dir.«

Skar begriff nur allmählich, was Drask wirklich hatte sagen wollen. Und als er es tat, packte ihn eine Mischung aus Zorn und eisigem Entsetzen. »Weil ich es war, der sie geweckt hat, willst du sagen«, fauchte er.

Drask nickte. »Ja. Aber es war nicht deine Schuld. Es war Vela, die den Weg fand, es zu tun, und du, der das Siegel erbrochen hat.« Er lachte, leise und ohne die mindeste Spur von Humor. »Du hast mehr getan, als einen wertvollen Stein zu stehlen, als du in Combat warst, Satai. Aber du konntest es nicht wissen.« Er seufzte. »Ich glaube, nicht einmal Vela wußte es. Ihr wart nur Werkzeuge. Hättet ihr es nicht getan, wären andere gekommen.«

»Andere?«

Drask nickte heftig. »Natürlich. Hast du vergessen, was Vela dir erzählt hat? Ihr wart nicht die ersten, die versucht haben, das Geheimnis Combats zu lösen. Vor euch haben Hunderte es versucht; Narren und Abenteurer, aber auch gute Männer wie du.«

»Ja«, sagte Skar bitter. »Aber keinem von ihnen ist es gelungen. Nur uns.«

»Trotzdem trifft dich keine Schuld«, behauptete der Alte. »Wärst du verbrannt, wie all die anderen, die vor dir nach Combat gingen, so wäre ein anderer gekommen, und wieder einer, und wieder, und wieder – so lange, bis das Siegel erbrochen wäre. Es war nur eine Frage der Zeit.« Er stellte seinen Becher mit einem Ruck auf den Tisch zurück, stand auf und ging mit gemessenen Schritten zum Fenster. Als er weitersprach, sah er Skar nicht mehr an, sondern blickte auf den Hof hinab, der fast dreihundert Fuß unter ihnen lag, denn die Kammer, in die er Skar geführt hatte, lag direkt unter der Spitze des höchsten der drei Türme.

»Ja«, fuhr er fort. »Ich glaube, es war so. Sie waren Millionen von Jahren eingekerkert, und es verging kein Tag in all dieser

Zeit, in der sie nicht danach trachteten, ihr Gefängnis zu verlassen.«

»Sie?« fragte Skar. »Wer?«

»Die Alten«, antwortete Drask, ohne sich zu ihm herumzudrehen. »Die Sternengeborenen. Die Wesen, gegen die unsere Vorfahren einst kämpften.«

»Aber sie wurden vernichtet!« widersprach Skar.

»Ihre Körper, vielleicht«, antwortete Drask. »Nicht ihr Geist. Sie waren Götter, Skar, und Götter sterben nicht. Unsere Vorfahren schlugen sie, auch wenn es um den Preis ihrer Welt war. Sie zerstörten ihre Körper, und was sie nicht vernichten konnten, das banden sie mit unsichtbaren Fesseln der Magie. Und Combat war der Schlüssel.«

Skar schloß mit einem lautlosen Stöhnen die Augen. Drasks Geschichte klang phantastisch, im negativsten Sinne, den dieses Wort nur haben konnte, und trotzdem wußte er, daß sie wahr war. Drask stellte vielleicht nur Vermutungen an, zog Schlüsse aus Dingen, die Skar noch verschlossen waren, aber er *wußte*, daß es so war. Vela selbst hatte ihm die Geschichte der Alten erzählt, der Herrscher dieser Welt, die mächtig genug gewesen waren, zu den Sternen zu fliegen, und ihrer Feinde, der Sternengeborenen, Götter aus den Tiefen des Alls, die gekommen waren, um diese Welt zu erobern. Drasks Worte waren nur der letzte Stein, der noch gefehlt hatte, das Puzzle zu einem Bild zu vollenden.

Combat, dachte er bitter. Die brennende Stadt, die letzte Festung der Alten... Sie war der Schlüssel gewesen. Der Eingang zum magischen Kerker der Sternengötter, versiegelt von Mächten, die er sich nicht einmal vorzustellen wagte, vor Millionen von Jahren. Und er hatte ihn erbrochen. Er hatte das Tor aufgestoßen, durch das der Tod zum zweiten Male Einzug auf Enwor gehalten hatte...

»Es war nicht deine Schuld«, sagte Drask noch einmal. Vielleicht hatte er wieder Skars Gedanken gelesen, vielleicht hatte er sie auch nur erraten, was in diesem Augenblick sicherlich nicht schwer war. »Nicht einmal die Velas. Ihr wart nur ahnungslose

Werkzeuge einer Macht, die älter ist als diese Welt. Es wäre nicht geschehen, hätten wir damals schon gewußt, was wir heute wissen.« Er seufzte, drehte sich nun doch zu Skar herum und sah ihn beinahe traurig an. »Es war alles geplant, Skar«, fuhr er fort. »Velas vergeblicher Versuch, die Macht über Elay an sich zu reißen, eure Begegnung mit dem Dronte, die Erweckung des *Daij-Djan*... Nichts von alledem war Zufall. Nicht einmal deine Reise zu den Gesichtlosen Predigern. Dies alles galt nur einem einzigen Zweck.«

»Und... welchem?« fragte Skar. Er wußte die Antwort. Aber er hatte Angst, sie aus Drasks Mund zu hören. Entsetzliche Angst.

»Das Kind«, sagte Drask ruhig. »Dein Sohn, Skar. Es ging von Anfang an nur um ihn. Nicht um dich oder Elay oder Vela.«

Skar starrte an dem Alten vorbei gegen die Wand, aber er sah nicht den nachtschwarzen Stein oder die Schatten, die darüber krochen. »Das Kind...«

»Sie sind geduldig«, sagte Drask leise. »Sie sind es gewohnt, in Jahrtausenden zu denken, wie wir in Wochen. Sie haben gewartet, Skar, vielleicht seit zehntausend Jahren. Auf einen Mann wie dich, der das Erbe der Alten in sich trägt. Aber du warst zu alt, als Vela dich fand. Zu stark. Nicht einmal ihnen wäre es gelungen, dich auf ihre Seite zu zwingen, ohne daß dein Geist daran zerbrochen wäre. Sie brauchten einen Geist, der noch ungeformt war. Ein Instrument der Macht, das sie nach Belieben formen konnten. Der Schlüssel zu ihrer Freiheit war das Kind. Sie haben es bekommen. Nichts war Zufall, Skar, auch nicht der Tod des *Daij-Djan*.«

Er sprach nicht weiter, aber das war auch nicht notwendig. So vieles, was bisher keinen Sinn gemacht hatte, war plötzlich klar, so viel Unerklärliches auf entsetzliche Weise logisch und einfach... Skar mußte sich mit aller Macht beherrschen, um nicht aufzuschreien. Was für ein Narr war er doch gewesen! Er hatte geglaubt, den *Daij-Djan* besiegt zu haben, damals auf der Insel am Ende der Welt, aber es war genau umgekehrt. Es war sein Tod gewesen, der das Werkzeug vollendet hatte. Der Haß, der entsetzliche, unbeschreibliche Haß, den die Sternenbestie verströmt hatte, das Echo seines Todes, das Rasen des Dronte, ihre eigene Angst... Das Kind mußte all dies aufgesogen haben wie ein Schwamm. Es war gerade geboren, neu, ein Buch, dessen Seiten noch unbeschrieben waren, und sie hatten sie mit Blut und Furcht und Haß gefüllt.

»Und... die Prediger...«

Drask las wieder seine Gedanken, denn er beantwortete die Frage, ehe Skar sie ganz stellen konnte: »Haben zu Ende geführt, was Kiina und du begonnen haben, ohne es zu wissen. Es war eine Falle, Skar, lange und klug genug vorbereitet, selbst die *Errish* zu täuschen. Seit tausend Jahren lebten sie in ihren Bergen und tun Gutes. Aber in Wahrheit haben sie gewartet. Auf dich.«

Skar legte die Hände gegen das Gesicht, schloß die Augen und preßte die Kiefer so fest zusammen, daß es weh tat. Drask stieß einen halblauten, unterdrückten Schmerzlaut aus, und als Skar die Augen öffnete, sah er, daß er die Hand ans Kinn gehoben hatte. Er begriff, daß der Alte nicht nur seine Gedanken las, sondern auch seinen Schmerz fühlte.

»Verzeih«, murmelte er.

Drask lächelte gezwungen. »Das macht nichts. Ich bin es, der sich entschuldigen sollte. Ich hatte versprochen, es nicht mehr zu tun.« Er lächelte verlegen.

»Sprich weiter«, sagte Skar.

Drask seufzte. »Es gibt nicht mehr viel«, sagte er. »Die Gesichtslosen Prediger nahmen das Kind, das du ihnen gebracht hast, und vollendeten das Werk. Niemand wußte es.«

»Wie lange...?« Etwas in Skar sträubte sich. Er mußte all seine Kraft aufwenden, um weiter zu sprechen. »Wie lange ist das her?«

Drask blickte ihn durchdringend an, kam näher und blieb erst auf Armeslänge vor ihm stehen. »Willst du das wirklich wissen?« fragte er.

Skar nickte. Allein Drasks Reaktion verriet ihm, daß die Antwort ihn erschrecken würde. Aber er mußte es wissen, wenn er nicht den Verstand verlieren sollte. »Ja.«

»Achtzehn Jahre, Skar«, sagte Drask leise. »Wenn dein Sohn noch lebt, so ist er jetzt achtzehn Jahre alt.«

Das Entsetzen, auf das Skar wartete, kam nicht. Vielleicht war die Vorstellung einfach zu gewaltig, als daß er sie jetzt schon verarbeiten konnte. Vielleicht wehrte sich auch nur etwas in ihm, es zu begreifen. Er fühlte sich... leer. »Wenn er noch lebt?«

Drask zuckte die Achseln. »Wir wissen es nicht. Wir wissen so wenig, Skar. Wir wissen, daß sie ihn nahmen und ein Jahr in ihrem Tempel behielten. Danach wurde er fortgebracht; wohin, weiß niemand. Vielleicht lebt er noch irgendwo. Vielleicht hat er seinen Zweck erfüllt und ist gestorben oder wurde getötet. Obwohl ich persönlich nicht daran glaube.«

»Wieso?«

»Deinetwegen«, antwortete Drask. »Dein Erwachen muß einen Sinn haben, Skar. Es hatte einen Grund, daß sie dich nicht töteten, sondern nur in Schlaf versetzten, und es muß einen Grund haben, daß sie dich erwachen ließen.«

»Vielleicht haben sie einfach das Interesse an mir verloren«, murmelte Skar. »Ich habe getan, was sie wollten.«

»Nein.« Drask klang sehr sicher. »Wäre es so, hätten sie dich getötet. Und da ist noch der *Daij-Djan*, vergiß das nicht.« Er schüttelte nachdenklich den Kopf, ging zu seinem Stuhl zurück und ließ sich schwer hineinfallen. »Ich habe lange darüber nachgedacht, warum er dich beschützt haben könnte, und es scheint mir nur einen einzigen vernünftigen Grund dafür zu geben. Sie brauchen dich. Da ist etwas, was noch getan werden muß, und was nur du tun kannst.«

»Beschützt?« wiederholte Skar verwirrt. »Aber die Quorrl und Trash –«

»Trash war ein Narr«, unterbrach ihn Drask. »Er war der Anführer der Quorrl, die Denwar besetzten, aber nichtsdestoweniger ein Narr. Er hätte dich getötet und damit vielleicht alles zunichte gemacht.«

Skar spürte einen eisigen Schauer von Furcht, als ihm die ganze Konsequenz von Drasks Worten zu Bewußtsein kam. »Dann... dann glaubst du, er könnte auch hier...«

»Auch hier auftauchen?« Drask nickte. Er wirkte beinahe fröhlich. »Nicht, solange du nicht in Gefahr bist, Skar. Aber ich bin beinahe sicher, daß er erscheinen würde, würde ich jetzt ein Schwert nehmen und dich angreifen. Du hast einen Schutzengel, Skar, auch wenn es dir nicht gefällt.«

»Aber warum?« sagte Skar fassungslos.

Drask hob mit einem hörbaren Seufzer die Schultern. »Ich weiß es nicht – und es ist nur eine Vermutung von mir, vergiß das nicht. Vielleicht ist alles ja ganz anders. Alles, was ich weiß, ist, daß es einen Grund für dein Hiersein geben muß. Und ich werde ihn herausfinden. Es hängt viel davon ab. Ich spüre es.«

Er sprach nicht weiter, und auch Skar schwieg. Aber plötzlich hatte er Angst, sich herumzudrehen und die Schatten anzublikken, die neben der Tür kauerten.

»Sprich... weiter«, sagte er stockend. »Die Quorrl – was geschah nach ihrem Angriff?« Es interessierte ihn nicht wirklich. Bei dem Sturm von Gefühlen und durcheinanderwirbelnden Gedanken, der hinter seiner Stirn tobte, würde er wahrscheinlich nicht einmal wirklich verstehen, was Drask ihm erzählte. Aber er hatte plötzlich Angst, den Verstand zu verlieren, wenn er nicht sofort eine menschliche Stimme hörte, und Drask schien das zu spüren, denn er fuhr beinahe augenblicklich fort:

»Sie wurden zurückgeschlagen, wie immer. Jedenfalls zuerst.«

»Und später?«

»Niemand weiß, was wirklich geschah, aber die Verluste stiegen plötzlich. Kohon fiel, und der Herzog von Kohon-West wandte sich an die Satai um Hilfe.«

Skar sah auf. Sein Herz begann ein wenig schneller zu schlagen. Gebannt starrte er Drask an.

»Die Antwort kam schnell«, fuhr Drask fort. Seine Stimme wurde bitter. Ein Ausdruck stummer Wut trat in seine Augen. »Der Rat der Satai lehnte es ab, sich in den Krieg einzumischen. Aber keine vier Wochen später landeten Schiffe in Endor und Gork, Schiffe mit Satai-Truppen an Bord. Es kam so überraschend, daß Tage vergingen, bis auch nur so etwas wie Widerstand aufflammen konnte.«

»Satai-*Truppen?*« wiederholte Skar verstört. »Aber es gibt keine Satai-Heere!«

»Jetzt schon«, erwiderte Drask zornig. »Oder wie willst du eine Truppe von dreitausend Satai nennen? Sie griffen Ikne an, und jede Stadt, die auf dem Weg dorthin lag. Dann schleiften sie Bel-Ishtar, schifften sich auf dem Besh ein und fuhren den Fluß hinauf bis nach Cosh.«

Cosh! Skar erstarrte. Die Sümpfe! *DEL!*

Aber schon Drasks nächste Worte machten den schwachen Hoffnungsschimmer wieder zunichte, der in ihm aufgeflammt war. »Die Sumpfleute waren die nächsten«, fuhr er fort und gab damit die Antwort auf eine Frage, die er noch gar nicht gestellt hatte. »Ganz Enwor wartete auf die entscheidende Schlacht zwischen den Sumpfleuten und den Satai, aber sie kam nicht. Stattdessen schlossen sich die Sumpfleute deinen Brüdern an.« Seine Augen flammten vor Zorn. Er ballte die Faust, starrte Skar einen Moment fast haßerfüllt an und holte hörbar Luft. »Und dann die Veden«, fügte er hinzu. »Sie waren die letzten. Anchor und die anderen Städte an der Westküste fielen noch im gleichen Jahr unter ihrem Ansturm.« Er lachte bitter. »Du siehst – sie haben keinen ausgelassen. Die Satai, die Sumpfleute, die Veden...«

»Alle, die dabei waren«, murmelte Skar.

»Alle«, bestätigte Drask. »Ihr habt es ihnen leicht genug gemacht, Skar. Kiina und du haben Enwors geballte Macht gegen den Dronte geführt. Er brauchte sie sich nur noch zu nehmen.«

»Bis auf die Errish.«

»Vielleicht«, sagte Drask. »Niemand weiß, was mit Elay geschah. Seit jenem Sommer wurde keine Ehrwürdige Frau mehr gesehen. Vielleicht haben sie keine Gewalt über sie erlangt, denn die *Errish* sind selbst so etwas wie Magier, aber dann haben sie sie vernichtet, fürchte ich.«

»Das ist nicht gesagt«, widersprach Skar, heftiger, als er sich im ersten Moment selbst erklären konnte. »Das Tal der Drachen ist eine natürliche Festung. Sie... sie können sich gut dort gehalten haben. Niemand kann es erobern.«

»Möglich.« Drask zuckte die Achseln. Die Bewegung wirkte

ungeduldig, als interessiere ihn das Schicksal der Frauen von Elay nicht wirklich. Dann bemerkte er Skars Gesichtsausdruck und fügte hinzu: »Wollen wir es hoffen. Sie wären wertvolle Verbündete für uns.« Er beugte sich vor, griff nach seinem Becher und zog die Hand wieder zurück, ohne getrunken zu haben.

»Das ist die Situation, Skar«, sagte er. »Nicht einmal ganze hundert Meilen nördlich von hier sammelt sich das größte Quorrl-Heer, das Enwor jemals gesehen hat. Bei ihnen sind die Satai, die Veden, die Sumpfleute... Es ist eine Sturmflut, Skar. Und sie wird losbrechen, sobald die Schneeschmelze einsetzt.«

Skar versuchte, sich das, was Drask mit Worten ausgedrückt hatte, in Bildern vorzustellen. Er konnte es nicht.

»Diese Festung wird fallen«, murmelte er. »Sie wird fallen«, wiederholte er, als er Drasks zweifelndes Stirnrunzeln sah. »Wenn auch nur die Hälfte von dem stimmt, was du erzählt hast, wird sie keine zwei Tage standhalten.«

»Wir sind gut vorbereitet«, sagte Drask.

»Vorbereitet?« Skar schnaubte. »Gib mir hundert Satai, Drask, und ich schleife deine famose Festung.«

»Ich weiß«, sagte Drask ernst. »Ich... wollte es nicht wahrhaben, bisher, aber du hast recht. Sie wird fallen. Und danach ganz Enwor, wenn kein Wunder geschieht.«

Der Abend kam, aber Skar fand keinen Schlaf. Er hatte noch lange mit Drask zusammengesessen, Stunden, in denen sich ihr Gespräch immer wieder um die gleichen, unbeantworteten Fragen gedreht hatte, unterbrochen von langen, schmerzhaften Pausen voll lastendem Schweigen. Skar hatte während dieser Zeit immer mehr den Eindruck gewonnen, daß der Alte ihm längst nicht alles erzählt hatte, was er wußte – wie konnte er auch: es waren *achtzehn Jahre* vergangen! – aber er war viel zu verstört, um in den gewohnten, logischen Bahnen denken zu können. Er hatte recht gehabt, mit dem ersten Gedanken, als er den Tempel der Gesichtslosen Prediger verließ: er war nicht mehr in seiner Welt. Dies hier war noch Enwor, aber nicht mehr das Enwor, in dem er geboren worden war.

Die Vorstellung war entsetzlich, und um so mehr, da Skar spürte, daß es die Wahrheit war. Er war in einer fremden Welt, und es spielte keine Rolle, daß es noch immer die war, in der er geboren worden und aufgewachsen war. Alle, die er gekannt hatte, mußten längst tot sein. Die alte Ordnung war dahin, nichts war mehr so, wie er es kannte. Die Dinge waren auf den Kopf gestellt, gründlicher und perfider, als er es in seinen schlimmsten Alpträumen hätte erwarten können. Die Satai, Garant für Frieden und Gerechtigkeit auf Enwor, waren zu seinen Feinden geworden, Verbündete der Quorrl, und als wäre dies allein noch nicht schlimm genug, zusammen mit –

Skar zwang sich, den Gedanken nicht zu Ende zu denken. Er hatte das Gefühl, wahnsinnig zu werden.

Und es *war* Wahnsinn. Großer Gott, was hatten sie getan? Welche satanische Macht hatten Vela und er aus den Abgründen der Zeit heraufbeschworen, ohne es zu wissen, dachte er entsetzt. Die Sternengeborenen – das war eine Legende, zu gräßlich, um auch nur einen Funken Wahrheit zu enthalten.

Er stand auf. Plötzlich hatte er das Gefühl, nicht mehr atmen zu können. Die Wände der kleinen Kammer, die Drask ihm zugewiesen hatte, schienen sich um ihn zusammenzuziehen, ihn zu erdrücken. Ihn schwindelte. Ein Entsetzen hatte ihn gepackt, das mit Worten nicht mehr zu beschreiben war.

Mit ein paar raschen Schritten trat er ans Fenster, stieß den schweren hölzernen Laden so wuchtig auf, daß er draußen gegen die Wand krachte, und sog beinahe gierig die eisige Nachtluft in die Lungen. In seinem Kopf drehte sich alles, und auch die Kälte, die plötzlich ins Zimmer strömte, änderte nichts daran. Er ballte die Fäuste, schlug sie auf die steinerne Fensterbrüstung und konzentrierte sich auf den dumpfen Schmerz, der durch seine Knöchel schoß.

Nur allmählich begann sich sein hämmernder Herzschlag zu beruhigen. Der Raum hörte auf, sich um ihn herum zu drehen, fast jedenfalls, und die Schatten der Angst krochen in die Ecken und Winkel zurück.

Aber etwas blieb. Skar wußte nicht, was es war, aber irgend etwas blieb in ihm. Er fühlte sich noch immer auf die gleiche, schwer in Worte zu fassende Weise unwohl, wie er es in Drasks Nähe getan hatte. Aber vielleicht war es gar nicht der Alte gewesen, der ihn so mit Unbehagen erfüllt hatte, sondern etwas anderes, und er hatte das Gefühl nur auf Drask projiziert, um –

Um nicht zuzugeben, daß er in Wahrheit ganz genau wußte, was es war?

Skar drehte sich um, blickte aus eng zusammengepreßten Augen in die Dunkelheit, versuchte die Schatten zu durchdringen, die wie ein lautlos schwebender Vorhang aus Schwärze vor der Tür und der gegenüberliegenden Wand hingen. War er da? War es nichts als die Nähe des *Daij-Djan,* die er die ganze Zeit spürte? Drasks Worte fielen ihm ein, und genau wie in dem Moment, in dem er sie gehört hatte, überlief ihn ein eisiger Schauer. *Du hast einen Schutzengel, Skar...*

Vielleicht war es so. Aber wenn, dann war es ein schwarzer Cherubin, ein Engel des Todes, der Skar wie ein mordender Schatten überallhin folgte. War er da? *War er hier?!*

»Wo bist du?« flüsterte er. »Zeig dich, du Bestie!«

Natürlich antworteten die Schatten nicht. Die Dunkelheit schwieg, und nur das Echo seiner eigenen Worte kam zurück, wie leises, unendlich böses Hohngelächter.

Aber er spürte ihn. Er war hier, vielleicht nicht körperlich, aber er war hier. Vielleicht lauerte er in den Schatten, vielleicht... ja, vielleicht war er auch ein Teil von ihm, ein finsteres Stück seiner Seele, das auf gräßliche Weise Gestalt und Körper angenommen hatte.

Und plötzlich kam ihm ein Gedanke, der ihn um ein Haar hätte aufschreien lassen.

Niemand hatte den *Daij-Djan* bisher gesehen. Niemand, der dieses Treffen überlebt hätte.

Keiner außer ihm.

War es das, was Drask ihm hatte sagen wollen? dachte er. Vielleicht existiert das Ungeheuer gar nicht, war nur eine Ausgeburt seiner Phantasie, eine Chimäre, die sein eigener Geist erschaffen hatte, um ihn vor der Wahrheit zu schützen.

Vielleicht war *er* der *Daij-Djan*.

Der Gedanke ließ ihn nicht mehr los. Irgendwann im Laufe der Nacht schlief er doch ein, schon aus purer Erschöpfung, aber es war ein unruhiger, von düsteren Visionen und Alpträumen heimgesuchter Schlaf, aus dem er erschöpfter erwachte, als er hineingesunken war.

Lange vor Sonnenaufgang stand er wieder auf, zog sich an und verließ seine Kammer. Er war kein Gefangener – Drask hatte ihm nicht nur erlaubt, sondern ihn sogar ausdrücklich dazu aufgefordert, sich nach Belieben in der Festung umzusehen und auch Vorschläge zu machen, sollte ihm eine Schwäche in ihrer Anlage oder eine Möglichkeit zur Verbesserung auffallen.

Skar nutzte diese Erlaubnis nach Kräften aus. Länger als zwei Stunden lief er durch die weitverzweigten Gänge und Hallen der Burg, begutachtete die Wehrmauern und Türme, prüfte den Abschußwinkel der Katapulte, die Ausrichtung der Schießscharten und die Höhe der Brustwehr – tausend Dinge, die vor ihm schon andere getan hatten, viel gründlicher und erfahrener, als er es gekonnt hätte. Skar glaubte auch nicht wirklich, die Verteidigungsfähigkeit dieser Burg irgendwie verbessern zu können. Und er war sich auch darüber im klaren, daß dies nicht der Sinn von Drasks Worten gewesen war. Er brauchte einfach etwas, um sich abzulenken, und Drask seinerseits wollte wohl erreichen, daß die Männer in der Burg sich an Skars Anblick gewöhnten.

Vielleicht war dies das größte Problem, und Skar hatte noch nicht einmal wirklich damit begonnen, es zu lösen:

Er war Satai.

Jedermann hier wußte das, spätestens seit seinem Zusammenstoß mit Gorrn am vergangenen Tage. Und Skar gab sich jetzt keine Mühe mehr, seine Identität zu verheimlichen. Er trug *Tschekal* und Stirnband der Satai ganz offen, und fast bedauerte er jetzt, die Kleider des Satai, den er erschlagen hatte, nicht doch mitgenommen zu haben, denn er hätte sich im schwarzen Mantel und Brustpanzer seines Clans einfach wohler gefühlt als in den schweren Pelzen, die Drask ihm bereitgelegt hatte. Aber er spürte auch die Angst – und den Haß! – die ihm entgegenschlugen. Furcht und Angst in den Augen der Männer, denen er begegnete, und Haß, sobald sich ihre Blicke voneinander lösten und sie glaubten, er merke es nicht.

Das Gefühl schmerzte, auch wenn er es verstand. Vielleicht gerade deshalb um so mehr.

Was war aus Enwor geworden? dachte er bitter. Was war aus der Welt geworden, die zu beschützen er einst bei seinem Leben geschworen hatte? Was hatten sie getan, daß aus Gut Böse und aus Böse etwas noch Schlimmeres geworden war?

Zwei Stunden nach Sonnenaufgang traf er auf einen Leibdiener Drasks, der ihn offensichtlich schon eine geraume Weile gesucht hatte, denn er begann zu rufen und hektisch mit den Armen zu wedeln, lange ehe er Skar erreichte, und sein Atem ging sehr schnell. »Drask... wünscht Euch zu... sprechen, Herr«, keuchte er, als Skar stehenblieb und ihm so Gelegenheit gab, zu ihm aufzuholen. »Bitte kommt. Er... wartet schon eine ganze Weile auf Euch.«

»So?« Skar lächelte humorlos. »Warum hat er nicht meine Gedanken gelesen, um herauszufinden, wo ich bin?«

Der Diener blinzelte irritiert; offensichtlich verstand er nicht, was Skar meinte. Skar machte eine kurze Handbewegung, als er antworten wollte. »Schon gut. Bring mich zu ihm.«

Der Mann führte ihn zurück in die Turmkammer, in der er schon am Tage zuvor mit Drask zusammen gewesen war. Drask selbst war nicht da. Die Fenster standen jetzt weit offen, und im hellen Licht der Vormittagssonne wirkte die halbrunde Kammer um einiges freundlicher – und auch größer – als am Vortag. In der Luft hing ein schwacher, süßlicher Geruch, wie nach Weihrauch, und Skar sah, daß der Tisch reich gedeckt war – für *vier* Personen. Natürlich, dachte er. Drask hatte ihn sicher nicht hierhergebracht, weil er Gesellschaft brauchte. Das kurze Gespräch gestern war nur der Auftakt gewesen, und Skar ahnte nur zu gut, was nun kommen würde: lange Tage voller endloser Diskussionen, Beratungen und wieder Diskussionen. Drask – wer immer er war – (Skar kam mit einem Gefühl leiser Verwunderung zu

Bewußtsein, daß er bisher nicht einmal einen Gedanken an diese Frage verschwendet hatte) würde sich kaum damit zufrieden geben, sich zu fragen, warum Skar wohl hier war und dann achselzuckend weitermachen, als wäre nichts geschehen. Wahrscheinlich, dachte Skar finster, erwartete er eine Art von Wunder von ihm. Der Gedanke erfüllte ihn mit Zorn. Skar, der Satai, dachte er bitter. Der Retter der Welt. Was sollte er tun? Mit den Fingern schnippen und die Sternengeborenen dorthin zurückhexen, wo sie hergekommen waren?

»Wo ist dein Herr?« fragte er.

Der Diener fuhr zusammen, blickte Skar einen Moment sichtlich erschrocken an und rettete sich in ein verlegenes Lächeln. »Ich... weiß es nicht, Herr«, sagte er. »Man hat mir nur aufgetragen, Euch zu suchen und herzubringen. Aber er wird kommen«, fügte er hastig hinzu.

»Und das da?« Skar deutete auf den reich gedeckten Tisch. »Für wen ist das?«

»Ich weiß nicht«, wiederholte der Diener. »Drask pflegt immer gut zu essen. Und... und gerne in Gesellschaft.«

Ja, dachte Skar finster. Er konnte sich gut vorstellen, was kommen würde: Wahrscheinlich würde er das Vergnügen haben, den Vormittag in Gesellschaft irgendwelcher Generäle oder Heerführer zu verbringen, die ihn blöde anglotzten und darauf warteten, daß er weise mit dem Kopf nickte und ihnen mit acht oder zehn knappen Worten eine Verteidigungsstrategie unterbreitete, mit der sie die Quorrl innerhalb einer Woche in ihre Eiswälder zurücktrieben. Skar hatte plötzlich gute Lust, den Tisch umzuwerfen. Aber natürlich tat er es nicht.

»Es ist gut«, sagte er. »Du kannst gehen.«

Der Diener lief hinaus, noch ehe er ausgesprochen hatte. Skar spürte, wie froh er war, aus seiner Nähe verschwinden zu können. Sein Verhalten ärgerte ihn, aber er konnte es verstehen. Er hätte kaum anders reagiert, an seiner Stelle, hätte er sich unversehens einem Mann gegenübergesehen, dessen Brüder seit fünf Jahren versuchten, die Welt zu erobern.

Da es im Moment nichts anderes gab, was er tun konnte, setzte er sich, goß sich einen Becher Wein ein und nippte vorsichtig daran. Er war süß und sehr schwer, und Skar nahm sich vor, nicht zu viel davon zu trinken. Er hatte sich noch längst nicht richtig erholt und mußte einen klaren Kopf behalten.

Aber er blieb nicht lange allein. Schon nach wenigen Augenblicken hörte er Schritte draußen auf dem Gang, dann wurde die Tür aufgestoßen, und der Diener kam zurück. Er war nicht mehr allein. In seiner Begleitung befanden sich Syrr und ihr Bruder.

Skar stand auf, musterte die beiden verwirrt und sah den Diener an. »Was –«

»Drask hat es befohlen, Herr«, sagte der Diener hastig, und eindeutig im Tonfall einer Verteidigung. »Er... er sagte, die beiden hier sollten zu Euch gebracht werden. Er sagte, Ihr würdet ihre Gesellschaft schätzen.«

»Das... stimmt«, antwortete Skar automatisch. »Es ist gut. Du kannst gehen.«

Diesmal lief der Diener fast noch schneller aus dem Raum als beim erstenmal. Skar blickte ihm kopfschüttelnd nach, dann wandte er sich an Syrr. »Was ist mit den anderen?« fragte er. »Mit Enwass und seiner Familie? Sind sie in Ordnung?«

Talin starrte ihn nur wortlos an, während auf Syrrs Gesicht ein fast verletzter Ausdruck erschien. Wahrscheinlich war sie enttäuscht, daß Skar so wenig Freude über ihr unverhofftes Wiedersehen zeigte. Nun – genau das sollte sie schließlich sein.

»Sie... sind gesund«, antwortete sie schließlich. »Gorrn hat sie ins Lager bringen lassen, aber Drask selbst hat ihm noch einmal befohlen, sie gut zu behandeln. Ich war dabei.« Und plötzlich war ihre Selbstbeherrschung dahin. Mit einem halblauten Schrei stürmte sie auf Skar zu, warf sich an seine Brust und umklammerte ihn so fest, daß es beinahe weh tat. »Oh, Skar«, schluchzte sie. »Ich bin so froh, dich wiederzusehen. Ich... ich hatte solche Angst, daß sie dir etwas antun!«

Skar löste ihre Hände mit sanfter Gewalt, schob sie erst auf Armeslänge von sich und dann auf einen Stuhl. »Mir ist nichts geschehen«, sagte er betont knapp. »Wie du siehst, geht es mir sogar sehr gut. Aber was tut ihr hier?«

Syrrs Augen wurden groß. »Aber... aber ich dachte, du...«

»Ich?« Skar schnaubte. »Ich habe nichts damit zu schaffen. Ich habe dir schon einmal gesagt, daß ich weder dich noch deinen Bruder noch sonst irgendeine Familie brauche!«

Syrr war verletzt, aber das berührte ihn nicht. Verdammt, er hatte mehr als genug eigene Probleme und weder die Lust noch die Kraft, sich mit einer erst halb erwachsenen Waise und ihrem verhaltensgestörten Bruder abzugeben. Was dachte sich dieser Drask?!

»Ich dachte mir, es würde dir Freude bereiten, ein bekanntes Gesicht zu sehen, Skar«, antwortete eine Stimme von der Tür aus.

Skar fuhr herum und erkannte Drask, der unbemerkt eingetreten war. Zorn flammte in ihm auf.

»Und ich dachte, du hättest versprochen, es nicht mehr zu tun!« fauchte er.

Drask machte eine schuldbewußte Handbewegung. »Verzeih, Skar«, sagte er. »Alte Gewohnheiten legt man nicht so schnell ab. Wenn du willst, lasse ich diese beiden wieder ins Lager zurückbringen.«

Skar dachte einen Moment ernsthaft über seine Worte nach, aber dann schüttelte er den Kopf. Er hätte sie nicht geholt, hätte man ihn gefragt, aber Syrr und Talin jetzt wieder zurückzuschikken, hieße unnötig grausam zu sein. »Nein«, knurrte er. »Gib ihnen ein Zimmer. Vielleicht findest du für das Mädchen eine Arbeit in der Küche, oder sonst etwas, womit sie sich nützlich machen kann.«

»Aber Skar!« sagte Syrr. »Ich dachte –«

»Du sollst gehorchen, nicht denken!« unterbrach sie Skar grob. »Verschwinde!« Er trat ein Stück zurück und wedelte ungeduldig mit der Hand, als sie noch immer zögerte zu gehorchen. Einen Moment lang starrte Syrr ihn fast entsetzt an; mit einem Blick, der Skar an den eines verwundeten Rehs erinnerte, das einfach nicht begreift, woher das Messer in der Hand gekommen war, nach der es sich gebückt hatte, um sich streicheln zu lassen. Dann stand sie so abrupt auf, daß ihr Stuhl scharrend nach hinten flog und um ein Haar umfiel, warf den Kopf in den Nacken und stürmte hinaus.

Drask runzelte die Stirn, sagte aber kein Wort mehr, bis die beiden das Zimmer verlassen hatten. Dann drückte er die Tür hinter ihnen ins Schloß, wandte sich wieder Skar zu und lächelte verlegen. »Verzeih«, sagte er. »Ich dachte wirklich, es würde dich freuen. Manchmal bewahrt einen nicht einmal die Fähigkeit des Gedankenlesens davor, Fehler zu begehen.« Er seufzte, schüttelte abermals den Kopf und kam mit gemächlichen Schritten näher. »Was machen wir nun damit?« fragte er mit einer Geste auf den gedeckten Tisch. »Ein wenig viel für nur zwei, nicht wahr?«

»Was soll das?« fragte Skar grob. »Rufe einen Hofnarren, wenn du Scherze machen willst.«

Drask lachte leise. »Du magst das Mädchen«, stellte er fest.

»Unsinn!«

»Doch«, behauptete Drask. »Du bist nur so gereizt, weil du es nicht zugeben willst. Aber vielleicht ist es ganz gut so – wir haben viel zu besprechen.«

»Sicher«, fauchte Skar. »Ich habe auch schon einen Plan, weißt du? Gib mir ein Schwert und ein gutes Pferd, und ich reite nach Orkala und jage die Quorrl zurück in ihre Wälder.«

»Vielleicht machen wir es wirklich so«, antwortete Drask vollkommen ernst. »Aber erst laß uns essen. Eine Nacht ohne Schlaf macht mich immer sehr hungrig.«

Skar stellte die Frage nicht, die Drask mit seinen Worten provozieren wollte, sondern ließ sich ohne ein Wort auf seinen Stuhl sinken. Drasks einladende Geste, sich doch an den Speisen zu bedienen, ignorierte er. Drask zuckte die Achseln, seufzte abermals und beugte sich vor, um kräftig zuzugreifen.

Er entwickelte tatsächlich einen erstaunlichen Appetit. Und ganz getreu seinen Worten aß er sehr ausgiebig und in aller Ruhe, ehe er das Gespräch fortsetzte. Natürlich war sich Skar darüber im klaren, daß nichts von dem, was Drask tat, Zufall oder auch nur Gedankenlosigkeit war – es war ein Spiel, ein Spiel nach Regeln, die er nicht kannte, und das er verlieren mußte. Vielleicht wollte Drask nur sehen, *wie* er verlor. Es war nicht sehr fair, dachte Skar wütend, gegen einen Mann zu kämpfen, der seine Gedanken las, wie es ihm beliebte.

Fast eine halbe Stunde verging, bis Drask seinen Teller geleert hatte und zurückschob. »So«, erklärte er aufgeräumt, nachdem er mit einem gewaltigen Schluck Wein nachgespült hatte, »jetzt fühle ich mich schon besser. Du hast nichts gegessen?«

»Ich bin nicht hungrig«, erklärte Skar kurzangebunden.

»Das solltest du aber«, erwiderte Drask ernst. »Du hast so wenig Schlaf gehabt wie ich. Und du wirst deine Kräfte bitter nötig haben.«

»Kommst du endlich zur Sache?« knurrte Skar.

Drask zog eine Grimasse, trank einen weiteren Schluck Wein und füllte seinen Becher neu, ehe er weitersprach: »Warum bist du so, Skar?« fragte er. »Du stößt die vor den Kopf, die dir helfen wollen, und verletzt die am meisten, die dich lieben.«

»Vergiß es«, schnappte Skar. »Ich heirate nicht. Dich schon gar nicht.«

Drask starrte ihn eine Sekunde lang verdattert an, dann begann er schallend zu lachen. »Bravo!« sagte er. »Du schaffst es sogar, mich zu verblüffen. Ich sehe, daß zu stimmen scheint, was man sich über dich erzählt.« Er wurde übergangslos wieder ernst. »Aber ich spreche nicht von mir«, fuhr er fort. »Das Mädchen, Skar. Syrr. Sie liebt dich, weißt du das?«

Natürlich wußte er es. Er hatte gefürchtet, daß es so kommen würde, die ganze Zeit über.

»Und du hast Angst davor«, stellte Drask fest, als er nicht antwortete. »Nicht wahr? Du hast zu vielen Unglück gebracht – allen, die du geliebt hast. Und jetzt hast du Angst, daß es wieder geschehen könnte. Du hast Angst, daß deine Liebe den Tod bringt.« Er seufzte. »Ich kann dich sogar verstehen.«

Skars Zorn erlosch, und plötzlich fühlte er sich nur noch elend. Drask hatte recht, tausendmal recht. Und es war nicht nur Einbildung.

»Du magst sogar den Jungen«, fuhr Drask erbarmungslos fort. »Vielmehr, als du zugeben würdest, Skar.«

»Mögen? Dieses kleine Ungeheuer!« Skar lachte schrill.

»Oh, ja«, sagte Drask überzeugt. »Gerade deshalb glaubst du, ihn zu verabscheuen. Er erinnert dich an jemanden. An wen? An dich? Oder an Del?«

Skar fuhr auf. »Woher –« Dann fiel ihm wieder ein, daß es nichts in seinem Kopf gab, was Drask nicht wußte.

»Aber genug«, sagte Drask plötzlich. »Wir... haben anderes zu besprechen.« Er gähnte, ohne sich die Mühe zu machen, die Hand vor den Mund zu nehmen, trank wieder einen Schluck Wein und spielte einen Moment gedankenverloren mit dem Becher, ehe er fortfuhr, in völlig verändertem, sehr sachlichem Ton.

»Ich habe nachgedacht, Skar«, sagte er, »über dich, über uns, die Quorrl...« Er machte eine vage Handbewegung. »Ich glaube, ich weiß es jetzt.«

»Was?«

»Den Grund deines Hierseins«, erklärte Drask. Er hob rasch und besänftigend die Hand, als Skar auffahren wollte. »Es ist nur eine Vermutung«, fuhr er mit leicht erhobener Stimme fort. »Aber es ist das einzige, was Sinn macht.«

»Und was?« fragte Skar, als Drask abermals eine Kunstpause einlegte, während der er ihn nur auffordernd anstarrte. Drask schien einen ausgesprochenen Sinn für dramatische Auftritte zu haben; aber nicht unbedingt auch das dazu notwendige Talent.

»Sie brauchen dich, Skar«, antwortete Drask gewichtig. »Dein Erwachen war kein Zufall. Sie haben dich geweckt, weil sie dich brauchen.« Er beugte sich ein wenig weiter vor, befeuchtete seine Fingerspitze mit der Zunge und nahm einen Brotkrümel damit vom Teller auf. »Es muß etwas mit dem Kind zu tun haben. Irgend etwas, was nur du tun kannst, und sonst kein anderer: Wäre es nicht so, hätten sie niemals das Risiko auf sich genommen, dich zu wecken.«

»Oh«, sagte Skar spöttisch. »Das hält sich in Grenzen.«

»Unterschätze deine Macht nicht, Skar. Du hast sie schon einmal geschlagen, auch wenn es ein Pyrrhussieg war. Du bist vielleicht der einzige, der ihnen wirklich gefährlich werden kann. Und wir sollten diesen Umstand für uns nutzen.«

»Und wie?«

Drask zuckte die Achseln. »Eine gute Frage, die ich im Moment leider nicht beantworten kann. Noch nicht. Aber noch ist etwas Zeit. Solange du hier bist und nichts unternimmst, scheinen sie stillzuhalten.« Er seufzte. »Ich... habe einen Verdacht«, fuhr er stockend fort. »Einen sehr gewagten Verdacht. Ich gestehe, daß ich der einzige bin, der daran glaubt – aber dein plötzliches Erscheinen bekräftigt ihn.«

Skar unterdrückte ein ärgerliches Schnauben. »Warum erzählst du mir nicht einfach, was du zu wissen glaubst?« fragte er, mühsam beherrscht. »Ich habe wirklich keine Lust, Spielchen mit dir zu spielen.«

Drask zog eine Schnute. »Du gönnst einem alten Mann nicht das geringste Vergnügen, Skar. Aber gut: ich glaube, ich weiß, warum du hier bist. Du mußt das Kind finden.«

»Das... Kind?«

Drask nickte hektisch. »Es gibt keine andere Erklärung«, behauptete er. »Vermutet habe ich es schon länger, aber ich konnte es nie beweisen. Und ich habe nicht gewagt, mich zu überzeugen. Die Gefahr war –«

»Was vermutest du?« unterbrach ihn Skar grob.

»Daß sie nicht wissen, wo es ist«, antwortete Drask. »es ist siebzehn Jahre her, Skar. Eine lange Zeit. Siebzehn Jahre, seit die Prediger das Kind genommen haben und damit fortgegangen sind. Niemand weiß, wohin. Vielleicht wissen sie es selbst nicht.« Er begann aufgeregt zu gestikulieren, als Skar widersprechen wollte. »Es klingt unglaublich, ich weiß, aber es könnte so sein. Siebzehn Jahre sind eine sehr lange Zeit. Es könnte sein, daß sie seine Spur verloren haben.«

»Aber sie sind –«

»Götter?« unterbrach ihn Drask. Er schüttelte den Kopf. »Oh, nein, das sind sie nicht. Sie sind Wesen, deren Macht der von Göttern nahe kommt, aber auch sie sind nicht allwissend, und nicht allmächtig. Wären sie es, dann würden wir jetzt nicht hier sitzen, Skar. Wir haben uns gegen sie gewehrt, fast fünf Jahre lang. Auch sie können Fehler machen. Und überlege: Es kann kein Zufall sein, daß du nach all der Zeit wieder erwacht bist, ausgerechnet jetzt, wo sie zum entscheidenden Sturm ansetzen.«

Skar schwieg verwirrt. Drasks Theorie klang haarsträubend im ersten Moment. Und doch... Hatte nicht sein erster Gedanke seinem Kind gegolten, kaum daß er erwacht war?

Aber das war nur natürlich, nach allem, was passiert war. Und Drask hatte –

»Ich könnte es beweisen«, drang Drasks Stimme in seine Gedanken.

Skar sah ihn zweifelnd an. »Beweisen?«

»Ja. Aber es ist... es *könnte* gefährlich sein.« Er hob seinen Becher, setzte ihn an die Lippen und trank wieder, ohne Skar dabei auch nur einen Sekundenbruchteil aus den Augen zu lassen. »Es könnte sein, daß ich alles riskiere. Nicht nur mein Leben.«

»Und wie?«

Drask schüttelte den Kopf. »Erst muß ich wissen, was du tun wirst«, sagte er. »Es ist wichtig, Skar, glaube mir. Was wirst du tun, wenn du deinen Sohn findest?«

»Was soll ich denn tun, deiner Meinung nach?« fragte Skar. Ein sehr ungutes Gefühl begann sich in ihm breitzumachen. Er glaubte zu ahnen, was Drask antworten würde. Und er war sich nicht sicher, ob er diese Antwort wirklich hören wollte.

»Das einzige, was Enwor vielleicht noch rettet«, sagte Drask ruhig. »Das Kind töten.«

Skar erschrak nicht. Drask sprach nur aus, was er selbst die ganze Zeit über schon gewußt hatte. Wenn alles so war, wie Drask behauptete, war es der einzige Ausweg.

»Ich bin nicht einmal sicher, ob ich es könnte«, sagte er, mit einer Ruhe, die ihn selbst erschreckte. »Selbst wenn ich es wollte.«

»Warum? Weil es dein Sohn ist? Dein Fleisch und Blut?«

Sein Fleisch und Blut... Skar lächelte bitter. Nein, das war nicht der Grund. Das Kind war sein Sohn. Er hatte es gezeugt, aber das war auch schon alles. Er hatte es nicht gewollt, es nicht gewußt, bis es fast zu spät war, und er hatte es alles in allem weniger als einen Monat gekannt. Einen Augenblick lang lauschte er aufmerksam in sich hinein, aber da war nichts. Keine Vatergefühle, keine Liebe, keine irgendwie geartete Verbindung. Nur Furcht.

»Nein«, sagte er laut. »Aber wenn er das ist, was du behauptest, dann... dann kann man es vielleicht nicht einmal töten.«

»Unsinn«, sagte Drask. »Er ist ein Mensch, oder? Ein Mensch hat ihn gezeugt, und ein Mensch hat ihn geboren. Was immer sein Geist ist, sein Körper ist aus Fleisch und Blut. Er muß essen und atmen, und er kann sterben. Ob das allerdings noch etwas ändert«, fügte er etwas leiser hinzu, »weiß ich nicht.«

Wieder verging viel Zeit, ehe Skar antwortete. »Ihn töten...«, murmelte er schließlich. Etwas an diesem Wort erfüllte ihn mit Schrecken. Er war nicht sicher, ob er es konnte. Er war nicht einmal sicher, ob er es wirklich wollte.

»Denke daran, was er ist«, sagte Drask rasch. »Du erinnerst dich an ein hilfloses Kind, aber er ist jetzt achtzehn Jahre alt, ein Mann. Nun?«

»Gib mir ein wenig Zeit«, bat Skar. »Ich –«

»Zeit«, sagte Drask, »ist so ungefähr das einzige, was wir nicht haben, Skar. Ich weiß ja nicht einmal, ob ich recht habe. Vielleicht ist alles ganz anders. Aber wenn, dann müssen wir schnell handeln.«

»Aber wie willst du ihn finden?«

Drask lächelte dünn. »Ich kann es«, behauptete er. »Du mußt wissen, daß ich nicht nur der Kommandant dieser Festung bin. Ich... verfüge über gewisse Möglichkeiten, den Aufenthaltsort deines Sohnes herauszufinden, wenn ich es wirklich will.«

»Und warum hast du es dann nicht längst getan?«

»Aus Furcht«, erwiderte Drask schnell, und Skar spürte, daß er nur auf diese Frage gewartet hatte. »Ich könnte ihn finden, aber ich liefe Gefahr dabei, daß ich ihnen den Weg zeige. Wenn sie wirklich nicht wissen, wo er ist, möchte nicht ich es sein, der sie mit der Nase darauf stößt. Aber jetzt...« Er seufzte, legte beide Hände flach vor sich auf die Tischplatte und betrachtete einen Moment lang so konzentriert seine kurzgeschnittenen Fingernägel, als stünden die Antworten auf alle seine Fragen darauf geschrieben. »Wir haben nicht mehr viel zu verlieren, Skar. In wenigen Wochen setzt die Schneeschmelze ein, und dann werden sie kommen. Keine Macht der Welt vermag sie dann noch aufzuhalten. Auch nicht die Mauern dieser Festung, oder meine eigene bescheidene Magie. Nur du.«

Skar sah den Alten überrascht an. Es war das erste Mal, daß Drask zugab, ein Magier zu sein. »Magie?«

»Du glaubst nicht daran, ich weiß«, sagte Drask lächelnd. »Nimm es als einen nützlichen Begriff, in einem Wort zu erklären, wozu ich sonst Wochen bräuchte. Du hast meine Frage nicht beantwortet.«

Aber das tat Skar auch jetzt nicht. Er konnte es nicht.

Er beantwortete die Frage des Magiers auch am nächsten Tag nicht, und auch nicht am Tage danach und dem diesem folgenden; an keinem Tag der folgenden zwei Wochen, die er auf Drasks Trutzburg verbrachte, ohne daß etwas Nennenswertes geschah. Er dachte nicht einmal ernsthaft darüber nach, ja, er konnte es nicht einmal – etwas in ihm schreckte allein vor der Vorstellung zurück, so heftig, daß all seine Willenskraft nicht ausreichte, diesen Widerstand zu überwinden. Drask seinerseits versuchte nicht, Skar zu einer Entscheidung zu zwingen, denn er schien zu ahnen, daß er damit wohl eher das Gegenteil dessen erreichen würde, was er wollte.

Skar erholte sich zusehends. Drask schien wirklich eine Art Zauberer zu sein, zumindest was die Heilkunst anging, denn Skars zahllose Wunden und Abschürfungen heilten mit geradezu unheimlicher Schnelligkeit, nachdem sich der Alte ihrer angenommen hatte. Er spürte, wie seine alte Kraft und Schnelligkeit zurückkehrte, sehr langsam zuerst, dann immer rascher und rascher. Fast wie durch Zauberei... Drask antwortete auf Skars dementsprechende mißtrauische Frage nur mit einem geheimnisvollen Lächeln, aber Skar drang nicht weiter in ihn.

Letztendlich war es völlig gleich, *wie* er genas. Und vielleicht, versuchte er sich einzureden, war es ja eine Art ausgleichender Gerechtigkeit – Zauberei hatte ihn krank und schwach werden lassen, warum also sollte sie ihn nicht auch heilen?

Er lernte die Festung in allen Einzelheiten kennen. Drask erwies sich als geduldiger und überaus redseliger Fremdenführer, der seine Aufforderung an Skar, ihm zu sagen, wenn ihm etwas Negatives auffiel, gar nicht oft genug wiederholen konnte. Skar fiel nichts auf – er war Krieger, kein Festungsbaumeister, seine Welt war das offene Feld, nicht die Burg – aber er begriff, daß die Männer, die diese Burg in nur drei Jahren aus dem Boden gestampft hatten, wahre Meister ihres Faches gewesen sein mußten: Drask machte ihn auf Details und Finessen aufmerksam, von denen er zuvor nicht einmal geahnt hatte, daß sie möglich waren, und Skars erster Eindruck bestärkte sich – nämlich daß, wer immer diese Burg erstürmen wollte, einen entsetzlichen Blutzoll dafür zahlen mußte.

Nicht, daß das irgend etwas an seiner Überzeugung änderte. Die Burg würde fallen, so oder so. Es waren keine hirnlosen Quorrl, auf deren Ansturm sie wartete.

Trotzdem nahm er jede Gelegenheit wahr, sich von Drask herumführen zu lassen, denn viel wichtiger als die Befriedigung von Drasks Besitzerstolz war etwas anderes: Skar begann die Männer kennenzulernen, die in der Burg lebten. Und sie ihn. Die kaum verhohlene Feindseligkeit, die er am ersten Morgen gespürt hatte, schwand ganz allmählich und machte Mißtrauen und schließlich verhaltenem Respekt Platz. Skar war weit davon entfernt, mit einem der Männer hier Freundschaft zu schließen, aber die Zeit arbeitete für ihn, und er wußte es. Wo zuerst nur nackte, fast panische Angst und purer Haß in den Augen der Männer gewesen war, begannen die Erinnerungen an eine andere Zeit die Oberhand zu gewinnen: eine Zeit, in der das Stirnband der Satai noch für Ordnung und Gerechtigkeit gestanden hatte. Viele der Männer hier hatten miterlebt, wie Satai ihre Brüder und Schwestern niedergemacht hatten, das wußte er von Drask, aber das andere, ältere Bild, das sie von den Satai hatten, war stärker. Am Ende dieser zwei Wochen haßte ihn niemand mehr. Es war das gleiche, was ihm mit Enwass und Syrr und Talin widerfahren war: Die Furcht schlug in Erleichterung um, als sie endlich begriffen, daß er nicht ihr Feind war. Er konnte direkt spüren, wie sich die Stimmung in der Burg besserte. Die angespannte Niedergeschlagenheit, die er registriert hatte, machte vorsichtigem Optimismus Platz, einfach, weil er da war. Vielleicht war es nicht einmal die Tatsache, daß er Satai war und auf ihrer Seite stand – jedem der Männer mußte klar sein, wie wenig ihnen ein einzelner Mann helfen konnte, wenn das Frühjahr und mit ihm die Quorrl kamen. Aber er war so etwas wie ein Symbol, ein Stück der alten, schon verloren geglaubten Ordnung, das unversehens zurückgekommen war. Skar wußte sehr gut, daß er diese Hoffnung enttäuschen würde. Aber das spielte keine Rolle. Zum ersten Mal in seinem Leben genoß er es, sich ganz bewußt selbst zu belügen, sich einzureden, daß er unter Freunden und in Sicherheit war. Es war eine Illusion, und er wußte es, aber er genoß sie.

Sie hielt genau zwei Wochen lang, dann holte ihn die Wirklichkeit wieder ein.

Am Abend des vierzehnten Tages, den er auf der Burg verbrachte, ließ ihn Drask zu sich rufen. Skar dachte sich nichts Außergewöhnliches dabei – mit Ausnahme eines halben Tages, den er draußen im Lager verbracht hatte, um Enwass und seine Familie zu besuchen, hatte es kaum eine Stunde gegeben, die er nicht zusammen mit Drask verbrachte.

Aber als er Drasks Kammer betrat, begriff er, daß etwas geschehen war. Die gelöste Stimmung, in der er dem Diener gefolgt war, verflog wie ein Spuk, als er den Ausdruck auf Drasks Zügen sah. Für einen kurzen Moment schien es, als wäre es plötzlich genau umgekehrt wie bisher: Er wußte, was Drask ihm zu sagen hatte, so sicher, als hätte *er* nun *seine* Gedanken gelesen.

Der Alte schwieg geduldig, bis sich der Diener, der Skar heraufbegleitet hatte, nach seinen weiteren Wünschen erkundigt hatte und gegangen war; dann bedeutete er Skar mit einer knappen Handbewegung, sich zu setzen. Skar war versucht, die Einladung abzulehnen; dann begriff er, wie kindisch eine solche Reaktion gewesen wäre. Schweigend ließ er sich auf den angebotenen Stuhl sinken und sah zu Drask auf.

»Du weißt, warum ich dich rufen ließ«, begann Drask.

Skar nickte. Ein schlechter Geschmack begann sich auf seiner Zunge breit zu machen. Warum stand er nicht einfach auf und ging?

»Du hast dich erholt in den letzten Wochen«, fuhr der Alte fort. »Ich habe dich beobachtet. Dein Körper ist geheilt, und deine Kraft kehrt zusehends zurück. Vielleicht wirst du nie wieder der werden, der du einmal warst, aber du bist noch immer ein Satai, und ich tat, was mir möglich war.« Er lächelte bedauernd. »Meine Macht reicht lange nicht an die der Gesichtslosen Prediger heran, aber ich habe getan, was ich konnte. Es muß genügen.«

»Ich weiß«, sagte Skar leise. Er versuchte vergeblich, seinen Worten einen bitteren Klang zu verleihen. In ihm war nichts als Leere. Er wußte, was kommen würde. Er hatte diesen Moment herbeigefürchtet, in jeder einzelnen Sekunde der vergangenen beiden Wochen. Jetzt drohte er in Panik zu geraten. Die fast unnatürliche Ruhe, die von ihm Besitz ergriffen hatte, täuschte. Sie war nur eine dünne Tünche, unter der das Entsetzen mit all seinen Fratzen und Grimassen lauerte. »Und jetzt«, sagte er leise, »verlangst du deinen Lohn, nicht wahr?«

»Meinen Lohn?« Drasks Gesicht verdüsterte sich vor Zorn. *»Meinen Lohn?!«* wiederholte er. »Siehst du es so? Glaubst du wirklich, ich wäre nichts als ein kleiner Krämer, der um eine Belohnung für seine Dienste schachert?!«

»Nein«, sagte Skar hastig. Drasks Zorn war nicht gespielt. Skars Worte hatten ihn verletzt, viel tiefer, als Skar es absichtlich hätte tun können. Es tat ihm leid. Er mochte Drask noch immer nicht, und wahrscheinlich war es überhaupt unmöglich, diesen Mann zu mögen, egal wie gut man ihn kannte. Aber ihn zu verletzen war das letzte, was er wollte. »Entschuldige«, murmelte er. »Ich... wollte das nicht sagen.«

»Doch«, behauptete Drask aufgebracht, »das wolltest du! Du –« Er hob zornig die Hand, eine ganz impulsive Bewegung, wie man sie einem ungezogenen Kind gegenüber machen würde, um es zu züchtigen, brach aber dann plötzlich mitten im Satz ab und ließ auch den Arm wieder sinken.

»Du bist nun einmal so«, fuhr er fort, wenn auch mit gänzlich anderer Betonung. Jeder Zorn war mit einem Male aus seiner Stimme verschwunden. Wenn Skar überhaupt noch etwas darin hörte, dann allenfalls noch eine tiefe, mit Trauer gepaarte Resignation.

»Vielleicht hast du sogar recht«, sagte er plötzlich. »Ja, ich verlange meine Belohnung. Es steht zu viel auf dem Spiel, als daß ich es mir noch leisten könnte, irgend etwas zu verschenken.« Er schwieg einen Moment, schüttelte plötzlich den Kopf, als hätte er sich in Gedanken eine Frage gestellt und im selben Augenblick selbst beantwortet, dann ging er mit schnellen trippelnden Schritten um den Tisch herum und setzte sich ebenfalls. Seine Hände glitten wie kleine selbständige Lebewesen aus grau gewordenem Fleisch über die zerfurchte Platte. Er sprach nicht weiter.

»Du verlangst eine Antwort«, sagte Skar.

Drask nickte. »Ja. Du hattest Zeit genug. Sage nicht, daß ich dir nicht genug Zeit gelassen hätte.«

Zeit... Skar lächelte bitter. Als ob es einen Unterschied machte, ob er eine Stunde oder ein Jahr Frist hatte, eine Frage zu beantworten, die er nicht beantworten konnte.

»Das macht es!« behauptete Drask. »Du warst verwirrt, als du hier ankamst. Verwirrt und verletzt und voller Furcht und Zorn.«

Skar fiel nicht einmal mehr auf, daß er die Worte nicht laut ausgesprochen hatte, sondern nur gedacht hatte. Er fühlte sich in die Enge gedrängt, hilflos, und dieses Gefühl ließ seine Verwirrung unversehens in Zorn umschlagen.

»Warum liest du nicht einfach meine Gedanken, wenn du die Antwort erfahren willst?« schnappte er.

»Weil sie nicht darin steht«, antwortete Drask. »Denkst du, ich hätte es nicht getan?« Er schnaubte, blieb aber trotzdem ganz ruhig. Nur in seinem Blick war mit einem Male etwas Neues; etwas, das Skar nicht greifen konnte, das ihn aber mehr und mehr verunsicherte. Er erinnerte sich, wie angenehm ihm Drasks Gegenwart in den ersten Tagen gewesen war. Während der vergangenen zwei Wochen war er lange genug mit dem Alten zusammen gewesen, dieses Gefühl schlichtweg zu vergessen, ganz einfach, weil er sich daran gewöhnt hatte. Jetzt war es wieder da, und heftiger als zuvor. »Ich habe deine Gedanken gelesen, Skar«, bekannte er freimütig, »öfter, als du ahnst – willst du es mir vorwerfen?«

Skar schwieg.

»Die Antwort steht nicht darin. Du weißt sie selbst noch nicht, weil du dich bisher geweigert hast, wirklich danach zu suchen. Du hast Angst davor, und das kann ich verstehen. Aber ich kann nicht mehr warten. Was wirst du tun?«

Skar starrte ihn an. Nicht einmal jetzt war es ihm möglich, zu einer Entscheidung zu kommen. Was Drask von ihm verlangte, war... unmöglich. »Warum jetzt?« fragte er leise. »Warum nicht gestern? Oder morgen?«

»Weil etwas... geschehen ist«, antwortete Drask mit unmerklichem Zögern. Seine Hände hörten auf, mit kleinen scharrenden Bewegungen über die Tischplatte zu huschen, und lagen mit einem Male ganz still. Der Anblick erinnerte Skar an zwei große, tote Spinnen.

»Ich habe dir gesagt, daß ich ihn finden könnte, wenn es sein müßte«, fuhr Drask halblaut fort. Er wich Skars Blick aus.

Skar verstand es nach Sekunden. »Du hast...«

»Ich habe getan, was ich tun mußte«, unterbrach ihn Drask, sehr scharf und lauter, als notwendig gewesen wäre. »Zum Teufel, starr mich nicht so an! Ja, ich habe ihn suchen lassen.«

»Und gefunden?« Skars Stimme war fast tonlos. Sein Herz jagte, und er spürte, wie seine Hände vor Erregung feucht wurden. *Was hatte dieser alte Narr getan?!*

Drask nickte. Er wollte antworten, aber zum ersten Mal, seit Skar ihn kannte, schienen ihm die Worte zu fehlen. Seine Selbstsicherheit zerbröckelte wie eine Maske aus Gips. Mit einem Male sah er sehr besorgt aus; mehr noch – das Glitzern in seinen Augen war eindeutig Furcht. Eine ganz bestimmte Art von Furcht, die auch Skar nur zu gut kannte: die Angst, einen Fehler begangen zu haben. »Ja«, sagte er schließlich. »Jedenfalls... glaube ich es.«

»Du glaubst?« Skar richtete sich kerzengerade auf. »Du bist nicht sicher, Drask?« fragte er scharf. »Du selbst hast mir erzählt, wie groß das Risiko ist, das du eingehst, wenn du nach...« Er brachte es nicht fertig, zu sagen: meinem Sohn. »...dem Kind suchst. Und jetzt bist du nicht einmal sicher?«

Drask hob beschwichtigend die Hand. »Ich bin fast sicher«, sagte er. »Und das Risiko ist kleiner, als du denkst. Ich weiß nicht, ob sie meine...« Er lächelte matt. »Manipulationen... überhaupt bemerken. Und wenn... Nun, täusche ich mich, so führt sie die Spur, die ich hinterlassen habe, nur in die Irre.« Er lächelte nervös, und Skar begriff, daß zumindest der letzte Teil seiner Antwort wohl eher dem Bedürfnis entsprang, sich selbst zu beruhigen, als wirklicher Überzeugung.

»Ich erwarte den endgültigen Beweis noch im Laufe der nächsten Stunden«, fuhr Drask fort. »Und bis dahin brauche ich deine Antwort, Skar.«

»Du läßt mir keine Wahl«, antwortete Skar zornig. »Wenn du recht hast, und das Kind, das du aufgespürt hast, ist wirklich mein Sohn –«

»Werden wir ihn töten«, sagte Drask ruhig. »Ob mit oder ohne deine Hilfe. Wenigstens werden wir es versuchen.«

»Und wie?« Skar schüttelte den Kopf, seufzte, und zwang sich, dem Blick von Drasks dunklen Augen standzuhalten. Es war schwer, aber er konnte es. »Wo ist er?«

»Deine Antwort.«

»Wo?« beharrte Skar. »Wo ist er, Drask?«

Der alte Magier seufzte, aber er schien einzusehen, daß er diese Runde des Spieles nicht nur nach seinen Regeln spielen konnte.

»Nicht sehr weit von hier«, sagte er resignierend. »Zwei Tagesreisen zu Pferde, eine halbe Nacht, auf dem Weg, den ich dir zeigen kann.«

»So nahe?« fragte Skar zweifelnd, wobei er den letzten Teil von Drasks Worten geflissentlich überhörte. Er wollte nichts von Zauberei und Magie hören. Obwohl er noch immer nicht wirklich an derartige Dinge glaubte, hatten sie ihm schon zu viel Schaden zugefügt. Und anderen.

»Es ist nur logisch«, erwiderte Drask. »Er ist der Schlüssel zu ihrer Macht. Ihr Trumpf. Würdest du deine stärkste Waffe nicht dorthin schicken, wo sie gebraucht wird?«

Es dauerte einen Moment, bis Skar der Fehler in Drasks Argumentation auffiel. Dann schüttelte er heftig den Kopf. »Nein«, sagte er ruhig. »Zumindest nicht, wenn ich nicht einmal genau wüßte, wo sie ist.«

Drask lächelte. Ganz offensichtlich hatte er mit dieser Antwort gerechnet. Wieder einmal spürte Skar, wie grenzenlos unterlegen er diesem verbrauchten alten Mann war. »Natürlich wissen sie es nicht«, antwortete er. »Aber er. Er ist klug, Skar. Immerhin ist er dein Sohn.«

»Wenn er es ist«, sagte Skar rasch.

Drask nickte. »Wenn er es ist. Aber wie gesagt – ich bin fast sicher. Und ich denke, in spätestens zwei Stunden den endgültigen Beweis zu haben.« Er erhob sich mühsam, schlurfte zu einer Truhe an der gegenüberliegenden Wand und stemmte ächzend den schweren Deckel in die Höhe. Einen Moment lang kramte er vor sich hinmurmelnd darin herum, dann kam er zurück und breitete eine sorgsam gemalte Karte des Grenzgebietes zwischen Orkala und Bayfour zwischen sich und Skar auf dem Tisch aus, ehe er sich wieder setzte.

»Hier sind wir«, sagte er und stieß mit einem dürren Finger nach einer kunstvoll gemalten Burg, die quer über dem Fluß thronte. Skar beugte sich neugierig vor, um den Gesten des Alten bei der schlechten Beleuchtung besser folgen zu können. Drasks Zeigefinger folgte ein kurzes Stück weit dem gewundenen Band des Flusses und wich dann nach Osten ab. »Und hier ist ihr Lager.«

»Wessen?«

»Das Hauptquartier der Satai«, sagte Drask. Sein Blick haftete bei diesen Worten unverwandt auf Skars Gesicht. Etwas Lauerndes war in seine Augen getreten. Skar versuchte es zu ignorieren.

»Du... denkst, er ist bei ihnen?«

»Es ist die einzig logische Erklärung«, sagte Drask nickend. »Niemand hat die Verbotenen Inseln oder gar den Berg der Götter betreten seit jenem schrecklichen Tag vor fünf Jahren, aber wir wissen, daß zumindest einer der Hohen Satai den Heereszug angeführt hat. Er ist hier!« Sein Zeigefinger stieß so wuchtig auf die Karte herab, als wolle er sie durchbohren. »Und dein Sohn ist bei ihm! Ich weiß es, Skar!«

»Die... die Hohen Satai?« Skar sah verwirrt auf, dann blickte er wieder auf die Karte. »Aber sie... verlassen niemals...«

»Dieser schon!« unterbrach ihn Drask. »Vielleicht hat dein Sohn ihn dazu gebracht, vielleicht *ist* er auch dein Sohn – alles ist möglich. Der Kriegsherr der Satai ist hier, in diesem Lager, hundert Meilen im Osten. Schon allein seinetwegen würde ich den Angriff riskieren!«

»Wie viele sind bei ihm?« fragte Skar atemlos. Etwas in ihm begann zu arbeiten. Der Kriegsherr der Satai? Einer der Dreizehn Unberührbaren? Wie so vieles, was er in den letzten Tagen erlebt und gehört hatte, war es unvorstellbar. Niemals, *niemals!* verließen die Hohen Satai den Berg der Götter, oder gar ihre Insel.

»Satai? Nicht viele«, antwortete Drask. »Seine Leibwache: ein Dutzend der besten Krieger, die er hat.«

»Mehr nicht?« fragte Skar zweifelnd. »Dann –«

»Und ungefähr vierzigtausend Quorrl«, fügte Drask ungerührt hinzu. Skar zog es vor, nicht weiter zu sprechen.

»Trotzdem ist es möglich«, fuhr Drask fort. »Ich kann binnen einer Woche genug Krieger zusammenziehen, den Angriff zu riskieren, und wir können ihr Lager erreichen, ehe sie Entsatz erhalten. Aber ich muß dir nicht sagen, welchen Preis wir bezahlen müßten.«

Nein, das mußte er nicht. Skar sah die Szene wie in einer blitzartigen, entsetzlichen Vision vor seinem geistigen Auge: selbst wenn Drasks Truppen die Schlacht gewannen – was nicht gesagt war, denn es waren Quorrl, gegen die sie kämpften, und sie wurden von einem Mann geführt, der wahrscheinlich jeden militärischen Trick und Winkelzug kannte, der jemals ersonnen worden war – selbst dann wäre es eine Schlacht, die die Geschichte Enwors verändern mußte.

»Du könntest es schaffen«, sagte Drask eindringlich. »Du bist Satai. Niemand kennt dich dort im Lager. Es ist gefährlich ...« Er schwieg einen Moment. »Nein, ich will dir nichts vormachen. Wahrscheinlich würdest du getötet. Aber du könntest hingehen, ohne entdeckt zu werden. Niemand würde Verdacht schöpfen, bei einem Satai. Du könntest ihn töten.« Er seufzte. »Du oder hunderttausend meiner Krieger, Skar.«

Skars Hände schlossen sich so fest um die Tischkante, daß das zollstarke Holz zu knirschen begann. »Das ist nicht fair«, sagte er gepreßt. »Du ... du wirfst das Schicksal einer ganzen Welt in die Waagschale, und verlangst von mir, daß ich entscheide!«

»Fair?« Drask schnaubte. Sein Gesicht verzerrte sich. Für einen Moment sah er wirklich aus wie der uralte Mann, als den Skar ihn kennengelernt zu haben glaubte. Seine Hand ballte sich zur Faust und krachte auf die Karte hinunter. »Fair?« wiederholte er. »Was redest du, Skar? Die Völker Enwors kämpfen um ihr Überleben! Ich kann es mir nicht leisten, fair zu sein. Nicht zu dir oder irgendeinem sonst. Nicht einmal zu mir selbst.«

Skar schloß die Augen und versuchte mit aller Macht, an nichts zu denken. Es gelang ihm nicht. Es war einfach nicht *fair!* hämmerten seine Gedanken. Es war nicht richtig. Drask hatte kein Recht dazu! Wenn es ihm nicht gelang, das Kind zu töten?

»Dann verfahren wir nach meinem Plan und greifen das Lager an«, sagte Drask. »Der Einsatz ist hoch, Skar, aber uns bleibt keine Wahl.«

Und wenn er versagte? Wenn er dieses Kind des Schreckens gar nicht töten konnte?

»Du kannst es, Skar«, sagte Drask. »Du mußt es!«

Skars Bewegung kam so schnell, daß selbst Drasks Reaktion zu spät kam; obgleich er im selben Moment wie Skar wußte, was er tun würde. Skar sprang hoch, griff mit beiden Händen über den Tisch und zerrte den Alten so grob in die Höhe und zu sich heran, daß seine Rippen mit einem hörbaren Laut über die Tischkante scharrten. Drask keuchte vor Schmerz.

»Hör auf, meine Gedanken zu lesen«, sagte Skar gepreßt. »Noch einmal, und –«

»Laß... mich... los«, keuchte Drask. Er zappelte hilflos in Skars Griff. »Du... erwürgst mich... ja!«

Skar ließ los. Drask sackte mit einem halberstickten Keuchen zurück, griff sich an den Hals und verfehlte den Stuhl, auf den er sich sinken ließ. Mit einem neuerlichen Schmerzlaut ging er zu Boden und blieb einen Moment stöhnend liegen, ehe er sich umständlich auf Hände und Knie hochstemmte. Was war das in seinem Blick? dachte Skar entsetzt. Wut und Zorn und Furcht – aber auch Triumph. Ein böser, kaum mehr unterdrückter Triumph.

»Damit änderst du nichts, Skar«, keuchte er. Seine Augen flammten, als er zu Skar hochsah, aber es war ein Zorn, der auf sonderbare Weise nicht Skar zu gelten schien, sondern etwas anderem, das er in diesem Moment in ihm sah. »Ich... ich habe dir schon einmal gesagt, daß du dich vielleicht selbst belügen kannst, aber mich nicht.«

Er stand auf, die linke Hand gegen den Hals, die rechte gegen seine schmerzenden Rippen gepreßt, und humpelte auf Skar zu. Sein Haar hing wirr in die Stirn, so daß Skar die große, weiß umrandete Narbe erkennen konnte, die bisher darunter verborgen gewesen war.

»Schlag mich ruhig, wenn es dich erleichtert«, zeterte er. »Schlag mich, aber danach antworte! Verdammt, stell dich einmal im Leben der Wahrheit!«

»Was... was meinst du damit?« stammelte Skar. Ganz instinktiv wich er ein Stück vor Drask zurück, als wäre *er* plötzlich der Angegriffene, der sich fürchten mußte.

»Was ich damit meine?« Drask zog eine Grimasse. »Du weißt es wirklich nicht, wie? Du belügst dich selbst jetzt noch! Aber bitte: Ich meine, daß du diesmal nicht davonlaufen kannst, Satai. Diesmal mußt du dich entscheiden, ob es dir gefällt oder nicht!«

»Davonlaufen?« *Davonlaufen? Er war niemals in seinem Leben vor irgend etwas geflohen!*

»Jawohl, davonlaufen!« schrie Drask. »So wie du es immer getan hast. Du hast nie eine Entscheidung gefällt, Skar, niemals. Ich weiß, daß du es nicht wahrhaben willst, aber ich kenne dich. Ich kenne dich besser als du selbst, vergiß das nicht! Du hast dich niemals entschieden. Du bist stark, und trotzdem bist du im Grunde nichts als ein elender Feigling, Satai. Und vielleicht ist das auch der einzige Grund deiner Stärke. Du hast immer andere deine Entscheidungen treffen lassen, ist es nicht so? Du hast niemals gesagt, was zu tun ist. Und du hast immer andere den Preis zahlen lassen, wenn du einen Fehler begangen hast. Aber diesmal geht das nicht mehr!«

Er humpelte auf Skar zu, packte ihn mit seiner dünnen Greisenhand bei der Schulter und schüttelte ihn so lange, bis Skar seinen Arm mit einer wütenden Bewegung beiseite fegte.

»Du redest irre, alter Mann!« sagte er aufgebracht.

»So?« keifte Drask. »Tue ich das? Dann sag mir, wann du jemals für das bezahlt hast, was geschehen ist! Alle sind tot – Vela, Kiina, die Sumpfleute, Del, Herger, selbst die Freisegler, die das Pech hatten, ihr Schiff an dich zu vermieten. Du lebst. Du lebst, weil du es immer verstanden hast, anderen die Verantwortung für dein Tun zuzuschieben, so geschickt, daß du es nicht einmal selbst gemerkt hast. Aber das geht jetzt nicht mehr, Satai! Du bist der Vater dieses Kindes, und du bist der einzige, der es töten kann! Der einzige, verstehst du?« Er schüttelte die Faust vor Skars Gesicht.

»Aber das... das ist nicht wahr!« keuchte Skar. Drasks Worte trafen ihn wie Peitschenhiebe. Etwas in ihm krümmte sich wie ein getretener Wurm. Eisiges Entsetzen griff nach seiner Seele und lähmte ihn. »Das ist nicht wahr!« wiederholte er. »Du –«

»Es ist wahr!« schrie Drask. »Und du weißt es! Aber leugne es ruhig. Meinetwegen geh. Geh!« Er versetzte Skar einen Stoß mit der flachen Hand und deutete wütend zur Tür. »Geh, Satai! Nimm dir ein Pferd und reite fort! Ich werde dich nicht aufhalten! Reite so weit, wie du kannst. Wer weiß, vielleicht entkommst du auch diesmal wieder. Vielleicht findest du eine Ecke, in der dich nicht einmal die Quorrl aufspüren. Steige von mir aus auf den höchsten Berg Enwors und sieh zu, wie sie unsere Welt in Schutt und Asche legen. Aber mach nicht mich dafür verantwortlich!«

»Du lügst!« wimmerte Skar. Es war nicht wahr! Es durfte nicht wahr sein. Vela, Kiina, Del – es war nicht seine Schuld! »Du lügst, alter Mann! Du hast selbst gesagt, daß du es warst, der –«

»Nichts habe ich«, fauchte Drask. »Gar nichts. Ich zwinge dich nur, dich zu entscheiden, das ist alles. Enwor wird untergehen, ob ich ihnen nun den Weg zu deinem Teufelskind zeige oder nicht! Wir haben nur noch eine Chance, und das bist du!«

Skar schlug ihn nieder. Seine Faust traf Drask im Gesicht, dicht unter dem linken Auge, ließ die dünne Haut aufplatzen und Blut über seine faltigen Züge rinnen. Drask torkelte mit einem spitzen Schrei zurück, prallte gegen die Tischkante und sank mit einem gepeinigten Wimmern zu Boden, Bruchteile von Sekunden, bevor Skar aus dem Zimmer stürmte und die Tür hinter sich zuwarf.

Skars Zorn verrauchte beinahe so schnell, wie er aufgeflammt war. Er war niemals jähzornig oder gar cholerisch gewesen, und sein plötzlicher Ausbruch entsprang wohl eher der Bestürzung, mit der ihn Drasks Worte erfüllt hatten, als irgend etwas anderem. Er war die Treppe hinuntergestürmt, wobei er beinahe einen von Drasks Dienstboten über den Haufen gerannt hätte, hinaus aus dem Turm und quer über den Hof, aber der Sturm von Gefühlen, der ihn fast blind gemacht hatte, legte sich bereits wieder. Als er den Gebäudetrakt betrat, in dem seine eigene Kammer lag, war die Wut verraucht, die ihn dazu getrieben hatte, Drask zu schlagen.

Zurück blieb nichts als Leere.

Er fühlte sich schlecht, auch und ganz konkret körperlich schlecht. Der Gedanke an das, was er getan hatte, erfüllte ihn mit Übelkeit. Gott, er hatte diesen schwachen alten Mann geschlagen, der doch nichts anderes getan hatte, als um das Fortbestehen seiner Welt zu kämpfen, und auch das Wissen, daß Drask es sich letzten Endes wohl selbst zuzuschreiben hatte, änderte daran nichts. Es war wahrlich keine Heldentat, einen alten Mann zu verprügeln, dessen einzige Waffe *Worte* waren – die er allerdings meisterhaft beherrschte. Als er die Treppe zu seinem Gelaß hinaufging, war er fast versucht, kehrtzumachen und zu Drask zurückzugehen, um ihn um Verzeihung zu bitten. Aber nur fast.

Sein Zimmer war still und dunkel, als er die Tür aufstieß, denn der Diener, der ihn abgeholt hatte, hatte das Licht hinter ihm gelöscht, und die Kammer lag in einem der ruhigsten Teile der gewaltigen Burganlage.

Trotzdem spürte er, daß jemand da war.

Skar blieb wie versteinert stehen. Er hörte nichts, er sah nichts – der Raum hinter der Tür war wie ein schwarzes Loch, das in die Wirklichkeit gestanzt worden war – aber er fühlte die Anwesenheit von... *etwas.*

Sein überreizter Geist ließ Visionen von kleinen schwarzen Dingen vor seinen Augen entstehen, das Bild von etwas Dunklem, Glänzendem, das sich wie eine gelähmte schwarze Spinne über den Boden auf ihn zuschlängelte... Er lauschte, hörte noch immer nicht den mindesten Laut und trat vorsichtig einen halben Schritt in den Raum hinein. Jeder Nerv in ihm war bis zum Zerreißen angespannt. Ganz langsam hob er die Arme und ballte die Hände zu Fäusten, spannte sich, verlagerte fast unmerklich sein Körpergewicht, um –

»Skar?«

Die Stimme war so dicht neben ihm, daß er instinktiv herumfuhr und zum Schlag ausholte.

Erst im allerletzten Moment sah er, wer neben ihm stand, und erst in diesem Augenblick erkannte er die Stimme. Erschrocken fuhr er zusammen, wich ein winziges Stück zurück und entspannte sich.

»Syrr!« sagte er. »Was zum Teufel tust du hier?« Plötzlich begriff er, daß er sie um ein Haar getötet hätte. Eine Sekunde später, und...

»Bist du von Sinnen?!« fuhr er fort, viel lauter und schärfer und voller Zorn. »Fast hätte ich dich erschlagen!«

Der Schatten, der Syrr war, bewegte sich, trat in das blasse Dreieck aus Licht, das durch die Tür hereinfiel, und nun erkannte er auch ihr Gesicht. Sie war bleich, und ihre Augen waren groß und erschrocken und dunkel vor Furcht. Aber es waren nicht seine Worte, die sie so entsetzt hatten. Die Gefahr, in die sie sich selbst gebracht hatte, schien sie gar nicht bemerkt zu haben.

»Was tust du hier?« wiederholte er.

»Ich... wollte dich sehen«, stammelte Syrr. »Ich muß... mit dir sprechen.«

Skar blickte sie einen Moment mit einer Mischung aus Erleichterung und Zorn an, dann schloß er die Tür, tastete sich im Dunkeln dorthin, wo er die Lampe wußte, und suchte mit fahrigen Bewegungen nach den Feuersteinen. Eine der kleinen harten Kugeln entglitt ihm und hüpfte mit einem sonderbar lang nachhallenden *Klick-Klack* in die Dunkelheit davon. Skar fluchte, ging in die Hocke und tastete blind mit den Händen über den Boden.

»Warte«, sagte Syrr. »Ich habe einen anderen. Hier.« Er spürte, wie sie sich dicht vor ihm bewegte, stand auf und ertastete ihre Hand, als er den Arm ausstreckte. Unwillig entriß er ihr den Feuerstein, tastete mit der anderen Hand nach der Öllampe und ließ Funken gegen den Docht springen, bis eine kleine gelbe Flamme hochzüngelte und rasch größer wurde. Erst dann drehte er sich wieder zu Syrr um.

»Was willst du hier?« fragte er ungehalten. »Hat Drask dich geschickt?« Er sah, wie sie unter seinen Worten zusammenfuhr, und seine eigene Grobheit tat ihm schon wieder leid. Aber er entschuldigte sich nicht.

»Nein«, antwortete Syrr. »Das heißt... er hat mich nicht geschickt, aber ich bin seinetwegen hier. Auch wenn er nichts davon weiß.«

»Aha«, sagte Skar. »Und was bedeutet das?«

»Ich... wollte dich einfach sehen, Skar«, sagte Syrr leise. »Drask war bei mir und hat gesagt, daß du fortgehen würdest, heute oder morgen, und... und er...« Sie brach ab, kämpfte in einem letzten Rest von Beherrschung die Tränen zurück, die plötzlich ihre Augen füllten, und machte Anstalten, auf ihn zuzutreten, verharrte aber mitten in der Bewegung, als sie seinem Blick begegnete. Die Lampe begann jetzt stärker zu brennen, und Skar sah, daß er sich nicht getäuscht hatte: Auf ihren Zügen lag ein Ausdruck von Furcht, die nichts mit seiner übersteigerten

Reaktion zu tun hatte. Sie hatte Angst, beinahe panische Angst. Aber wovor?

Plötzlich spürte er eine heftige Woge von Mitleid, und das Schuldgefühl, das er bisher Drask gegenüber gehabt hatte, empfand er nun für Syrr. Selbst wenn es Drask gewesen war, der sie geschickt hatte – woran Skar keinen Augenblick zweifelte – war es nicht ihre Schuld. Er hatte so lange und so oft kämpfen müssen, daß er manchmal vergaß, daß das Leben nicht nur aus Flucht und Töten oder Getötetwerden bestand. Syrr war noch ein halbes Kind, auch wenn sie gelernt hatte, sich wie eine Erwachsene zu benehmen, allein um zu überleben.

Er lächelte milde, trat einen Schritt auf sie zu und blieb plötzlich wieder stehen. Der Lampendocht brannte jetzt zur Gänze; trotzdem war es noch immer sehr dunkel in der Kammer. Die Schatten umlagerten ihn und Syrr wie lautlose dunkle Angreifer, die beharrlich an den Rändern des flackernden Lichtkreises nagten, in dessen Zentrum sie standen. Einem Impuls folgend, den er selbst nicht völlig begriff, drehte er sich um, ging zum Fenster und stieß die Läden auf. Das graue Zwielicht der Nacht strömte lautlos ins Zimmer und verscheuchte die Schatten der Angst. Aber nicht ganz.

»Erzähle«, sagte er. »Was ist passiert?«

»Er... er war bei uns«, begann sie stockend. »Heute abend, kurz... kurz bevor die Sonne unterging.«

»Drask?«

Syrr nickte. »Er sagte, du... würdest fortgehen, und wahrscheinlich nicht wiederkommen, und... und ob ich mich nicht von dir verabschieden wollte. Und... und er sagte, wenn du fort bist, dann müssen auch Talin und ich gehen, weil... weil es hier keinen Platz für uns gäbe und... und es wahrscheinlich Krieg geben würde, und...«

»Gehen?« Skar begriff. Natürlich – Drask brauchte weder Syrr noch ihren Bruder. Er hatte ja keinen Hehl daraus gemacht, daß er sie einzig auf die Burg geholt hatte, um Skar einen Gefallen zu erweisen. War er nicht mehr da, gab es keinen Grund mehr für sie, hierzubleiben.

»Vielleicht hat er sogar recht«, murmelte er. »Es *wird* Krieg geben, weißt du? Wenn die Quorrl kommen...«

»Er hat gesagt, daß sie alle fortschicken werden«, sagte Syrr unsicher. »Das ganze Lager. Alle, bis... bis auf die Männer, die ein Schwert führen können.«

Auch das war nur logisch, dachte Skar bedrückt. Er selbst hätte an Drasks Stelle nicht anders gehandelt. Selbst wenn die Festung nicht fiel, wäre es Mord, all diese Leute dort unten im Lager zu lassen. Trotzdem wuchs sein Zorn auf Drask.

»Hat er gesagt, wohin er sie schicken will?«

Syrr schüttelte den Kopf. Tränen füllten ihre Augen. »Irgendwohin«, schluchzte sie. »Hinter die Berge. Vielleicht nach Malab oder Besh-Ikne oder...« Sie schluckte heftig. Ihre Hände ballten sich zu kleinen, weißen Fäusten. »Ich will nicht weg, Skar«, sagte sie plötzlich. »Ich... ich will hierbleiben. Bei dir.«

»Bei mir? Du hast mich nicht einmal gesehen, während der letzten zwei Wochen, Kind.«

»Aber du warst da«, beharrte Syrr. »Bitte, sprich mit ihm. Sag ihm, daß er uns hierläßt. Ich will nicht fort. Und Talin auch nicht.«

»Und wenn ich wirklich gehe, wie Drask es gesagt hat?«

»Dann kommen wir mit«, sagte Syrr hastig. »Egal, wohin. Talin und ich können dir von Nutzen sein. Wir... wir kennen uns in den Bergen gut aus. Wir können dich führen, Skar. Und wir können kämpfen, wenn es sein muß, das weißt du. Bitte, Skar!« Die letzten beiden Worte schrie sie fast.

»Das ist unmöglich, Kind«, sagte er. »Ich...« Seine Stimme versagte. Es war sinnlos. Syrr wußte alles, was er sagen konnte; all diese leeren wahren dummen Worte, die er ihr entgegengeschleudert hatte, um sie zu verletzen und damit abzuschrecken. Sie würde nichts davon gelten lassen. Plötzlich begriff er, daß Syrr ihm mit offenen Augen selbst in den Tod folgen würde.

Und daß es ganz genau das war, was er wollte.

»Ich weiß, daß du mich verachtest, Skar«, fuhr Syrr ganz leise fort. »Aber das... das macht nichts. Laß mich nur in deiner Nähe sein, das reicht. Vielleicht... vielleicht magst du mich ja eines Tages doch, wenn auch nur ein bißchen. Und... und wenn nicht, macht es auch nichts.«

»Aber warum?« fragte Skar verwirrt.

»Weil ich nicht hierbleiben will«, sagte Syrr. »Aber ich will auch nicht mehr allein sein.«

Skar trat wortlos auf sie zu, legte die Arme um ihre Schultern und drückte sie an sich; sehr sanft, aber fest genug, um ihr das Gefühl von Schutz zu geben, das sie von ihm haben wollte. Denn mehr war es nicht. Da war keine Liebe; allerhöchstens ein wenig kindliche Bewunderung für ihn, den Satai. Sie war allein, sie hatte Angst, sie wollte Schutz, und sein Stirnband und das Schwert an seiner Seite versprachen ihn.

Und war es nicht ganz genau das, was auch er wollte?

»Geh mit uns fort, Skar«, flüsterte Syrr. »Bitte. Ich will nicht hierbleiben. Wir... wir könnten uns Pferde stehlen und davonreiten, noch heute nacht. Niemand würde es merken. Nicht, ehe wir nicht weit genug weg wären.« Sie sprach sehr schnell, so daß Skar spürte, daß sie sich jedes einzelne Wort lange überlegt hatte. »Wir haben alles vorbereitet. Ich... ich habe Lebensmittel gestohlen, in den letzten beiden Wochen, immer nur ein bißchen, so daß niemand Verdacht geschöpft hat, und... und Talin hat Sättel und Zaumzeug besorgt. Er arbeitet in den Ställen, weißt du, und er hat gute Pferde für uns ausgewählt, die schnellsten, die da sind, und –«

Skar verschloß ihre Lippen mit einem Kuß. Er spürte, wie sich Syrr in seinen Armen versteifte, und für einen ganz kurzen Moment fühlte er ein fast schmerzliches Verlangen nach ihr. Aber nur für die Dauer eines Herzschlages. Dann erinnerte er sich wieder, daß sie ein Kind war. Sie hätte seine Tochter sein können; sein Enkelkind, wenn er die achtzehn Jahre dazuzählte, die er der Zeit abgetrotzt hatte.

Und trotzdem tat es unglaublich wohl, sie in den Armen zu halten, einfach, weil auch er sich nach nichts so sehr sehnte wie nach ein bißchen menschlicher Wärme und Zuneigung.

Es war ein Moment sonderbarer Klarheit: Alles schien unwichtig zu werden. Drask, die Quorrl, sein eigenes Schicksal –

selbst das der ganzen Welt. *Das hier* war es, was er wollte, sonst nichts. Einen Menschen, der ihm Vertrauen entgegenbrachte, ein wenig Wärme, Frieden...

Vielleicht hatte Drask ihm den richtigen Weg gewiesen, ohne es zu ahnen. Was ging ihn das Schicksal der Welt an? Wenn er wirklich nur ein Werkzeug war, ein winziges Rädchen in einer ungeheuer großen Maschine, dann spielte es überhaupt keine Rolle, ob er da war oder nicht.

Und er verstand noch mehr. Jetzt, als seine Erregung allmählich verging, begriff er, daß auch Drasks scheinbarer Ausbruch nichts als ein Teil eines akribisch vorbereiteten Planes gewesen war. Er hatte Skar all seine verletzenden Worte nicht im Zorn entgegengeschleudert, wie er ihn hatte glauben machen wollen. Skar war fast sicher, daß der Alte niemals etwas dem Zufall überließ; und schon gar nicht seine eigenen Worte. Nein – er hatte all dies, jedes einzelne Wort, bis ins Kleinste vorausberechnet. Es war ein Teil des Spieles, ein neuer, überraschender Zug, der Skar weiter in die Enge treiben sollte, bis ihm keine andere Wahl mehr blieb, als genau das zu tun, was Drask von ihm erwartete. Ebenso, wie er Syrr hierhergeschickt hatte.

Und vielleicht war dies sein erster Fehler gewesen.

»Talin«, fragte er. »Wo ist er?« Sein Gesicht war dem Syrrs noch immer sehr nahe, seine Arme umschlossen sie, seine Hand streichelte ihre Schultern. Er spürte ihre Nähe, ihre Wärme und den Wohlgeruch ihres Haares. Und doch war es nur eine väterliche Geste. Irgendwie... ja, irgendwie liebte er sie wohl, aber nicht so, wie ein Mann eine Frau, sondern so wie ein Bruder, vielleicht wirklich wie ein Vater. Es waren seine Beschützerinstinkte, die Syrr weckte, nicht den Mann in ihm. Aber war das nicht genug?

»Er wartet auf uns«, antwortete Syrr. »Unten in den Ställen.« Ein schwacher Funke von Hoffnung glomm in ihren Augen auf. Ihr Griff verstärkte sich.

»Du... du kommst mit uns?« fragte sie.

Es war Wahnsinn. Er wußte, daß es nicht funktionieren konnte. Selbst wenn sie das Unmögliche schafften und aus der

Burg entkamen, und selbst wenn sie darüber hinaus die Berge überwinden und den Quorrl entkommen sollten – irgendwann würde sie die Wirklichkeit einholen. Es war ein Traum, den Syrr ihm anbot – aber er wollte ihn. Er wollte einfach nicht mehr kämpfen. Er wollte nicht mehr töten, nicht seinen Sohn, nicht irgendwelche Quorrl, nicht einmal die Sternengeborenen. Enwor... Was war er diesem Wort schuldig? Es war seine Welt, aber was hatte sie ihm schon gegeben, außer einem Leben voller Schmerzen und Leid und immer neuer Furcht, außer Entsetzen und Verbitterung? Zum Teufel, sollte es doch untergehen!

»Ja«, sagte er. »Wahrscheinlich werden wir alle dabei sterben, aber wir versuchen es.« Ein Teil von ihm schrie ihm noch immer zu, daß er den Verstand verloren hatte, daß er das Unmögliche wollte. Aber er hörte nicht auf diese Stimme. Vielleicht waren es nur Tage, die sie dem Schicksal abtrotzen konnten, vielleicht auch Wochen, ein Jahr... sicherlich nicht mehr. Und trotzdem war er bereit, alles zu opfern, für dieses eine Jahr voller Frieden. Drask hatte sich getäuscht. Er hatte ihm die Wahrheit gesagt, oder das, was er dafür hielt, aber seine Worte hatten Skar tiefer und nachhaltiger getroffen, als er auch nur hatte ahnen können. Sie hatten irgend etwas in ihm zerstört. Wenn es so war, dachte er, wenn der Alte recht hatte und sein Leben immer nur darin bestanden hatte, wegzulaufen, dann würde er jetzt vielleicht zum ersten Mal konsequent sein. In diesem einen, flüchtigen Moment war Skar willens und bereit, alles zu opfern für einen Traum. Vielleicht war dies seine Bestimmung, und nicht, die Welt zu retten.

»Ja«, sagte er noch einmal. »Wir gehen.«

Syrr löste sich aus seiner Umarmung, ordnete rasch ihr Haar und ihre Kleider und wollte sich zur Tür umdrehen, aber Skar hielt sie noch einmal zurück. »Warte«, sagte er. »Wir müssen –«

Etwas geschah. Skar wußte es, den millionsten Teil einer Sekunde, ehe es wirklich geschah, aber er spürte es: Es war, als zögen sich die Schatten im Raum zusammen, als kippe die Wirklichkeit ab, glitte ein ganz kleines Stückchen weiter in die Richtung, in der die Alpträume lauern, als würde aus dem Wispern des Windes draußen ein lautloses, unglaublich *böses* Lachen. Der Traum war vorüber, so schnell, wie er begonnen hatte. Syrrs Augen wurden groß vor Schrecken, während sie auf etwas starrte, das hinter Skar war, er hörte ein Geräusch, ein Schaben und Klirren, das er kannte oder wenigstens kennen sollte, etwas wie Atemzüge, einen kurzen unglaublich harten Ruck, aber er war nicht fähig, sich umzudrehen, denn irgend etwas lähmte ihn, und plötzlich ragte ein silberner Stern aus Syrrs Hals, fünfzackig und kleiner als seine Hand, tödlich, mit unglaublicher Präzision und Kraft geworfen, der sein Ziel nur verfehlt hatte, weil ihn das Entsetzen in Syrrs Blick gewarnt hatte und er erschrocken zusammengefahren war.

Dann fiel die Lähmung von Skar ab. Mit einem fast körperlich spürbaren Ruck fiel er in die Wirklichkeit zurück. Syrr taumelte, brach in seinen Armen zusammen und wollte etwas sagen, aber sie konnte es nicht. Aus ihrem Mund kam nur Blut und ein entsetzlicher, feuchter Laut, weil der *Shuriken* ihre Kehle zerschnitten hatte und sie an ihrem eigenen Blut erstickte. Sie fiel gegen ihn. Ihre Fingernägel krallten sich in seine nackten Arme und rissen die Haut auf, als sie verzweifelt versuchte, sich an irgend etwas festzuhalten, sich an ihn zu klammern, als wäre er das Leben, das aus ihrem Körper herausfloß. Ihr Hals und ihre Brust waren rot. In ihren Augen stand ein unsäglicher Schmerz.

Sie starb, noch ehe Skar sie vollends zu Boden gleiten lassen konnte.

Für die Dauer einer einzelnen, aber endlosen Sekunde stand Skar einfach da, halb über sie gebeugt, reglos, unfähig, etwas zu tun, zu denken, zu fühlen, blickte auf ihr Gesicht herab, ihre großen, gebrochenen Augen, in denen noch der entsetzliche Schmerz stand, den sie im allerletzten Moment gespürt haben mußte. Er spürte das Blut an seinen Händen und an seiner Brust, das Gewicht ihres Körpers, der jetzt im Tod viel schwerer geworden zu sein schien.

Und plötzlich erlosch aller Schmerz. Skar fühlte ... nichts. Der Teil von ihm, der Mensch war, existierte nicht mehr in diesem Moment. Er war nur noch Satai, eine mörderische Kampfmaschine, die keine Gefühle, keine Furcht und kein Mitleid kannte. Nicht einmal Zorn.

Ein Schatten stemmte sich hinter ihm durch das Fenster, die linke Hand noch auf der Brüstung, um sein Gewicht abzustützen, die andere zum Gürtel gesenkt, um einen zweiten *Shuriken* hervorzuziehen. Seine Bewegungen erschienen Skar beinahe lächerlich langsam.

Mit einem einzigen, großen Schritt trat er dem Angreifer entgegen, duckte sich fast spielerisch unter dem heransausenden Wurfstern weg und trat aus der gleichen Bewegung heraus zu. Sein Fuß traf den anderen in die Seite. Der Mann taumelte mit einem Schmerzlaut gegen die Wand, steppte blitzschnell zur Seite und hob die Arme. In seiner Hand blitzte Metall. Etwas berührte Skars linken Oberarm und biß tief und schmerzhaft hinein. Plötzlich war es *sein* Blut, das an seinem Körper herunterlief. Aber er spürte den Schmerz nicht einmal in diesem Moment. Rücksichtslos schlug er zu, spürte, wie er traf und hörte das helle, sonderbar harmlos klingende Knacken, als das Handgelenk des Angreifers brach.

Der Dolch klirrte zu Boden. Der Schatten vor ihm krümmte sich. Ein dumpfer Schmerzenslaut drang an Skars Ohr. Aber er griff nicht nach seiner gebrochenen Hand, wie es jeder andere Angreifer getan hätte, sondern schlug nach Skars Gesicht, die Hand zur Kralle verkrümmt, Zeige- und Mittelfinger starr ausgestreckt, um seine Augen zu treffen.

Skar drehte blitzschnell den Kopf zur Seite, packte den Arm und brach auch ihn, ließ aber dann nicht los, sondern schleuderte den Angreifer mit aller Gewalt gegen die Wand. Der Mann keuchte vor Schmerz. Skar trieb ihm die Faust in den Leib und erstickte seinen Schrei.

Plötzlich waren auch hinter ihm Geräusche. Ein gedämpfter Schrei drang vom Gang herein, und etwas polterte gegen die Tür. Skar hörte, wie sie aus dem Schloß gerissen und wuchtig gegen die Wand geschleudert wurde. Hastige Schritte näherten sich ihm.

Skar achtete nicht darauf. Mit beiden Händen packte er den

Mann vor sich, riß ihn in die Höhe und herum und hoch. Für einen Moment kam das Gesicht des Angreifers ins Licht: ein sehr schmales, noch fast jugendliches Gesicht mit hellem, schulterlangem Haar und grausamen Augen, in denen auch jetzt noch keine Furcht stand, sondern allenfalls Überraschung und ein ungläubiger Zorn. Und darüber ein schmales, ledernes Stirnband, auf dem ein winziger fünfzackiger Stern prangte, wie eine verkleinerte Ausgabe des Todessternes, der Syrr getroffen hatte.

Skar fuhr herum, den Satai wie ein Spielzeug mit sich zerrend, sah einen Schatten auf sich zufedern und sprang instinktiv zur Seite. Der Schwerthieb, der seinen Schädel hatte spalten sollen, traf die Schulter des Satai in seinen Händen und tötete ihn auf der Stelle, aber Skar ließ ihn immer noch nicht los. Warmes, klebriges Blut lief über seine Hände und Arme und ließ den Boden unter ihm schlüpfrig werden. Das *Tschekal* pfiff ein weiteres Mal heran, besser gezielt und mit sehr viel mehr Kraft diesmal. Skar tauchte unter dem Hieb hindurch, schleuderte dem Angreifer den Toten entgegen und sah, wie er zu Boden ging, sich krümmte und mit einer blitzschnellen Bewegung wieder auf die Füße kam.

Aber Skar war schneller.

Blitzschnell war er bei dem Satai, packte seine Waffenhand und verdrehte sie mit der Linken; seine Rechte ergriff die Spitze des Satai-Schwertes, drängte sie mit erbarmungsloser Kraft herum und nach oben und drückte noch einmal zu, mit einem kurzen, harten Ruck. Er spürte nicht einmal Widerstand, als die Schneide des *Tschekals* durch die Kehle seines eigenen Besitzers glitt.

Ein weiterer Schatten erschien unter der Tür, und Skar hörte jetzt auch vom Hof Schreie heraufdringen. Das Blitzen eines Satai-Sternes, der häßliche Laut eines *Tschekal*, das aus der Scheide gezogen wurde und seine blutbesudelte Spitze auf ihn richtete, dann etwas Kleineres, Tödliches, das auf sein Gesicht zielte.

Skar schlug den *Shuriken* mit der bloßen Hand beiseite, spürte einen kurzen, heftigen Schmerz, als die Waffe seinen Handrükken aufriß und abprallte, und sprang vor. Sein Fuß kam hoch und zielte nach dem Gesicht des Satai, aber er traf nicht, denn der andere drehte sich mit einer fast unmöglich erscheinenden Bewegung zur Seite und schlug gleichzeitig mit dem Schwert nach seinem Bein. Skar fiel, als er dem Hieb auswich, prallte mit Schulter und Gesicht gegen die Tür und griff ganz instinktiv zu, um nicht vollends zu Boden zu gehen.

Er fand sein Gleichgewicht den Bruchteil einer Sekunde vor dem anderen wieder. Das *Tschekal* in der Faust des Satai bewegte sich nach oben und auf ihn zu, in einem geraden, mit unglaublicher Leichtigkeit und Kraft ausgeführten Stich, der Skar keine Chance mehr ließ, auszuweichen.

Er tat es nicht, sondern warf die Tür mit aller Gewalt zu.

Das eisenharte Holz traf den Satai mit der Wucht eines Hammerschlages, schmetterte ihm die Waffe aus der Hand und ließ ihn mit haltlos rudernden Armen auf den Gang hinaustaumeln, wo er wuchtig gegen die Wand prallte und stöhnend zusammenbrach. Skar setzte ihm nach, riß ihn in die Höhe und tötete ihn mit einem einzigen, geraden Fauststoß gegen die Kehle.

Und es war noch nicht vorbei. Erst jetzt, als hätte sein Geist alles andere um ihn herum als unwichtig eingestuft und schlichtweg ignoriert, hörte er den Lärm wirklich – Schreie und Klirren von Stahl, Schritte und das dumpfe Krachen aufeinanderprallender Körper. Er sprang auf, riß sein Schwert aus dem Gürtel und fuhr herum.

Er war allein, aber nur wenige Schritte vor ihm lag eine verkrümmte Gestalt in der zerfetzten Uniform von Drasks Leibgarde. Eine blutige, vielfach unterbrochene Spur zeigte den Weg, den er sich geschleppt hatte, um zu sterben: zur Treppe hin, von wo aus die Kampfgeräusche heraufdrangen. Irgendwo auf dem Hof begann ein Horn zu dröhnen, Sekunden später beantwortet vom tiefen vibrierenden Hall eines Alarmgongs. Skar bückte sich nach dem *Tschekal* des toten Satai, nahm es in die Linke und lief los. Er fühlte noch immer nichts. Nicht einmal den Schmerz in seinem Arm.

Die Schreie und das Klirren von Stahl wurden lauter, als er die Treppe erreichte. Er fand einen weiteren toten Krieger, der auf den steinernen Stufen zusammengebrochen war, setzte über den

Leichnam hinweg und stürmte weiter, immer drei, vier Stufen auf einmal nehmend und mehr die Treppe hinabspringend als laufend. Überall waren Tote: fünf, zehn, ein Dutzend Männer, die vergeblich versucht hatten, sich den beiden Satai in den Weg zu stellen.

Dann erreichte er die Halle und blieb einen Moment stehen, um sich zu orientieren.

Unter ihm tobte ein erbarmungsloser Kampf.

Es waren vier Männer in den schwarzen Mänteln und Brustpanzern der Satai, die sich gegen eine vielleicht zehnfache Übermacht von Drasks Kriegern wehrten, aber Skar war im ersten Moment nicht einmal sicher, *wer* nun der Angreifer und wer der Verteidiger war: ein Dutzend Krieger lag tot oder verwundet am Boden, und jedesmal, wenn einer der Satai vorsprang, die Schulter an Schulter einen engen Kreis bildeten, fiel ein weiterer Soldat.

Trotzdem hatten sie keine Chance. Der Alarm dröhnte jetzt ununterbrochen durch die Festung, und von überallher strömten frische Krieger herbei. Die Übermacht wuchs mit jedem Moment. Selbst die vier Satai würden ihr nicht mehr lange standhalten.

»Aufhören!« schrie Skar.

Seine Stimme ging fast im Lärm des Kampfes unter, aber sie wurde gehört: Erschrockene Blicke wandten sich ihm zu, und einer nach dem anderen stellten Drasks Krieger ihre Angriffe auf die Satai ein. Es dauerte eine Minute, bis der Kampf wirklich endete, aber danach trat eine schon fast unheimliche Stille ein.

Auch die Blicke der vier Satai konzentrierten sich auf ihn, und er sah den ungläubigen Schrecken, den sie bei seinem Anblick empfanden. Ganz kurz wurde sich Skar bewußt, welche Wirkung sein plötzliches Erscheinen nicht nur auf die Männer aus Drasks Garde haben mußte. Er stand hoch aufgerichtet auf den obersten Stufen der Treppe, über und über mit Blut besudelt, ein blutiges Schwert in der Faust, wie ein Racheengel, der von den Toten auferstanden war. Er lächelte. Ja, mehr war er vielleicht auch nicht. In diesem Moment wollte er auch nicht mehr sein.

»Aufhören«, sagte er noch einmal, sehr ruhig jetzt, aber trotzdem so laut, daß seine Stimme überall gehört werden mußte. »Diese Männer gehören mir.«

Langsam begann er die Treppe hinabzugehen. Irgend etwas geschah mit ihm, mit seinem Körper, während er sich auf die vier Satai-Krieger zubewegte. Es geschah ohne sein Zutun, und er hätte selbst Schrecken davor empfunden, wäre er in diesem Moment dazu fähig gewesen. Es war, als spanne sich in ihm ein unsichtbares Raubtier zum Sprung. Er sah das Entsetzen in den Gesichtern der Satai – keine Furcht vor ihm, denn sie waren zu viert, aber Entsetzen über die bloße Tatsache seines Daseins – und er genoß es.

Drasks Krieger wichen vor ihm zur Seite, als er sich den Satai näherte, und auch auf ihren Zügen lag nichts als Erschrecken, ja Angst. Das Etwas in ihm genoß auch dies. Es zog Kraft aus ihrer Furcht.

Die vier Satai hatten ihre Kreisformation nicht aufgegeben, als er sie erreichte, aber sie sahen ihn an, und in jedem einzelnen Gesicht stand der gleiche Ausdruck: sie wußten, daß sie sterben würden. Nicht einmal sie konnten hoffen, lebend aus der Festung zu entkommen. Die Übermacht war zu groß. Aber vorher würden sie tun, wozu sie gekommen waren.

»Ihr wolltet mich«, sagte Skar ruhig. »Dann kommt.«

Sie kamen. Es gab keinen Grund mehr zu zögern – jede Sekunde vergrößerte die Übermacht nur, der sie sich gegenüber sahen, und sie schienen auch zu spüren, daß Drasks Krieger sich nicht einmischen würden, weil Skar jeden getötet hätte, der es auch nur versuchte.

Skar erwartete den Ansturm der beiden ersten Satai völlig ruhig. Die Männer sprangen nebeneinander auf ihn zu, Schulter an Schulter, bereit, im letzten Moment zur Seite zu weichen, um ihren Kameraden Platz zu machen, die dicht hinter ihnen heranstürmten; ein Trick, der schon alt gewesen war, als Skar geboren wurde. Skar versuchte nicht, zurück oder zur Seite zu springen, denn das eine wäre so tödlich gewesen wie das andere. Statt dessen sprang er den Angreifern entgegen, ließ sich blitzschnell auf ein Knie herabfallen und stieß zu, mit beiden Schwertern und aller Gewalt, ein doppelter, schräg aufwärts geführter Hieb, zu schnell, als daß selbst die Reaktionen der beiden Satai ausgereicht hätten, ihm noch auszuweichen. Die Schwerter wurden ihm aus der Hand gerissen, als die Satai stürzten. Er fiel nach hinten, von der Wucht des doppelten Anpralles aus dem Gleichgewicht gebracht, rollte über die Schulter ab und warf sich zur Seite, als er ein Blitzen aus den Augenwinkeln wahrnahm. Das *Tschekal* hämmerte wenige Fingerbreit neben ihm in den Boden, schlug Funken aus dem Stein und flog davon, als Skar noch im Aufspringen nach der Waffenhand des Satai schlug.

Als er aufsprang, drang der vierte Angreifer auf ihn ein, wie er selbst zuvor mit zwei Schwertern bewaffnet und so schnell, daß Skar seine Bewegung kaum sah. Er taumelte zurück, tauchte instinktiv unter den beiden Schwertern durch, die wie eine tödliche Schere nach seinem Hals schnappten, und fiel zum zweiten Mal. Als der Satai ihm nachsetzte, brachte er ihn mit einer Beinschere zu Fall, rollte zur Seite und sprang wieder auf die Füße.

Die kurze Zeitspanne hatte dem zweiten Satai gereicht, sein Schwert wieder aufzuheben. Aber sonderbarerweise griff er noch nicht wieder an, obwohl er für einen winzigen Moment im Vorteil gewesen wäre, sondern umkreiste Skar mit schnellen, wiegenden Schritten und beschränkte sich darauf, ihn mit warnenden Schwertstößen, die nicht wirklich treffen sollten, auf Abstand zu halten. Er wartete, bis sein Kamerad wieder auf den Beinen war, um Skar dann gemeinsam anzugreifen. Diesmal würden sie eine andere Taktik wählen. Mit Sicherheit eine gefährlichere. Die vier hatten ihn unterschätzt, begriff Skar. Sie waren hergekommen, um ihn zu töten, aber sie hatten nicht gewußt, *wer* er war.

Skar hob die Hand. Einer von Drasks Kriegern warf ihm ein Schwert zu. Er fing es, führte zwei rasche Hiebe in die leere Luft, um sich an das Gewicht der Waffe zu gewöhnen, und griff abermals an.

Aber die beiden Satai waren gewarnt. Das Schicksal ihrer beiden Kameraden hatte ihnen bewiesen, daß Skar ihnen überlegen war, was Schnelligkeit und Kraft anging. Sie wechselten zu einer Taktik, die selbst gegen einen Mann wie ihn Erfolg haben konnte: der einzigen, die ihn immer wieder in Bedrängnis brachte. Skar sah sich plötzlich zwei Gegnern gegenüber, die seinen Attacken auswichen, vor seinem Schwert und seinen Tritten zurücksprangen, statt sich ihnen zu stellen, immer wechselweise, so daß Skar stets von einem angegriffen wurde, wenn er versuchte, den anderen zu treffen. Er war nicht wirklich in Gefahr, aber er wußte, daß ihn diese Art zu kämpfen binnen weniger Augenblicke zermürben würde.

Wütend griff er den älteren der beiden an, sah aus dem Augenwinkel, wie der andere sein Schwert hochriß und nach seiner ungeschützten Flanke stach und parierte den Hieb im letzten Moment, fand aber nicht einmal Zeit zu einem blitzschnellen Konter, weil er in diesem Moment schon wieder angegriffen wurde, während sich der jüngere Satai rasend schnell zurückzog.

Und dann tat er etwas, was ihn selbst überraschte: Er schlug das Schwert des Satai zur Seite, aber statt sich dem zweiten Angreifer zuzuwenden, der im gleichen Moment auf ihn zusprang, federte er mit einem gewaltigen Satz zurück und aus der Reichweite ihrer Klingen.

»Tötet sie!« sagte er. Seine Hand wies auf die beiden Satai, die stehengeblieben waren, einen Moment unschlüssig, was sie tun sollten.

Es ging sehr schnell. In dem winzigen Bruchteil einer Sekunde, bevor sie starben, mochten sie noch begreifen, wie entsetzlich sie sich in ihm getäuscht hatten, aber sie fanden nicht einmal mehr Zeit, eine Abwehrbewegung zu machen. Ein zorniger, gellender Aufschrei aus fünfzig Kehlen zerriß die Luft, und die Waffen, die bisher ein drohendes Spalier für Skar und seine beiden Gegner gebildet hatten, wurden geschleudert. Mehr als zwei Dutzend Speere und Dolche flogen wie tödlicher Hagel auf sie zu. Die beiden Satai starben, ohne auch nur einen Schreckenslaut hervorbringen zu können.

Skar empfand noch immer nichts. Nichts außer einer vagen, nicht einmal sehr tiefen Befriedigung, während er die Leichen der beiden toten Satai anblickte. Und Zorn. Einen kalten, gerade erst erwachenden Zorn, der tief aus dem Grunde seiner Seele emporwuchs und alles andere verschlang. Jemand würde bezahlen, für das, was hier geschehen war. Jemand oder etwas.

Als er sich umdrehte, stand er Drask gegenüber.

»Das war... nicht sehr klug«, sagte der alte Magier. »Wir hätten sie gebraucht. Wenigstens einen von ihnen.«

»Ich weiß«, sagte Skar kalt.

»Und war auch nicht sehr ehrenvoll«, fuhr Drask fort. Er wies auf die beiden von zahllosen Speeren und Messern durchbohrten Toten. »Du wärst ihnen einen fairen Kampf schuldig gewesen, nach dem Ehrenkodex deines... Clans.«

Auch das wußte Skar. Aber es stimmte nicht. Er war längst kein Satai mehr, vielleicht schon seit Jahren. Einen fairen Kampf? Er war ihnen den Tod schuldig gewesen, mehr nicht. *Es* hatte ihren Tod gewollt, und diesem Es war völlig egal, wie. Vielleicht hatte er damit den letzten Rest des Satais zerstört, der er einmal gewesen war. Aber auch dafür würden sie bezahlen.

Drask seufzte. »So viel Blut«, murmelte er. »Und alles so sinnlos. Es waren... noch mehr. Sieben oder acht, die über die Mauern kamen, und noch einmal die gleiche Zahl in den Ställen.«

»In den Ställen?«

Drask wußte, was Skars Erschrecken bedeutete. »Der Junge«, sagte er matt. »Es tut mir leid, Skar, aber er... er ist tot. Sie haben ihn erschlagen.« Er lächelte sehr traurig. »Vorher konnte er schreien und die Wachen alarmieren. Vielleicht hätten wir sonst gar nicht gemerkt, daß sie da sind...« Er seufzte abermals, schüttelte traurig den Kopf und schien erst jetzt zu sehen, daß Skar über und über mit Blut besudelt war. Plötzlich erschrak er, und Skar begriff, daß er wieder einmal seine Gedanken las und im gleichen Moment wußte, daß Talin nicht das einzige Opfer gewesen war. »Das Mädchen!« stieß er hervor. »Bei allen Göttern, sie auch. Sie... sie... haben dich in deinem Zimmer überrascht?«

Skar ignorierte seine Frage. Talin. Erst Syrr, und dann Talin. Die beiden nächsten Gräber auf seinem Weg. Wie viele noch? dachte er. Wie viele mußten noch sterben, nur weil sie den Fehler begingen, ihm zu begegnen? Plötzlich hatte er das Bedürfnis zu schreien. Aber er tat es nicht.

»Ist dein Kundschafter zurück?« fragte er leise.

Drask nickte.

»Dann zeig mir den Weg.«

»Du willst –«

»Ich werde ein Ende machen«, unterbrach ihn Skar. »So oder so, Drask. Es ist genug.«

Drask nickte. Er wirkte sehr ernst, ja betroffen, als teile er Skars Schmerz. Vielleicht tat er es, so wie er seine Gedanken teilte.

Aber es gelang ihm nicht ganz, das triumphierende Glitzern in seinen Augen zu unterdrücken.

Es war die größte Daktyle, die Skar jemals gesehen hatte – ein Ungeheuer mit mehr als fünfzehn Metern Flügelspannweite, häßlich wie die Hölle und von der Farbe der Nacht; ein Titan, auf dessen Rücken drei oder vier Männer gleichzeitig reiten konnten. Selbst jetzt, wie es so dahockte, mit gebundenen Flügeln und aneinandergeketteten Läufen, wirkte es noch majestätisch. Es war eine Art von Größe an ihm, die durch nichts zu zerstören war. Und es war *wild*. Eine Bestie, die nur aus Zorn und Kraft bestand und deren Häßlichkeit allenfalls noch von seiner Wut übertroffen wurde, die es mit schrillen mißtönenden Schreien in die Nacht hinaustrompetete.

Skar blieb stehen, als sie sich dem Ungeheuer bis auf zwanzig Schritte genähert hatten und Drask ihm ein Zeichen dazu gab. Er hatte keine Angst vor diesem Tier – er war auf größeren Wesen geritten und hatte furchteinflößendere Kreaturen getötet, und allein die Tatsache seines Hierseins bewies, daß es zumindest zum Teil gebändigt worden war. Aber er verspürte einen natürlichen Respekt vor dem schwarzgeflügelten Titanen, der einen Mann auch ganz unabsichtlich zermalmen konnte, mit einer spielerischen Bewegung seiner Schwingen oder einem nachlässigen Zucken des gigantischen Hammerkopfes. Und vor der Wildheit in seinem Blick. Etwas war in den Augen der Daktyle, das ihm angst machte, und das er kannte, ohne im ersten Moment zu wissen woher. Dann erinnerte er sich: Er hatte genau diesen Ausdruck in den Augen des Hundes gesehen, der ihn um ein Haar zerrissen hätte, diese stumme, unglaublich lodernde Wut, die von namenloser Pein erzählte, die ihm angetan worden war, und die vielleicht nur durch den Tod wirklich gelöscht werden konnte.

Es war zu dunkel, als daß er erkennen konnte, was Drask tat, aber der Alte blieb lange neben der Daktyle stehen; es sah fast aus, als rede er mit ihr, und vielleicht war es genau das, was er tat. Es interessierte Skar nicht. Nicht wirklich. Das Ungeheuer würde seinen Zweck erfüllen, und das war alles, was zählte. Eine Stunde war vergangen, seit er die Satai getötet hatte, aber es hätten ebensogut nur zehn Sekunden sein können – Skar erinnerte sich kaum an das, was während dieser Zeit geschehen war. Drask hatte seine Wunden versorgt, so gut es in der Kürze der Zeit möglich gewesen war, und fast ununterbrochen geredet; tausend Dinge, von denen jedes einzelne lebenswichtig sein konnte und die Skar irgendwo in seinem Unterbewußtsein gespeichert hatte, ohne daß er sich im Moment auch nur auf eines davon besinnen konnte. Es spielte keine Rolle. Wenn er sie brauchte, würde er sich daran erinnern, das wußte er.

Der Wind drehte sich, trug eine Woge eisiger Kälte und das schrille, fast in den Ohren schmerzende Pfeifen der Daktyle heran. Skar schauderte. Er zog den fellbesetzten Mantel enger um die Schultern, den ihm Drask gegeben hatte, wich ganz instinktiv in den Windschatten der Tür zurück und tastete ebenso instinktiv über die Kleidung, die er unter dem wärmenden Fell trug – den schwarzen Brustharnisch der Satai, einen zweiten, schwarz und golden bestickten Mantel, den schmalen Waffengurt, in dem jetzt neben dem *Tschekal* noch eine Anzahl blitzender *Shuriken* und ein schmaler, doppelt geschliffener Dolch staken, wadenlange Hosen und eng anliegende Stiefel, die eine Winzigkeit zu klein waren: Kleider, die er einem der toten Satai abgenommen hatte und die er brauchte, wollte er sich in das Lager der Satai einschleichen.

Selbst jetzt erschien ihm der Gedanke noch absurd. Irgend etwas in ihm war der unerschütterlichen Überzeugung, daß es nicht gut gehen *konnte*, ganz gleich, wie sorgsam sein Plan vorbereitet war, und daß er nur den Tod und sonst gar nichts finden würde. Er achtete nicht auf diese Stimme. Vielleicht hatte sie recht, aber selbst wenn – es war egal. Ob er das Kind nun fand und tötete oder ob er vorher gestellt und umgebracht wurde, es würde vorbei sein, so oder so, und das allein zählte.

Drask kam zurück. Er lächelte wie ein Mann, der eine sehr schwierige Aufgabe zu seiner vollen Zufriedenheit gelöst hatte, und auf seiner Stirn perlte ein Netz feiner Schweißtröpfchen. Seine Hände zitterten leicht.

»Sie ist bereit«, sagte er.

Skar nickte. »Ich dachte immer, nur die *Errish* verstünden sich darauf, Daktylen zu reiten«, sagte er ohne echtes Interesse. »Wie hast du sie gezähmt?«

»Gar nicht«, antwortete Drask ernst. »Dir bleibt nicht viel Zeit, Skar. Zwei Stunden, vielleicht drei... Es ist leicht, den Geist von Tieren zu beeinflussen, aber die Daktylen sind ungeheuer wild. Sie wird dich hinbringen, und sie wird dich sicher absetzen. Aber sobald du von ihrem Rücken steigst und sie freiläßt, wird sie davonfliegen.« Plötzlich klang er sehr ernst. »Du hast nur eine einzige Chance, Skar. Geh sorgsam damit um.«

»Und wie finde ich den Weg?«

»Das mußt du nicht.« Drask machte eine vage Geste nach Norden. »Sie kennt ihr Ziel. Du mußt nur den Ort bestimmen, an dem sie landet.« Er schwieg einen Moment. »Wir werden uns nicht wiedersehen«, sagte er dann, sehr leise und mit einer Spur von Trauer in der Stimme, die Skar überraschte. Er hatte Drask für einen zynischen alten Mann gehalten, und daran änderte sich auch jetzt nichts, aber er begriff plötzlich, daß er sich trotzdem noch einen Rest menschlicher Empfindungen bewahrt hatte.

»Bist du es nicht gewohnt, Männer in den Tod zu schicken?« fragte er.

Drask schüttelte den Kopf. »Nicht so. Du hast keine Chance. Nicht einmal dann, wenn du Erfolg hast. Gerade dann nicht.«

Skar starrte ihn an. Es hätte tausend Dinge gegeben, die er antworten konnte, und vielleicht war jetzt der letzte Augenblick, Drask ein wenig von dem Schmerz heimzuzahlen, den er ihm zugefügt hatte. Aber dann lächelte er statt dessen nur, hob zum Abschied die Hand und ging mit raschen Schritten auf die Daktyle zu.

Das Ungeheuer starrte ihm aus seinen kleinen tückischen Augen entgegen, und wieder spürte Skar seine Wildheit und Kraft mit fast körperlicher Intensität. Der riesige Schädel der Bestie ruckte herum, ragte plötzlich drei, vier Meter über Skar empor und spaltete sich, als das Ungeheuer den Schnabel öffnete, um einen weiteren, in den Ohren schmerzenden Schrei auszustoßen.

Skar ging mit ruhigen Schritten weiter. Ein Teil von ihm hatte Angst, eine ganz instinktive Angst vor diesem geflügelten Giganten, dessen Kraft und Mordlust seine Vorstellungskraft überstieg, aber ein anderer, stärkerer Teil spürte auch den Haß und die Wildheit, die die Seele aller Drachen waren, und begrüßte sie mit einem freudigen Aufschrei. Es war, als verbände sich ein Teil ihrer Seelen zu einem gemeinsamen Ganzen, einem finster lauernden Ding, das vom Tag seiner Geburt an in Skar gewesen war. Das, was er seinen dunklen Bruder genannt hatte. Vielleicht war es der *Daij-Djan,* der in ihm lauerte. Es war gleich. Skar hatte keine Angst mehr vor ihm. Er würde mit ihm sterben.

Ohne zu zögern bückte er sich unter einer der gewaltigen schwarzen Schwingen hindurch, griff nach dem Zaumzeug der Daktyle und zog sich mit einer kraftvollen Bewegung in den Sattel, der auf dem Rücken des gigantischen Wesens festgeschnallt war. Das Ungeheuer knurrte unwillig. Sein Körper zuckte, und Skar rechnete fast damit, daß es wie ein bockendes Pferd versuchen würde, ihn abzuwerfen. Dann merkte er, daß die Daktyle nur versuchte, sein Gewicht in die richtige Lage zu rücken, und hörte auf, sich zu wehren.

»Bist du soweit?« Drasks Stimme drang wie von weit her zu ihm. Er sah die Gestalt des Alten als weißen Schemen vor dem finsteren Hintergrund der Mauer, hob kurz die Hand und stieß zweimal hintereinander die Faust in die Luft, zum Zeichen, daß er verstanden hatte und bereit war. Drask antwortete etwas, das er nicht verstand. Aber einen Augenblick später fühlte er, wie sich die Fesseln der Daktyle lösten. Das Ungeheuer stieß ein schrilles, unglaublich *lautes* Kreischen aus, richtete sich schwerfällig auf und entfaltete die Flügel. Skars Hände schlossen sich fester um das Zaumzeug. Es war nicht das erste Mal, daß er auf einer Daktyle flog. Er wußte, daß der Start der gefährlichste Moment war, nicht nur für das Tier selbst, sondern auch und vor allem für seinen Reiter. Plötzlich hatte er doch Angst.

Das Ungeheuer schüttelte seine federlosen schwarzen Schwingen, warf den Schädel in den Nacken, so daß Skar sich hastig ducken mußte, um nicht von dem gigantischen Hammerkopf getroffen und aus dem Sattel geschleudert zu werden, und lief los. Seine unglaubliche Größe ließ seine Schritte langsam und schwerfällig erscheinen, aber sie waren weder das eine noch das andere. Mit drei, vier raschen Schritten war die Daktyle am Rand der Turmplattform angelangt, übersprang die brusthohe Wehr, ohne auch nur den Rhythmus ihrer Bewegung zu ändern, und stürzte sich mit weit ausgebreiteten Schwingen in die Tiefe.

Skar war plötzlich ganz froh, daß die Nacht so dunkel war und er nur Schemen von seiner Umgebung wahrnehmen konnte. Trotzdem schrie er vor Schrecken und Furcht, als die Daktyle ihren rasenden Sturz begann. Die Burgmauer ragte hinter ihm in den Himmel hinauf, und der Fluß war nicht mehr als ein mattglänzendes Band aus zerkratztem Silber, unendlich tief unter ihnen, aber der Drache stürzte schnell, rasend schnell, und seine Geschwindigkeit nahm immer mehr zu.

Skar klammerte sich an die Zügel, preßte gleichzeitig mit aller Kraft die Schenkel zusammen und beugte sich über den schuppigen Hals des Tieres, um dem Wind möglichst wenig Widerstand zu bieten. Die Daktyle schrie wieder, spreizte die gewaltigen Flügel, zog sie plötzlich ganz eng an den Leib und wurde dadurch noch schneller. Der Fluß sprang mit einem gewaltigen Satz auf sie zu. Dann entfaltete sie ihre Titanenflügel wieder.

Der Ruck schleuderte Skar fast vom Rücken des Tieres. Aus dem fast senkrechten Sturz der Daktyle wurde ein erst sehr sanfter, dann immer enger werdender Bogen, dessen Schnittpunkt entsetzlich dicht über dem tobenden Fluß lag.

Dann stiegen sie wieder. Die Schwingen des schwarzen Giganten peitschten die Luft, trugen seinen geschuppten Schlangenkörper mit scheinbar schwerfälligen, schaufelnden Bewegungen wieder nach oben und schlugen immer schneller. Der Fluß und das Lager an seinem Ufer huschten wie weiße Lichtflecke unter ihnen weg, schmolzen mit absurder Schnelligkeit zusammen und verschwanden schließlich ganz, als der riesige Drache in den Himmel hinaufstieß und sich nach Norden wandte.

Mehr als zwei Stunden später erreichte der Drache das Lager. Skar sah es, lange ehe es wirklich unter ihm lag; ein ungeheuerliches Meer aus unterschiedlich großen Lichtern breitete es sich auf der Ebene aus, auf der einen Seite längs einer hart gezogenen, halbrunden Linie endend, wo es an die Berge grenzte, zur Wüste hin allmählich zerfransend, wie ein Schwarm kleiner leuchtender Tierchen, der ein Stück weit in die finster daliegende Ebene vorgedrungen war, ehe er ganz allmählich zur Ruhe gekommen war.

Obwohl Drask es ihm gesagt hatte und er auf den Anblick vorbereitet gewesen war, erschütterte er ihn, denn das Bild der tausend und tausend und tausend blinzelnder kleiner Feueraugen führte ihm den ganzen Wahnsinn seines Vorhabens vor Augen. Dort unten lagen *vierzigtausend* Quorrl, vierzigtausend Giganten, von denen jeder einzelne dreimal so stark war wie ein normaler Mann, und von denen ihn jeder einzelne mit Freuden zerreißen würde.

Skar verscheuchte den Gedanken. Es spielte keine Rolle, ob es vierzig Quorrl waren oder vierzigtausend oder vier Millionen. Er war nicht hier, um mit *ihnen* zu kämpfen.

Mit einem sanften Schenkeldruck brachte er die Daktyle dazu, ein wenig nach links zu schwenken und gleichzeitig an Höhe zu verlieren. Er näherte sich dem Lager schnell, und er wußte, daß die Gefahr groß war, entdeckt zu werden. Obwohl sie in mehreren Meilen Höhe dahinschossen, mußte der Umriß des gigantischen Flugdrachens deutlich vor den Wolken auszumachen sein. Aber der Anblick einer wilden Daktyle war hier, so weit im Norden und nahe dem Tal der Drachen, vielleicht nicht alltäglich, andererseits aber auch nicht so ungewöhnlich, daß er ausgereicht hätte, unten im Lager Alarm auszulösen. Sie würden den Drachen sehen. Ihn nicht.

Das Meer aus Licht wuchs heran, erfüllte die Welt unter ihm plötzlich vollkommen und wuchs weiter. Skar beugte sich im Sattel des Drachen vor, so weit er konnte. Sein Blick tastete über das Gewirr von Lichtern und kleinen, schmutzigweißen Zelten, die sich wie sonderbar rechteckige Flecken von Schnee in der Nacht abhoben, suchte nach einem Muster, irgendeinem System, einer Unregelmäßigkeit.

Er fand keine. Seine Hoffnung, das Zelt der Satai schon aus der Luft zu entdecken, erfüllte sich nicht. Er war zu hoch, zu hoch und zu schnell, um Einzelheiten auszumachen. Und er konnte nicht riskieren, noch tiefer hinabzustoßen. Mit einem Gefühl plötzlichen Schreckens erinnerte er sich an Drasks Warnung: Er hatte nur eine einzige Chance. Ging er zu tief, würde die Daktyle landen – und seine Zuversicht reichte nicht weit genug, sich einzureden, die Quorrl würden einem Satai, der mitten in ihrem Lager vom Himmel fiel, nicht mehr als einen flüchtigen Blick schenken.

Rasch bewegte er die Daktyle dazu, wieder in die Höhe zu steigen, flog einen Kreis in umgekehrter Richtung und hielt schließlich auf das südliche Ende des Lagers zu. Es wäre sicherer gewesen, in den Bergen zu landen und die zwei oder drei Stunden Dunkelheit, die die Nacht noch barg, auszunutzen, um sich anzuschleichen. Aber es gab zwei Punkte, die dagegen sprachen: Selbst ein Satai, der aus den Bergen kam, die an dieser Stelle als unübersteigbar galten, würde Mißtrauen erregen. Und er war sich nicht sicher, ob ihm noch genug Zeit blieb. Die zwei Stunden, von denen Drask gesprochen hatte, waren längst vorbei. Die Daktyle machte noch keine Anstalten, sich seinem Willen zu widersetzen, aber die erste Warnung mochte zugleich die letzte sein. So überflog er das Lager in großer Höhe, lenkte das Tier mehrere Meilen weit in die Wüste hinaus und kehrte dann in einem weit geschwungenen Bogen zurück, wobei er die Daktyle sanft, aber beständig an Höhe verlieren ließ. Er war sicher, daß er gesehen worden war, und wahrscheinlich suchten gerade jetzt Hunderte, wenn nicht Tausende starrer Fischaugen den Himmel ab. Er konnte es nicht riskieren, sich bei der Landung beobachten zu lassen.

Aber er hatte auch nicht die Zeit für einen vielleicht stundenlangen Fußmarsch. Skar entschloß sich zu einem sehr gewagten Manöver, das ihm entweder einen gebrochenen Hals oder zwei oder mehr gewonnene Stunden einbringen würde: bei seinem Überflug hatte er gesehen, daß das Lager von einer ungleichmäßigen Reihe hoher Sanddünen begrenzt wurde, die sich wie eine natürliche Wehrmauer zwischen ihm und der Wüste erhoben. Behutsam ließ er die Daktyle tiefer gehen, jederzeit bereit, sie wieder aufsteigen zu lassen, sollte sie etwa Anstalten machen, an dieser Stelle zu landen.

Aber seine Rechnung ging auf. Der Drachenvogel stand noch immer unter Drasks geistigem Bann, denn er vollführte gehorsam jede Bewegung, die Skar von ihm verlangte. Aber seine Instinkte waren stark genug, ihm zu sagen, daß er nie wieder starten konnte, wenn er hier zu Boden ging. Daktylen waren phantastische Flieger, aber sie brauchten Klippen oder zumindest sehr hohe Felsen, um überhaupt in die Luft zu kommen. Eine Landung auf dem flachen Land bedeutete den fast sicheren Tod, denn so schnell und gefährlich die Tiere in der Luft waren, so hilflos waren sie am Boden, trotz ihrer gewaltigen Größe. Skars Daktyle glitt mit weit ausgebreiteten Schwingen über die Wüste dahin, sehr viel langsamer als bisher, dabei aber noch immer dreimal so schnell wie ein galoppierendes Pferd. Ihre Schwingen berührten fast den Boden, und Skar spürte die Furcht und Nervosität des Tieres. Trotzdem zwang er es dazu, langsamer zu werden. Unter ihm war weicher Sand, aber er war zu schnell.

Die Daktyle begann zu bocken. Für einen Moment versuchte sie wieder an Höhe zu gewinnen. Ihr Schädel ruckte nervös hin und her; kleine, fast ängstliche Schreie drangen aus ihrem schrecklichen Schnabel. Trotzdem glitt sie gehorsam wieder hinab, als Skar die Schenkel zusammenpreßte.

Er war jetzt nicht mehr sehr weit vom Lager entfernt; gleichzeitig spürte er, daß er das Tempo des Tieres nicht noch weiter drosseln konnte, ohne daß es den Halt in der Luft verlor und zu Boden stürzte.

Skar löste die Füße aus den Steigbügeln, atmete tief ein – und ließ sich aus dem Sattel fallen. Eine der gewaltigen schwarzen Drachenschwingen streifte ihn; ganz flüchtig nur, aber die Berührung war trotzdem stark genug, ihn in der Luft herumzuwirbeln und hilflos davonsegeln zu lassen.

Der Aufprall war überraschend sanft. Der weiche Sand, in den er fiel, dämpfte seinen Sturz, und er hatte sich ganz instinktiv zu einem Ball zusammengerollt, so daß er sich zwar zwanzig-, dreißigmal überschlug, ehe er endgültig zur Ruhe kam, sich aber nicht ernsthaft verletzte.

Sein erster Blick galt der Daktyle.

Der Drache war schon erstaunlich weit entfernt, aber seine gewaltige Größe ließ ihn Skar trotzdem deutlich erkennen. Der fliegende Riese taumelte. Seine Schwingen peitschten in heller Panik die Luft, berührten dabei den Boden, so daß Staub und Sand und pulverfeiner Schnee hochstoben. Für einen kurzen, schreckerfüllten Moment fürchtete Skar, er würde abstürzen.

Aber dann entschied die ungeheure Körperkraft des Tieres den lautlosen Kampf. Mit einer ungeheuerlichen Anstrengung stemmte sich die Daktyle in die Höhe, warf sich herum – und schoß mit einem erleichterten Schrei in den Himmel empor.

Skar atmete hörbar auf. Er war dem Lager so nahe, daß die Daktyle mit Sicherheit nicht unbemerkt geblieben war. Wäre sie hinter den Dünen verschwunden, ohne wieder aufzutauchen, hätte es hier in Minuten von Quorrl gewimmelt...

Er stand auf, sah sich sichernd nach allen Richtungen um und untersuchte seinen Körper dann auf Verletzungen. Er fand nichts, bis auf ein paar Kratzer und Abschürfungen, die er getrost vernachlässigen konnte. Selbst sein gerade erst geheilter Knöchel hatte den Sturz unbeschadet überstanden. Zum ersten Mal seit Ewigkeiten schien das Glück wieder auf seiner Seite zu sein.

Rasch entledigte sich Skar seines Fellumhanges, ordnete noch einmal seine Kleider und strich glättend über den knöchellangen Satai-Mantel. Dann überzeugte er sich ohne irgendwelche Hast vom sicheren Sitz seiner Waffen, schüttelte sich Schnee und Sand aus den Haaren und wandte sich nach Norden, in die Richtung, in der die Lichter hinter den Dünen glommen. Es war nicht mehr sehr weit.

Wieder einmal hatte er sich verschätzt. Es dauerte annähernd eine Stunde, bis er das Lager erreicht und durchquert hatte, denn der ersten Dünenkette schloß sich eine zweite an, eine dritte, vierte, fünfte und so weiter – die klare Luft über der halbverschneiten Wüste und die Dunkelheit hatten ihm eine Entfernung von einer halben Meile vorgegaukelt, wo zwei oder drei waren. Und schließlich verlor er noch einmal kostbare Zeit, als er sich eng gegen den Sand pressen mußte, um nicht von einer Quorrl-Patrouille entdeckt zu werden, der er um ein Haar in die Arme gelaufen wäre. Obwohl das Heer mitten in dem von ihm besetzten Gebiet lagerte und der nächste Feind hundert Meilen entfernt war, waren die Quorrl wachsam. Als er das Lager schließlich durchquert hatte und das halbe Dutzend schwarzgolden gemusterter Zelte der Satai vor ihm lag, zeigte sich am Horizont bereits der erste graue Schimmer der Dämmerung.

Trotz aller Schwierigkeiten hatte er Glück gehabt – die Zelte der Satai standen allein, ein Stück abseits jener der Quorrl-Krieger, dicht in einen Halbkreis aus Felsen und zyklopischen Findlingen geschmiegt, die ihnen nicht nur Schutz vor dem eisigen Wind und einem eventuellen Angriff boten, sondern auch Skar ausreichende Deckung. Aufmerksam blickte er zu den Gestalten der beiden Wächter hinüber, die reglos wie Statuen vor dem größten der vier Zelte standen. Skar beobachtete sie seit fünf Minuten, ohne daß sich einer von ihnen auch nur gerührt hatte. Trotzdem zweifelte er nicht daran, daß sie aufmerksam waren und ihnen nicht die mindeste verdächtige Bewegung entging. Sie waren Satai, und daß sie sich im Herzen einer mit ihnen verbündeten Armee befanden, bedeutete gar nichts.

Skar überlegte angestrengt, in welchem der vier Zelte sich sein Sohn befinden mochte. Sicher konnte er das größte der vier schwarzgolden gemusterten Zelte ausklammern – es würde von dem Mann bewohnt werden, den Drask den Hohen Satai genannt hatte und der als zweiter auf Skars Liste stand, sollte er noch die Zeit dazu finden – aber es blieben noch immer drei. Drei Chancen, wo er nur eine hatte. Skar zweifelte nicht daran, die Wächter überwinden zu können, denn er hatte den Vorteil der Überraschung auf seiner Seite: Selbst wenn sie gewußt hätten, wer er war, und selbst wenn sie darüber hinaus gewußt hätten, daß er kam (und sie wußten keines von beiden), konnten sie unmöglich *jetzt schon* mit ihm rechnen. Nein – er würde die Wächter ausschalten. Aber danach blieben ihm nur noch Augenblicke, bestenfalls Minuten.

Er ließ sich tiefer hinter den Felsen sinken, hinter dem er Dekkung gesucht hatte, zog den Dolch aus dem Gürtel und verbarg die Klinge in seiner Hand, ehe er nach Osten sah. Der graue Streifen heraufziehender Dämmerung war noch nicht heller geworden, aber deutlich breiter. Ihm blieb nicht mehr viel Zeit. Er hatte fast eine Stunde damit verloren, das Lager zu durchqueren, und es erschien ihm jetzt, im nachhinein, fast wie ein Wunder, daß es ihm überhaupt gelungen war. Der Anblick des Heerlagers war ein Schock gewesen. Die ungeheure Zahl der Quorrl war zu abstrakt, um sie sich wirklich vorstellen zu können. Selbst als er das Lager überflogen hatte, war es nichts als eine schier endlose Ebene aus rotgepunkteter Finsternis und vager Bewegung gewesen, beeindruckend, aber nicht *bedrohlich.* Aber dann lag es vor ihm, breitete sich wie eine ungeheuerliche, lebende Masse in alle Richtungen aus und umfing ihn mit seinem Lärm und einem schier unbeschreiblichen Gemisch aus Gerüchen und Lauten und Bewegung. Die Zelte standen manchmal so dicht, daß es unmöglich war, zwischen ihnen hindurchzugehen, und wo ein Stück Boden freigeblieben war, hatten sich große schuppige Gestalten zusammengerollt, um in ihren Pelzen zu schlafen. Skars Mut war für Minuten fast auf den Nullpunkt gesunken, aber am Schluß war es dann doch überraschend leicht gewesen, sich an den Wachen vorbei und ins Lager zu schleichen, wo er sich in der Deckung eines Zeltes aufgerichtet hatte, um das einzige zu tun, was überhaupt Sinn machte – hoch aufgerichtet und mit raschen, aber nicht hastigen Schritten weiterzugehen, wie ein Mann, der ganz genau weiß, was er tut. Auch der Moment, den er am meisten gefürchtet hatte, war ohne Zwischenfälle vorübergegangen: der erste Quorrl, dem er begegnete, hatte ihn mit einer Mischung aus feindseligem Respekt und milder Verwunderung angeblickt, es aber nicht gewagt, ihn anzusprechen oder gar aufzuhalten. Drasks Rechnung schien abermals aufzugehen: dies hier war das Kriegslager der Quorrl, aber der Anblick eines Satai war nichts Ungewöhnliches. Sicher kamen täglich Kundschafter und Boten, um dem Hohen Satai Bericht zu erstatten.

Nein – die Quorrl waren keine wirkliche Gefahr. Sein wahrer Feind war die Dämmerung, denn mit dem ersten Licht würden die Männer in den schwarzen Zelten aufwachen und mit ihrem gewohnten Tagewerk beginnen. Er hatte nur einen Verbündeten: die Dunkelheit.

Skar lächelte bitter in sich hinein, als ihm bewußt wurde, daß er schon wie ein gedungener Mörder zu denken begann. Und viel mehr war er ja auch nicht.

Aber der Gedanke bereitete ihm nicht das Entsetzen, das er noch vor Tagesfrist bedeutet hätte. Ganz im Gegenteil spürte Skar fast so etwas wie eine boshafte Befriedigung: Sie hatten Mörder zu ihm geschickt, und jetzt kam er her, um ihnen zurückzubringen, was er bekommen hatte.

Er verscheuchte den Gedanken, warf einen letzten sichernden Blick ins Lager zurück und richtete sich auf. Der Wind fiel mit unsichtbaren spitzen Zähnen über ihn her, und für einen letzten, schrecklichen Moment drohten ihn noch einmal Kraft und Entschlossenheit zu verlassen. Eine Stimme in seinen Gedanken schrie ihm zu, daß er hier war, um *seinen eigenen Sohn* zu töten. Er ignorierte sie, schlich geduckt in der Deckung der Felsen weiter, bis er dem Halbrund aus Zelten genau gegenüberstand, und trat mit einem entschlossenen Schritt ins blasse Sternenlicht hinaus.

Die beiden Wächter erwachten aus ihrer scheinbaren Starre, und sie reagierten genauso, wie Skar gehofft hatte – der eine trat ihm entgegen, sichtlich angespannt und die Hand auf dem Schwertgriff, während der zweite Krieger ein Stück zur Seite wich, um Skar keine Gelegenheit zu geben, sie beide mit einem überraschenden Angriff auszuschalten.

»Wer bist du?« drang eine dumpfe Stimme durch die Nacht. »Was willst du?« Der Mann sprach nicht sehr laut, was Skar bewies, daß die Männer in den Zelten noch schliefen und er sie nicht wecken wollte. Gut. Ein weiterer, winziger Vorteil für ihn.

Ruhig trat er den beiden Posten entgegen, hob die Hand zum Satai-Gruß und blieb auf ein Zeichen des einen hin gehorsam stehen.

»Mein Name ist Troun«, sagte er auf die gleiche, gedämpfte Weise, auf die der Wächter sprach. »Ich komme aus Denwar. Ich habe eine Nachricht für den Hohen Satai.«

»Eine Nachricht?« Der Wächter kam näher, blieb zwei Schritte vor ihm stehen und musterte ihn mit unverhohlenem Mißtrauen von Kopf bis Fuß. Aber was er sah, schien seine Bedenken zumindest zum Teil zu zerstreuen, denn seine Haltung entspannte sich ein wenig. »Was für eine Nachricht?«

»Eine wichtige Nachricht«, erwiderte Skar, mit genau der Spur von Ungeduld und Überheblichkeit in der Stimme, die ihm in einem Moment wie diesem angebracht schien. »Sie ist nicht für deine Ohren bestimmt.« Er runzelte die Stirn. »Ich bin nicht drei Nächte geritten, um mich mit dir zu streiten. Führe mich vor!«

Irgend etwas war falsch. Er hatte einen Fehler gemacht, auch wenn er nicht wußte, welchen – aber aus dem abklingenden Mißtrauen im Gesicht des Postens wurde Überraschung, dann Schrecken, und Skar sah aus den Augenwinkeln, wie sich auch die Gestalt des zweiten Postens versteifte.

Der Satai spürte nicht einmal, wie er starb. Skars Rechte ruckte hoch. Die Dolchklinge glitt zwischen seinen Fingern hervor, wobei sie zwei tiefe, blutende Linien in die Haut riß, bewegte sich in einem unglaublich schnellen, blitzenden Halbkreis nach oben und herum und glitt durch die Kehle des Mannes. Beinahe gleichzeitig senkte sich Skars Linke zum Gürtel, ergriff einen der fünfzackigen *Shuriken* und schleuderte ihn.

Die Zeit schien stehenzubleiben. Skar streckte die Arme aus, um den zusammenbrechenden Wächter aufzufangen, sah, wie der zweite Krieger herumfuhr und den Mund zu einem Schrei öffnete, gleichzeitig machte er einen Schritt und hob die Arme, dann traf der winzige Wurfstern seine Schläfe mit tödlicher Präzision. Die Wucht des Wurfes war so gewaltig, daß der Mann wie von einem Faustschlag getroffen und zu Boden geschmettert wurde, wo er mit grotesk verrenkten Gliedern liegenblieb. Das Geräusch, mit dem er auf den festgetretenen Boden aufschlug, hallte wie ein Peitschenhieb in Skars Ohren.

Für die Dauer von drei, vier endlosen Herzschlägen blieb er reglos stehen und lauschte, jeden Sekundenbruchteil darauf gefaßt, Lärmen und Schreie zu hören.

Aber nichts geschah. So unglaublich es ihm selbst erschien – niemand hatte etwas gehört. Das Schicksal gab ihm noch eine letzte Chance.

Skar widerstand der Versuchung, den toten Wächter einfach liegen zu lassen, sondern hob ihn vorsichtig hoch, wandte sich um und trug ihn hinter die Felsen, hinter denen er selbst vor Augenblicken Deckung gesucht hatte. Dann ging er zurück, hob auch den zweiten Wächter auf die Arme und legte ihn neben seinen toten Kameraden. Auch das Fehlen der Posten würde Alarm auslösen, aber vielleicht gewann er auf diese Weise kostbare Sekunden, die entscheiden mochten.

Unschlüssig blieb er stehen. Er wußte noch immer nicht, wo er suchen sollte – der Posten hatte versucht, das direkt hinter ihm stehende Zelt zu erreichen, wohl um Alarm zu schlagen und Verstärkung herbeizurufen, so daß er auch dies mit einiger Sicherheit ausklammern konnte, aber es blieben immer noch zwei Zelte, und wenn er das falsche wählte und sich plötzlich inmitten eines Dutzends Satai wiederfand, die bei seinem Eintreten zweifellos aufwachen würden, war alles vorbei.

Und wenn sein Sohn bei ihnen war? wisperte die Stimme in seinem Kopf. Zum ersten Mal kam ihm zum Bewußtsein, daß er ja keine Ahnung hatte, nach wem er überhaupt suchte. Er hatte einen Säugling zu den Gesichtslosen Priestern gebracht, aber er war hier, um einen achtzehnjährigen Knaben zu finden, möglicherweise einen – wahrscheinlich sogar – der die Kleider eines Satai trug. Aber irgendwie würde er ihn erkennen.

Skar wählte willkürlich das linke der beiden verbliebenen Zelte aus, schlug lautlos die Plane beiseite und legte gleichzeitig die Hand auf das Schwert.

Und im gleichen Moment, in dem er das Zelt betrat, wußte er, daß es das richtige war.

Es war nicht dunkel hier drinnen. Der schwarze Stoff hatte jeden Lichtschimmer verschluckt, aber er sah jetzt, daß gleich neben dem Eingang eine kleine Öllampe brannte, die das Zelt mit einem verwirrenden Muster aus rötlichem Licht und grauer Schattenbewegung erfüllte, und viel mehr, als er sah, *spürte* er.

Es war, als berührten eisige Finger seine Seele. Etwas war hier, die Hälfte eines zerbrochenen Ganzen, das einmal in ihm gewesen und gewaltsam getrennt worden war, etwas gleichzeitig unendlich Vertrautes wie Entsetzliches. Sein Kind. Das schreckliche Erbe, das er ihm mitgegeben hatte, ohne es zu ahnen. Es war hier. Das Erbe der Götter. Der Fluch, der sein Leben bestimmt hatte. *Es war hier!*

Irgendwo draußen erscholl ein Geräusch. Skar wußte nicht, was es war, aber er trat rasch vollends in das Zelt hinein, verschloß die Plane wieder und überzeugte sich sorgsam davon, daß kein verräterischer Lichtschimmer nach draußen dringen konnte; dann zog er sein Schwert, wandte sich wieder um und trat auf die schlafende Gestalt in der Mitte des Zeltes zu.

Sein Sohn war allein. Dieses Zelt gehörte offensichtlich nur ihm, was Skar bewies, daß zumindest die Satai sich seines Wertes und seiner Bedeutung durchaus bewußt waren. Ein rascher Hieb, und –

Skars Hand löste sich hastig vom Griff des *Tschekal,* als hätte er glühendes Eisen berührt. Er konnte es nicht. Nicht *so.* Er mußte ihn sehen, nur ein einziges Mal sehen, in seine Augen blikken, um sich davon zu überzeugen, daß das Böse wirklich da war, von dem Drask gesprochen hatte und das er fühlte, wie eine unsichtbare knisternde Aura, in die er hineinschritt, als er sich der zusammengerollten Gestalt näherte. Schweiß erschien auf seiner Stirn. Seine Hände und Knie zitterten. Er mußte seine Augen sehen.

Wieder begann die lautlose Stimme in seinem Schädel zu flüstern, sagte ihm, daß es vielleicht ein Fehler war, daß er ihn gar nicht mehr würde töten können, wenn er ihm jetzt in die Augen sah, und daß er sogar eine Chance hatte, mit dem Leben davonzukommen, wenn er nur vernünftig blieb und schnell genug war. Bisher hatte niemand ihn bemerkt, und die Berge waren nicht weit, nur ein paar hundert Schritte in nördlicher Richtung. Sie würden ihn jagen, aber es gab Verstecke dort oben, die ausgereicht hätten, eine Armee zu verbergen, und er war nicht irgendwer, sondern Skar.

Dann lächelte er. Er war gekommen, um zu sterben, nicht, um zu fliehen. So leise er konnte, näherte er sich der schlafenden Gestalt auf dem Boden, und kniete neben ihr nieder. Sein Blick streifte eine Holzkiste, die neben dem Kopfende des Schlafenden stand. Der Deckel war zurückgeklappt, so daß Skar ihren Inhalt erkennen konnte.

Es war Spielzeug – hölzerne Bausteine und Klötze, kleine Stoffpuppen und Pferde, dazu eine große Anzahl aus Holz geschnitzter, liebevoll bemalter Figuren, die Männer in Satai-Kleidern, aber auch Quorrl und Veden und andere Völker darstellten. Skar war ein wenig verwirrt – gab es *Kinder* hier?

Aber diese Frage war im Moment unwichtig. Er wandte sich von der Kiste ab und beugte sich vor, um das Gesicht des Jungen zu betrachten. Ein Gefühl absurder Zärtlichkeit durchflutete ihn. Er verscheuchte es.

Der Junge war sehr groß, ein Riese, der ihn fast um Haupteslänge überragen mußte, wenn er aufrecht stand. Seine Muskeln waren noch nicht voll ausgebildet, denn er hatte den Schritt zum Mann noch nicht ganz getan, aber er war schon jetzt ein Gigant, der sicherlich stärker war als Skar. Er hatte das schwarze, fast bläulich glänzende Haar aus Skars Jugend, und sein Gesicht…

Skar war verwirrt. Der Knabe ähnelte ihm kein bißchen, aber er sah auch nicht seiner Mutter ähnlich; eigentlich sah er niemandem ähnlich, den Skar jemals gesehen hatte. Seine Züge waren so ebenmäßig und edel, daß es Skar im ersten Moment fast unmöglich erschien. Es war das Gesicht eines sehr starken Mannes, aber es war gleichzeitig sanft und milde... schön, dachte Skar erstaunt, auf eine mit Worten kaum zu beschreibende, unglaublich männliche Art *schön.*

Dann begriff er.

Es war perfekt. An dem Gesicht seines schlafenden Sohnes war kein Makel, kein Fehler, nicht die kleinste Unregelmäßigkeit. Hätte ein Gott das Urbild eines Mannes erschaffen wollen, hätte es so ausgesehen.

Er schauderte. Er hatte nie etwas so Perfektes gesehen. Und niemals etwas, das ihn gleichzeitig so erschreckte. Wenn er noch Zweifel an Drasks Worten gehabt hatte, hatte sie dieser Anblick beseitigt. Kein Mensch konnte so perfekt sein. *Warum mußte sich das Böse hinter der Maske absoluter Schönheit verbergen?*

Wieder glitt seine Hand zum Schwert, und wieder führte er die Bewegung nicht zu Ende. Seine Muskeln gehorchten ihm nicht mehr. War es schon zu spät? dachte er. Hatte der bloße Anblick, die bloße Nähe seines Sohnes schon ausgereicht, ihn seines Willens zu berauben? Ihn wieder zu dem Werkzeug zu machen, als das sie ihn schon einmal benutzt hatten? Skar stöhnte, krümmte sich wie unter Schmerzen und versuchte das Schwert zu ziehen, aber es ging nicht, er war gelähmt, starr, unfähig, sich zu bewegen. Ein schwarzer Wirbel entstand hinter seiner Stirn, wuchs und wuchs und umschlang mit rauchigen Armen seine Gedanken. Der Junge schlief weiter, aber etwas – etwas Entsetzliches, das in ihm war – spürte Skars Anwesenheit, und es wußte, warum er hier war und wehrte sich mit verzweifelter Kraft. Skar keuchte wie unter Schmerzen, schloß die Augen und versuchte, das Bild Syrrs herbeizuzwingen, ihr blutüberströmtes, erstarrtes Gesicht, den Ausdruck von ungläubigem Entsetzen und Schmerz, den er in der allerletzten Sekunde ihres Lebens darin gesehen hatte.

Es gelang ihm. Der schwarze Wirbel in seinen Gedanken blieb, aber plötzlich war der Zorn da, der gleiche, entsetzliche Schmerz, den er verspürt hatte, als Syrr in seinen Armen starb, und er gab ihm Kraft. Seine Hand senkte sich auf das Schwert und zog es halb aus der Scheide.

In diesem Moment erwachte der schlafende Junge. Und Skar blickte in seine Augen.

Es war wie ein Schlag ins Gesicht. Der Junge hob die Lider und sah ihn an, aber seine Augen waren nicht klar, sein Blick blieb verschleiert. Und im gleichen Moment, in dem er erwachte, ging eine entsetzliche Veränderung mit seinem Göttergesicht vonstatten.

Seine Züge erschlafften. Gerade anders herum, als es normal gewesen wäre, wich jegliche Spannung und Glätte aus ihnen, als er den Schlaf abschüttelte. Die Mundwinkel des jungen Satai sanken herab wie bei einem traurigen Clown. Glitzernder Speichel erschien in kleinen feuchten Bläschen auf seinen Lippen und begann an seinem Kinn herabzulaufen. Einen Herzschlag lang starrte er Skar erschrocken an, dann erschien ein dümmliches Lächeln auf seinen Zügen. Er setzte sich auf; viel umständlicher, als nötig gewesen wäre. Sein Kopf pendelte dabei von rechts nach links und wieder zurück, als wäre er zu schwer für den Hals.

Der Blick, mit dem er Skar ansah, war der eines Idioten.

Der Junge war schwachsinnig. Die Natur hatte seinem Geist genommen, was sie seinem Gesicht zu viel gegeben hatte. Er war ein Riese, ein Gigant mit dem Gesicht und der Stärke eines jungen Gottes. Und dem Geist eines Kindes.

Skar löste die Hand vom Schwert, hob die Arme und ballte die Hände vor dem Gesicht zu Fäusten, so fest, bis er vor Schmerz aufstöhnte und Blut unter seinen Fingernägeln hervorkroch. Dies also war sein Erbe. Das war es, was er seinem Sohn mitgegeben hatte, die Macht der Götter, vor Äonen in den Genen seiner Vorfahren verankert, aber gefangen in einem zerstörten Geist.

Vielleicht mußte es so sein, dachte er, in dem fast verzweifelten Versuch, einen Grund zu finden, nicht wahnsinnig zu werden. Er hatte die geballte Macht gespürt, die in der Seele des Kindes lauerte, damals, als er gerade geboren war und er ihm das erste Mal in die Augen blickte, eine Macht, die fähig war, Welten zu verheeren und die Götter selbst zu stürzen. Vielleicht war kein menschlicher Geist fähig, mit diesen Gewalten zu leben, ohne sich selbst zu verzehren, daran zu verbrennen wie eine Motte, die dem Licht zu nahe gekommen war.

Der Blick des Jungen war seinen Bewegungen aufmerksam gefolgt. Er lächelte blöde, hob die Hand und griff nach Skars Schulter, berührte ihn aber nicht. »Wer bist du?« fragte er. Seine Stimme war eindeutig die eines Idioten, aber sie war trotzdem sehr klar und wohltönend. Jedes einzelne Wort brannte wie Säure hinter Skars Stirn.

Skar schluckte den bitteren Kloß herunter, der in seiner Kehle saß, atmete tief ein und aus und wieder ein und zwang sich zu einem Lächeln. Tränen liefen über sein Gesicht, aber er spürte es nicht einmal. »Ich bin Skar«, sagte er.

»Skar?« Der Junge legte den Kopf schräg, als hätte das Wort eine bestimmte Bedeutung für ihn. Aber wenn, dann hatte er sie wohl vergessen, denn plötzlich grinste er. »Skar«, wiederholte er. »Ich bin Croyd.« Er erschrak. Wieder hob er die Hand, streckte vorsichtig den Arm aus und berührte Skars Wange. Seine Fingerspitzen glitzerten feucht, als er sie zurückzog.

»Du weinst«, stellte er überrascht fest. »Hast du dir weh getan?«

»Nein«, antwortete Skar. »Es ist... alles in Ordnung.« Langsam, beinahe zärtlich, ergriff er die Schultern des jungen Riesen, zog ihn zu sich heran und drückte ihn an sich, ganz in der Art, in der er ein kleines Kind in die Arme geschlossen hätte. Croyd ließ es willenlos geschehen.

»Aber warum weinst du, wenn du dir nicht weh getan hast?« fragte er. »Hast du Angst?«

Skar schwieg. Seine Linke glitt an Croyds Rücken hinauf, schmiegte sich um seinen Nacken, hielt ihn, während er die andere Hand fast sanft unter das Gesicht des Jungen legte, den Handballen unter dem Kinn. Behutsam drückte er Croyds Kopf nach oben, bis er ihm ins Gesicht blickte. Croyds Augen waren groß vor Verwirrung, aber Skar suchte vergeblich nach einer Spur von Furcht.

»Bist du... ein Freund?« fragte Croyd zögernd.

Skar nickte. Dann schüttelte er den Kopf, lächelte. »Ich bin dein Vater, Junge«, flüsterte er.

»Mein... Vater?«

»Ja, Croyd«, antwortete Skar. »Dein Vater. Ich war... lange fort, aber jetzt... jetzt bin ich zurück.« Er schloß die Augen, beugte den Kopf und berührte Croyds Stirn ganz leicht mit den Lippen. »Verzeih mir«, flüsterte er. Seine Hände schlossen sich fester um Croyds Nacken und Kinn.

Croyds Genick brach mit einem harten, hellen Laut, den Skar nie mehr vergessen sollte.

Lange, endlos lange, saß er einfach da und hielt den Körper seines toten Sohnes in den Armen. Er weinte nicht mehr. Seine Tränen waren versiegt, vielleicht für immer, und auch der Schmerz, auf den er wartete, kam nicht. Auf eine schreckliche Art fühlte er sich selbst tot, und vielleicht war er es, denn er hatte nicht nur seinen eigenen Sohn umgebracht, sondern auch ein Stück von sich selbst. Sie waren mehr gewesen als bloße Blutsverwandte, mehr als Vater und Sohn. Es hatte eine Verwandtschaft der Seelen zwischen ihnen gegeben, die weit über das normale Maß hinausgegangen war, und etwas von Croyd war noch immer hier, wie ein unsichtbarer, nur ganz allmählich verblassender Schatten.

Nach einer Weile ließ er den Leichnam behutsam auf sein Lager zurücksinken, schloß mit Daumen und Zeigefinger seine gebrochenen Augen und stand auf. Ja, dachte er matt, noch immer ohne irgendeine Spur von echtem Gefühl, er hatte einen Teil von sich getötet. Seine Seele. Sein Menschsein. Jetzt wurde es Zeit, daß er auch seinen Körper vernichtete. Nichts mehr sollte von ihm bleiben. Nicht einmal mehr eine Erinnerung.

Er zog sein Schwert aus dem Gürtel, wandte sich um und schlug mit einem Ruck die Zeltplane zurück.

Das kleine Halbrund aus Zelten lag noch immer so still und einsam da, wie er es in Erinnerung hatte. Er hatte das Gefühl,

Stunden im Inneren des Zeltes verbracht zu haben, aber in Wahrheit konnten es wohl nur Minuten gewesen sein. Der Streifen aus grauer Dämmerung am Himmel war kaum breiter geworden, und auch das Fehlen der Posten war noch niemandem aufgefallen. Für einen Moment kam ihm der absurde Gedanke, daß er tatsächlich eine Chance hatte, lebend davonzukommen. Es waren nur wenige hundert Schritte bis zur Sicherheit der Berge.

Welch närrischer Einfall!

Skar trat mit einem entschlossenen Schritt aus dem Zelt, packte sein *Tschekal* fester und nahm den Dolch in die linke Hand.

»Satai!« schrie er. »Du, der sich den Hohen Satai nennt – wer immer du bist! Komm heraus! Ich fordere dich!«

Er erschrak fast selbst, so laut erschien ihm seine eigene Stimme in der Stille des Morgens. Und die Reaktion ließ nur Sekunden auf sich warten.

Die Plane des Zeltes zu seiner Rechten wurde zurückgeschlagen, und ein Satai stürmte heraus, nur mit Hosen und Stirnband bekleidet, aber ein Schwert in der Hand. Skar empfing ihn mit einem blitzschnellen, geraden Stich, der ihn auf der Stelle tötete.

»Satai!« schrie er noch einmal. »Ich fordere dich zum Zweikampf! Zeige dich!«

Mehr Krieger stürmten aus dem Zelt. Skar duckte sich unter dem Schwerthieb des ersten durch, stieß ihm den Dolch in einer blitzschnellen, aufwärts gerichteten Bewegung in den Leib und empfing den dritten Angreifer mit einem Schwertstreich gegen die Beine, der den Mann schreiend zusammenbrechen ließ.

Auch hinter ihm waren plötzlich Schritte. Etwas zischte durch die Luft, grub eine brennende Linie aus Schmerz in seine Schulter und durchschlug die Zeltplane neben ihm. Skar sprang zur Seite, tötete einen weiteren Satai mit einem gewaltigen, beidhändig geführten Hieb und fegte einen anderen Krieger mit einem Tritt zu Boden.

Dann waren sie über ihm. Etwas traf mit entsetzlicher Wucht seine Waffenhand und entriß ihm das Schwert. Ein Fausthieb explodierte an seiner Schläfe, und plötzlich war Blut in seinem

Mund. Sein Blick färbte sich rot, und in das Keuchen und die gemurmelten Flüche der Männer, die ihn niederrangen, mischte sich ein immer stärker und stärker werdendes Rauschen. Der Tod. Sie würden ihn töten. Jetzt. *Jetzt.*

Aber sie töteten ihn nicht. Schläge trafen seine Brust, sein Gesicht und seine Seiten, bis er aufhörte, sich zu wehren. Harte Stiefel nagelten seine Hand- und Fußgelenke an den Boden, und eine Schwertspitze berührte seine Kehle und ritzte sie. Aber der letzte, erlösende Schmerz kam nicht. *Warum brachten sie ihn nicht endlich um?*

Dann lockerte sich der erbarmungslose Griff des halben Dutzends Männer, die ihn hielten. Ein riesiger, von seiner eigenen Schwäche und Übelkeit verzerrter Schatten erschien über ihm, scheuchte die Männer mit einer knappen Bewegung beiseite und musterte ihn aus kalten, glitzernden Augen.

»Du forderst mich also.« Die Stimme klang spöttisch. »Was bist du? Besonders mutig, oder besonders dumm?« Der verzerrte Schatten kam ein wenig näher. Es war zu dunkel, als daß Skar sein Gesicht deutlicher denn als hellen Fleck erkennen konnte, aber er hörte ein überraschtes Einatmen, als er die Kleider erkannte, die Skar trug, und die Waffe, die ihm die Krieger aus den Händen gerungen hatten.

»Ein... Satai?« Diesmal glaubte er Zorn in den Worten des anderen zu hören. Er seufzte. »So hat Drask also endlich einen Verräter gefunden, der...« Er brach ab, schüttelte den Kopf und blickte einen Moment auf die Krieger herab, die Skar erschlagen hatte. »Aber natürlich«, sagte er, in beinahe resignierendem Tonfall. »Niemand anderes wäre dazu fähig gewesen. Hast du auch die Wachen erschlagen?«

Skar schwieg, aber der andere hatte auch nicht ernsthaft mit einer Antwort gerechnet, wie seine nächsten Worte bewiesen. »Das war unnötig. Sie hätten sich dir nicht in den Weg gestellt, wenn du ihnen gesagt hättest, wozu du hier bist.« Er machte eine unwillige Handbewegung. »Laßt ihn los.«

Zwei der Männer, die ihn hielten, wichen auch tatsächlich zurück, aber die anderen blieben, und auch das Schwert, das seine

Kehle ritzte und ihm das Atmen fast unmöglich machte, verschwand nicht.

»Laßt ihn los«, sagte der Hohe Satai noch einmal. »Dieser Mann hat mich gefordert. Er hat das Recht, auch von meiner Hand zu sterben.«

Das Schwert verschwand, und auch der entsetzliche Druck auf Skars Handgelenke war mit einem Mal nicht mehr da. Trotzdem blieb er noch sekundenlang reglos liegen, ehe er sich auf die Ellenbogen hochstemmte und nach seinem Hals griff. Er konnte kaum atmen. An seinen Fingern war Blut, als er die Hand zurückzog.

»Kannst du kämpfen?« fragte der Mann in den Kleidern des Hohen Satai kalt. »Oder brauchst du Zeit, dich zu erholen?«

Zur Antwort griff Skar nach seinem Schwert, schob es in den Gürtel und stand umständlich auf. In seinem Körper pochten zahllose Schmerzen, aber keiner davon war so schlimm, ihn *wirklich* zu behindern.

Die Krieger wichen respektvoll zurück und bildeten einen Kreis, und auch der Kriegsherr der Satai zog seine Waffe. Skar sah ihn nun zum ersten Mal deutlicher: Er war ein Riese, mindestens sieben Fuß groß und mit Schultern, die den schwarzen Zeremonienmantel zu sprengen schienen, den er trug. Das *Tschekal* wirkte in seinen Händen wie ein Spielzeug. Trotzdem bewegte er sich mit der Geschmeidigkeit und Kraft einer großen Katze. Skar glaubte nicht, daß er ihn besiegen konnte. Eigentlich wollte er es auch gar nicht.

Skar lächelte, obwohl er wußte, daß der andere sein Gesicht in der Dunkelheit so wenig erkennen konnte wie er das seine, deutete eine Verbeugung an und zog seine Waffe. Er war sehr ruhig.

Aber der Kampf begann noch nicht. Aus Croyds Zelt erscholl plötzlich ein gellender Schrei. Die Plane wurde zurückgeschlagen, und ein Satai taumelte heraus, so hastig, daß er das Gleichgewicht verlor und zwischen ihm und dem Hohen Satai auf die Knie fiel. »Croyd!« keuchte er. »Er hat Croyd umgebracht, Herr!«

»Croyd? Er hat –« Skar hatte selten zuvor ein solches Entsetzen in der Stimme eines Menschen gehört wie jetzt. Er sah, wie sich die hünenhafte Gestalt versteifte. Dann fuhr er plötzlich herum, rammte das Schwert in den Boden und lief mit wehendem Mantel auf das Zelt zu. »Haltet ihn!« rief er zurück. »Aber rührt ihn nicht an!«

Der Kreis der Satai zog sich zusammen. Ein halbes Dutzend Schwerter richtete sich drohend auf ihn, und Skar spürte den Haß, den die Männer ihm plötzlich entgegenbrachten.

Aber da war auch noch mehr. Ein Entsetzen, für das es keinen Grund zu geben schien, das aber mit jedem Atemzug deutlicher wurde, fast, als begriffen sie nur ganz allmählich, was wirklich geschehen war.

Es dauerte nur Sekunden, bis der Kriegsherr der Satai zurückkam. Seine Bewegungen waren starr, fast wie die einer Puppe, die an den Fäden eines nicht besonders talentierten Spielers hing, und wie bei seinen Männern konnte Skar auch bei ihm eine Mischung aus mörderischer Wut und Haß und maßlosem Entsetzen spüren. Mit starren, fast ungelenken Schritten ging er dorthin zurück, wo er sein Schwert in den Boden gestoßen hatte, nahm die Waffe wieder an sich und machte eine zornige Bewegung mit der freien Hand. Der Kreis aus Schwertspitzen, der Skar umgab, weitete sich wieder.

»Du Narr«, sagte er. Seine Stimme bebte vor Zorn. »Du verdammter, wahnsinniger Narr! Was hast du getan? *Warum hast du das getan, wenn du mich wolltest?!*« Den letzten Satz schrie er. Und mit dem letzten Wort griff er an.

Schon sein erster, ungestümer Angriff sagte Skar, daß er verlieren würde. Es war nichts als der bodenlose Zorn des Satai, der seine Bewegungen eine Spur zu hastig und unsicher werden ließ und Skar rettete, aber selbst so entkam er den wütenden Schwerthieben des Riesen nur mit äußerster Not. Die Klinge des Satai pfiff immer und immer wieder auf ihn herab, so schnell, daß Skar sie kaum sah, und mit solcher Kraft geführt, daß er jeden einzelnen Hieb, den er auffing, wie eine Explosion von Schmerz in den Schultern fühlte.

Er taumelte zurück, parierte einen weiteren Hieb des tobenden Giganten und trat nach dessen Beinen. Er traf, aber der Riese wankte nicht einmal, sondern versetzte Skar im gleichen Moment einen Faustschlag in die Seite, der ihn aus dem Gleichgewicht brachte und zu Boden schleuderte. Instinktiv rollte er sich zur Seite, bemerkte im letzten Moment seinen Fehler und sprang mitten aus der Bewegung heraus auf. Die Klinge des Satai hämmerte dort in den Boden, wo er gewesen wäre, hätte er die Bewegung zu Ende geführt. Skar trat nach seiner Waffenhand, verfehlte sie und sprang aus der gleichen Bewegung heraus vor. Sein Knie bohrte sich in den Leib des anderen und ließ ihn zurücktaumeln, aber den Hieb, den er nachsetzen wollte, konnte er nicht ausführen, denn der Satai stach nach ihm, so daß er keine andere Wahl hatte, als sich mit einem fast grotesken Hüpfer in Sicherheit zu bringen.

Sie trennten sich. Der Satai blieb einen Moment stehen, reglos, leicht nach vorne gebeugt und mit gespreizten Beinen, trotzdem aber noch größer als Skar. Skars Atem ging schnell und in unregelmäßigen, fast schmerzhaften Stößen. Die Luft brannte in seinen Lungen, und seine Schultermuskeln schmerzten unerträglich von dem halben Dutzend Hieben, das er pariert hatte. Und trotzdem war dieser erste Zusammenprall nichts als ein Kräftemessen gewesen. Der wirkliche Kampf begann erst. Und Skar wußte, daß er keine Chance hatte, ihn zu gewinnen. Der Satai war ihm an Technik und Schnelligkeit zumindest ebenbürtig. Und er war dreimal so stark wie er. Wenn seine Wut verrauchte und dem kalten berechnenden Denken eines Satai Platz machte, würde er ihn töten.

Diesmal war es Skar, der angriff. Seine Klinge pfiff in einem geraden, vorgetäuschten Stich nach dem Gesicht des Satai durch die Luft, bewegte sich plötzlich nach unten und rechts und ruckte wieder hoch, als der andere versuchte, den Hieb abzulenken. Der Satai drehte blitzschnell Kopf und Oberkörper zur Seite. Skars Hieb verfehlte sein Gesicht um Haaresbreite; gleichzeitig züngelte seine eigene Klinge nach Skars Beinen und zwang ihn zu einem zweiten, verzweifelten Hüpfer, der ihn wertvolle Sekundenbruchteile kostete.

Als er wieder sicher auf den Beinen stand, traf das *Tschekal* des Satai seinen Brustpanzer und spaltete ihn. Skar spürte, wie die Klinge seine Haut zerriß und von einer Rippe abprallte, sie dabei brach und in der rückwärtigen Bewegung noch einen tiefen, blutenden Schnitt in seinem Arm hinterließ, aber er unterdrückte den Schmerz, wandelte ihn in Jähzorn und diesen in Kraft um und führte einen gewaltigen, beidhändigen Hieb nach dem Hals des Angreifers. Er traf nicht, aber sein ungestümer Schlag zwang den Satai zum Rückzug, und Skar setzte sofort nach.

Er erkannte die Falle zu spät. Der Satai floh nicht, sondern ließ ihn in eine komplizierte, kaum mehr abzuwehrende Parade aus Schwerthieben und -stichen hineinlaufen. Wie durch ein Wunder gelang es Skar, der tödlichen Schneide des *Tschekal* immer wieder zu entgehen – aber dem simplen Fußtritt, den der Riese nachsetzte, nicht mehr.

Skar fiel. Mit entsetzlicher Wucht prallte er auf, riß instinktiv das Schwert über den Kopf und begriff den tausendsten Teil einer Sekunde zu spät, daß er zum zweiten Mal einen Fehler begangen hatte. Der Fuß des Satai traf ihn mit erbarmungsloser Kraft in die Seite und brach ihm eine weitere Rippe. Skar keuchte vor Schmerz. Er sah den Angreifer nur noch als verzerrten Schemen, stemmte sich mit einer Kraft in die Höhe, von der er selbst nicht mehr wußte, woher sie kam, und hob das Schwert.

Das Schwert des Satai prallte funkensprühend gegen seine eigene Waffe und prellte sie ihm aus der Hand.

Skar erstarrte mitten in der Bewegung. Aber der Tod, auf den er wartete – den er herbeisehnte – kam noch immer nicht.

Der Satai trat zurück, streckte den Arm weit zur Seite aus und ließ seine Waffe fallen.

»Steh auf«, sagte er kalt. »Ich töte keinen Mann, der am Boden liegt.« In seiner Stimme war nicht das mindeste Gefühl. Sie war wie aus Eis, kälter und schneidender als der Rand eines zerbrochenen Glases, und alles, was Skar darin hörte, war der unbezwingbare Wille zu töten.

Er erhob sich taumelnd, preßte die Hand auf seine linke Seite und spürte Blut und einen heftigen, lähmenden Schmerz.

Der Kampf ging weiter. Der andere gönnte ihm keine Pause, nicht die winzigste Rast; es gab nichts Ritterliches, Faires mehr in ihrem Kampf. Und er würde nicht mehr sehr lange dauern.

Skar taumelte schon unter den ersten Hieben des schwarzhaarigen Riesen zurück. Wie durch ein Wunder gelang es ihm, den tödlichen Schlägen und Tritten immer wieder auszuweichen oder sie abzublocken, um ihnen wenigstens einen Teil ihrer entsetzlichen Kraft zu nehmen, aber der andere kämpfte mit der Wut eines tobsüchtigen Quorrl, rücksichtslos Skar und auch sich selbst gegenüber. Und er war schneller. Immer nur um eine Winzigkeit, Bruchteile von Sekunden, die den Beobachtern des Kampfes nicht einmal auffallen konnten, die aber am Ende entscheiden mußten. Skar wurde getroffen, traf selbst und taumelte unter einer fürchterlichen Kombination von Hieben und Tritten zurück, fiel, fegte in der gleichen Bewegung auch den Satai von den Beinen und sprang auf, wieder den Bruchteil einer Sekunde langsamer als der Hüne.

Wieder trennten sie sich. Skar wankte. Seine Kräfte ließen rapide nach, und sein Atem ging so schnell, daß seine Lungen brannten, während der andere noch keine Anzeichen von Ermüdung zeigte. Der nächste Zusammenstoß würde der letzte sein, das wußte er.

Er riskierte alles. Er wollte nicht mehr kämpfen, er wollte nicht gewinnen, sondern wartete auf den Tod, aber etwas in ihm war stärker als sein bewußter Wille. Instinkte und jahrzehntelang trainierte Reflexe übernahmen die Rolle seines bewußten Denkens. Mit einer Kraftanstrengung, die seine Muskeln schier zu zerreißen schien, stieß er sich ab, federte mit einem gellenden Kampfschrei auf den Satai zu, wie ein lebendes Geschoß waagerecht durch die Luft fliegend, das rechte Bein an den Körper gezogen, um mit erbarmungsloser Kraft zuzustoßen. Der Satai spreizte die Beine und drehte den Oberkörper leicht zur Seite. Seine Arme kamen hoch, um den Sprungtritt abzuwehren und Skar gleichzeitig zu Boden zu schleudern.

Aber Skar trat nicht zu.

Statt dessen vollführte er eine zweite, an sich völlig unmögliche Drehung im Sprung, wandelte den Tritt in einen gewaltigen, taumelnden Salto um und war plötzlich fast über dem Satai. Die Arme des anderen schlugen ins Leere, aber Skars Hände packten zu, krallten sich in sein Haar und sein Gesicht, um mit der ganzen furchtbaren Gewalt des Sprunges sein Genick zu brechen.

Es gelang ihm nicht. Es ging zu schnell, als daß Skar wirklich sah, was der andere tat, aber mit einem Male war sein Griff leer. Ein entsetzlicher Schmerz pulsierte durch seine linke Hand, als drei seiner Finger auf einmal brachen. Hilflos und schreiend vor Schmerz und Überraschung flog er durch die Luft, prallte schwer auf dem Rücken auf und blieb benommen liegen.

Es war unmöglich! dachte er. Unmöglich! Es konnte nicht sein! Es gab außer ihm nur einen Menschen auf der Welt, der diese Kampftechnik kannte, denn er hatte sie selbst entwickelt, und es gab nur einen Menschen außer ihm, der wußte, wie sie abzuwehren war, aber das war unmöglich. Der Zufall war zu groß, es *konnte* einfach nicht sein, nicht nach all der Zeit, nicht –

Als er die Augen öffnete, war der Satai über ihm, auf ein Knie gestützt, die linke Hand wie eine Kralle über seinem Gesicht, die rechte zur Faust geballt an der Hüfte, bereit zum letzten, tödlichen Hieb, in dem all die Kraft seines Titanenkörpers liegen würde.

Aber er schlug nicht zu. Sein Gesicht war erstarrt, eine Maske aus Entsetzen und Unglauben, seine Augen weit und dunkel und voll eines Schreckens, der tiefer war als alles, was Skar jemals erblickt hatte.

Unmöglich! dachte er. Es war unmöglich! Nicht nach all der Zeit! Und doch...

Er versuchte, sich das Gesicht des Satai um zwanzig Jahre jünger vorzustellen. Das schwarze Haar, die starken, aber sehr ebenmäßigen Züge, deren Schnitt ihn ein wenig an das Antlitz seines Sohnes erinnerten, ohne daß es sein idiotisches Lächeln verzerrte, die dunklen Augen, die so gerne lachten, daß man oft vergaß, wie gefährlich und hart dieser Mann sein konnte...

Del erkannte ihn im gleichen Moment.

»Skar?« Seine Stimme brach fast, sank zu einem Flüstern

herab, und schwoll jäh zu einem Schrei an: *»SKAR!!!«*

Skar starrte ihn an. Gelähmt. Unfähig zu denken. Zu atmen. Irgend etwas zu tun. Nicht auch noch das. Bei allen Göttern, dachte er, *nicht nach allem auch noch das!!* Nicht Del! Nicht der einzige Freund, den er je gehabt hatte!

Und doch war es so. Nach allem war das Schicksal auch noch grausam genug zu diesem letzten, abgrundtief bösen Scherz. Der Kriegsherr der Satai, der Mann, der ausgezogen war, an der Spitze eines Heeres aus Quorrl und anderen Ungeheuern die Welt zu erobern, war Del.

»Skar! Das... das ist doch nicht möglich! *Du bist Skar!*« Dels Fäuste öffneten sich. Er begann zu zittern, fiel plötzlich auch auf das andere Knie herab und riß Skar an den Schultern in die Höhe, so grob, daß er vor Schmerz aufstöhnte. »Großer Gott, Skar!« schrie er. »Was hast du getan?!«

Ja, dachte Skar, was hatte er getan? Was hatte er getan, daß er am Ende auch noch das allerletzte verlieren mußte, was ihm geblieben war – die Erinnerung an einen Freund. Warum? Wenn er schon ein Werkzeug grausamer Götter sein mußte, warum taten sie ihm auch noch dies an, ehe er starb? *Warum?!*

Plötzlich wurde Del ganz ruhig. Fast behutsam ließ er Skar zurücksinken, ballte die Hände zu Fäusten und stieß ein tiefes, qualvolles Seufzen aus, ein Laut wie von einem gepeinigten Tier, das sterben wollte und es nicht konnte. »Du«, flüsterte er. »Du bist zurück. Nach all der Zeit. Du bist zurückgekommen. Warum, Skar? Warum hast du das getan?«

Skar hätte nicht einmal antworten können, wenn er es gewollt hätte. Sein Mund war voller Blut. Etwas Dunkles, Schweres, das sehr freundlich und sanft war, griff nach seinem Bewußtsein.

»Du hast ihn getötet«, flüsterte Del. »Du hast das einzige vernichtet, was noch zwischen uns und ihnen stand, Skar. Warum?« Er blickte ihn an, und Skar sah voller Staunen, daß seine Augen voller Tränen waren. »Du hast deinen eigenen Sohn getötet, Skar.«

»Ich... weiß«, stöhnte Skar. Das Sprechen fiel ihm schwer, so unendlich schwer. Warum ließen sie ihn nicht endlich sterben?

Er hatte doch getan, was sie von ihm verlangt hatten. Warum verwehrten sie ihm nun auch noch die Umarmung des letzten Freundes, den er noch hatte – des Todes. »Ich... weiß«, wiederholte er mühsam. Er hustete. Blut lief in seine Kehle und drohte ihn zu ersticken. »Es ist... gut so. Und es ist... gut, daß... daß du es warst, der mich besiegt hat«, stöhnte er. »Auch wenn wir jetzt Feinde sind.«

Del starrte ihn an, schwieg endlose Sekunden und schüttelte wieder den Kopf. Dann straffte er sich mit einem sichtbaren Ruck. »Du!« sagte er, an einen der Krieger gewandt, die neugierig und erstaunt näher gekommen waren. »Hole Bradburn. Schnell!«

Der Satai rührte sich nicht. Sein Gesicht verschmolz vor Skars Blick zu einem formlosen hellen Fleck, aber Skar konnte den Haß darin fast fühlen.

»Wieso tötest du ihn nicht?« fragte er. »Er hat Croyd umgebracht!«

Del sprang auf, packte den Mann an den Schultern und riß ihn so heftig heran, daß er vor Schmerz aufstöhnte. »Geh und hole Bradburn, habe ich gesagt!« brüllte er. »Oder ich erschlage dich gleich hier auf der Stelle!« Er versetzte dem Mann einen Stoß, der ihn rücklings davontaumeln ließ, drehte sich um und sank erneut neben Skar auf die Knie. Der Zorn in seinem Blick machte wieder jenem tiefen Schmerz und Schrecken Platz, den Skar noch immer nicht verstand.

»Du«, flüsterte er. »Du warst es. Du... du warst es auch, der Trash getötet hat, nicht wahr?« Er lächelte, ohne daß Skar geantwortet hätte. »Natürlich. Wer außer dir hätte so etwas tun können. Ihr Götter, Trash war mein bester Mann. Mein Heerführer. Ich selbst habe ihn ausgebildet, und du hast ihn erschlagen, ganz allein, und fast ein Dutzend seiner Quorrl mit ihm. Ich hätte es wissen müssen.«

Skars Sinne begannen sich immer rascher zu verwirren. Es fiel ihm schwer, Dels Worten zu folgen, aber er war fast froh darum, denn irgendwie spürte er, daß sie mehr waren als ein Ausruf seines Schreckens, sondern eine tiefere Bedeutung haben mochten;

eine Bedeutung, die ihn umbringen würde, wenn er sie erführe.

»Du bist zurück«, flüsterte Del. »Großer Gott, zwanzig Jahre, und ... und du bist nicht um einen Tag älter geworden. Bradburn hatte recht. Ich habe ihm nicht geglaubt, aber er hatte recht. Aber warum, Skar?« Er beugte sich vor, griff nach Skars Schultern und schüttelte ihn. »Warum? Warum hast du ihn getötet?«

»Weil... es sein mußte«, flüsterte Skar. »Sie dürfen nicht... siegen.«

»Sie?!« Dels Augen wurden weit. »Sie, Skar? Wovon sprichst du? Du –«

Er brach ab. Ein spitzer, wie ein nicht mehr ganz zurückgehaltener Schrei klingender Laut kam über seine Lippen. Sein Gesicht verlor vor Skars Blicken alle Farbe.

»Aber natürlich!« stammelte er. »Du ... du warst im Süden, als Trash starb. Du warst... du warst bei Drask! Ist es so?«

Skar nickte. Ein entsetzlicher Verdacht begann in ihm Gestalt anzunehmen. Aber das konnte nicht sein. NICHT DAS!

»Drask.« Dels Stimme war ein eisiges Flüstern. »Bei allen Göttern, du... du warst bei Drask. Was hat er dir erzählt? Daß die Satai und die Quorrl sich aufgemacht haben, die Welt zu erobern?«

Skar konnte nicht mehr sprechen, aber Del las die Antwort in seinen Augen. »Warum hast du ihm geglaubt?« flüsterte er. »Warum bist du nicht zu mir gekommen und hast mich gefragt, Skar? Es... es sind Drask und die *Anderen,* die die Welt bedrohen, nicht wir.«

»Drask?« Das Entsetzen gab ihm noch einmal die Kraft, zu sprechen. »Aber wieso... der Überfall... die... die Mörder... die du geschickt hast...« Er wußte die Antwort längst, aber er konnte nicht aufhören, mußte einfach weitersprechen, um noch weitere kostbare Sekunden zu gewinnen, ehe er sich der Wahrheit stellen mußte. Dem Wahnsinn, der sie begleitete. »Sie haben Syrr getötet und ihren Bruder und... der Krieg...«

»Ich weiß nicht, wer Syrr ist«, unterbrach ihn Del. Er schrie fast. »Und ich weiß nichts von Mördern, die ich geschickt haben soll. Skar, es ist gerade anders herum! Die alten Götter sind zurückgekehrt, aber es sind Drask und die *Anderen*, die Enwor erobern wollen. Die Sumpfleute und wir und die Quorrl sind die einzigen, die sie noch aufhalten! *Warum hast du ihm geglaubt!!*«

»Weil er keine andere Wahl hatte«, unterbrach ihn eine Stimme. Del fuhr auf, und auch Skar wandte mühsam den Kopf. Auch sein Sehvermögen begann nun nachzulassen, aber er erkannte eine schlanke, in ein schmutzigweißes Gewand gehüllte Gestalt. Gebeugt vom Alter und zu weit, als daß er ihr Gesicht sehen konnte. Aber er kannte die Stimme.

Es war der Prediger. Der Alte, dem er vor so langer Zeit seinen Sohn und sein Leben gegeben hatte. Der Ordensherr der Gesichtslosen Prediger.

»Keine andere Wahl?« wiederholte Del.

Der Prediger machte eine komplizierte Handbewegung. »Drask ist ein Magier, vergiß das nicht«, sagte er sanft. »Ein Mann, dessen Fähigkeiten die meinen um ein Tausendfaches übersteigen. Und sie sind alle Meister der Lüge.« Seine Stimme wurde bitter, als er näher kam und neben Skar niederkniete. Eine alte, pergamenttrockene Hand berührte seine Stirn. »Es ist meine Schuld«, flüsterte er. »Niemand wäre dem Gespinst aus Lügen und Betrug entgangen, das die *Anderen* zu weben wissen, aber ich hätte da sein müssen, um ihn zu warnen.« Er sah zu Del auf. »Bringt Verbandszeug. Und meine Salben. Er ist schwer verletzt, aber ich kann ihm helfen. Er wird leben, wenn die Götter auf unserer Seite sind. Wir werden ihn brauchen. Nötiger denn je.«

»Wozu, Bradburn?« fragte Del leise. »Croyd ist... tot.«

»Tot?« Der Prediger erschrak.

»Er hat ihn getötet«, bestätigte Del. In seiner Stimme war kein Vorwurf mehr. Nur noch Mutlosigkeit. »Wozu noch kämpfen, Bradburn? Croyd ist tot, und damit das letzte, was noch zwischen uns und ihrer Magie stand. Es ist aus.«

»Seit wann?« fragte Bradburn. Plötzlich klang er erregt. »Wie lange ist es her, daß er starb?«

»Nicht lange. Zehn Minuten.«

»Dann ist vielleicht noch nicht alles verloren«, sagte Bradburn.

Er sprang mit einer Behendigkeit auf, die bei einem Mann seines Alters überraschte, fuhr herum und verschwand mit weit ausgreifenden Schritten im Zelt des Jungen.

Er blieb nur wenige Sekunden. Als er zurückkam, flammte sein Gesicht vor Erregung. Sein Atem ging schnell. »Ich kann es tun«, sagte er. »Es ist noch nicht zu spät, Del. Bringt ihn herein, rasch. Rasch!«

Del keuchte. »Was –«

»Bringt ihn herein!« unterbrach ihn Bradburn aufgeregt. »Schnell! Zum Reden ist später Zeit. Ich kann es tun, aber jeder Augenblick zählt. Drask wird wissen, was hier geschehen wird, und er wird kommen, mit all seiner Macht! Wir sind verloren, wenn wir auch nur eine Sekunde zu lange zögern! Bringt ihn herein! Und sorgt dafür, daß er nicht einschläft. Er darf auf keinen Fall einschlafen, sonst stirbt er!«

Skar verstand längst nicht mehr, was die Worte des Alten bedeuteten. Warum ließen sie ihn nicht endlich sterben?

Draußen vor dem Zelt wurde es Tag. Faserige Schatten aus Helligkeit krochen über den Himmel und vertrieben die Nacht, und das düstere Rot der zahllosen Lagerfeuer begann im gleichen Maße zu verblassen. Trotzdem schien die Zeit stehenzubleiben. Es war, als wären sie in einem eigenen, kleinen Teil des Universums gefangen, in dem die Zeit ihre Bedeutung verloren hatte. Skar war müde. So müde. Er wollte schlafen, aber Del und der Alte ließen ihn nicht. Sie hatten ihn gezwungen, etwas zu trinken, das seine Lebensgeister wieder geweckt und ihn mit neuer Kraft erfüllt hatte, und sie hatten sich um die Wunde an seiner Seite gekümmert und die Blutung zum Stillstand gebracht, obwohl er es nicht wollte. Er ertrug keinen Schmerz mehr.

»Ich bin bereit«, sagte Bradburn. Er kam näher, beugte sich über das Lager aus Fellen, auf das sie Skar gebettet hatten, und lächelte milde. »Verstehst du mich?« fragte er.

Skar nickte. Er lag auf dem Rücken, nur eine Handbreit neben dem Leichnam Croyds, und allein der Gedanke an das, was

Bradburn tun würde, trieb ihn an den Rand des Wahnsinns. »Ja«, sagte er. »Was... hast du... vor?«

Er wußte es, aber für einen Moment klammerte er sich an die absurde Hoffnung, daß der Alte etwas anderes sagen würde.

»Einen letzten, verzweifelten Versuch, Skar«, antwortete Bradburn ernst. »Vielleicht wirst du dabei sterben, aber wenn, dann ist ohnehin alles zu spät.« Er lächelte bitter. »Wenn es das nicht schon ist.«

»Aber ich... ich verstehe nicht...«

Bradburn unterbrach ihn mit einer gleichermaßen sanften wie ungeduldigen Handbewegung. »Später«, sagte er. »Später wirst du alles erfahren. Nicht jetzt.« Er schwieg einen Moment, dann: »Hier – trink das.«

Der Kreis schloß sich, dachte Skar, während der Alte behutsam eine hölzerne Schale mit einer bitter schmeckenden Flüssigkeit an seine Lippen setzte. Aber er wehrte sich nicht, sondern trank, bis nichts mehr von der Flüssigkeit übrig war und Bradburn die Schale senkte. Der Kreis schloß sich. Es endete, wie es begonnen hatte. Diesmal vielleicht für immer.

»Sai zu Sai«, flüsterte Bradburn. »Tan zu Tan. Was getrennt wurde, soll eins werden. Was...«

Skar hörte nicht mehr hin. Bradburn fuhr fort, monoton seine Beschwörungsformel zu murmeln, Mächte einer Magie zu entfesseln, an die Skar noch immer nicht glaubte, obwohl er ihr Wirken auf entsetzliche Weise am eigenen Leib verspürt hatte, aber während er dalag, der einlullenden Stimme des Predigers lauschte und auf das vertraute Brennen im Hals und den Schmerz wartete, dachte er noch einmal an das, was ihm Del erzählt hatte, während Bradburn mit seinen Vorbereitungen beschäftigt war. Er fragte sich, warum er nicht einfach den Verstand verloren hatte, jetzt, als er die Wahrheit wußte. Drask hatte ihn nicht einmal in sehr vielen Punkten belogen. Alles war so geschehen, wie er von ihm, von Syrr und Enwass und all den anderen gehört hatte, nur daß es umgekehrt war: Die Sternengeborenen waren da, durch Velas Verrat und seine unfreiwillige Hilfe längst aus ihrem endlosen Schlaf geweckt, und sie hatten bereits einen großen

Teil Enwors in ihre Gewalt gebracht, nicht mit dem Schwert, sondern mit den viel wirkungsvolleren Waffen der Intrige und Magie, und es waren die Satai und die Quorrl und eine Handvoll anderer, die den fast aussichtslosen Kampf gegen die Dämonen aus der Vergangenheit aufgenommen hatten. Sie – und sein Sohn, ein schwachsinniger Idiot, der trotzdem der einzige gewesen war, der ihrer Macht getrotzt hatte.

Er hatte ihn getötet. Die Macht in Croyds verwirrtem Geist war ihr einziger Schutz, seine Anwesenheit alles, was die *Anderen* daran hinderte, ihre ganze schreckliche Magie auszuüben und die Satai und ihr Heer vom Antlitz Enwors zu fegen. Und jetzt war er fort.

Drask, dachte er. Drask. Er hatte ihn dazu gebracht, seinen eigenen Sohn zu töten. Wenn er überlebte, wenn er noch einmal erwachte und gesund wurde, dann würde er bezahlen.

Der Schmerz begann. *Etwas* löste sich von ihm, und etwas anderes, Unsichtbares kroch in seine Seele. Es war kalt. Unglaublich *kalt.*

»Sai zu Sai«, sagte Bradburn abschließend. »Tan zu Tan. Eins soll werden, was getrennt war. Mögen die Götter uns beistehen.«

Er brach ab, öffnete mühsam die Augen und sah Skar an. »Es wird gelingen, Skar«, sagte er.

»Was... hast du getan?« flüsterte Skar. In seinem Kopf war ein dumpfes Brausen und Rauschen, das rasch stärker wurde. Zum ersten Mal im Leben spürte er ganz bewußt, wie er die Besinnung verlor.

»Das Letzte, was uns bleibt«, antwortete Del an Bradburns Stelle. Er deutete auf den Leichnam des Jungen. »Du warst es, der ihm diese Macht gab, Skar. Wir geben sie dir zurück. Wir brauchen sie. Enwor braucht sie.«

Seine Macht. Sein Erbe. Die Seele eines Toten. Skar war zu müde, um noch Entsetzen zu empfinden.

Aber während er hinüberglitt auf die andere Seite der Wirklichkeit, um sich zum letzten Mal seinem dunklen Bruder zu stellen, dachte er diesen einen Gedanken noch ganz klar, und irgendwoher wußte er auch, daß es genauso kommen würde:

Es wird gelingen. Nach all der Zeit sind wir wieder vereint – Del, ich und du, du schweigendes finsteres Ding in mir. Wir sind zusammen, und es gibt nichts, was uns gemeinsam aufhalten kann. Nichts.

Komm, Bruder.

Laß uns die Welt erobern.

Und vielleicht noch mehr.

WOLFGANG HOHLBEIN

DIE ENWOR-SAGA

tosa

Fantasy